古代戏曲小说叙事研究

【广东中华文化王季思学术基金·黄天骥学术基金丛书之十三】

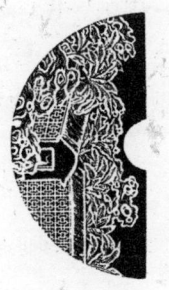 

董上德 著

广东高等教育出版社

广州

图书在版编目（CIP）数据

古代戏曲小说叙事研究/董上德著.—2版.—广州：广东高等教育出版社，2011.5

（广东中华文化王季思学术基金·黄天骥学术基金丛书）
ISBN 978-7-5361-4048-6

Ⅰ.①古… Ⅱ.①董… Ⅲ.①古典戏曲-文学研究-中国 ②古典小说-小说研究-中国 Ⅳ.①I207.37 ②I207.41

中国版本图书馆CIP数据核字（2011）第078539号

广东高等教育出版社出版发行
地址：广州市天河区林和西横路/510500
营销电话：(020) 87551597
网址：www.gdgjs.com.cn
佛山市浩文彩色印刷有限公司印刷
890毫米×1240毫米 32开本 12印张 320千字
2011年5月第2版 2011年5月第2次印刷
印数：1 001～3 000册
定价：32.00元

前记一

黄天骥

中国古代戏曲和古代文学作品,是取之不尽用之不竭的宝藏。华夏子孙,有责任发掘开采,分析整理,让体现着东方文化的瑰宝,在世界民族之林中焕发光辉。自然,我们也不能一味陶醉在祖先遗泽之中,审视它,研究它,弃其糟粕,取其精华,使之有助于祖国精神文明建设,才是我们整理古代戏曲、古代文学的目的。

近几年,广东经济有了飞跃的发展,许多有识之士,认识到在这块热土中弘扬中华文化的重要性。因而采取多种方式,大力推动对中华文化的学术研究。因时际会,"广东中华文化王季思古代戏曲、古代文学研究基金"得以乘风御气,建立起来。有了这个条件,我们就有可能出版丛书,在研究我国传统文化的领域中,做一点力所能及的工作。

我们出版这套丛书,也是为了纪念王季思

老师。

王起，字季思（1906—1996），浙江温州人。早岁师从孙诒让、吴梅先生，以《西厢五剧注》名世。20世纪40年代后期，王季思老师到广东中山大学任教，历任中文系主任、古文献研究所所长等职。数十年来，他热爱祖国，热爱中华文化，把全部精力投入到教学和科研的工作中，在古代戏曲、古代文学领域作出了巨大的贡献。"文化大革命"后，拨乱反正，王季思老师被聘为国务院学位委员会第一届学科评议组成员、国家古籍整理出版规划小组顾问，被公认是中国古代戏曲古代文学研究的权威。

王季思老师一生热爱学生，教育青年。他常说：学术乃天下公器。学生和后辈学者向他求教，他从来都认真、热诚地给予帮助。直到七八十岁高龄，他还培养硕士生、博士生，矻矻穷年，不遗余力。他经常强调建设祖国教育和文化事业，要有人继承，渴望薪火相传，让中华文化之光一代又一代照遍大地。

弘扬中华文化，继承王季思老师匡扶后进的精神，是受过他老人家教诲的学生的共同心愿。1993年，广州市政协和中山大学联合主办"庆祝王季思教授从教七十周年大会"。其后，诸位校友像杨资元、赖春泉等学长，深感为促进学术的发展，应做一些更加切实的工作，朱孟依先生积极支持。经过各方面的努力，我们决心出版这一套丛书，希望能实现王季思老师多年的心愿，帮助热心于中国古代戏曲古代文学而又甘心坐冷板凳的学者迅速成长，让学术之花也在生长红棉的土地上盛开。

学术的殿堂是靠一砖一石垒成的，我们希望扎扎实实地奋工添瓦，不想欣赏海市蜃楼。目前，我们的能力有限，更兼文化建设不可能一蹴而就。因此，我们的想法是：环绕着中国古代戏曲、古代文学的论题，逐年出版有较高水平的学术著作。只要持之以恒，锲而不舍，日积月累，代代相传，我们一定能在祖国学术领域的南天，垒筑起一座丰碑。

王季思老师曾有诗云：

人生有限而无限，历史无情还有情；

薪火相传光不绝，长留双眼看春星。

丛书付梓之际，我们抄录这首诗，作为奠基之石，以明旨意，兼励来者。

1996年6月16日于中山大学

前记二

欧阳光　康保成

自 1996 年广东中华文化王季思学术基金丛书第一种出版以来，迄今已过去了整整十年。十年来，我们根据有限的财力，精心甄选入围选题，在广东高等教育出版社的大力支持下，以每年一到两种的节奏，已陆续出版了 13 种著作。

看着眼前这套积少成多渐成规模的丛书，不禁让人深深感慨。这套丛书的作者基本上都是中山大学中文系的中青年学者或博士学位获得者，选题以古代戏曲研究为多，同时也涵括了古代文学研究的其他领域。这些著作也许算不上什么鸿篇巨制，我们也没有像时尚所热衷的那样对它进行包装和宣传，在当今热闹非凡的学术著作出版大潮中，它甚至显得有些冷清和落寞，但这些著作都是对有关领域作了艰苦细致的研究之后的心得之作，或对有关研究领域有所开拓，或推动了有关研究向纵深发展，自有其难以掩盖的学术价值。丛书从总体上展现了中山大学中文系中青年学者的风采，也体现了中山大学中文系沉潜、严谨、包容、开放的良好学风。

最近，珠海市民营企业家李平秋先生捐资设立黄天骥学术基金，用于支持我系古代戏曲和古代文学等学科的发展。李平秋先生1983年毕业于中山大学中文系，之后投身于市场经济大潮，艰苦创业，努力打拼，取得了事业的成功；在事业有所成就的时候，却不忘回报社会。他有感于母系的培育之恩，倾心敬佩黄天骥先生的师德人品，因而出资设立以黄天骥先生命名的学术基金，其拳拳赤子之心，殷殷校友之情，令人感佩。

这样一来，我们除了王季思学术基金之外，又有了黄天骥学术基金。两个基金虽然命名不同，其宗旨则是一以贯之的，即为传承和弘扬我国优秀传统文化推进古代戏曲、古代文学的研究而添砖加瓦，略尽绵薄。根据这一宗旨，我们将把两个基金的增值部分合并在一起使用。其中继续资助出版中青年学者高质量的研究成果，帮助中青年学者在学术上更快地成长，仍然是两个基金的主要工作。

王季思先生是中山大学中文系古代戏曲、古代文学学科的开拓者、奠基人；黄天骥先生是继王季思先生之后中山大学中文系古代戏曲、古代文学学科的领军人物，在海内外学术界享有崇高的威望。两位先生的共同特点是不仅重视学术的创造，同时也注重学术的传承，他们都倾力培养后学，提携奖掖不遗余力，这也正是中山大学中文系古代戏曲、古代文学学科能够生生不息，始终充满活力，并不断有创造性成果涌现的原因。

学术的发展离不开传承，也离不开积累，我们所做的正是传承和积累的工作。这一工作也许一时半会儿看不出明显的效果，但正如黄天骥先生在本丛书的"前记一"中所说的："只要持之以恒，锲而不舍，日积月累，代代相传，我们一定能在祖国学术领域的南天，垒筑起一座丰碑。"

让我们以此互勉。

2006 年 11 月 16 日于中山大学

目 录

引论 ·· (1)
第一章　叙事研究的开拓（上）
　　　　——胡适的叙事研究·························· (13)
　第一节　研究叙事问题的"远因"与"近因"·········· (14)
　第二节　超越金圣叹································ (16)
　第三节　探讨故事的"传播动力"···················· (19)
　第四节　叙事题材的"先天优势"与"后天调补"
　　　　·· (20)
　第五节　"历史的眼光"与胡氏学术语境············· (25)
第二章　叙事研究的开拓（下）
　　　　——顾颉刚的叙事研究·························· (30)
　第一节　关注故事的"演变次序"···················· (31)
　第二节　揭示故事"无稽的法则"···················· (33)
　第三节　重视故事的"多变性"······················ (34)
　第四节　孟姜女故事的变化与内涵···················· (38)
第三章　叙事的流动性································ (44)
　第一节　时间的流动与空间的流转···················· (45)
　第二节　故事的"整一性"与主人公的"生命流程"
　　　　·· (49)
　第三节　戏曲叙事内含小说叙事的方式················ (58)
第四章　叙事的互文性································ (74)

第一节　同一故事孳乳出多种文本 …………………………（76）
　　第二节　人生情景与人物关系的相互类同 …………………（86）
　　第三节　具有游戏意味的"戏仿" ……………………………（91）
　　第四节　文体转换构成的互文性 ……………………………（97）
第五章　叙事的虚拟性 ……………………………………………（104）
　　第一节　民间的另类想象 ……………………………………（104）
　　第二节　虚拟性与可变性 ……………………………………（110）
第六章　叙事的重释性 ……………………………………………（119）
　　第一节　故事的可重复性是人类经验史上的一个命题
　　　　　　………………………………………………………（119）
　　第二节　集体共享型故事与人生困境的文学喻示 …………（121）
　　第三节　集体共享型故事与"重释"的意味 ………………（130）
　　第四节　重释性叙述的延展性与时代性 ……………………（144）
第七章　故事的逐层建构
　　　　——以岳飞故事为例 ……………………………………（151）
　　第一节　岳飞故事的"原生态"及其基本特点 ……………（151）
　　第二节　英雄之死与"集体记忆"的形成 …………………（160）
　　第三节　英雄的成长故事与集体记忆的"追加"功能
　　　　　　………………………………………………………（176）
第八章　故事人物的创设与生成
　　　　——以宋代的梅妃故事为例 ……………………………（190）
　　第一节　梅妃故事的历史语境 ………………………………（190）
　　第二节　"惧内"与"妒媚"的故事框架 …………………（196）
　　第三节　"伴生型"的人物 …………………………………（198）
　　第四节　失意文人的"身影" ………………………………（200）
　　第五节　梅妃形象的"复合性" ……………………………（202）
第九章　故事人物的历时性演化
　　　　——以历代的柳永故事为例 ……………………………（210）

第一节　宋代民间故事系统中的柳永 …………………（211）
第二节　元代下层文士与柳永形象的对应关系 ………（218）
第三节　明清两代柳永故事的"美化"倾向（上）
　　　　…………………………………………………（223）
第四节　明清两代柳永故事的"美化"倾向（下）
　　　　…………………………………………………（232）
第五节　历时性演化的柳永故事的内涵 ………………（235）

第十章　故事人物的共时性塑造
　　　　——以明代的司马相如故事为例 ……………（238）
第一节　司马相如故事与古代知识分子的"自我实现"
　　　　问题 ……………………………………………（238）
第二节　"红颜慧眼"与"不负读书"
　　　　——《风月瑞仙亭》话本 ………………………（241）
第三节　"引动闲心"与"长安得意"
　　　　——《琴心雅调》杂剧 …………………………（246）
第四节　"计穷途拙"与"好事多磨"
　　　　——《琴心记》传奇 ……………………………（251）
第五节　"情场波折"与"白头苦吟"
　　　　——《凌云记》传奇 ……………………………（256）

第十一章　叙事结构的程式化 ……………………………（266）
第一节　叙事程式化的滥觞 ………………………………（266）
第二节　《绿窗新话》故事的程式化 ………………………（267）
第三节　《醉翁谈录》故事的程式化 ………………………（272）
第四节　叙事程式化的成因 ………………………………（276）
第五节　叙事程式的世代承传 ……………………………（283）

第十二章　叙事单元的"嫁接"与"重组" ………………（292）
第一节　神话传说已开先河 ………………………………（292）
第二节　叙事单元的"嫁接" ………………………………（295）

第三节　叙事单元"重组"后的"内部更新" ……… (300)
第十三章　叙事格调的雅俗兼容 …………………… (306)
　　第一节　"俗"与"亚文化"形态 ……………………… (307)
　　第二节　"雅"与多种叙事因素的交汇 ……………… (312)
　　第三节　不俗不雅与亦俗亦雅 ……………………… (319)
　　第四节　偏于更"俗"与偏于更"雅" ……………… (321)
结语 ………………………………………………………… (329)
　　一、叙事层面与心理层面 …………………………… (329)
　　二、叙事程式与人生的"典型情境" ………………… (333)
　　三、叙事格调与生存欲望的调控 …………………… (335)
参考文献 …………………………………………………… (338)
附录　论《醉翁谈录》的性质与旨趣 ………………… (351)
后记 ………………………………………………………… (363)
后序 ………………………………………………………… (364)
修订版后记 ………………………………………………… (367)

引　论

一、选题缘起与论述角度

　　中国古代戏曲、小说关系密切，那么多流传久远的故事，既有戏曲文本，又有小说文本；那么多深入人心的故事，影响了一代又一代的戏曲观众和小说读者。故事，具有无穷的魅力，正是故事，把戏曲和小说紧紧地连在了一起。

　　研究戏曲、小说的学者，都会知道蒋瑞藻（1891—1929）的《小说考证》。① 这是一部相当特别的资料集，也是颇为"名不副实"的书。上海古籍出版社在该书的"重印说明"中郑重指出："全书对小说、戏曲未予明确区分，统称小说，体例不免混杂。"不过，该说明又以十分肯定的语气写道："这是一部供研究我国古典小说、戏曲之用的资料书。全书分正编、续编、拾遗三部分，包括自金元以来四百七十余种小说、戏曲的作者事迹、作品源流和分析评价等方面的资料。……对小说、戏曲研究者有一定的参考价值。"翻阅《小说考证》，可知蒋氏并非不知道"小说"之外有"戏曲"，他对戏曲的历史是有所了解的，如卷一"琵琶记"条引《曲苑丛谈》云："南戏始于宋光宗时，永嘉人作《贞女》、《王魁》二传。……元初北曲流行，风靡南土，

---

① 蒋瑞藻编：《小说考证》，上海，上海古籍出版社，1984。

宋词遂绝，而南戏亦衰。……及永嘉高则诚造《琵琶记》，新词妙律，冠绝当代，卓然与北曲并峙矣。"①除"南戏"、"北曲"等词汇外，蒋氏在书中也引录过"传奇"、"杂剧"这样的词语②，而书名概称"小说"，疑非一时疏忽，蒋氏将戏曲、小说的资料混编在一起，把它们看作是同一类的东西，都是民间和文人编造的"小说家言"一类的文学现象。《小说考证》初版于1915年，时至1924年，蒋氏完成《小说枝谈》，体例一如《考证》，该书卷下"长生殿"条引《龙禅室摭谈》语有"曲本有杂剧、传奇之分"一句③，可见蒋氏并非不知戏曲文体，但一直使用"小说"一词来同时指称两种叙事文体。若从戏曲、小说叙事的共通性看，蒋氏的做法并非无缘无故，因为戏曲的叙事与小说的叙事其实有着相通之处，《小说考证》"笼而统之"的做法，启示我们可以注意戏曲、小说这两种不同文体的同一性问题。

其实，在蒋氏之前，也有人将戏曲、小说混编在一起的，如明晁瑮的《宝文堂书目》卷中"子杂"类，既收录小说，如《水浒传》（武定板）、《三国通俗演义》（武定板）、《三遂平妖传》（上下卷）、《绿窗新话》等等，又收录戏曲，如《范张鸡黍死生交》、《羊角哀鬼战荆轲》、《玉箫女两世姻缘》、《蓝桥记》以及戏曲散曲选本《风月锦囊》等等。④将这些作品都著录在"子杂"类，用"子杂"一词来笼括之，也并非胡乱而为，这表明在古人的观念中，戏曲、小说一类的东西，是可以放在一

---

① 蒋瑞藻编：《小说考证》，上册，30页，上海，上海古籍出版社，1984。
② 《小说考证》第26页有"元人杂剧"字样，第31页有"《琵琶记》传奇"字样。
③ 蒋瑞藻编：《小说枝谈》，145页，上海，古典文学出版社，1958。
④ （明）晁瑮编：《宝文堂书目》，108～119页，上海，古典文学出版社，1957。

起来对待的；自《汉书·艺文志》将"小说家"列入"诸子略"以来，与"叙事"有关的著作往往被列入"子部"，如《旧唐书·经籍志》就将《世说》、《燕丹子》、《笑林》等"小说家"著作列入"子部"①。古人只将戏曲、小说看作"叙事"作品，何况由小说改编而成的戏曲作品比比皆是，晁瑮的《宝文堂书目》将它们都列入"子杂"类也是"事出有因"的。因此，蒋氏以《小说考证》、《小说枝谈》为其书命名，其思路可能是沿袭了前人的目录学观念，因而"小说"一词不限于指文体，它还包含着传统目录学固有的分类意义。明乎此，蒋氏的《小说考证》、《小说枝谈》未尝不是把戏曲、小说这两样东西加以"打通"的一种尝试。

可谓"无独有偶"，1916 年，也就是蒋氏的《小说考证》初版印行的次年，钱静方出版了《小说丛考》，古典文学出版社在新排印本的"出版说明"中写道："此书为青浦钱静方所著，出版于一九一六年，……书名《小说丛考》，内容却除考证小说外，兼及戏剧、传奇、弹词，正和蒋瑞藻的《小说考证》同样芜杂，所不同的，蒋著只是网罗旧闻，此书则对每一著作都拿来和正史、野史、私家笔记相比勘，以考证它的来源是否有据，对于研究小说、戏剧的人，有一定的参考价值。"② 我们从《小说丛考》的内容看，钱氏并非不懂"曲本"、"传奇"，该书第一条"小说传奇考"曰："传奇者，裴铏著小说。多奇异，可以传示，故号传奇。而今之传奇，则曲本矣。"可是，他还是用《小说丛考》来命名他的书，可见这里的"小说"一词偏重于旧有的目录学的分类意义。

---

① （后晋）刘昫等撰：《旧唐书》，卷四十七，2036 页，北京，中华书局，1987。

② 钱静方：《小说丛考》，上海，古典文学出版社，1957。

蒋、方二氏并不是糊里糊涂的人，其书的编写思路还是相当清晰的；我们往往碍于戏曲、小说文体的区分而视之为"芜杂"，其实很可能是一种"误读"，并没有注意到他们在编书时头脑中的传统目录学的语境。他们着眼于叙事，将我们今天经常分别对待的戏曲、小说作品视为无非都是"小说家言"，而"小说家言"的最大共性就是"叙事"。

可以说，研究戏曲、小说的叙事，大而言之，可以有两个思路，一个是研究戏曲、小说叙事的共通性，一个是研究戏曲、小说叙事各自因文体的制约而产生的特殊性。这两个思路，同样是繁难的，在纷纭复杂的叙事现象面前，要理出一个个的头绪，需要做大量的个案研究，以个案研究为基础，得出相应的认识，然后才能有所归纳，并在此基础上进行理论思考。

本书的论述角度选取了前者，即研究戏曲、小说叙事的共通性问题。这里所说的"叙事"，主要就作品的故事形态而论。我们的工作是研究戏曲、小说共有的编造故事的方式、故事的世代传承现象、同一个故事的不同文本的差异及其内涵的动态变化、情节结构变动与人物形象演化的关系，以及叙事的格调问题等。我们关心的是，以"故事"为中心的戏曲、小说所呈现出来的共通性，内含着什么样的心态，与古代社会的集体心理有何关系？借助对戏曲、小说的共通性研究，为深入探讨民族性格和民族心理打开一条新的通道。

二、研究的历史与现状

戏曲、小说叙事的共通性研究，向来是以"故事"为中心的。过去，人们尤其关心戏曲的故事从何而来的问题，因为，舞台上或者曲本里的故事，往往是人们似曾熟悉的，引发探讨其"出处"的兴趣。在这一方面，早在清代出现的《乐府考略》和

《传奇汇考》颇有代表性。我们今天仍然经常使用的《曲海总目提要》就是由《乐府考略》及《传奇汇考》整理而成的。这是一部带有故事检索性质、又具有目录学意义的著作,不少条目将戏曲故事与相关的小说故事相提并论,把二者沟通起来。

中国古代的学术传统向来十分重视目录之学。从汉代的刘向到清代的纪昀,古代目录学在不断地演进和发展,尤其是清朝,乾隆时代的《四库全书总目提要》标志着目录学发展到一个更高的阶段,它不仅提供检索图书的功能,而且以"提要"的形式向读者展示图书的概貌、撰稿人对图书的考辨及评价,可谓"义理、考证、词章"兼备。在这种风气的影响之下,又出于内府的某种需要,一些文士也对戏曲作品做类似的研究,写类似的提要。在清乾隆辛丑年(乾隆四十六年,1781)后,出现了一部20卷的《曲海》,据黄文旸《曲海二十卷序》称:"乾隆辛丑间奉旨修改古今词曲。予受盐使者(按:当指巡盐御史伊龄阿)聘,兼总校。苏州织造进呈词曲,因得阅古今杂剧传奇。阅一年,事竣。追忆其盛,拟将古今作者各撮其关目大概,勒成一书。"① 近代学者董康先生根据清李斗《扬州画舫录》所载黄文旸的序及《曲海》目录(凡1013种),将他所见到的《乐府考略》(非足本)与之比勘,认为《乐府考略》即为《曲海》的"蓝本"。董先生说,他"于厂肆获《乐府考略》四函,乃自清内府佚出者,楷录工整";其后,又在南方读到盛氏愚斋藏书中的《乐府考略》32册,"装潢与厂肆所得内府书同,乃一书而失群者",于是,"借归,移录经年,合之前帙,凡得曲690种,戏曲大观,于斯称盛"。董先生在将两种《乐府考略》残本合并时,"爰为条列作者、世代先后,厘为46卷"。其间,董先生参

---

① 董康:《曲海总目提要序》所引,见《曲海总目提要》,卷首,天津,天津市古籍书店,1992。

校过他所见到的《传奇汇考》,发现《乐府考略》的文字"多与《汇考》同,而强半为《汇考》所不载"。他将整理后的书改题为《曲海总目提要》。①

这部书的写法,似受《四库全书总目提要》的影响。署名"天虚我生"的《曲海总目提要序》(写于戊辰年,即1928年)对该书的写法有所评论:"或谓《曲海总目》固属洋洋大观,惜其所载仅如《四库提要》,不及正文,未免使人失望。殊不知所谓'曲'者,已非直道,而况加以文饰又何足取?所可取者,只在事实。虽不必真,而比兴之旨胥在乎是。……则但读其提要,已可赏识其真意之所在,又何必斤斤于曲文字句间哉?"②天虚我生大力肯定"提要"的写法,认为它足以揭示一个作品的主旨,使读者明了作品的"真意"。胡适在其《曲海总目提要序》中更指出:"当时(按:指乾隆年间)考据的学风正盛,故这部提要也很有考据的色彩。这部书出版以后,收藏家与文学史家一定可以得着不少的指导。"③胡先生所说的"考据的色彩",大概主要是指书中对故事的考辨。

且以卷三十二"眉山秀"条为例。传奇《眉山秀》叙宋秦观与苏小妹、文娟的婚恋故事。故事的主体来自话本小说《苏小妹三难新郎》,又与宋洪迈《夷坚志》中的《义倡传》故事嫁接起来,构成"一男双美"的叙事框架。"提要"除了揭示该剧的故事源流之外,还根据多种笔记,指出历史上眉山苏家并无

---

① 董康:《曲海总目提要序》。关于此书的成书问题,北婴在《曲海总目提要补编序》中有所辨证。北婴编著:《曲海总目提要补编》,北京,人民文学出版社,1959。

② 《曲海总目提要》,卷首,天津,天津市古籍书店,1992。天虚我生,本名陈寿嵩(1879—1940),浙江钱塘人。参阅池秀云编著:《历代名人室名别号辞典》,1085～1086页,太原,山西古籍出版社,1998。

③ 《曲海总目提要》,卷首,天津,天津市古籍书店,1992。

"苏小妹"其人；又据苏轼的作品，从语气判断，苏氏与秦观也无亲戚关系。剧中情节多是后人的附会之说。"提要"附《义倡传》原文，以便读者进一步研究。

又如卷三十三"长生乐"条，指出传奇《长生乐》的情节主体由刘晨阮肇故事与麻姑故事嫁接而成。在叙述剧情前，先据有关材料引述刘阮、麻姑传说，以便读者与剧情比照。因而，剧情的来龙去脉一目了然。

从《曲海总目提要》各条的文字看，文风不尽一致，似出众手；写法也有差异，有的较详，有的颇略。其详略有别，可能与所掌握材料之多寡有关，也可能与撰写者的研究水平有关。总之，该书以"故事"为中心，对戏曲故事加以考辨，沟通戏曲故事与小说故事的关系，自觉或不自觉地摸索到戏曲叙事与小说叙事的共通性问题。

真正将戏曲叙事与小说叙事贯通起来进行学术思考的是现代学者胡适，他在1920年作《水浒传考证》，研究水浒故事的演变，从"故事"的角度将元代杂剧的水浒故事与通行的《水浒传》的故事进行比较研究，发现水浒故事在不同的历史时期的阶段性变化，揭示这些变化与时代心理的关系。此举颇有示范意义，在学术界引起不少人的关注和效仿。其中，顾颉刚的贡献相当突出，他受到胡适的影响，又以史学家的眼光梳理材料，从事叙事研究，1924年11月写出《孟姜女故事的转变》，1927年2月发表《孟姜女故事研究》。这些文章刊出后，得到学术界的高度评价。魏建功认为："顾先生用研究史学的方法、精神来对旧社会认为'不登大雅之堂'的故事传说进行研究，……从那时起，人们对现行故事传说的源远流长，认识更加明确。"[1] 胡、

---

[1] 参见顾潮编著：《顾颉刚年谱》，100页，北京，中国社会科学出版社，1993。

顾二位先生，都将戏曲、小说以及其他叙事文学作品"打通"起来研究，得出不少富于启发性的见解，他们是戏曲、小说叙事研究的开拓者。故此，本书特列专章分别加以论述。

在胡、顾二位学者的影响之下，20世纪20年代至40年代出现了一批以研究故事的世代传承问题为主要目的的论著。如李玄伯的《水浒故事的演变》、赵万里的《〈水浒传〉双渐赶苏卿故事考》、陈寅恪的《西游记玄奘弟子故事之演变》、李振芬的《孙行者闹天宫故事之演变》、孙楷第的《谈包公案》及《钓金龟故事溯源》、陈志良的《唐太宗入冥故事的演变》、李家瑞的《从石玉昆的〈龙图公案〉说到〈三侠五义〉》、秦女、凌云的《白蛇传考证》、张寿林的《王昭君故事演变之点滴》、黄鸿翔的《昭君故事及关于昭君之文学》、郭云奇的《王昭君在中国文学中的演变》、钱南扬等的《梁祝故事（专号）》、吴晗的《西王母的传说（西王母故事的演变）》、方书林的《孔子周游列国传说的演变》、叶德均的《关于八仙传说》、周越然的《牛郎织女》、黄节华的《烂柯山传说的起源和演变》、张全恭的《红莲柳翠故事的转变》、龚书辉的《陈三五娘故事的演化》、阿英的《玉堂春故事的演变》、欧阳云飞的《牛郎织女故事的演变》，等等。①

在众多的学者之中，比较专注于戏曲、小说叙事研究的是郑振铎、赵景深、孙楷第。郑振铎先后著有《水浒传的演化》、《三国志演义的演化》、《西游记的演化》、《岳传的演化》、《万花楼》、《伍子胥与伍云召》等系列论文，将版本研究与叙事研究沟通起来，将戏曲故事与小说故事的演化结合起来，多有细致

---

① 参见徐雁苹著：《胡适与整理国故考论——以中国文学史研究为中心》，105～106页，合肥，安徽教育出版社，2003。

的分析和精到的见地。① 赵景深写了《清平山堂话本》、《〈武王伐纣平话〉与〈封神演义〉》、《残唐五代史演传》、《杨家将故事的演变》、《读〈四游记〉》、《八仙传说》、《双渐和苏卿》、《〈狮吼记〉杂采诸小说》、《历史剧〈玉镜台记〉》、《许自昌的〈桔浦记〉》等一系列的论文或文章②，路子与郑振铎相近，尤为关注戏曲、小说作品的情节结构的来源问题，为学者的进一步研究提供了可贵的线索，如浦江清发表于1936年的著名论文《八仙考》，就特别声明参考了赵景深的《八仙传说》。③ 赵景深另有《董永卖身的演变》、《白蛇传考证》、《目连故事的演变》④，研究路子与顾颉刚相近，打破文体界限，寻找故事的演变线索。孙楷第于1934—1938年写出了《戏曲小说书录解题》⑤，运用目录学方法，梳理故事源流。而他的长篇论文《包公案与包公案故事》⑥，是戏曲、小说叙事研究方面的力作，对戏曲、小说中的包公故事做了一次"贯通"式的清理。

1949年以后，有关戏曲、小说叙事的研究工作出现了一批引人注目的、具有资料积累意义或兼备工具书性质的成果，如阿英编出《雷峰塔传奇叙录（及其他）》⑦，为《雷峰塔传奇》、《柳毅传书传奇》、《红拂记传奇》、《红梅记传奇》、《窃符记传奇》等作品做了叙录工作；又如谭正璧于1961年完成的《三言两拍资料》⑧，对相关故事的资料做了比较细致的排比。还有庄

---

① 以上论文均收入郑振铎：《中国文学研究》，北京，人民文学出版社，2000。
② 以上论文或文章见赵景深：《中国小说丛考》，济南，齐鲁书社，1980；《中国戏曲初考》，郑州，中州书画社，1983。
③ 浦江清著：《浦江清文录》，1页，北京，人民文学出版社，1958。
④ 见王秋桂编：《中国民间传说论集》，台北，台湾联经出版事业公司，1980。
⑤ 孙楷第：《戏曲小说书录解题》，北京，人民文学出版社，1990。
⑥ 孙楷第：《沧州后集》，67~150页，北京，中华书局，1985。
⑦ 阿英编著：《雷峰塔传奇叙录（及其他）》，上海，上杂出版社，1953。
⑧ 谭正璧编：《三言两拍资料》，上、下册，上海，上海古籍出版社，1980。

一拂的《古典戏曲存目汇考》①、邵曾祺的《元明北杂剧总目考略》②、郭英德的《明清传奇综录》③、王森然遗稿《中国剧目辞典》④、李修生主编的《古本戏曲剧目提要》⑤ 等,对戏曲故事与小说故事的关系多有揭示。

1980年以后,我国台湾学者在叙事研究方面有不少专题性的著作,如杨振良的《孟姜女研究》⑥、洪淑苓的《牛郎织女研究》⑦、李殿魁的《双渐苏卿故事考》⑧、丁肇琴的《俗文学中的包公》⑨、陈益源的《王翠翘故事研究》⑩、范金兰的《"白蛇传故事"型变研究》⑪,都有一定的深度。

1990年以来,我国大陆学者在有关戏曲、小说叙事及人物形象方面的专题性著作也逐渐增多,如陈翔华的《诸葛亮形象史研究》⑫、朱万曙的《包公故事源流考述》⑬、许并生的《中国古代小说戏曲关系论》⑭、黄大宏的《唐代小说重写研究》⑮、杨绪容的《百家公案研究》⑯ 等,都是将戏曲、小说以及其他作品

---

① 庄一拂:《古典戏曲存目汇考》,上海,上海古籍出版社,1982。
② 邵曾祺:《元明北杂剧总目考略》,郑州,中州古籍出版社,1985。
③ 郭英德:《明清传奇综录》,上、下册,石家庄,河北教育出版社,1997。
④ 王森然等:《中国剧目辞典》,石家庄,河北教育出版社,1997。
⑤ 李修生主编:《古本戏曲剧目提要》,北京,文化艺术出版社,1997。
⑥ 杨振良:《孟姜女研究》,台北,台湾学生书局,1985。
⑦ 洪淑苓:《牛郎织女研究》,台北,台湾学生书局,1988。
⑧ 李殿魁:《双渐苏卿故事考》,台北,台湾文史哲出版社,1989。
⑨ 丁肇琴:《俗文学中的包公》,台北,文津出版社有限公司,2000。
⑩ 陈益源:《王翠翘故事研究》,台北,里仁书局,2001。
⑪ 范金兰:《"白蛇传故事"型变研究》,台北,万卷楼图书股份有限公司,2003。
⑫ 陈翔华:《诸葛亮形象史研究》,杭州,浙江古籍出版社,1990。
⑬ 朱万曙:《包公故事源流考述》,合肥,安徽文艺出版社,1995。
⑭ 许并生:《中国古代小说戏曲关系论》,北京,文化艺术出版社,2002。
⑮ 黄大宏:《唐代小说重写研究》,重庆,重庆出版社,2004。
⑯ 杨绪容:《百家公案研究》,上海,上海古籍出版社,2005。

沟通起来研究的。

总括来看，研究在不断进步，思路在不断深化，具体的操作也在不断细化。但综观海峡两岸学者的研究成果，大家的注意力还是比较集中于某几个家喻户晓的故事，罗列资料的现象还是比较常见，对戏曲、小说叙事的共通性，似乎还欠缺精到而简要的表述；对这些共通性的成因，也欠缺在民族心理层面上的思考。

三、研究思路与方法

本书的研究思路力图回归胡适、顾颉刚当年的学术语境，即从戏曲、小说共通的叙事层面入手，将它们看作是一个叙事的"共生体"，试图对戏曲、小说叙事若干主要的共通性作出简要的理论表述；透过叙事现象，研究一个个故事能够世代流传的心理因素，揭示故事的流传与不同时代的人的心态的对应关系。

在具体操作方面，本书重视个案研究，在多数情况下，力求回避大家已经研究得比较深透的故事个案；选取一些并不冷僻而又尚未引起充分注意的故事个案与故事人物，既做历时性的探讨，也尝试做共时性的研究；并对历代反复出现的叙事方式与民众审美习惯的关系有所揭示。我们将本书的研究对象视为古代下层社会精神演变史的重要资料，为以后的民间精神演变史研究打下一个基础。

回归胡、顾的学术语境，并不意味着笔者认为胡、顾的学术思路和做法已经十分完善。胡适看不起那些表面上看来是陈陈相因的东西，而古代戏曲、小说"陈陈相因"的东西实在太多了，我们只能面对，不可回避。笔者的看法是，我们不宜急于对历代都有的、经常"大面积"出现的叙事现象做出价值判断，而首先应做事实判断。反复出现的叙事现象必定内含着一些重要的民间心态资料，不管它们是高雅的还是低俗的，我们都应该做具体的分析和研究，这样或许对民族的集体心理的多个层面有进一步的了解和认识。在这个方面，我们也许对胡适有所超越。至于顾颉刚，其研究的雄心很大，摆开的"面"很宽，兴趣的转移也比较快。他的《孟姜女故事研究》具有典范意义，可他毕竟是一位史学家，并没有坚持以文学的眼光来看问题；他处理材料，用的是史家的方法，并不以细致耐心的文学分析见长。而面对故事，面对复杂的情节结构，面对变化中的情节结构与人物形象的动态关系，细致耐心的文学分析是必要的，这样才能捕捉其中若隐若现的微妙心态。同时，顾颉刚重视对故事的历时性研究，而往往忽略了对某个历史时段某个故事做共时性研究。在这些方面，我们或许对顾颉刚有所超越。

  本书的研究，试图展示胡、顾的学术语境具有并未过时的价值，这一学术语境最为可贵的地方就是并非就叙事论叙事。其他的一些前辈学者如郑振铎、赵景深等也是在胡、顾所开示的这一学术语境下做出了程度不同的贡献的。我们认为，一个民族千百年来不断流行的故事，不仅仅是告诉世人"从前有座山，山上有座庙，庙里有什么人，发生了什么可惊或可喜的事情"，而更为值得关注的是，为什么历代那么多的人都喜欢那些为数不算很多的故事，这些家喻户晓的故事是如何陪伴着我们这个民族在不断地成长的，它们在何种程度上对塑造民族性格产生正面的影响力，又是在何种程度上对民族性格的弱点具有负面的影响。对于这些问题的研究，胡、顾二氏开了先路，但还有待我们做进一步的、更为深入的观察和思考。本书的有些话题，是顺着胡、顾以及其他一些学者的研究思路"接着说"的；有些话题，则是在前辈学者的启发下结合笔者的思考而"自己说"的。这两方面的因素结合起来，则是希望在有所承传的前提下亦有所创新。

第一章　叙事研究的开拓（上）
——胡适的叙事研究

　　胡适（1891—1962）先生的学术研究往往具有开创意义。以现代学术的眼光来看，真正贯穿着问题意识的叙事研究，始自胡适。换言之，是胡适使叙事研究真正具有学术的品位。

　　其实，在胡先生之前，并非没有人注意到古代叙事问题尤其是故事流变的现象，如明吕天成（1580—1618）的《曲品》、祁彪佳（1602—1645）的《远山堂明曲品剧品》等，每每有涉及故事来源的简略文字；而大约成书于康熙末年的《乐府考略》（近人董康改题为《曲海总目提要》），其中更有不少考订戏曲故事来源的篇幅，使读者得以明了某一戏曲故事的"本事"及其他相关的资料。1916年，钱静方先生出版《小说丛考》，此书将所要考证的作品与相关的正史、野史及私家笔记相互比照，做法与《乐府考略》相近。

　　古代叙事作品的故事往往有其"本事"，并且会出现故事与故事之间的穿插与嫁接现象，这是读书人比较容易看得出来的，大概这点东西算不上"正经"学问。故而，关于叙事题材，知道是知道一些，无非可以满足一点点的好奇心与求知欲望而已，可算是茶余饭后的事情，前人一般不会当作学术问题来看待。

　　与此不同，胡先生以"历史的眼光"看待叙事问题尤其是戏曲、小说的叙事现象，他并不满足于只是知道这个人物来自何书，那个情节出于何处，他要研究的是，为什么一个故事能够长时间地流传与演化？他的问题有其个性化的学术背景：他关注白话文学的发展史,关注白话文学何以强有力地穿行于历史长河之中、盛行于市井与乡村,还关注着叙事现象背后的时代因素。是胡先生颇为自得的"历史的眼光"将叙事问题引入学术的殿堂。

第一节 研究叙事问题的"远因"与"近因"

在胡先生的学术生涯中,他的叙事研究以1920年的《水浒》考证为其一项具有标志性的工作。

据他自述,他用心研究的第一部小说是《儒林外史》,第二部小说才是《水浒传》。① 这些都是白话小说。他研究白话小说作品以及戏曲、小说中的叙事问题,并非闲来没事的无聊之举,乃是有其远因和近因的。

论其远因,与他早年的文学改良思想有关。他改良文学的关键步骤就是推广"白话",他在1916年说:"那已产生的白话小说词曲,都可证明白话是最配做中国活文学的工具的";"吾辈生于今日,与其作不能行远不能普及的《五经》两汉六朝八家文字,不如作家喻户晓的《水浒》、《西游》文字。与其作似陶似谢似李似杜的诗,不如作不似陶不似谢不似李不似杜的白话诗。"又说:"施耐庵、曹雪芹诸人已实地证明作小说之利器在于白话。"② 同一年,他在给陈独秀的信中说:"以今世历史进化之眼光观之,则白话文学之为中国文学之正宗,又为将来文学必用之利器,可断言也。"在胡先生的心目中,最有生命力的文学是"通俗行远之文学",即以《水浒》、《西游》、《三国》、元曲

---

① 《胡适的自传》,见陈金淦编:《胡适研究资料》,298页,北京,北京十月文艺出版社,1989。

② 陈金淦编:《胡适研究资料》,146~148页,北京,北京十月文艺出版社,1989。

等为代表的文学。① 以"历史进化之眼光"看待"通俗行远之文学",是胡先生日后研究叙事形态尤其是故事流变问题的基本的学术思路。

论其近因,则与他"整理国故"的倡议密切相关。1919年8月,他作《论国故学》②,大力倡导以"为真理而求真理"的态度来"整理国故",摆脱古人的"通经而致治平"的泛政治意图。胡先生对"国故"的理解在当时是与众不同的,他认为,"用历史的方法来尽量扩大研究的范围。这项历史方法要包括儒家的群经,儒家以外的诸子,乃至于佛藏、道藏——不管他们是正统还是邪门;古诗词与俗歌俚语既同时并重,古文与通俗小说也一视同仁。换言之,凡在中国人民文化演进中占有历史地位的任何形式的(典籍)皆在我们研究之列。"胡先生认为,这是"对中国古籍一种'结账式'的整理"③。既然如此,戏曲、小说作品与故事流变研究当然就成了胡氏"国故学"的一个重要方面了。

正是在这样的学术背景下,1920年前后的胡先生在小说研究领域做了两个方面的工作,一是指导、督促出版商(主要是汪原放主持的上海亚东图书馆)出版一些著名小说的"整理过的本子",开了用新式标点整理出版古代小说的先河;一是为一些著名的古代小说撰写导言,这些导言本身就是学术性很强的论文。

---

① 陈金淦编:《胡适研究资料》,152~153页,北京,北京十月文艺出版社,1989。
② 此文收入上海亚东图书馆1921年2月初版的《胡适文存》第一集。
③ 《胡适的自传》,见陈金淦编:《胡适研究资料》,281页,北京,北京十月文艺出版社,1989。

第二节　超越金圣叹

可以说，胡氏"国故学"的重要特色是重视对古代戏曲、小说的研究。说来不是凑巧，胡先生的这一学术思路，与他首先选择《水浒传》作为考证的对象有着某种必然的联系。他以"结账"的姿态将正统的与非正统的文化遗产通通打点、清理，固然有超凡的眼光和极大的勇气，但是也并非前无古人。其学术灵感正好来源于为《水浒传》作了大量批评文字的金圣叹（1608—1661）。

胡先生在《〈水浒传〉考证》的开头部分直言："金圣叹是十七世纪的一个大怪杰，他能在那个时代大胆宣言，说《水浒》与《史记》、《国策》有同等的文学价值，说施耐庵、董解元与庄周、屈原、司马迁、杜甫在文学史上占同等的位置，说：'天下之文章无有出《水浒》右者，天下之格物君子无有出施耐庵先生右者！'这是何等眼光！何等胆气！"①胡先生"整理国故"的胸怀实在得到金圣叹的开示。"大胆"的金圣叹何尝不是向来将"大胆"放在嘴边的胡先生的"师傅"呢！

不过，胡先生的超人之处在于，他发现其"师傅"有严重的缺点，尤其不满金圣叹批评《水浒》时所用的八股"选家"的迂腐做法。他认为，金圣叹只是将眼光钻到纸缝里去，很不识趣地去找《水浒》的"春秋笔法"，这是一种"缘木求鱼"的愚蠢之举。于是，胡先生又不得不做了其"师傅"的"叛徒"。

胡先生最不满金圣叹只懂"死文学"，不懂"活文学"，乃至于将"活文学"的《水浒传》看作是"死文学"。

---

① 胡适：《胡适作品集5》，61~62页，台北，远流出版公司，1994。以下引用此文，不另出注。

金圣叹的一个错误观念是，认为《水浒传》是施耐庵"做"出来的。不过，平心而论，以金圣叹的学识背景，他也只能将《水浒传》看作是一部"书"，是施耐庵"写"出来的"书"。他在《〈第五才子书施耐庵水浒传〉序三》说，早在11岁时患病，"告假出塾"，不喜欢玩，"仍以书为消息而已"，于是，依次接触到《妙法莲华经》、《离骚》、《史记》和"俗本《水浒传》"，尤其喜欢《水浒传》："其无晨无夜不在怀抱者，吾与《水浒传》可谓无间矣。"又说："吾既喜读《水浒》，十二岁便得贯华堂所藏古本，吾日夜手抄，谬自评释，历四五六七八月，而其事方竣，即今此本是已。"① 换言之，读《水浒》，评《水浒》，是金圣叹的童年经历中的一项重要内容；将《水浒》与《离骚》、《史记》等书"混"在一起来读，同样也是他的童年经历中的一项重要内容。这两项内容结合在一起，造就出一个独一无二的金圣叹！他的见识与大胆，他的局限与不足，都肇始于其童年的读书生活。再联系其日后的成长环境，八股盛行，"选家"遍地，他怎么能不把《水浒》也看作是一部"文章精严"的"书"呢？他拈出"精严"二字，用以同评《庄子》、《史记》、《水浒》，并说："何谓之精严？字有字法，句有句法，章有章法，部有部法是也。"② 大胆的金圣叹自己却一不留神钻进了这个"法"那个"法"之中，把一部活活的《水浒》看作是"文章范本"，又岂能不令胡适先生对之皱眉头呢？

胡先生的见解高出于金圣叹，有其个人的学理背景和时代的因素。其学理背景已如上述。他的时代因素也不可忽视。胡先生研究"国学"，是在走出国门又返回了祖国之后。在留学美国期间，他曾经留心研读外国语言的历史，从外国语言的形成史看一

---

① 马蹄疾编：《水浒资料汇编》，26~27页，北京，中华书局，1980。
② 马蹄疾编：《水浒资料汇编》，27~28页，北京，中华书局，1980。

个国家（民族）的文学发展史，再反过来看中国的文学史，遂有一种豁然开朗之感。比如，他考察了英语与英语文学的互动关系：现在通行全世界的"英文"，在500年前还只是伦敦附近一带的方言，叫做"中部土话"。乔叟和威克列夫都用这"中部土话"写文学作品。有了这两个人的文学，便把这"中部土话"变成英国的标准国语。后来到了15世纪，印刷术输进英国，所印的书多用这"中部土话"。国语的标准更确定了。到16、17世纪，莎士比亚和"伊丽莎白时代"的无数文学大家，都用国语创造文学。从此以后，这一部分的"中部土话"不但成了英国的标准国语，几乎竟成了全地球的世界语了。① 他在晚年的自述中还说："学习德文、法文也使我发掘了德国和法国的文学。我现在虽然已不会说德语或法语，但是那时（笔者按：指留学美国时期）我对法文和德文都有相当过得去的阅读能力。"② 于是，除了本国文学的根底外，胡先生又有了英、法、德文学的广泛修养，他说："我对英、法、德三国文学兴趣的成长，也就引起我对中国文学兴趣之复振。"③ 对于这一层，金圣叹在九泉之下也只好自愧弗如、望洋兴叹了。

可以说，胡先生与金圣叹的最大区别在于，金只会从文章写法看《水浒》，胡却能从白话与白话文学的互动关系、戏曲与小说的相互影响来看待《水浒》的叙事问题。胡先生的叙事研究，主要是从这样的角度切入的。

---

① 《胡适的自传》，见陈金淦编：《胡适研究资料》，347～348页，北京，北京十月文艺出版社，1989。
② 陈金淦编：《胡适研究资料》，183页，北京，北京十月文艺出版社，1989。
③ 陈金淦编：《胡适研究资料》，184页，北京，北京十月文艺出版社，1989。

第三节 探讨故事的"传播动力"

《〈水浒传〉考证》"破"了金圣叹的"选家"做法,立意要"开辟一个新方向,打开一条新道路"。胡先生面对着白纸黑字的《水浒传》,却不把它看作是一部个人著述的"书",只是将它视为"从南宋初年(西历12世纪初年)到明朝中叶(15世纪末年)这四百年的'梁山泊故事'的结晶",指出水浒故事的叙事形态有一个动态的演化历程,其2万字的考证文章,就是对这个结论的"说明和引证"。

胡先生从《宋史》有关宋江等人的记载说起,依循宋江等人的故事的流传线索,从民间故事、元代杂剧寻找后世的写定本《水浒传》的故事渊源以及其中的复杂关系,指出"威名传播远近"的宋江等三十六人故事有一个在民间"越传越神奇"的口头传播过程。他着重于从一定时代的社会心理看待故事的"传播动力",认为最初的"水浒故事"之所以产生和流传的主要原因是:"(1)宋江等确有可以流传民间的事迹与威名;(2)南宋偏安,中原失陷在异族手里,故当时人有想望英雄的心理;(3)南宋政治腐败,奸臣暴政使百姓怨恨,北方在异族统治之下受的痛苦更深,故南北民间都养成一种痛恨恶政治恶官吏的心理,由这种心理上生出崇拜草泽英雄的心理。"胡先生已经看出,能够远近流传的故事,其背后必定有一种普遍存在的社会心理,这是助长该故事呈现出浩大声势的强劲动力。因此,胡先生在考察了"水浒故事"在宋、元、明三代的流传与衍变后说:"《水浒传》决不是'饱暖无事,又值心闲'的人做得出来的书。'饱暖无事,又值心闲'的人只能作诗钟,做八股,做死文章,——决不肯来做《水浒传》。(金)圣叹最爱谈'作史笔法',他却不幸没有历史的眼光,他不知道水浒的故事乃是四百年来老百姓与文人发挥一肚皮宿怨的地方。宋元人借这故事发挥他们的宿怨，故把一座强盗山寨变成替天行道的机关。明初人借他发挥宿怨，故写宋江等平四寇立大功之后反被政府陷害谋死。明朝中叶的人——所谓施耐庵——借他发挥它的一肚皮宿怨，故削去招安以后的事，做成一部纯粹反抗政府的书。"他颇为自得地总结道："这种种不同的时代发生种种不同的文学见解，也发生种种不同的文学作物。——这便是我要贡献给大家的一个根本的文学观念。……不懂得南宋的时代，便不懂得宋江等三十六人的故事何以发生。不懂得宋元之际的时代，便不懂得水浒故事何以发达变化。不懂得元朝一代发生的那么多的水浒故事，便不懂得明初何以产生《水浒传》。……这叫做历史进化的文学观念。"他特别强调水浒故事发展的阶段性，每一个阶段的水浒故事都与特定的时代相关联，比如，他指出："元朝水浒故事非常发达，这是万无可疑的事。元曲里的许多水浒故事戏便是铁证。但我们细细研究元曲里的水浒戏，又可以断定元朝的水浒故事决不是现在的《水浒传》；又可以断定那时代决不能产生现在的《水浒传》。"① 尽管胡先生的见解中个别判断随着学术研究的深入而显得不一定恰当，但是，他用"历史的眼光"看待"水浒"的叙事问题，揭示其叙事现象中所蕴含的社会的深层心理，至今仍有学术研究上的指导意义。

第四节　叙事题材的"先天优势"与"后天调补"

1922 年 5 月，胡先生作《〈三国志演义〉序》。他同样是立足于"历史的眼光"来看待《三国演义》的成立过程，与前两

---

① 胡适:《胡适作品集5》，73页，台北，远流出版公司，1994。

年考证《水浒传》时所用的语气一样，他相当肯定地说："《三国志演义》不是一个人做的，乃是五百年的演义家的共同作品。"①

不过，对于三国故事的流行，胡先生考察的侧重点与考证水浒故事不大一样。在胡先生看来，就叙事题材而言，水浒故事"先天不足"，其在日后的流行与扩展，与南宋以来不同时期的政局和民心密切相关，故而不同时期的水浒故事多有互异之处，往往是"后天调补"而成的。而三国故事作为一种叙事题材，在某种程度上却具有"先天优势"，它源于一个时势造英雄的时代，在中国历史上的各个英雄时代中，"三国时代"又具备其独特之处："三国的故事向来是很能引起许多人的想象力与兴趣的。这也是很自然的。中国历史上只有七个分裂的时代：（1）春秋到战国，（2）楚汉之争，（3）三国，（4）南北朝，（5）隋唐之际，（6）五代十国，（7）宋金分立的时期。这七个时代之中，南北朝与南宋都是不同的民族分立的时期，心理上总有一点'华夷'的观念，大家对于'北朝'的史事都不大注意，故南北朝不成演义的小说，而南宋时也只配做那偏于'攘夷'的小说（如《说岳》）。其余五个分立的时期都是演义小说的好题目。分立的时期，人才容易见长，勇将与军师更容易见长，可以不用添枝添叶，而自然有热闹的故事。所以《东周列国志》、《七国志》、《楚汉春秋》、《三国志》、《隋唐演义》、《五代史平话》、《残唐五代》等书的风行，远胜于《两汉演义》、《两晋演义》等书。但这五个分立时期之中，春秋战国的时代太古了，材料太少；况且头绪太纷繁，不容易做得满意。楚汉与隋唐又太短了，若不靠想象力来添材料，也不能做成热闹的故事。五代十国头绪

---

① 胡适：《胡适作品集10》，154页，台北，远流出版公司，1994。以下引用此文，不另出注。

也太繁,况且人才并不高明,故关于这个时代的小说都不能做好。只有三国时代,魏蜀吴的人才都可算是势均力敌的,陈寿、裴松之保存的材料也很不少;况且裴松之注《三国志》时,引了许多杂书的材料,很有小说的趣味。因此,这个时代遂成了演义家的绝好题目了。"其中,"不用添枝添叶,而自然有热闹的故事",这是胡先生对"三国故事"所具备的"先天优势"的基本判断。

他在文中大略回顾了自《三国志》以后三国故事的主要走势,尤其将元代杂剧中的三国戏与《三国演义》比较,其看法是:"我们研究这几种现存的杂剧,可以推知宋至明初的三国故事大概与现行的《三国演义》里的故事相差不远。"当然,胡先生的看法是比较粗疏的,如果仔细比较,元杂剧的三国故事戏与《三国演义》亦有不少差距;况且,他写作此文时,尚未见到《三国志平话》①,也不知道《三国志平话》的另一刊本《三分事略》②,无从比较平话与演义的不同;胡先生考察三国故事的流变,明显地受到局限。

尽管如此,胡先生还是提出了一个有趣的问题:水浒故事的流行与三国故事的流行,从故事发生学的角度看是有区别的。其主要的区别在于,三国故事虽然在宋元之前还显得零碎、分散,但因为有史传作框架,又有不少野史材料,同时这些材料比较集中地保存在裴松之的《三国志注》里,有目共睹,人们在编故事时,一般难以跳出"如来佛"的掌心。而三国故事之所以精彩,在一定程度上说是属于"原生态"的,历史上"已然"发

---

① 此书藏于日本内阁文库,其为世人所知,当始于1926年3月,日本学者盐谷温先生影印此书出版。
② 此书藏于日本天理大学图书馆,笔者所见为《天理图书馆善本丛书》"汉籍之部"所收本,东京,八木书店,1980。

生的故事本来就是如此轰轰烈烈，风云变幻，云谲波诡，一代英雄横空出世，乱世纷争目不暇接。相较而言，水浒故事"先天"地不如三国故事那样有丰富的史料可作借鉴，有"原生态"的精彩故事可做"关目"；就水浒故事的"原生态"来说，它不过是发生在宋代的一起不大不小的聚众起义，即《宋史》卷三百五十一所说的"（宋）江以三十六人横行齐魏"，其对历史进程的影响力度，与"三国纷争"是不可相提并论的。然而，妙就妙在水浒故事比三国故事更为贴近民生，没有那么多的对阵厮杀、金戈铁马，却有很多为三国故事所不具备的官衙丑闻、市井人生、家长里短、儿女风情，这些故事在现实社会里多而又多，用不着参考史料，也用不着顾忌"如来佛"的掌心，有点社会阅历的，即可随手拈来，笔下生风。这却是三国故事所不能比拟的。

胡先生已经注意到，一个具有魅力的"故事群"，具有"先天优势"，固然可以解释其故事魅力的渊源所在，可是，"先天优势"又使该故事群在流传的过程中受到一定的局限，尤其是它往往束缚了人们的想象力，因而具有"先天优势"的"故事群"不是"一本万利"的，而是有"赚"有"赔"，有得有失。相反，不具有"先天优势"的"故事群"，正因为"先天不足"，给人们留下了"后天调补"的广阔空间，说不定更容易"出彩"。在比较三国故事与水浒故事时，胡先生得出一个结论："（《三国演义》）全书的大部分都是严守传说的历史，至多不过能在穿插琐事上表现一点小聪明，不敢尽量想象创造，所以只能成一部通俗历史，而没有文学的价值。《水浒传》全是想象，故能出奇出色；《三国演义》大部分是演述与穿插，故无法能出奇出色。"

在胡先生看来，一个"故事群"，具有"先天优势"，或者不具备"先天优势"，这不是最关键的问题。最重要的，是要看这个"故事群"是否呈现出文学的想象力与创造性。

说《三国演义》"没有文学的价值",这句话对于今天的人来说,会感到非常刺耳,令人怀疑胡先生的文学感受力。胡先生的话,显然是偏颇的,可是,能倾心地欣赏《水浒传》的人,怎会没有文学的感受力呢?以胡先生当时已具备的中西文学修养,说他不懂文学,是说不过去的。我们可以不同意胡先生的看法,却可以对他加以"同情的理解"。胡先生是一个崇尚"创造力"的人,他尊敬"师傅",又常常会"背叛"师傅,要做出一些其"师傅"做不出来的事情,这是一个喜欢"尝试"的人。在其学术生涯中,他曾经受惠于金圣叹,受惠于马建忠,也受惠于梁启超,但他似乎天生地不喜欢亦步亦趋,在治具体的学问时,就做出了不同于金、不同于马、也不同于梁的文章。具有这样的心性,胡先生会对"因循"过多的东西表示不满,他对《三国演义》的看法,与其说是偏激,不如说是表露了胡先生内心固守的文学观念,一种崇尚创造、不满"因循"的文学观念。

其实,胡先生承认三国故事与《三国演义》具有"魔力",他是从另一个层面来肯定其价值的:"《三国演义》究竟是一部绝好的通俗历史。在几千年的通俗教育史上,没有一部书比得上他的魔力。五百年来,无数的失学国民从这部书里得着了无数的常识与智慧,从这部书里学会了看书写信作文的技能,从这部书里学得了做人与应世的本领。他们不求高超的见解,也不学文学的技能;他们只求一部趣味浓厚,看了使人不肯放手的教科书。《四书五经》不能满足这个要求,《二十四史》与《通鉴》也不能满足这个要求,《古文观止》与《古文辞类纂》也不能满足这个要求。但是《三国演义》恰能供给这个要求。我们都曾有过这样的要求,我们都曾尝过他的魔力,我们都曾受过他的恩惠。我们都应该对他表示相当的敬意与感谢!"胡先生从国民教育的层面来确认《三国演义》的价值,而从文学创造的层面来看

《水浒传》。

可以附带一提的是，1921年12月，胡先生曾作《〈西游记〉序》；1923年2月，又将该序与另一篇考证《西游记》的文字合并为《〈西游记〉考证》。胡先生研究西游故事的叙事问题，也是用其一贯的做法，将戏曲、小说的叙事题材一并考察，然后对章回小说《西游记》的文学特质做出评说："至于我这篇考证本来也不必做；不过因为这几百年来读《西游记》的人都太聪明了，都不肯领略那极浅极白的滑稽意味和玩世精神，都要妄想透过纸背去寻那'微言大义'，遂把一部《西游记》罩上了儒释道三教的袍子；因此，我不能不用我的笨眼光，指出《西游记》有了几百年逐渐演化的历史；指出这部书起于民间的传说和神话，并无'微言大义'可说；指出现在的《西游记》小说的作者是一位'放浪诗酒，复善谐谑'的大文豪做的，……他至多不过有一点爱骂人的玩世主义。"胡先生特别强调《西游记》的"诙谐"最有价值："这种诙谐的里面含有一种尖刻的玩世主义。《西游记》的文学价值正在这里。"① 从胡先生对水浒故事与西游故事的赞赏可以看出，在其心目中，所谓文学价值就是一种具有创造力和想象力的人文精神。相较而言，三国故事在这一方面是有点欠缺的。胡先生在研究叙事问题的时候，自觉不自觉地显露出文学家与思想家的双重身份。

第五节 "历史的眼光"与胡氏学术语境

胡先生在叙事研究方面的"历史的眼光"，在其学术生涯中是有迹可循的。其中有三条线索尤其值得注意：一是其语言文字学的训练，一是对叙事文学衍变现象的考察，一是对梁启超学术

---

① 胡适：《胡适作品集10》，75~76页，台北，远流出版公司，1994。

语境的拓新。

说到语言文字学的训练，胡先生在其晚年的回忆中还显得津津乐道，举出《诗三百篇言字解》（1911年，时在美国）作为例子，说明自己早期的怀疑精神和治学方法。他说，汉儒将《诗经》中的"言"字解释为与第一人称代名词"我"同义，这是靠不住的。于是，"我就用一种我叫它作'归纳论理法'，把《诗经》上所有'言'字的用法，归纳在一起。这办法就是我所说的'以经解经'的办法。把这些'言'字在不同的词句里的用法比较、印证之后，便可找出更自然、更近情理，也更能被人接受的意义了。"其结论是，《诗经》中的"言"字是个"连接词"，"颇像古文中的'而'字"。胡先生特别指出，一方面，他的研究受到马建忠、马相伯合著的《马氏文通》的影响，所以懂得使用归纳法；另一方面，批评《马氏文通》对语言资料"缺乏历史性的处理（historical approach）。他兄弟二人把文字上相同的例子归纳起来研究的办法是无可非议的；不过他们写书时缺乏历史观念。须知文法和语言文字本身一样都是随时间和空间变迁的。一个研究者要注意到他的研究对象上历史和地理的因素。经过数千年的演变，各地区各时代方言的文法可能皆各有不同，不可一概而论。所以马建忠举《诗经》和《论语》上的例句和唐代散文大家韩愈文章里的例子来比较研究就不准确了"[①]。有意味的是，1919年12月，胡先生撰写《国语文法概论》，用的就是"历史的眼光"和"历史的研究法"，其中，探讨了"得"、"的"二字在《水浒传》、《石头记》、《儒林外史》中的历时性衍变，得出一个重要的结论："凡语言文字的变迁，

---

① 《胡适的自传》，见陈金淦编：《胡适研究资料》，224~226页，北京，北京十月文艺出版社，1989。

都有一个不得不变的理由。"① 时隔半年多，即 1920 年 7 月，胡先生用同样的治学思路写出了《〈水浒传〉考证》。可见，胡先生早年的语言文字研究从训诂学入手，练就了细读文本的功夫和排比资料的耐心，而又具有历史语言学的眼光，此乃其文学史研究的底蕴之一。

至于对叙事文学衍变现象的考察，说来并无深奥之处，胡先生只是利用了他的欧洲文学史常识，以之与中国文学史加以比较。他说，像《三国演义》、《西游记》、《封神榜》、《水浒传》等等，"这些小说都经过了数百年的流传（最后才写出有现在形式的定稿）。它们最初多为一些流行故事，由说书的或讲古的人加以口述。正如西方小说之中那些了不起的《荷马史诗》（The Homeric epics）和《亚特尔神王传奇》（The King Arthur Tales）等等，在英语小说中的传统一样；那都是经过几百年的演变的。对这些小说，我们必须用历史演进法去搜集它们早期的各种版本，来找出它们如何由一些朴素的原始故事逐渐演变成为后来的文学名著"②。换言之，这是一种世界性的文学现象。胡先生的经验告诉我们，当一个研究者的眼界打开之后，不可忽视自己所接触到的种种常识；常识并不高深，但对有心人往往颇有奇效，正所谓运用之妙，存乎一心。

对于胡适学术与梁启超（1873—1929）学术的承接关系，胡先生本人有过明确的表述："我个人受了梁先生无穷的恩惠。现在追想起来，有两点最分明。第一是他的《新民说》，第二是他的《中国学术思想变迁之大势》。"前者对胡先生的世界观和入世胸怀有相当大的影响，后者对胡先生的学术取向有不可忽视

---

① 胡适：《胡适作品集5》，59 页，台北，远流出版公司，1994。
② 《胡适的自传》，见陈金淦编：《胡适研究资料》，270 页，北京，北京十月文艺出版社，1989。

的启示意义。他说:"《中国学术思想变迁之大势》也给我开辟了一个新世界,使我知道《四书》《五经》之外中国还有学术思想。"梁先生将中国学术思想史分为七个时代,虽不尽妥当,但有开创意义,胡先生对此表示敬佩:"这是第一次用历史眼光整理中国旧学术思想,第一次给我们一个'学术史'的见解。所以我最爱读这篇文章。"不过,梁先生的研究做得并不完整,显得相当粗糙,尤其是把学术史上的"宋元明"整个搁起不提,最使胡先生失望。于是,胡先生在心里打定主意,"替梁任公先生补作这几章缺了的中国学术思想史"①。至于胡先生日后做得如何,可另当别论。我们关注的是,在一定程度上,胡适的学术语境乃是从梁启超的学术语境中衍化而出的。胡先生在思想史研究、语言文字研究和文学史研究(包括叙事研究)等方面都极为看重"历史的眼光",这不可能不带有梁启超的印记。这应该算是梁先生对胡先生之"无穷的恩惠"的一个重要侧面了。

总括而言,胡先生的叙事研究,不仅具有开创性,而且有较高的学术品位。后来以顾颉刚等为代表的研究叙事问题的学者,在很大程度上受惠于胡先生"历史的眼光"的启示。顾颉刚先生并不讳言,其研究的灵感来自胡适。他说,在上大学期间,"那数年中,(胡)适之先生发表的论文很多,在这些论文中,他时常给我以研究历史的方法,我都能深挚地了解而承受;并使我发生一种自觉心,知道最合我性情的学问乃是史学。民国九年(1920)秋间,亚东图书馆新式标点本《水浒》出版,上面有适之先生的长序,我真想不到一部小说中的著作和版本的问题会得这样的复杂,它所本的故事的来历和演变又有这许多的层次的。

---

① 《胡适的自传》,见陈金淦编:《胡适研究资料》,91~94 页,北京,北京十月文艺出版社,1989。

若不经他的考证,这件故事的变迁状况只是在若有若无之间,我们便将因它的模糊而猜想其简单,哪能知道得如此清楚。"顾先生进一步指出:"自从有了这个暗示,我更回想起以前做戏迷时所受的教训,觉得用了这样的方法可以讨究的故事真不知有多少。……若能像适之先生考《水浒》故事一般,把这些层次寻究了出来,更加以有条不紊的贯穿,看它们是怎样地变化的……适之先生在《建设》上发表辩论井田的文字,方法正和《水浒》的考证一样,可见研究古史也尽可以应用研究故事的方法。"①由此可知,胡适先生的研究深具启发意义。在现代学术史上,胡先生可以说是叙事研究的第一人。

不过,胡先生的研究也有明显的局限,他只注意到叙事现象的背后有特定的社会心理在推动,却不大看得起那些"陈陈相因"的故事,也没有看到这种看似"老掉牙"的东西也是我们做民族心态史研究的上好材料。为什么千百年来人们津津乐道司马相如的故事?为什么我们在"韩寿偷香"、《西厢记》、《娇红记》、《怀香记》、《贾云华还魂记》、《洒雪堂传奇》等作品中可以反复看到"似曾相识"的故事情节?凡是"陈陈相因"的东西,其背后必定与某种心理结构有不可忽视的对应关系。而胡先生当年轻视的东西,未尝不可以作为我们今天进一步研究的课题。

---

① 顾颉刚:《古史辨第一册自序》,见顾颉刚:《我与古史辨》,44~45页,上海,上海文艺出版社,2001。

第二章　叙事研究的开拓（下）
——顾颉刚的叙事研究

顾颉刚（1893—1980）先生以史学家著称于世。他是中国现代史学史上曾经有较大影响的"古史辨"派的创始人。顾先生治学，非常重视要有"自己学问上的建设"，他在《古史辨》第一册《自序》中对自己的学问有过一番省思，比如，对于自己早期的读书笔记，有如下的自评："到现在翻开看时，不由得不一阵阵地流汗，因为里边几乎满幅是空语，全没有自己学问上的建设。但一册一册地翻下去时，空虚的渐渐变成质实了，散乱的也渐渐理出系统来了，又渐渐倾向到专门的建设的方面了，这便使我把惭愧之情轻减了多少。因此使我知道，学问是必须一天一天地实做的，空虚和荒谬乃是避免不了的一个阶级；惟其肯在空虚和荒谬之后作继续不断的努力，方有充实的希望。"① 他又在其《读书记》的首页上写道："余读书最恶附会，又最恶胸无所见，作吠声之犬。"② 可以说，追求"学问上的建设"是顾先生的学术人格的核心。

作为史学家的顾先生，其最初的兴趣不是史学，而是戏剧。顾洪先生谈及其父亲早年的治学时说："起初笔记内容不拘一格，幼年有一段时期看戏成了癖好，作过《论剧记》。"又说："父亲从小喜欢看戏，受到戏剧故事变化的启发，很早就有志于

---

① 顾颉刚：《我与古史辨》，31~32页，上海，上海文艺出版社，2001。
② 顾颉刚：《我与古史辨》，30页，上海，上海文艺出版社，2001。

用故事的眼光解释古史的构成的原因,把古今的神话与传说作为系统的叙述。除有关京、昆及各种地方剧种艺术形式的札记外,笔记中更多地记录了各种戏曲故事,以及不少中外神话传说,从中寻找故事变化的背景及规律。"① 幼年的爱好往往是一个学者建立其学术思想十分重要的"支撑点",顾洪先生为我们提供了一个解读顾先生学术思想的"少年背景"。

顾先生的"少年背景"决定了在其学术生涯中"故事"及"故事变化"是两个不可忽视的"关键词"。而事实上,顾先生的叙事研究就是他的"学问上的建设"中一项引人入胜的内容。

第一节 关注故事的"演变次序"

顾先生的叙事研究,以早年的看戏经验为"原始"背景。而把自己的看戏经验转化为一种学术眼光,调动起自己的人生体悟来做学问,并且在"故事"中"审量"出问题来,持之以恒地对自己发现的问题追根究底,从而训练出有个性的学术"触觉"与研究手段,建立起有个人特色的"学术套路",这是顾先生治学的一大特点。

喜欢故事,是人类的天性。可是,喜欢故事与研究故事毕竟是两码事,天底下喜欢故事的人很多,而真正有兴趣研究故事的来龙去脉的人毕竟是少数。顾先生和一般的人一样,少年时代听大人讲故事,他曾说:"我的本生祖父和嗣祖母都是极能讲故事的,……我家的几个老仆和老女仆也都擅长这种讲话,我坐在门槛上听他们讲'山海经'的趣味,到现在还是一种很可眷恋的温煦。"不过,和一般的人不大一样的是,顾先生的祖父有一种

---

① 顾洪:《顾颉刚读书笔记前言》,见顾颉刚:《顾颉刚读书笔记》,第一卷,台北,联经出版事业公司,1990。

比较特别的教育方式，顾先生从小受到一种一般人不一定有的教育，他说："祖父带我上街，或和我扫墓，看见了一块匾额，一个牌楼，一座桥梁，必把它的历史讲给我听，回家后再按着看见的次序写一个单子。因此，我的意识中发生了历史的意味，我得到了最低的历史的认识：知道凡是眼前所见的东西都是慢慢儿地积起来的，不是在古代已尽有，也不是到了现在刚有。这是使我毕生受用的。"① 祖父一件一件的讲述，有意无意间培养了顾先生的"历史过程"意识；而"回家后再按着看见的次序写一个单子"，这个做法，估计其祖父的初衷是为了"备忘"，为了加深顾先生的记忆，但也是有意无意间在顾先生的心灵里种下了学术研究的"种子"。由此我们可以寻找到顾先生学术思维的最初的内在逻辑：

故事不是单独、静止、自足地存在的，"是慢慢儿地积起来的"，这是一个"历史过程"；故事"慢慢儿积起来"的过程穿越着历史的时空，"不是在古代已尽有的，也不是到了现在刚有"，从"古"到"今"，从"无"到"有"，且一步一步地走向越来越丰富的"有"，这是一个可以开列"单子"来研究的过程。这样的过程包蕴着"历史的意味"。

顾先生的确有开列"单子"的做法，比如，他在读书笔记《纂史随笔（三）》中有"黄帝故事的演变次序"条，曰："黄帝故事演变的次序，照我推测，大约是：（1）黄帝是秦国崇奉的上帝之一（假定《史记封禅书》语为可信）。（2）加上战国时神仙家的涂饰（战国时方士以燕、齐为盛，而阪泉、涿鹿均为燕地）。（3）为庄子等论道之人所容纳，又加上一层'道'的涂饰。（4）传说既盛，儒家亦不能不容纳，因此推为古代帝王，而有《易系辞》及《五帝德》等记载。（5）既为儒家所取，于

---

① 顾颉刚：《我与古史辨》，6~7页，上海，上海文艺出版社，2001。

是为汉代之道家所攻击,如《庄子》中《在宥》、《天运》诸篇之说他太人间化(《庄子》中汉人的作品甚多,例如言'六经'及'三皇、五帝'之文)。(6)汉以后定一尊于儒家,故《易》、《礼》、《国语》中所说之黄帝竟成为历史。"① 这份"单子",反映出顾先生对黄帝故事的历时性演变,有自己的把握和判断,黄帝故事也是"慢慢儿地积起来的",更重要的是,他把黄帝故事的演变与从先秦到汉代的思想史、社会史、史学史等结合起来,力图阐释黄帝故事的演变所内含的"历史的意味"。关注故事的"演变次序",是顾先生的叙事形态研究的一大特点。在著名的"孟姜女故事"研究等项目中,他也坚持着这个基本思路。

第二节 揭示故事"无稽的法则"

从小听着故事长大的顾先生,于20岁那年(1913年)考进北京大学预科,这是其人生中最初的转折点。从顾先生的回忆可知,他来到北京,最有意思的是能在"戏剧渊海"的地方狠狠地过足"戏瘾","大看而特看",上午上课,下午看戏,"在这戏迷的生活中二年有余,……万想不到我竟会在这荒唐的生活中得到一注学问上的收获。"这时,他从小受过祖父训练的对故事的"考究"癖好开始发挥"作用",他一边看戏,一边思考,"深思的结果,忽然认识了故事的格局,知道故事是会得变迁的,从史书到小说,已不知改动了多少;……从小说到戏剧,又不知改动了多少;甲种戏与乙种戏同样写一件故事,也不知道有多少点的不同。一件故事的本来面目如何,或者当时有没有这件事实,我们已不能知道了;我们只能知道在后人想象中的这件故

---

① 顾颉刚:《顾颉刚读书随笔》,第一卷,558页,台北,联经出版事业公司,1990。

事是如此的分歧的。……我看了两年多的戏，唯一的成绩便是认识了这些故事的性质和格局，知道虽是无稽之谈，原也有它的无稽的法则。"① 对于"无稽之谈"，有的人可能不屑一顾，有的人可能一笑置之，有的人可能认为"有趣"而继续"口耳相传"，而顾先生与众不同的是，他能从观念形态的角度去认识"无稽之谈"，认为尽管是"无稽之谈"，但毕竟是"后人想象"的产物；"后人想象"本身具有观念的价值，反映着某一种具有普泛价值的心态，所谓"无稽之谈，原也有它的无稽的法则"，应该是顾先生在接触了大量的戏曲、小说等叙事作品之后的一个重要发现，研究本民族的心态史，不能无视这种"无稽的法则"。

"无稽的法则"其实支撑起一个想象力的世界。不管是"牛郎织女"，还是"董永遇仙"，不管是"孟姜女哭崩长城"，还是"白蛇精勇斗法海"，还有那数不清的狐妖鬼魅、花精树怪，以及层出不穷的历史演义、荒诞传奇，等等，它们无一不是与某种心态相对应的精神现象，哪怕是拙劣的叙述、粗疏的故事、庸俗的描写，它们总是与特定的阶层，以及特定阶层的文化水平、观念形态、审美习惯等相互对应。一个民族的心态史有不同的层面，作为民族心态史重要组成部分的故事，同样呈现出不同的层次，无论是"质实"的，还是"荒唐"的，无论故事的形态如何演变，它们都与特定时代、特定群体的心态息息相关。

第三节 重视故事的"多变性"

由于存在着一个"无稽的法则"，中国古代的故事，在其流传过程中往往以"多变"著称。

---

① 顾颉刚：《我与古史辨》，25页，上海，上海文化出版社，2001。

顾先生十分重视故事的"多变性"。他感兴趣的是，多变的故事在一定程度上向后人展示时代与观念的变迁，以及不同地域的观念差异。他在《羿的故事》中分析了羿的故事有三种类型，构成三组："第一组是神话家所传说的，第二组是诗歌家所传说的，第三组是儒墨等学派所传说的。"他认为，就第一组故事而言，虽然是"神话家所传说的"，但是，其间已有变化：《山海经》说羿本是"帝俊"（即上帝，郭沫若先生说）派到人间的神人，为人间清除各种灾患；而《淮南子》则说羿是尧的臣子，受尧的派遣清剿"民害"，并且，"上射十日"，"万民皆喜"，于是，"《山海经》里的帝俊到《淮南子》里变成了尧；羿也人化了，变成尧的功臣了。它说尧之所以为天子是由于能任羿；羿之于尧犹禹之于舜；禹的努力的结果是'鸿水漏，九州干'，羿的努力的结果是'天下广狭险易远近始有道里'。在这里，羿颇有做《尧典》里的人物的资格。我们以为羿'去百艰'是原始的神话，而尧任羿是晚出的人话。"① 顾先生指出，神话传说中的羿，其身份已经发生变化，从"神"转化为"人"，其故事的性质也发生变化，从"神话"转化为"人话"。其中，关键的是，羿的隶属关系改变了，他从帝俊的属下变为尧的臣子，按理说，这是"无稽"的，但这种"无稽"的变化恰好是中国古代故事流变的特点，它一定是得到某一种观念的支持：羿的故事之所以能变为"人话"，其前提是上古社会在走出神话时代之后，人们要塑造人间的偶像，当时的人间偶像是尧，为了把尧神圣化，就连带把其下属也神圣化，《山海经》曾经记载过的"恤下地之百艰"的羿正好可以成为尧最得力的助手。正是在这个意义上，顾先生说："羿颇有做《尧典》里的人物的资格。"这大概是中国神话传说史上最早的关于君臣关系的"拉郎配"。

---

① 顾颉刚：《顾颉刚民俗学论集》，28页，上海，上海文艺出版社，1998。

接着，顾先生考察了"诗歌家所说的故事"（以《楚辞》为代表）以及"儒墨等学派所说的故事"（以《论语》、《孟子》、《墨子》等为代表）。在《楚辞》系统中，羿的形象很不好，他射杀河伯，霸占河伯之妻，"是一个淫游佚畋的人物"，这与《山海经》系统对羿的褒扬有极大的差别，说明不同地域的人由于利益、立场不同，观念互异；就是同一个人物（如羿），出于不同的观念与评价标准，其在故事中的艺术形象也会出现很大的区别，尤其是感情色彩与褒贬倾向很不一样。而在儒家的著作中，羿是一位射术精湛而不能善终的人物，其不能善终是因为他不重视"德"，把技艺传授给无德之人，最后被学生逢蒙害死。在这里，羿成为一个重"艺"不重"德"的典型，是儒家进行说教的一个活标本。至于《墨子》，记载了"羿作弓"的事迹。顾先生总结说："在西汉中年以前，羿的时代还没有固定，有的书说他是尧时人，有的书说他是夏时人，又有书说他是周幽厉时人。羿的品格也没有固定，有的书说他是有功的好人，有的书说他是有罪的坏人，又有书把他当作世职的名称看。最通行的是他的善射的传说。到了西汉初年以后，才有羿为夏帝的说法。西汉末年以来，楚辞一派的传说占得胜利，羿才固定为夏时淫游佚畋的君主了。直到东汉初年，然后羿才被看成一个篡位之君。"①

在这里，有两个问题值得注意，一个是羿的传说从不固定到比较固定，顾先生认为"楚辞一派的传说占得胜利"是主要原因，这就揭示出一个重要的文化现象，即当某一种古代文献（如《楚辞》）被编定且在一定程度上成为"范本"之后，该文献具有一种非比寻常的"文化权力"，在这种"文化权力"的笼罩之下，该文献内含的各种文化因素均具有强势的权威性，羿的

---

① 顾颉刚：《顾颉刚民俗学论集》，40页，上海，上海文艺出版社，1998。

传说被"固定"下来,就是一个例子。① 另一个是,顾先生指出,在羿的种种故事中,"最通行的是他的善射的传说",他在分析了三组故事之后,有一个重要观点,认为"对于羿传说的中心点——善射一事,却是三派一致的"②,这就涉及中国古代故事传说在流传过程中出现的另一重要现象,即一个故事由故事的"内核"与故事的"外层"所构成,故事的"外层"可以发生种种变化,如羿可以是帝俊的下属,也可以是尧的臣子,他可以是为民除害的功臣,也可以是霸占他人妻子的坏人,等等。不过,不管羿的故事的"外层"如何变化,有一点是不会改变的,即羿无论如何是一位"善射"能手,这就是羿的故事传说中的"内核"。

此外,还有一个问题值得注意,即一个故事的"外层"富于变化,而且,有时"变"得很奇怪,使人觉得"无稽";之所以觉得"无稽",其实,是我们站在某一个固定的立场上看问题,而忽视了故事在传播、演化过程中出现的种种制约因素。如果我们放弃"刻舟求剑"式的观察角度,把重点放在研究这把"剑"是如何被"水流"冲走以后,在不同的河段所发生的变化,那么就会发现,不管是如何变化,其变化的原因都是可以解释的。于是,就可以变"无稽"为"有稽"了。上述羿的故事的变异,羿的形象的或褒或贬,其背后的原因,正如顾先生所指出的,是时代的变迁、地域的转移使然。顾先生在研究另外一个著名故事即"孟姜女故事"时,也有类似的结论:"研究孟姜女故事的结果,使我亲切知道一件故事虽是微小,但一样地随顺了文化中心而迁流,承受了各地的时势和风俗而改变,凭借了民众

---

① 笔者尽管同意顾先生关于羿的传说被"固定"的说法,但认为这种"固定"恐怕也是相对的,不是绝对的,因为在后世人的心目中,羿射"九日"的形象十分伟大,令人景仰,这不是《楚辞》系统的说法可以掩盖的。

② 顾颉刚:《顾颉刚民俗学论集》,33页,上海,上海文艺出版社,1998。

的情感和想象而发展。又使我亲切知道,它变成的各种不同的面目,有的是单纯地随着说者的意念的,有的是随着说者的解释故事节目的要求的。更就这件故事的意义上看去,又使我明了它的背景和替它立出主张的各种社会。"①

以"无稽的法则"为前提,具体地寻找故事变化的合理解释,阐释故事的"多变性"的内涵,这是顾先生的故事研究给我们的重要启示。

第四节 孟姜女故事的变化与内涵

顾先生的叙事研究,有一个突出的特点,就是抓"大题目"。所谓"大题目",是指在历史上流传很广、影响很大、生命力很强的故事。顾先生的成名作《孟姜女故事的转变》(1924年11月)即为显例。

孟姜女故事,几乎家喻户晓。凡是家喻户晓的故事,其内在的故事结构、精神取向、审美意趣等,往往"内化"为民族心理的构成因素。而且,正是由于"家喻户晓",故事的流传呈现为"民间普泛化"的状态,故事一经"普泛化",影响的力度往往会递增,其叙事形态常常会变得有如一树开万花,"树"还是那棵"树",但花色万千,互有同异,令人眼花缭乱。

顾先生的研究策略是从考察故事的历时性演化入手。他发现,故事在流传、演化过程中,其叙事的侧重点会发生变化或转移,他说:"杞梁之妻的故事的中心,在战国以前是不受郊吊,在西汉以前是悲歌哀哭。"而"在西汉的后期,这个故事的中心又从悲歌

---

① 顾颉刚:《顾颉刚民俗学论集》,"自序",5页,上海,上海文艺出版社,1998。

而变为'崩城'了"①。他再往下追寻,又发现:"自东汉末以至六朝末,这四百余年之中,这件故事的中心——崩城——没有什么改变"②,这说明,在孟姜女的悲剧故事中,"崩城"情节的出现,是一个"划时代"的变化,而且,在以后的流传中,"崩城"已经成为孟姜女故事结构的重要"基石"。一旦这块"基石"奠定了,故事的演化就会走上另外一条路,人们的兴趣转移到另外一个问题:孟姜女哭"崩"的城究竟是哪一座?于是,故事在流传中又"获得"了各种不同的"答案"。不过,顾先生指出:"杞梁之妻所哭倒的,无论是东汉人没有指实的城,是崔豹的杞城,是郦道元的莒城,总之在中国的中部,不离乎齐国的附近。杞梁夫妇的事实,无论如何改变,他们也总是春秋时的人,齐国的臣民。"这说明,孟姜女故事,从战国到魏晋南北朝这段很长的历史时期中,其传播的区域主要在齐国及其周围。

然而,随着故事传播的区域越来越广,也随着时间的流逝,某个时代的民众心理需要一个特殊的表述方式,而当这种民众心理与某个与之对应的故事相碰撞时,它犹如"投胎"一样就"寄存"到该故事之中,并且在与"母体"结合的时候,也对"母体"进行改造。

顾先生注意到这样的事实。他在进一步考察孟姜女故事的叙事形态的变化时,几乎是失声惊呼:"谁知到了唐朝,这个故事竟大变了!"他从唐末诗僧贯休的《杞梁妻》中看到孟姜女故事有三点"惊人"的改变:一是杞梁是秦朝人;一是秦筑长城,连人筑在里头,杞梁也是被筑的一个;一是杞梁之妻一号而城崩,再号而其夫的骸骨出土。顾先生指出:"这首诗是这件故事的一个大关键。它是总结'春秋时死于战事的杞梁'的种种传

---

① 顾颉刚:《顾颉刚民俗学论集》,99页,上海,上海文艺出版社,1998。
② 顾颉刚:《顾颉刚民俗学论集》,104页,上海,上海文艺出版社,1998。

说,而另开'秦时死于筑城的范郎'的种种传说的。从此以后,长城与他们夫妇就结成了不解之缘了。"他进而研究产生这种变化的原因:"这件故事所以会得如此转变,当然有很多复杂的原因在内。就我所推测得到的而言,这原因至少有两种:一是乐府中《饮马长城窟行》与《杞梁妻歌》的合流;一是唐代的时势的反映。"①

就前一种原因来说,顾先生留意到《饮马长城窟行》描述了长城下夫妇惨别之情,如诗中说:"君独不见长城下,死人骸骨相撑拄!"而唐代王翰的作品中也有类似的描述,而且把长城下夫妇惨别的时代"指定"为秦朝:"回来顾马长城窟,长城道旁多白骨。问之耆老何代人,云是秦王筑城卒。"可能是晚唐人的僧子兰,他有一首诗也以"饮马长城窟"为题旨,其中有句云:"洗尽骨上土,不洗骨中冤。"这一系列的作品,都在"白骨"上做文章,而且越写越悲沉,其彻骨之痛、千古之冤,有撕心裂肺般的艺术感染力。这些多少带有点叙事性质的诗歌作品,其中的叙事因素在引起人们的共鸣之余,也有可能在某种机缘之下被"嫁接"到其他的故事之中。即如顾先生所说:"拿这几篇与贯休的《杞梁妻》合看,真分不出是两件事了。它们为什么会得这般的接近?只因古诗的乐府,原即现在的歌剧,流传既广,自然容易变迁。《饮马长城窟行》本无指实的人,恰好杞梁之妻有崩城的传说,所以就使她做了'贱妾何能久自全'的寡妇,来一吐'鬼哭啾啾声沸天'的怨气。于是这两种歌曲中的故事就合流而成一系了。"② 可见,不同的叙事因素的嫁接与

---

① 顾颉刚:《顾颉刚民俗学论集》,106~107页,上海,上海文艺出版社,1998。

② 顾颉刚:《顾颉刚民俗学论集》,106~109页,上海,上海文艺出版社,1998。

第二章 叙事研究的开拓（下）

合流，是某个故事的叙事形态发生变化的一种重要途径。

就后一种原因而言，顾先生认为孟姜女故事之所以在唐代发生重大的变化，与当时的统治者接连不断地贪求、炫耀"武功"有极大关系。一个时代的"时势"，会"催生"出与之对应的民众心理："那时的武功是号为极盛的，太宗高宗玄宗三朝，东伐高丽、新罗，西征吐蕃、突厥，又在边境设置十节度使，带了重兵，垦种荒田，防御外蕃，兵士终年劢劳于外，他们的悲伤，看杜甫的《兵车行》《新婚别》诸诗均可见。他们离家之后，他们的夫人所度的岁月，自然更是难受。她们魂梦中系恋着的，或是在'玉门关'，或是在'辽阳'或是在'渔阳'，……反正都是在这延亘数千里的长城一带。长城这件东西，从种族和国家看来固然是一个重镇，但闺中少妇的怨愤所归，她们看着便与妖孽无殊。谁人是逞了自己的野心而造长城的？大家知道是秦始皇。谁人是为了丈夫惨死的悲哀而哭倒城的？大家知道是杞梁之妻，这两件故事有联想而并合，就成为'杞梁妻哭倒秦始皇的长城'。于是杞梁遂非做了秦朝人而去造长城不可了！她们再想，杞梁妻何以要在长城下哭呢？长城何以为她倒掉呢？这一定是杞梁被秦始皇筑在长城之下，必须由她哭倒了城，白骨才能出土。于是遂有'筑人筑土一万里'，'再号杞梁骨出土'的话流传出来了！她们大家有一口哭倒长城的怨气，大家想借着杞梁之妻的故事来消自己的块垒，所以杞梁之妻就成为一个'丈夫远征不归的悲哀'的结晶体。"① 顾先生这段话相当精彩，它启示我们：一个故事的流传与变化，靠的是一个群体的力量，背后有一种特定的群体心理在起作用；这个特定的群体由于受到特殊时势的制约，内心有一股强烈的情绪需要宣泄，但又不便直接表达出来，于是，就把特定的情绪、心理寄托在某种与之有对应关系的故事之

---

① 顾颉刚：《顾颉刚民俗学论集》，109 页，上海，上海文艺出版社，1998。

中，经过合理的想象和推理，借助一些其他的能被该故事"兼容"的叙事因素，使之以更加完整的构思、更加曲折的情节、更加动人的叙事艺术再次进入"传播"的历程。

不过，顾先生强调，"兼容"了其他叙事因素后的故事，它在一定意义上具有自身的完整性，它与原有的故事母体产生了差异，因此，"就不必用'定于一'的观念去枉费心思了"①。即以孟姜女故事为例，关于孟的生地、死地、死法、所哭倒的城、被她哭崩的城的地点、其寻夫的路线，以及孟氏夫妻所由转世的仙人等，有种种不同的说法，其实，不必去寻找哪一种说法是最"权威"的，它们可以相互并存，构成一个故事的谱系，这个谱系本身就能说明该故事母题的生命力。同时，这样的谱系也揭示出一个民间叙事的定律："故事是没有固定的体的，故事的体便在前后左右的种种变化上。"②

顾先生研究孟姜女故事的叙事问题还有一个重要心得，就是该故事内含着一个人生的典型情境：夫妻之间的离别。试想，自有人类的婚姻史以来，夫妻的离别当是每一个时代都在不断"上演"的"戏剧"：先离别，后重逢，大概可以算是悲喜剧；而先分离，后死别，那无疑是真正意义上的人间悲剧。相较而言，悲剧比悲喜剧更能牵动人的神经，孟姜女故事就是一个人生悲剧的典型个案。由于是"典型"的，它具有某种"普泛"性，也具有较强的"兼容"性，于是，在其流传的过程中，很多与夫妻生离死别的"母题"相关的叙事因素就被加入到故事中来，所以，顾先生说："民众的感情中为了充满着夫妻离别的悲哀，故有捣衣寄远的诗歌，酝酿为孟姜女寻夫送衣的故事；有登高望夫的心愿，酝酿为孟姜女筑台远望的故事；有骸骨撑拄的猜想，

---

① 顾颉刚：《顾颉刚民俗学论集》，159 页，上海，上海文艺出版社，1998。
② 顾颉刚：《顾颉刚民俗学论集》，158 页，上海，上海文艺出版社，1998。

酝酿为孟姜女哭崩长城滴血觅骨的故事。所以我们与其说孟姜女故事的本来面目为民众所改变,不如说从民众的感情与想象中建立出一个或若干个孟姜女来。孟姜女故事的基础是建设于夫妻离别的悲哀上,与祝英台故事的基础建设于男女恋爱的悲哀上有相同的地位。因为民众的感情与想象中有这类故事的需求,所以这类故事会得到了凭借的势力而日益发展。"①

孟姜女故事也好,祝英台故事也好,它们都是"大题目",都是人生场景中的典型个案。凡是能在民间广为流传的"大题目",都会内含着一个历久不衰的"母题",这个"母题"所揭示的情境很容易牵动人心,引发共鸣。它们之所以能一代一代地往下传,是因为每一代的人都可能会以这样或那样的缘故遭遇故事中的情境,都可能会遇到故事主人公所面对的人生难题。因而,这样的"大题目",就成为一个民族在其生存历程中共有的"典故"。

顾先生的叙事研究,本来是为其古史研究打基础、做"旁证"的;但在我们看来,他对叙事问题的研究具有相对独立的学术品格。我们面对中国古代纷纭的故事,面对大量的故事在流传,而且不少故事的演化其实是跨文体的流变,比如,故事因素或从诗歌转为小说,或从小说转为戏剧,或从戏剧转为小说,或从小说、戏剧转为多种的说唱形式,等等,这是中国古代叙事文学的一种非常值得重视的普遍现象。顾先生的叙事研究为我们提供了不少珍贵的启示,也为我们指示了进一步研究的门径,这是一份值得我们珍惜的学术资源。

---

① 顾颉刚:《顾颉刚民俗学论集》,157~158页,上海,上海文艺出版社,1998。

第三章　叙事的流动性

中国古代的戏曲与小说有着亲密的血缘关系。胡适、顾颉刚等先生的研究对此已多有揭示。从故事形态的角度看，戏曲、小说都是"流动性叙事"，可以说，叙事的流动性是这两种不同文体的"同一性"所在。

研究古代戏曲、小说的同一性，是一个不可回避的课题。就古代戏曲发展史看，很多剧目的题材或来源于小说或改编自小说，比如，宋元南戏《王月英月下留鞋》（明徐渭《南词叙录·宋元旧编》著录），其故事题材来源于南朝宋刘义庆《幽明录》的"买粉儿"（宋皇都风月主人编《绿窗新话》上卷"郭华买脂慕粉郎"题材相同）；又如，宋元南戏《柳毅洞庭龙女》及元尚仲贤《洞庭湖柳毅传书》杂剧都以唐李朝威《柳毅传》为蓝本；再如，明沈璟的《义侠记》传奇改编自《水浒传》中的武松故事，清李渔的《凤求凰》传奇即改编自作者本人的小说《寡妇设计赘新郎》（《连城璧》第9回）。随着白话小说创作的兴盛，改编自白话小说的剧目也越来越多，以至于蔚为大观。翻开陶君起先生编著的《京剧剧目初探》① 可以看到大量的京剧剧本改编自古代的白话小说。若依小说所反映的历史顺序看，《封神演义》、《列国演义》、《西汉演义》、《东汉演义》、《三国演义》、《隋唐演义》、《说唐演义》、《西游记》、《绿牡丹》、《粉妆

---

① 陶君起编著：《京剧剧目初探》，北京，中国戏剧出版社，1983。

楼》、《残唐五代史演义》、《飞龙传》、《杨家将》、《包公案》、《水浒传》、《说岳全传》、《英烈传》、《彭公案》、《施公案》等，这些小说粗略涵盖了各主要朝代的、盛传于民间的故事，相应地，这些故事往往有京剧的改编本，而且，依照某部小说改编而成的京剧本子又足以构成一个系列，它们合在一起，犹如是"戏曲版"的小说，或者说是小说的"戏曲版"。在小说的"戏曲版"中，故事与故事之间如小说一样相互连缀、相互依存，如三国故事戏《三结义》、《鞭打督邮》、《温明园》、《捉放曹》、《温酒斩华雄》、《过五关》、《古城会》、《战官渡》、《三顾茅庐》、《群英会》、《赤壁之战》、《华容道》、《落凤坡》、《单刀会》、《水淹七军》、《走麦城》、《白帝城》、《七擒孟获》、《斩马谡》、《哭祖庙》等，小说中的精彩故事几乎都接二连三地被改编为京剧。改编《三国演义》如此，改编其他小说亦然。出现以上种种小说的"戏曲版"现象，暗示着古代的戏曲、小说一方面是文体各异，另一方面是故事形态可以相互贯通。

第一节 时间的流动与空间的流转

"流动性叙事"往往是由若干个"点"（叙事单元）连缀、串接起来的一条"线"（叙事过程）。严格而言，任何叙事过程都只能靠"时间"来体现，"时间"是线性的，叙事过程也是线性的。不过，所谓"流动性叙事"除了揭示"叙事过程是线性的"以外，同时强调了叙事空间的"流动性"。换言之，中国古代戏曲、小说的共同点之一是时间、空间的转换呈现为速度较快的"流转"。正如有学者已经指出的那样："中国戏曲重视叙事文学所具有的那种时间和空间的转换自由，重视叙事文学那种开放式的对故事情节的铺叙和对人物形象的描写。"① 戏曲是这样,小说更是如此。

中国古代的叙事,向有速度较快的"流转"式的书写传统。如《尚书·武成》叙述周武王征伐殷商的过程:"惟一月壬辰,旁死魄。越翼日癸巳,王朝步自周,于征伐商。厥四月哉生明,王来自商,至于丰。乃偃武修文,归马于华山之阳,放牛于桃林之野,示天下弗服。"② 从这段叙述可知,周武王伐殷,前后近四个月的时间,所叙之事只偏重一头一尾,即从周京出发,前往伐殷;凯旋而回,还归周国的都城丰邑。这样简约的叙事,已经将时间、空间的"流转"以"快速"的方式记述完毕。又如,《左传·隐公元年》叙述郑庄公与其母亲姜氏闹翻了脸,"遂置姜氏于城颍,而誓之曰:'不及黄泉,无相见也。'既而悔之。颍考叔为颍谷封人,闻之,有献于公,公赐之食,食舍肉。公问之,对曰:'小人有母,皆尝小人之食矣,未尝君之羹,请以遗之。'公曰:'尔有母遗,繄我独无!'颍考叔曰:'敢问何谓也?'公语之故,且告知悔。对曰:'君何患焉?若阙地及泉,隧而相见,其谁曰不然?'公从之。公入而赋:'大隧之中,其乐也融融!'姜出而赋:'大隧之外,其乐也泄泄!'遂为母子如初。"③ 郑庄公将母亲安置在城颍,发誓不再相见;颍考叔从颍谷赶到郑国的国都,意在对郑庄公有所规劝;郑庄公从颍考叔的话语中得到领悟,如做戏一般地挖了一条隧道,算是在"黄泉"重逢其母,既保住了面子,又安顿了有所愧疚的人子之心。在叙事过程中,空间接连地"流转",从此空间到彼空间所需要的

---

① 张庚、郭汉城主编:《中国戏曲通论》,159页,上海,上海文艺出版社,1993。

② (清)阮元等校刻:《十三经注疏》,上册,184页,北京,中华书局,1992。

③ 《左传》,2页,长沙,岳麓书社,1988。

"时间"被简约化了：郑庄公如何从城颍回到都城，颍考叔如何从颍谷来到都城，郑庄公如何从都城前往城颍，如何在其母居住的近处开挖隧道，进入隧道是在什么时分，这一切都在叙事中被"省略"了。于是，我们看到，叙事者更偏重于描述在"流动"的空间中所发生的事情，"物理时间"被大大地压缩，甚至于"略去"不提。读者只能依据其生活常识在阅读过程中自行对叙事过程中的"物理时间"略加"还原"，这样才能比较完整地理解叙述者的整个叙述行为。

这样一种书写传统，最早是在古代的史学领域形成的。在史学家看来，崇尚"简要"，是"美"的。唐刘知几《史通》卷六"叙事"曰："夫国史之美者，以叙事为工，而叙事之工者，以简要为主。简之时义大矣哉！……然则文约而事丰，此述作之尤美者也。"[①] 其实，所谓"叙事之工"，用刘知几的话来解释，就是："疏而不遗，俭而无阙。"[②] 一方面，讲究"简要"，一方面，又要"无阙"，也就是"文约而事丰"，这势必造成叙事的速度较快，时空的"流转性"较强，而整个叙事过程的"流动性"就显而易见了。

古人重视"修史"，史传文化以较大的"辐射力"深远地影响着主流文化与非主流文化的叙事活动。史学著作的叙事风格、叙事习惯、叙事风尚等，都近乎"天然"地具有典范意义。从魏晋小说到唐代传奇，大体都能体现"文约而事丰"的叙事好尚。如《幽明录》中的"卖胡粉女子"，叙述一个富家子弟暗恋市井中的一位卖胡粉女子，"爱之，无由自达，乃托买粉，日往

---

① （唐）刘知几撰：《史通通释》，（清）浦起龙释，168页，上海，上海古籍出版社，1978。

② （唐）刘知几撰：《史通通释》，（清）浦起龙释，175页，上海，上海古籍出版社，1978。

市,得粉便去,初无所言。积渐久,女深疑之。"其中,"积渐久"三字,将多日以来那位富家子日复一日地来往于自己的居所与市井中的胡粉店的举止行为作了最简约化的表述,因为那是每天相同的行为,无须赘述,一语带过,把若干天的"物理时间"以及每一天的空间变化都极度地压缩,转化成既快速又短促的叙述,这就成了一种小说的笔法。接着写男女主人公互通心曲、密约偷期,女方前往男方的居所:"其夜,(男方)安寝堂屋,以俟女来,薄暮果到。男不胜其悦,把臂曰:'宿愿始伸于此!'欢踊遂死。女惶惧,不知所以,因遁去,明还粉店。至食时,父母怪男不起,往视,已死矣。"① 叙述者注意交代事件的过程,从约会当天的"薄暮"到第二天的"食时",用简洁的文字书写了整个事件的主要环节:男女相会、男方暴毙、女方遁去、女方回店、男方父母发现其子已死。如此"文约而事丰",必定形成"流动性叙事"的格调,事件中的各个环节在叙事过程中急速流转:女方来到相会的堂屋,堂屋之中发生男方突然毙命的意外,女方惊恐逃离堂屋、不敢马上回家、等到天明以后才回到店中,而堂屋中的男方尸体终于在吃饭的时候被父母发现。故事至此并没有结束,叙述者除了交代后续情节外,如男方父母追究事件真相、将女方告至官府、女方抚尸大哭、男方豁然回生等,还特别在故事的末尾叙述男女主人公的最后命运:"遂为夫妇,子孙繁茂。"文字虽然简洁,但也做到了"疏而不遗,俭而不阙",有头有尾,颇合史传法度。

又如唐代传奇《离魂记》,时间的流动、空间的流转都是相当急促的。故事中的男主人公王宙与女主人公张倩娘为表兄妹,青梅竹马,两相爱慕。倩娘父亲欲将女儿嫁与他人,倩娘"闻而郁抑",王宙"亦深恚恨"。于是,王宙借故离开衡州,告别

---

① 鲁迅:《古小说钩沉》,187 页,济南,齐鲁书社,1997。

张家父女。当天夜里,倩娘追赶王宙,两人"倍道兼行,数月至蜀。凡五年,生两子。"就在这 14 个字中,作者叙述了急速赶路、到达四川、定居蜀中、结婚生子等事件,时间长达五年,空间的流转可以说"穿州过府",其跨度也甚大。接着,叙述倩娘思父,意欲返家;王宙细加体贴,"遂俱归衡州"。于是,空间的流转又向着相反的方向来一个"大挪移"。返家之后,始知倩娘的肉身一直留在家里,其灵魂"出走"五年,终于与其肉身重合。本来,故事至此可以结束,可叙事者在故事的末尾还得加上一笔:"后四十年,夫妻皆丧;二男并孝廉擢第,至丞尉。"这才算是将主人公整个的命运交代完毕。

古人叙事,讲究的是完整,却不一定讲究完备。所谓"疏而不遗"的"疏",其实有如中国画的"留白",叙事技巧高明的,可以借助"留白"达到精当、简洁、含蓄的效果;叙事技巧不高明的,却往往显得粗枝大叶、缺漏多多。不管如何,"叙事的流动性"给古代的叙事文学奠定了一个人们习以为常、不易改变的传统:曲折的故事要在一定的叙事速度中完成,故事中的时间是流动的,空间是流转的;如果叙事速度慢了就会觉得沉闷。由于魏晋小说、唐代传奇对后世的叙事文学有较大的影响,其叙事的"流动性"就成了一种"遗传因子",深远地影响着不同文体的叙事作品。以至于不管小说也好,戏曲也好,"先天"地继承了这种"遗传因子",形成了具有民族风格、民族气派的叙事好尚。

第二节　故事的"整一性"与主人公的"生命流程"

其实,讲究叙事的速度,注重时间的流动、空间的流转,都是表面的现象。一般来说,以上的现象比较适合小说,这在中国是如此，在西方亦未尝不然；读西班牙塞万提斯的《堂·吉诃德》、英国狄更斯的《大卫·科波菲尔》等西方小说，也会有相似的阅读感受。可是，西方的小说是小说，戏剧是戏剧，尤其是西方的古典戏剧重视"三一律"、重视戏剧矛盾和冲突，重视"发现"和"突转"，可中国的戏曲绝不讲究"三一律"，不一定非要表现剧烈的戏剧冲突不可，也不一定存在着如西方古典戏剧那样的"发现"和"突转"。中国戏曲更多的时候更为关注的是主人公的"生命流程"。这也许是问题的关键所在。

主人公的"生命流程"是一种跨度较大的时间长度。它是中国古代的戏曲、小说继承史传文化的"遗传因子"的具体体现。本来，作为叙述体的小说叙述主人公的"生命流程"是比较合适的；可作为"代言体"的戏曲也往往如此构思，应该算是一种明显的中国特色了。这与西方的古典戏剧观念适成对比。

我们在观察中国戏曲的"流动性叙事"时，可以把西方古典戏剧理论中的"三一律"作为主要的参照。所谓"三一律"，又称"三整一律"，规定剧本创作必须遵守时间、地点和行动的一致，即一部剧本只允许写单一的故事情节，戏剧行动必须发生在一天之内和一个地点。法国古典主义戏剧理论家布瓦洛把它解释为"要用一地、一天内完成的一个故事从开头直到末尾维持着舞台充实"①。"三一律"对时间、地点、事件的高度限定，使得西方古典戏剧的故事情节带有"浓缩"、"凝练"、不枝不蔓、不分不散的意味。这与中国的"流动性叙事"是大异其趣的。

其实，对于时间、地点、事件，设限还是不设限，不仅是技巧问题，更是一个观察人生的方式问题。

---

① 《中国大百科全书·戏剧》，"三一律"条，荣广润撰，327页，北京，中国大百科全书出版社，1989。

第三章 叙事的流动性

"三一律"的观念萌芽于亚里士多德的《诗学》。《诗学》第 5 章论及在戏剧中享有崇高地位的悲剧的时间长度:"在长度方面,悲剧尽量把它的跨度限制在'太阳的一周'或稍长于此的时间内,而史诗则无须顾及时间的限制——这也是史诗不同于悲剧的地方,虽然早先的诗人在写悲剧时也和作史诗一样不受时间的限制。"① 陈中梅先生在对这段话的注释中说:"可能是根据此番话语,17 世纪的意大利学者们提出了三整一律中的'时间整一律'。"② 值得注意的是,在亚里士多德时代之前,"早先的诗人在写悲剧时也和作史诗一样不受时间的限制",可见,在古希腊,曾经有过一个时期悲剧的创作和史诗的创作具有某种程度的类同性,起码在时间上都没有限制,这大概与当时的剧作者对悲剧这一文体的自身规定性的认识不足有关。而在亚里士多德时代,人们对悲剧的文体规定性有了比较自觉的认识,于是,亚里士多德在对悲剧文体作理论思考时,提出了限定时间长度的观念,以此作为一个"指标"与史诗区别开来。反观中国古代,同样是叙事文学,戏曲、小说在时间长度上都没有"设限"。就戏曲而言,杂剧篇幅较小,传奇篇幅较大,可它们的时间长度都不会短,元杂剧《鲁大夫秋胡戏妻》一共四折,从罗梅英出嫁秋胡的第二天写起,而剧终时,上距故事的开头已然过了整整 10 年的时间。明传奇《牡丹亭》一共 55 出,女主人公杜丽娘出场时"年已二八"即十六岁,也就在那一年,丽娘为情而死;到剧终时,按照杜丽娘父亲在皇帝面前的说法,"臣女亡已三年",那么,故事的时间跨度也长达三年之久,在这三年的时间

---

① (古希腊)亚里士多德:《诗学》,陈中梅译注,58 页,北京,商务印书馆,1996。

② (古希腊)亚里士多德:《诗学》,陈中梅译注,61 页,北京,商务印书馆,1996。

里,丽娘完成了从生到死、由死回生的全过程。相较之下,古希腊两大史诗《伊利亚特》、《奥德赛》,其时间跨度分别为五十和四十天左右。① 由此可见,古希腊人倾向于在较短的时段里借助史诗、悲剧等艺术形式来看人生,而中国人则倾向于在较长的时段中借助小说、戏曲等艺术形式来看人生。古希腊史诗的叙事时段并不长,悲剧的叙事时段就更加短了;如果古希腊悲剧作家在剧本中描述了几十天所发生的故事,在亚里士多德时代,就被看作是不符合悲剧的创作规范。他们不喜欢在悲剧中表现时段过长(哪怕是几十天,这已经是属于"诗史"的权限了)的故事,他们也不喜欢如中国人那样在作品里写主人公从顺境转入逆境、再由逆境转入顺境的全过程(比如,戏曲、小说中的司马相如故事往往如是②),故而《诗学》第13章写道:"一个构思精良的情节必然是单线的,而不是——像某些人所主张的那样——双线的;它应该表现人物从顺达之境转入败逆之境,而不是相反,即从败逆之境转入顺达之境。"亚里士多德生怕这样说还不够郑重,在下文补上一句:"事实证明,我们的观点是正确的。"③ 其实,很难说哪一种观察人生的方式更好,不同的文化,有不同的审美习惯,也有不同的心理积淀。古希腊人在悲剧作品中所表现出来的看待人生的方式,是一种"聚焦"的眼光,其长处是在人生最激荡的时刻体察人性的深度、命运的诡谲;而中国人在戏曲、小说中所表现出的看待人生的方式,是一种"长线"的眼光,其长处是在人生的"长河"中观察人事的乘除、命运的兴衰。

---

① (古希腊)亚里士多德:《诗学》,陈中梅译注,62页,北京,商务印书馆,1996。

② 请参阅本书第十章"故事人物的共时性塑造",论及司马相如故事的复杂性与多样性。

③ (古希腊)亚里士多德:《诗学》,陈中梅译注,97~98页,北京,商务印书馆,1996。

此外,《诗学》第 24 章论及悲剧故事的地点问题:"悲剧只能表现演员在戏台上表演的事,而不能表现许多同时发生的事。"亚里士多德随即补充说明:"史诗的摹仿通过叙述进行,因而有可能描述许多同时发生的事情。"① 换言之,在亚里士多德看来,悲剧故事的地点是明确的,而且不能有过多的空间的"流转"。这与史诗不一样。因为悲剧不是"叙述"的,既然故事的时间规定为"太阳的一周",在如此短暂的时光中不可能演述多个空间所发生的事情,自然而然对悲剧故事的空间有所限制。这样,可以使矛盾冲突高度集中(如索福克勒斯的《俄底浦斯》)。陈中梅先生在注释中说:"文艺复兴时期的意大利戏剧理论家们据此引申出三整一律中的'地点整一律'。"② 可是,反观中国古代,戏曲创作不存在"地点整一律"的问题。由于关注主人公的"生命流程",剧情会随着主人公的足迹出现叙事空间的多次"流转",比如,元杂剧《梧桐雨》,写唐明皇李隆基的晚年岁月。仅仅是剧本开头的楔子,其故事地点已经多有变化,依次是边塞幽州、宫廷之内、宫门之外,写节度使张守珪从幽州押解败将安禄山回到宫廷,听取皇帝发落;皇帝以安禄山为有用之人,加以开脱,并赐予杨贵妃为"义子";安禄山又得到皇帝加封,先升为"平章政事",后改为"渔阳节度使",国舅杨国忠对此心怀不满;安禄山对杨国忠亦恨之入骨,在宫门外流露出不轨之心。在以后的剧情中,故事地点依次是长生殿、沉香亭、马嵬坡、京中西宫。李隆基经历了从歌舞升平到渔阳惊变、从渔阳惊变到蜀中逃难、从蜀中逃难到返京养老的人生波折,也

---

① (古希腊)亚里士多德:《诗学》,陈中梅译注,168 页,北京,商务印书馆,1996。
② (古希腊)亚里士多德:《诗学》,陈中梅译注,172 页,北京,商务印书馆,1996。

经历了从皇帝到太上皇的身份转换，这就是其晚年的"生命流程"。作品在演述李隆基的"生命流程"时，没有将戏剧矛盾"聚焦"在安禄山与朝廷的对抗上，也没有"聚焦"在李隆基和杨贵妃的感情纠葛上，作者在处理这个故事时，更多的是通过李隆基的"生命流程"展现历史的一个侧影，揭示帝王也有人事乘除的悲哀。本质上，《梧桐雨》作为一个剧本，在不同的空间的"流转"中完成了对一个帝王的晚年"生命流程"的叙述。在这一点上，它多少带有亚里士多德笔下所说的"史诗"的"叙述"的特性，而与《诗学》中所说的悲剧的规定性相距甚远。

古希腊的先哲对史诗和悲剧的区别是自觉的，认为这两种文体各有"职守"。除了对悲剧的时间、地点有所限定外，亚里士多德对悲剧的故事内容也有专门的论述："悲剧应包容使人惊异的内容"①，所谓"使人惊异的内容"当即《诗学》第 11 章专门讨论的"发现"与"突转"："发现，如该词本身所示，只从不知到知的转变，即使置身于顺达之境或败逆之境中的人物认识到对方原来是自己的亲人或仇敌。最佳的发现与突转同时发生，如《俄底浦斯》中的发现。"又说："突转，指行动的发展从一个方向转至相反的方向；我们认为，此种转变必须符合可然或必然的原则。例如在《俄底浦斯》一剧里，信使的到来本想使俄底浦斯高兴并打消他害怕娶母为妻的心理，不料在道出他的身世后引出了相反的结果。"同时，亚里士多德指出悲剧情节有三个基本成分："突转和发现是情节的两个成分，第三个成分是苦难。"② 于是，戏剧具有高度的情节张力，使人在某种特定的悬

---

① （古希腊）亚里士多德：《诗学》，陈中梅译注，169 页，北京，商务印书馆，1996。

② （古希腊）亚里士多德：《诗学》，陈中梅译注，89 页，北京，商务印书馆，1996。

念的驱动下将心弦绷紧,在"突转"的情节中追问诡谲的命运、窥视人性的本质。在人生的"长河"中,人性的本质并不一定在任何时段里都能展现出来,而最能揭示人性本质的,往往是危急的、苦难的、人际关系错综复杂的时刻,古希腊哲学家非常重视文学作品能够体现出人类最为本质的东西,苏格拉底在谈到荷马史诗等故事的时候说:"一个人没有能用言词描绘出诸神与英雄的真正本性来,就等于一个画家没有画出他所要画的对象来一样。"① 作为柏拉图的学生,亚里士多德对其老师的老师苏格拉底的话是了解的,他在阐述其悲剧观念时很可能从苏格拉底的观点中得到启发,进而对悲剧的内容有了相当明确的规定。从以上的规定看,由突转、发现、苦难这三种成分构成的悲剧情节,更能深刻地表现命运的无情、灵魂的痛苦、人性的复杂,也更能体现古希腊人所信奉的"神"的意志,即如苏格拉底所说:"应该写出神之所以为神,即神的本质来。无论在史诗、抒情诗,或悲剧诗里,都应该这样写。"② 反观中国古代,人们受《易经》思想的影响极深,《易经》有"泰卦",有"否卦","否"与"泰"相互转化的观念,千百年来成为中国人观察、思考人生的一个重要支点。"泰卦"说:"无平不陂,无往不复"③,强调了事物的过程性、反复性、曲折性;"否卦"说:"倾否;先否后喜"④,揭示了"否"、"泰"的暂时性、互转性。胡朴安先生《周易人生观》曰:"世道循环,不能有泰而无否,理之必然,事之必然也。"又曰:"世道无终否之时,否极泰来,是在人为。

---

① (古希腊) 柏拉图:《理想国》,郭斌和、张竹明译,第二卷,72页,北京,商务印书馆,1994。
② (古希腊) 柏拉图:《理想国》,郭斌和、张竹明译,第二卷,74页,北京,商务印书馆,1994。
③ 黄寿祺、张善文撰:《周易译注》,109页,上海,上海古籍出版社,1996。
④ 黄寿祺、张善文撰:《周易译注》,120页,上海,上海古籍出版社,1996。

处极否之世,不可灰心堕志,……虽当极否之时,人苟负起责任,努力前进,心理一振,世运即随之转移。"① 这是中国人根深蒂固的人生信念,在看待人生、表现人生的时候,自觉或不自觉地、有意识或潜意识地运用"长线"的眼光,一般不会停留在某个人生的片断、孤立地观察人事的兴衰变化。正如司马迁在《史记·绛侯周勃世家》中所说:"绛侯周勃始为布衣时,鄙朴人也,才能不过凡庸。及从高祖定天下,在将相位,诸吕欲作乱,勃匡国家难,复之乎正。虽伊尹、周公,何以加哉?"② 论人生的曲折多变,周勃可算是一个例子。早年"常为人吹箫给丧事",谁会想到他日后能成为善于作战的"威武侯"呢?这位"不好文学"的赳赳武夫,却能与丞相陈平合谋,"卒诛诸吕"、"威震天下";而在"受厚赏,处尊位"之时,却正是周勃惧而"自危"之际。人生的一落一起、一"否"一"泰",起落无定、"否""泰"互转,这一切都只能在人生的"长河"中才能观其始末、明其究竟。

中国古人对故事的"整一性"的看法与古希腊哲人的看法很不一致。在中国,故事的"整一性"往往是指在人生的一个较长的时段中可以让人观察到故事主人公的兴衰起跌、"否""泰"交替互转的叙事过程;故事形态总是在较长的时间里、在多变的空间之中呈现和开展的。而在古希腊,故事的"整一性"往往是指在人生的一个最激荡的时刻让人观察到故事主人公在不可抵抗的命运面前极度痛苦的内心冲突的张力以及产生这种痛苦的前因后果。亚里士多德并不认为故事的"整一性"体现在较长时段的多个相关事件的联系上,他强调的是具有"整一性"的故事能够在较短的时光中、"较短的篇幅内","给人留下鲜明

---

① 蔡尚思主编:《十家论易》,594~596页,长沙,岳麓书社,1993。
② (汉)司马迁:《史记》,卷五十七,472页,长沙,岳麓书社,1988。

的印象",这样的故事是浓烈的,不会被"冲淡"的。所以他说,具有这种特性的"悲剧"是"优于史诗"的:"无论是通过阅读还是通过观看演出,悲剧都能给人留下鲜明的印象。再者,悲剧能在较短的篇幅内达到摹仿的目的(集中的表现比费时的、'冲淡'了的表现更能给人快感;我的意思是,比如说,假设有人把索福克勒斯的《俄底浦斯》扩展成《伊利亚特》的规模,便会出现后一种情况)。还有,史诗诗人的摹仿在整一性方面欠完美(可资说明的是,任何一部史诗的摹仿都可为多出悲剧提供题材)。所以,若是由他们编写一个完整的情节,结果只有两种:要是从简处理,情节就会给人像是受过截删的感觉;倘若按史诗的长度写,情节又会显得像是被冲淡了似的。我的意思是,比如说,如果一部作品由若干个行动组成——正如《伊利亚特》和《奥德赛》便是有许多这样的、本身具一定规模的部分组成的——便会出现在整一性方面欠完美的情况。"① 显然,亚里士多德不喜欢"费时",而喜欢"集中";不喜欢拖沓、"冲淡",而喜欢情节的凝练、浓烈;既不喜欢"从简处理",又不喜欢"滔滔不绝"。反正,其所谓的"整一性"就体现在后世意大利、法国等欧洲国家的古典戏剧理论家从他的《诗学》中所归纳出来的"三整一律"上。

相比之下,中国古代的叙事,颇有"悠悠长长"的意趣。古人在叙事时,不怕故事情节被"冲淡",反而时不时加插一些"闲笔",小说自不待言,戏曲亦不例外,如《牡丹亭》的"劝农"、《长生殿》的"看袜"等;也不怕故事的叙事时间过长,反而讲究有头有尾、原原本本,父子的故事讲完了,还要讲其孙子辈的故事,如薛家将、岳家将、杨家将的故事等。不少小说作

---

① (古希腊)亚里士多德:《诗学》,陈中梅译注,第26章,191页,北京,商务印书馆,1996。

品以"全传"相标榜,且有续成"二传"、"三传"的,如《说唐全传》、《说唐二传》、《说唐三传》。而戏曲作品每每据小说作品改编之外,也出现如小说续书那样的写作思路,如清曹寅的《续琵琶》,长达35出以上(第35出以后残缺),叙述《琵琶记》男主人公蔡邕后人蔡文姬颠沛、坎坷的一生①;又如清查继佐的《续西厢》杂剧②,参考元杂剧《西厢记》第五本(相传为关汉卿的续作)有所删改、增益,颇为热闹。

总之,中国古代的叙事,在重视主人公的"生命流程"这一点上,戏曲与小说是一致的,它们的叙事形态可以相通,根源于"否""泰"互转的人生观念,以及史传文化的"遗传因子"。

第三节　戏曲叙事内含小说叙事的方式

同一个故事,可以用小说的形式叙述,也可以用戏曲的形式叙述。这就构成了中国古代叙事活动中常见的"二重叙事"现象。这样的"二重叙事",同样受到人们的喜爱,这固然与戏曲、小说分属不同的艺术形式有很大的关系。对于精彩的故事,中国人从来不怕"炒冷饭",况且,小说有小说的风味,戏曲有戏曲的韵致,各臻其妙。不过,一个较为普遍的现象是:从小说改编为戏曲的多,从戏曲改编为小说的少。这一点,熟读古代戏曲、小说的赵景深先生早在1935年就指出过:"戏剧多根据小说改作,但根据戏剧而改编小说的却极少。"③ 为什么会是这样呢?这就涉及"流动性叙事"的一个重要特点:原原本本地叙事,

---

① 见《古本戏曲丛刊》,第五集,上海,上海古籍出版社,1984年影印。
② (清)邹式金编:《杂剧三集》,北京,中国戏剧出版社,1958。
③ 《残唐五代史演传》,见赵景深:《中国小说丛考》,122页,济南,齐鲁书社,1980。

是比较容易操作的。故而,从小说形态转化为戏曲形态比较方便,戏曲形态往往也就内含着小说叙事的方式。

"流动性叙事"具有"线性"的特征,其结构的方法比较简单,操作起来并不太困难,一般而言,将相关的事件依照一定的时间顺序加以排列、连缀,故事的结构即可形成。可以说,原原本本的顺叙,是"流动性叙事"的基本形态。在古代中国,如司马迁的《史记》叙述汉代陈平的人生历程,即从其里贯、少年事迹说起,然后依照时间的顺序,叙述其成长的过程、重要的行迹、有进有退的风仪,以及去世以后的荣辱。① 在古代罗马,如史学家、文学家塔西佗为其岳父所写的著名传记《阿古利克拉传》,也是用类似的写法,叙述传主的出生地、家庭背景、童年及少年时代的品行和学业、年长之后的从军经过以及作为古罗马军的将领征服不列颠的"功绩",最后叙述其去世时的情景。② 可以说,这样的"流动性叙事"是"易学难精"的,名家如司马迁、塔西佗等,因见解独到、思辨力强、善于剪裁,故而其"流动性叙事"显得精警动人、妙笔生花。可是,若是庸才拙笔,则可能写得枝蔓过甚、主次颠倒、不得要领。中国古代的戏曲作者习惯"流动性叙事",其才情则有高下之分,涵养则有深浅之别,才情不高、涵养不深的,往往出手庸劣,令识者病之,故而清李渔批评明清的传奇创作:"头绪繁多,传奇之大病也。……后来作者,不讲根源,单筹枝节,谓多一人可增一人之事。事多则关目亦多,令观场者如入山阴道中,人人应接不暇。"③ 这是戏曲作者借用、甚至滥用小说作法的结果,它从反

---

① (汉)司马迁:《史记》,卷五十六,《陈丞相世家》,2051~2059页,北京,中华书局,1992。
② (古罗马)塔西佗著:《阿古利克拉传·日耳曼尼亚志》,马雍译,北京,商务印书馆,1977。
③ 陈多注释:《李笠翁曲话》,29页,长沙,湖南人民出版社,1981。

面证明了不少戏曲作者过度依赖小说作法的事实。

不少戏曲作者借用小说作法、甚至过度依赖小说作法，戏曲形态"暗地里"离不开小说形态，其深层次的原因约有数端：

其一，中国古代的戏曲理论所赖以"萌发"的"原点"在乎"审音"，亦即"曲律"，不像古希腊的戏剧理论立足于对"史诗"与"悲剧"的"辨体"之上。在元代戏曲兴盛之际，周德清的《中原音韵》可谓领一时之风骚，这部著作的典范意义正如虞集在《中原音韵序》对周德清本人的作品所称许的那样："属律必严，比字必切，审律必当，择字必精，是以和于宫商，合于节奏。"① 这四个"必"字，成为一套规范，无疑地使戏曲作者不得不将较大的注意力倾注于其中；当时的优秀作品的最高"指标"就是也为《中原音韵》作过序的欧阳玄所说的"词、律兼优"②，而作品不够"格"的具体表现就是虞集所说的"文、律二者，不能兼美"③。如果说，周德清、虞集、欧阳玄等人也做过"辨体"的功夫，他们只是将当时已然繁盛的戏曲看作是一种带有曲词的故事，或者说，讲故事的小说与同样讲故事的戏曲的最大区别就在于前者无"曲词"，后者有"曲词"。他们不会像亚里士多德那样考虑戏剧故事的时空如何处理，情节的张力如何强化，人物与命运的关系如何揭示。他们或许认为这一切都无需过于费心，因为故事往往是现成的，史书、魏晋隋唐的野史杂传、宋元时期的话本小说、民间流行的各种传说，这些都是历代故事的"宝库"，只要将原有的"流动性叙事"中的部分内容转化为合乎规范的"曲词"，力争做到"词、律兼优"，就可以"大功告成"了。哪怕是不大信奉"曲律"规范、提倡"大家胡说可也，奚必南九宫为"的徐渭，在其《南词叙录》中

---

①②③ 《中国古典戏曲论著集成》，第一册，174页，北京，中国戏剧出版社，1982。

第三章 叙事的流动性

也不得不承认:"南曲固无宫调,然曲之次第,须用声相邻以为一套,其间亦自有类辈,不可乱也。"① 我们从徐渭在书中对戏曲术语的罗列和解释可以看出,他所接触到的是戏曲舞台上的角色名称、常用行话,而欠缺理论上的思辨能力,相比之下,他的《南词叙录》对如何"用声"却是相当关注的。又如,明何良俊的《曲论》,津津乐道的是郑德辉"语不着色相,情意独至,真得词家三昧者也",或者是称赏李直夫的作品"情真语切,正当行家也",等等,并谈论一些运用词语的技术性问题。② 再如,明王骥德的《曲律》,论曲源、论调名、论平仄、论声调,等等,偶尔论及"章法",说"作曲,犹造宫室者然",以建筑比喻戏曲作品的结构,提醒作剧者要有整体观念,不能"颠倒零碎,不成格局"③,与此前的同类著作相比,虽颇有新意,却也失之笼统和简单,仍然未能涉及戏曲故事的时空处理、情节张力等问题。于是,在过度"倚声"的理论氛围中,戏曲作者往往将各自参差不等的才情用于"正音"、"审音"之上,以此来迎合"知音"者的审美趣味,久而久之,"曲本位"的观念牢不可破,好像只要懂得"曲律"、讲究"词风"即可成为"曲家"似的。可以说,戏曲作者的创作"兴奋点"几乎是被"锁定"在曲词之上。正所谓顾于此而失于彼,对于"戏曲"中的"戏",就不一定那么全神贯注、孜孜以求了。或许是幸运,或许是侥幸,恰好,所依据的原有的故事题材,本来就精彩动人,"先天"地具有"戏剧性",这就帮了戏曲作者的大忙。况且,

---

① 《中国古典戏曲论著集成》,第三册,241页,北京,中国戏剧出版社,1980。

② 《中国古典戏曲论著集成》,第四册,7~9页,北京,中国戏剧出版社,1980。

③ 《中国古典戏曲论著集成》,第四册,123页,北京,中国戏剧出版社,1980。

一些影响极大的剧目，其中的"关目"可以用来参酌、借鉴，甚至可以挪移、借用，化为己有。对于才情不太高的戏曲作者来说，精彩的故事配上中规中矩的唱词，起码就成功了一半，甚至是一大半；而一些情节结构上的漏洞，平凡的作者却不一定都顾及得了。所以，李渔说："旧本传奇，每多缺略不全之事、刺谬难解之情。……乃一时照管不到，致生漏孔。"① 究其原因，在于戏曲作者所依据的原生态的"流动性叙事"往往是"完整"而不一定"完备"，即史传传统中的所谓"疏而不遗"；故此，"每多缺略"的"旧本传奇"，若是其剧情尚有可观，多半得益于原生态故事的曲折生动，至于其中的"缺略"，则多半是继承了原生态故事原有的"疏漏"。这都与戏曲过度依赖小说的叙事方式有关。

其二，戏曲作者在选取题材时，往往依傍史传、小说，他们都有一定的文化修养，多少也接受过儒家"经学"的熏陶。"经学"中的"传"，即"春秋三传"的"传"，对他们构思作品、"扩充"过于简略的故事情节，是有启迪意义的。朱自清先生的《经典常谈》在论及《左传》时说："《左传》这部书大体依《春秋》而作；参考群籍，详述史事，……自成一家言。"②《春秋》过于简略，《春秋左氏传》是解释《春秋》的书，这是以往"经学"中的旧说；如在《春秋》隐公元年"郑伯克段于鄢"的题目下，《左传》就将这6个字扩充为一段长达500多字的文章了。我们看到，在戏曲创作中，从史传、小说（尤其是文言小说）改编而成的作品，作者往往要做"扩充"的工作，其扩充的思路，常常是借用一些别的故事情节，参详斟酌，捏而合之，其叙事形态亦如小说一样，以叙述为主，辅之以剧中人物的

---

① 陈多注释：《李笠翁曲话》，116页，长沙，湖南人民出版社，1981。
② 朱自清：《经典常谈》，40页，上海，上海文艺出版社，1999。

第三章 叙事的流动性

一些演述。总体来看,多是小说作法。

例如,明佘翘(1567—1612)撰写了一部《量江记》传奇(有明万历继志斋刻本及冯梦龙《墨憨斋定本传奇》本)。他是池州(今安徽铜陵)人,因读到《宋史》有他的同乡前辈樊叔清的传记,于是动了写作的念头,他在写于万历戊申孟春(1608)的序言中说:"今夏烦暑,掩扃偶披《宋史》樊叔清传,因惟叔清亦吾郡一奇士,郡令不闻,所以表异者。里中人或多不悉其事,辄复假传奇以章之。"①检阅《宋史》卷二百七十六"樊知古传",传主即《量江记》的主人公樊叔清。其实,《量江记》的故事框架只是相当于"樊知古传"中的如下文字:"知古尝举进士不第,遂谋北归。乃渔钓采石江上数月,乘小舟载丝绳,维南岸,疾棹抵北岸,以度江之广狭。开宝三年,诣阙上书,言江南可取状,以求进用。太祖令送学士院试,赐本科及第,解褐舒州军事推官。尝启于上,言老母亲属数十口在江南,恐为李煜所害,愿迎至治所。即诏煜令遣之。煜方闻命,即厚给赍装护送至境上"②。区区数行字,不扩充,无法写出一部几十出的传奇。倒过来说,读过这篇传记后,佘翘要"假传奇以章之",等于是以"传奇"的形式演绎"樊知古传",对以上的数行字加以解释和彰显,类似于经学上的"传"的路数。

俗语说,巧妇难为无米之炊,根据这数行字,怎么能够写出一部数十出的传奇呢?还有,樊知古的"量江",顶多可算是一件奇事,也只不过是在古代测量技术不发达的情形下一种很"笨"的办法而已,没有多少戏剧性可言,这个事情又怎么能成

---

① 吴毓华编著:《中国古代戏曲序跋集》,122页,北京,中国戏剧出版社,1990。

② (元)脱脱等撰:《宋史》,卷二百七十六,9393~9394页,北京,中华书局,1986。

为一个戏剧故事呢?可是,佘翘居然写出来了。奥妙何在?奥妙就在于,佘翘既通音律,又懂得宋吴自牧《梦粱录·小说讲经史》中所说的"顷刻间捏合"的小说家技法。① 通观整本《量江记》,佘翘主要是在剧中"叙述"男主人公"量江"行为的动机、"量江"前的准备工夫、"量江"时的情景、"量江"后的机遇等,其间穿插了一条男主人公与母亲、妻子分离的线索,并安排了一家团聚的结局。事件很清楚,中心情节是"量江",围绕着这个情节的是"一个人的行动",对于一个带有"叛国"嫌疑的人来说,这样的行动还是"偷偷"地进行的,无人知晓的,哪怕是他的亲人,都不知道他干什么去了。他量度了从长江南岸到北岸的距离,从南唐过江投靠北宋,以量度的结果作为献给宋太祖的见面礼,一路上颇为顺利,完全构不成戏剧矛盾。为什么佘翘竟敢将这样的事件写成戏曲呢?如果亚里士多德在天国里知道中国人是这样写戏剧的,是否会大开眼界呢?不过,若是亚里士多德知道中国人根本不讲究他的那一套有关时间、空间、事件的"整一性"理论,喜欢以编写小说的手法来编写戏曲,喜欢将一些本来可以用小说的形式来叙述的内容改为用唱词的形式来表达,喜欢将一些在别的故事里出现过的情景或情节改头换面地移植过来,喜欢在没什么"戏"可演的时候将一些神仙、龙王之类的派上用场,搞搞气氛,读者或观众照样认可,亚里士多德就会明白,他的那一套理论对于中国人来说简直是碍手碍脚、不成东西。若是亚里士多德进一步了解,中国古代的读书人在其成长过程中往往都要"学成文武艺,货与帝王家",于是,都免不了寒窗苦读、作别父母、踏上仕途的"三部曲";中国古代的读书人稍微踏足官场,都往往遇到嫉贤妒能、栽赃陷害的苦境,都

---

① (宋)吴自牧:《梦粱录》,卷二十,196页,杭州,浙江人民出版社,1984。

往往有怀才不遇的悲哀和感慨,任何作品写到这一切,都似乎是"理所当然"的,大家都不会谴责情节的雷同,只能感叹"天下乌鸦一般黑",代代如此,概莫能外,亚里士多德就会明白,原来中国古代的小说家、戏曲家并不是很难当的,他们在写作上有着不少"可操作性"的东西。我们且看一下《量江记》,男主人公并不显赫,除了《宋史》有传外,不见得有多少遗闻轶事,收罗颇全的《宋人轶事汇编》只是收录了他的两条资料,而且这两条资料与《宋史》所记载的大同小异,都是有关他向北宋"建策置浮桥采石,以渡王师"的,也都相当简略,对于写作剧本,没有多大的参考价值。① 作者的本事在于,可以模仿左丘明为简略的《春秋》作"传"的扩充办法,在故事的框架之内"填"上各种各样可以与故事相互搭配、相互兼容的东西,比如,"功名总有迟和早",围绕着这个意思,就可以写"一家聚叹"(第二折)了;母亲对儿子说:"孩儿,你今赴京上策,努力前行,倘获一官,不惟你母白首有依,亦且父亲黄肠生色。"于是,就可以写一出"若水辞家"(第四折;若水,即樊叔清)了;小人当道,嫉妒贤能,樊叔清在南唐朝廷中无从晋身,于是,就可以写一出"献策被阻"(第七折);儿子离家,亲人不免思念,于是,就可以写"母妻闺忆"(第九折)。这样的情景,何代无之?张三如此,李四何尝不然?《琵琶记》中汉代的蔡伯喈离家赴试、夫妻分别,《量江记》中宋代的樊叔清同样是离家求利禄、留下妻子在闺中"旧恨间新愁"。至于曲词,也无须安排戏剧冲突,用上一些诸如"望长安,云山迢递游子见时难"之类的词语就可以叙述家中亲人的思念之情。全剧最重要的情节是"月夜量江",本来樊叔清神不知、鬼不觉地单独行动,这样一来,戏剧场面容易显得稀松乏味,冯梦龙在改本中便添加了龙

---

① 丁传靖辑:《宋人轶事汇编》,卷四,137~138页,北京,中华书局,2003。

王出场,帮助樊叔清"顺风顺水"地渡江而过,场上多了一个角色,剧情平添些许神异的色彩。① 可见,冯氏是不满原作的场面安排过于平淡的,这又反过来可以证明余氏在剧中借用小说的方法来叙述,不大注意戏剧场面的演出效果。在这一点上,冯氏要比余氏更懂一点戏剧的趣味。剧中有樊叔清母妻误信叔清溺死、无依无靠之下双双投江自尽、随即被人救起、暂寄玄灵观安身等情节,又有樊叔清知悉母妻凶信、于江边祭奠母妻、其后与母妻重逢等关目,这本是《荆钗记》的老故事,却又成了《量江记》作者的"看家本领"。十分懂行的冯梦龙,虽然也知道这"绝似《荆钗记》",但还是大力称赞这样的场次安排是"情节绝妙"②。又如,剧本第二十二折"州堂辱使",写樊叔清投奔北宋后,高升"舒州知府",恰逢南唐使节来,此人正是当时妒忌、挤压樊叔清的弓泪,樊叔清于是趁机"挫辱他一番",冯梦龙在这一折中加了一个批语:"此折快意,可令妒贤嫉能者警,亦是借范雎须贾故事来。"③ 诸如此类,不一而足。可见,《宋史》上的数行字,可以扩充为一部长达几十出的传奇,其秘诀就是作者掌握了很多可以用来"填充"的东西,借用小说的技法,配上合"律"的曲词,不一定讲究戏剧冲突,但一定要把故事编得有条理、有波澜,而且有头有尾、有伏笔有照应。所以,像《量江记》这样的作品,就其叙事形态而言,骨子里是"小说"的,而不完全是"戏剧"的。这样的例子并不少见,又如,明姚茂良的《双忠记》传奇,取材于唐代"安史之乱"时

---

① (明)冯梦龙:《冯梦龙全集》,第十二卷,306页,南京,江苏古籍出版社,1993。
② (明)冯梦龙:《冯梦龙全集》,第十二卷,320页,南京,江苏古籍出版社,1993。
③ (明)冯梦龙:《冯梦龙全集》,第十二卷,332页,南京,江苏古籍出版社,1993。

张巡、许远孤军据守睢阳的事迹,第一出"开宗"写道:"幽怀无可托,搜寻传记,考究忠良。偶见睢阳故事,意惨情伤。便把根由始末,都编作律吕宫商。"① 那种"搜寻传记"、依据故事的"根由始末"来安排情节结构的写法,亦与小说相近,只是披上了"律吕宫商"的外衣而已。

其三,戏曲作者过度依赖小说作法的另一个原因,是古代的小说从来就有"怪、力、乱、神"的传统,而这四个字可以笼而统之,称为"奇",所以,明清时代的戏剧作品多以"传奇"命名。清李渔说:"古人呼剧本为'传奇'者,因其事甚奇特,未经人见而传之,是以得名;可见非奇不传。"② 清孔尚任《桃花扇小识》曰:"传奇者,传其事之奇焉者也,事不奇则不传。"③ 李、孔二人都是大戏剧家,他们不约而同地将戏剧性理解为"奇",反映出中国古代的戏剧观念是以"奇"为中心的,对于戏剧作品而言,"奇"具有核心价值。

那么,"奇"到底意味着什么?在古人看来,"悲欢眚见,离合环生"之外再加上一些"神异"的因素,就是"奇",甚至是"奇而又奇",如明代的剑啸阁主人在《焚香记序》中称赏《焚香记》传奇之"奇":"(剧中)有几段奇境,不可不知。其始也,(王魁)落魄莱城,遇风鉴操斧,一奇也;及所联之配,又属青楼,青楼而复出于闺帏,又一奇也;新婚设誓奇矣;而金垒套书,致两人生而死,死而生,复有虚讣之传,愈出愈奇:悲欢眚见,离合环生。读之卷尽,如长江怒涛,上涌下溜,突兀起伏,不可测识。"④ 明王玉峰的《焚香记》,以自宋代起盛传于

---

① (明)姚茂良:《双忠记》,1页,北京,中华书局,1988。
② 陈多注释:《李笠翁曲话》,23页,长沙,湖南人民出版社,1981。
③ (清)孔尚任:《桃花扇》,卷首,北京,人民文学出版社,1982。
④ 吴毓华编著:《中国古代戏曲序跋集》,193页,北京,中国戏剧出版社,1990。

民间的王魁和敫桂英的故事为题材,写法与以前不同,一改男主人公王魁的负心汉形象,将所有的责任都推在对敫桂英心谋不轨的富豪金垒身上,是金垒"套改"王魁的家书,致使桂英误信王魁入赘丞相府,遂自缢身亡;桂英的亡魂在海神面前状告王魁,海神差遣鬼兵摄取王魁的魂灵前来与桂英"折证";待辨明真相后,海神确认王魁无罪,又差遣鬼兵将二人"送归阳世",成其"再世夫妻"。姑且不论这样改编的成败得失,我们且看故事形态:可以设想,如果没有海神"审案",剧本也就"没戏"了,所谓"几段奇景",当以此为最"奇"。换言之,这是作品中最有"戏剧性"的地方。可是,这是什么样的"戏剧性"呢?戏剧矛盾,最终只能以一种神异的力量来解决,对于人自身来说,这完全是一种"外力"。中国人观念中的"奇",是"突兀起伏,不可测识",是"悲欢沓见,离合环生",对于当事人而言,这种种莫测的变化都受到"外力"的推动,甚至是不以人的意志为转移的,王魁是如此的"守义",桂英是如此的"坚贞",在通常的情况下,怎么可能发生那么多"不可测识"的事件呢?可以说,中国人观念中的"奇",亦即戏曲剧本中所表现出来的"戏剧性",在相当程度上是一种"外在型"的"戏剧性",我们不否认在故事的进程中主人公的性格因素会起着一定的作用,可是,这样的作用是有限度的,在事件的最关键的环节,更能起决定性影响的还是"外力",即"超自然"的"非人力",如《窦娥冤》中窦娥亡魂在其父亲面前的"示警",是一种"非人力"的"灵魂的力量";又如《焚香记》中敫桂英的起死回生,靠的也是"神力",同样是一种"超自然"的东西。当然,像《西厢记》、《桃花扇》等作品,主要是靠性格因素来构成戏剧矛盾和戏剧冲突的例子并非没有,但是,在总量上,毕竟是占少数的,而类似《焚香记》这样的"奇",却是古代戏曲乃至于小说在叙事上的常态。

第三章 叙事的流动性

由于非常在乎"奇",在乎"外在型的戏剧性",古代的戏曲和小说就有着不少共同的"话语",可以实现故事题材的"资源共享"。尤其是小说,它本身从来就是"奇"的渊薮,从《山海经》、《穆天子传》到《搜神记》、《太平广记》等等,可以说"无奇不有",从这些世代相传的典籍里可以看到中国人承传着一条生生不已的"好奇"的精神脉络,虽说孔子不喜欢"怪、力、乱、神",但人们"好奇"的天性是压抑不住的,连儒家的经典《左传》,也是"讲'怪、力、乱、神'的地方很多"①,更不用说历代的野史、小说了。本着有"奇"就有"戏"、不"奇"不"传"的传统观念,古代小说"先天性"地可以满足戏曲作家的题材需要,戏曲作家怎么会不依赖小说呢?既然依赖小说,借用小说的作法,就自不能免了。

也由于在乎"奇",古代的小说作者也好,戏曲作者也好,他们不介意作品中会出现一些人为安排的紧张、生硬的不合逻辑的巧合,李渔就曾指出《琵琶记》、《明珠记》传奇中的一些明显的缺漏,他说:"此等破绽,妇人小儿皆能指出,而作者绝不经心,观者亦听其疏漏;然明眼人遇之,未尝不哑然一笑而作无是公看者也。"② 我们可以批评古代的一些作者"不经心",但是,那些"不经心"的作品却能让"观者亦听其疏漏",这就存在一个值得关注的问题。如果观者是"较真"的,那些"不经心"的作品哪能轻易"过关"呢?而它们大行其道,如果不是有像李渔那样"多事"的人,出来斥谬指瑕,恐怕人们照样听之任之,相安无事。这就说明,一个"奇"字,可谓"成也萧何,败也萧何"。说"成",是因为不少剧本的确很有"传奇"色彩,很有"看头",没有这个"奇"字,哪能如此?说

---

① 杨伯峻:《左传序》,见《左传》,卷首,长沙,岳麓书社,1988。
② 陈多注释:《李笠翁曲话》,120页,长沙,湖南人民出版社,1981。

"败",是因为不少作品仅仅满足于"奇",不问"奇"得合理乎、不合理乎?而出现一些不合理的情节,人们竟然可以"见怪不怪"、"听其疏漏",他们在心理上无非以"小说家言"视之,"较真不得",但求"快意"可也。李渔所指出的现象,正是人们以"小说家言"看待戏曲作品的例证。"听其疏漏"的观者,心智上是没有问题的,只是历代流传的"小说家言"在他们的内心已经"预设"了一条"防线":故事有趣即可,有"奇"即可,何必认真?广州方言有云:听"古",不要驳"古"。换言之,你听故事就可以了,不要对故事的漏洞追根究底。其实,如果真的追根究底,那讲故事的人恐怕也难以下台,免不了一脸尴尬。如果有人真的要驳"古",反倒会被人看作是心智上有问题:差不多就行了,何必钻牛角尖?这构成了我们在对待叙述文学作品方面的一种民族心理,这样一种心理长期以来使不少的作者满足于"传奇",满足于认为"传奇"就是"戏剧性";同样的,作为"接受者",读者或观众也照样满足于"传奇",满足于认为"传奇"就是"戏剧性"。我们不能忽视"接受者"这个群体的力量和影响力,正如俄国文学理论家别林斯基所说:"尽管读者群是由无数人构成的,他们却是一个统一体,有历史地发展着的、活的、一致的个性,有特定的倾向、兴趣和对事物的看法。……读者群是文学的最高法庭、最高裁判。"[①] 千百年来,人们已经接受了"小说家言"不可"确信"的观念,他们以这样的观念来对待小说;而对待戏曲,同样以"不可确信"的心态视之。人们在"可信"与"不可确信"之间早已寻找到一个心理上的"平衡点",或者说,在漫长的欣赏过程中逐渐形成了一个可以不加计较地"听其疏漏"的心理上

[①] (俄)别林斯基:《别林斯基论文学》,别列金娜选辑,梁真译,250页,上海,新文艺出版社,1958。

的"模糊地带"。于是,不少小说化的戏曲作品(或者说是带"曲词"的小说)可以大行其道,人们对"戏剧性"的理解就比较宽泛了。可是,如果我们的思路与国际"接轨",如果我们环顾一下世界各国的戏剧实践,以"戏剧"的最大公约数来看待"戏剧"本身,就会发现,中国古代的戏曲,由于过度依赖小说,其"戏剧化"的程度是有问题的:有的作品,由于题材上的某些"先天性"的原因,即故事早已充满了"戏剧性",故而其"戏剧化"的程度就比较高;也有不少作品,由于其故事题材本身"戏剧性"比较弱,作者又偏重于"流动性叙事",不懂得组织戏剧冲突,其"戏剧化"的程度就比较低。我们且看一下英国著名的戏剧理论家威廉·阿契尔是如何看待"戏剧性"的:"我认为,我们可以肯定地说,如果一个剧作者在他的主题发展中,发现经过他精心设计的、一场吸引人的伟大场面没有任何不自然的紧张或过多的准备和巧合,而这个场面中的一个或更多的人物,将要经历一种内在精神状态的或外在命运的显然转变,那这位剧作者将是非常幸运的。……因此,如果一个剧作家能这样问问自己,那是毫无害处的:'我是否能够这样发展我的主题——把突转的经验自然而合乎情理地应用到我的主要人物身上,而不做任何无理牺牲呢?'"①"突转",是最能体现"戏剧性"的,也是最有戏剧张力的,可是,具有"真实"品格的"戏剧性"是不能以对"情理"作出"无理牺牲"为代价的,是自然而合乎情理的。而在俄国,别林斯基也强调"戏剧性"与人格力量的关系:"人是戏剧中的主人公;在戏剧里,不是事件主宰人,而是人主宰事件,照人的自由意志赋予事件某种结

---

① (英)威廉·阿契尔:《剧作法》,吴钧燮等译,213页,北京,中国戏剧出版社,1983。

局、某种收场。"① 反观中国古代的戏曲,作出"无理牺牲"的、由事件主宰人的现象,并不鲜见。而一个"奇"字,就可以轻易地将这些都遮掩住了。中国人向来比较崇尚"流动性叙事",既有符合本民族的性格和心理、符合本民族的人生哲学的一面,也有不大利于提升戏曲的"戏剧化"程度的一面。②

我们探讨戏曲和小说共有的"流动性叙事"现象,从这个角度观察二者的"血缘关系",研究故事题材的流变为什么可以"穿行"于小说和戏曲这两种不同文体的原因。这是颇有民族特色的一种叙事传统,长期以来深受大众的喜爱。已故小说家、戏剧家汪曾祺先生曾就戏曲与小说的关系说过一番很有见地的话:"西方古典戏剧的结构像山,中国戏曲的结构像水。这种滔滔不绝的结构自明代至近代一直没有变。这样的结构更近乎是叙事诗式的,或者更直截了当地说:是小说式的。中国的演义小说改编为戏曲极其方便,因为结构方法相近。"又说:"中国戏曲,不很重视冲突。有一个时期,有一种说法,戏剧就是冲突,没有冲突不成其为戏剧。中国戏曲,从整出看,当然是有冲突的,但是各场并不都有冲突。《牡丹亭·游园》只是写了杜丽娘的一脉春情,什么冲突也没有。《长生殿·闻铃·哭象》也只是唐明皇一个人在抒发感情。《琵琶记·吃糠》只是赵五娘因为糠和米的分离联想到她和蔡伯喈的遭际,痛哭了一场。《描容》是一首感人

---

① (俄)别林斯基:《别林斯基论文学》,别列金娜选辑,梁真译,177页,上海,新文艺出版社,1958。
② 这里特地讨论小说对戏曲的影响,是基于"故事的叙事法则"这一层面来考虑的。当然,戏曲也会对小说产生某些影响,也会向小说提供某些故事的素材,如乾隆年间的《雷峰塔》传奇,对弹词、小说等叙事文体都有影响,弹词《义妖传》、小说《前白蛇传》等的故事情节吸收了戏曲作品的成分。不过,戏曲的"叙事法则"主要受到小说的制约,这是我们想要揭示的基本事实。

肺腑的抒情诗,赵五娘并没有和什么人冲突。这些著名的折子,在西方的古典戏剧家看来,是很难构成一场戏的。这种不假冲突,直接地抒写人物的心理、感情、情绪的构思,是小说的,非戏剧的。"汪先生还指出:戏曲中往往有一些与戏剧矛盾关系不大、可有可无的话语和细节,"这种'闲中着色',涉笔成趣,手法不是戏剧的,是小说的"①。汪先生将中国古代的叙事文学与西方的古典叙事文学做比较,强调了中国古代戏曲、小说之间存在同一性的特殊关系,这可以与我们的论述相互印证。总的来看,借用汪先生的比喻,古代戏曲、小说的故事形态都是"流动性叙事",像"水",而不像"山"。

当然,任何一种传统,都有长短,在某些方面有其优势,在另一些方面或许有其弱势。叙事的流动性,使戏曲与小说的距离拉得比较近,这就为已经熟悉民间"说书"艺术的普通百姓提供了理解戏曲的叙事艺术的方便。他们听"说书"与看戏在某种程度上都习惯于关注"故事";俗语说:看戏看全套,这与读小说要读"全传"、读"续书",是同一种欣赏习惯和审美心理。可是,叙事的流动性的过度强化,也有不利的因素,不利于培养民众对"故事性"与"戏剧性"的自觉区分,不利于戏曲的艺术结构向着真正"戏剧化"的方向迈进。一般民众比较容易理解"外在型的戏剧性",通常的悲欢离合,可以满足这方面的审美需求;可是,我们古代的编剧家(除了少数例外),由于受到小说的深刻影响,往往忽视甚至没有意识到"内在型的戏剧性",这就可能会减弱对人物性格的深度刻画,减弱对人物心理的复杂性的充分展示,减弱剧本赖以扣人心弦的情节张力。对于一种叙事传统,作为后人,反思其中的弱势,与大力肯定其中的优势,具有同样的意义。

---

① 《中国戏曲和小说的血缘关系》,见汪曾祺:《晚翠文谈新编》,117~121页,北京,生活·读书·新知三联书店,2002。

第四章　叙事的互文性

中国古代的叙事文学充满着"互文性"。戏曲、小说改编自史传作品或民间传说；白话小说改编自文言小说；明清传奇改编自白话小说；同一个故事孳乳出多种文本；这一系列的现象并不少见。此外，某部作品模仿或戏仿另外一部作品；一部作品之中，某个情节模仿或戏仿另外一部作品的情节，这在古代的叙事文学中也是"家常便饭"。如果是偶尔出现，我们或许会觉得有的作者没有多少创造性，只是喜欢改编、模仿、戏仿，缺乏"原创精神"，而且怀疑，那些"似曾相识"的东西，会有多大的意义和价值呢？可是，上述现象绝非偶然一见，相反，却是"大面积"出现的，这就使我们不得不转换一下思考的角度，不能仅仅以是否具有"原创精神"这个唯一的判别标准来看问题了。历时性的、"大面积"的现象，其背后总有更深层次的东西在支配着，而且反映着某种不可忽视的、集体性的审美价值取向。

"互文"，本来是中国经学的一个术语，《汉语大词典》对"互文"的一个解释是："谓上下文义互相阐发，互相补足。"并引《南史·儒林传·司马筠》："经传互文，交相显发。"唐孔颖达亦有"互文见义"之说。① 换言之，"经"是一个文本，"传"是另一个文本，两个文本"交相显发"、"互文见义"，二者构成

---

① 《汉语大词典》，第 1 册，489 页，上海，汉语大词典出版社，1991。

一种相互"阐释"、相互"对话"的关系。就古代的叙事文学而言,同一个故事的两个或两个以上的文本并存的事实,已经构成一种"互文"关系。

所谓"互文性",其概念来自西方的文学理论。它与中国古代的"互文"一词既有区别,又是可以相互兼容的。"互文性"概念为法国学者朱丽娅·克里斯特娃(Julia Kristeva)所创,她在1966年发表的《词、对话、小说》首次使用这一术语,1967年发表的《封闭的文本》再次使用,1969年出版的《符号学,语意分析研究》继续使用。其基本界定是:"一篇文本中交叉出现的其他文本的表述","已有和现有表述的易位"①。这一术语出现后,引起学术界的关注,也有人对它重新加以定义,如索莱尔斯(Philippe Sollers)在1971年所作的界定是:"每一篇文本都联系着若干篇文本,并且对这些文本起着复读、强调、浓缩、转移和深化的作用。"② 朱丽娅·克里斯特娃在1974年出版的《文学创作的革命》中做出新的表述:"互文性一词指的是一个(或多个)信号系统被移至另一系统中。"③ 不管在西方还是在中国,"互文"现象所揭示的最核心的关系就是"此信号系统"与"彼信号系统"的相互对应。这种"相互对应"并非"相互重合",其存在的价值就在于,在不"重合"的前提下,产生于同一"信号源"的多种信号构成相互"对话"的关系,这些"对话"关系可以揭示出某种意义的延伸或变异;多种文本的"互文性"体现着人们围绕着某个"核心信号"所产生的精神活动。相较而言,西方的"互文性"概念比中国的"互文"概念的涵

---

① (法)蒂费纳·萨莫瓦约著:《互文性研究》,邵炜译,3页,天津,天津人民出版社,2003。

②③ (法)蒂费纳·萨莫瓦约著:《互文性研究》,邵炜译,5页,天津,天津人民出版社,2003。

盖面要大一些,前者更能有效地表述中国古代戏曲、小说错综复杂的"互文"关系。故而,本书使用"互文性"一词。

第一节 同一故事孳乳出多种文本

在中国古代,一个故事在其流传过程中会孳乳出若干个文本,比如,神话传说中的黄帝战蚩尤,黄帝代表"仁义",蚩尤代表"不仁不慈",黄帝最终战胜了蚩尤;至于是如何战胜的,则有不同的文本:有的说"天遣玄女下授黄帝兵信神符,制服蚩尤"[1];有的说"帝伐蚩尤,乃梦,梦西王母遣道人,披玄狐之裘,以符授之"[2]。有的说"蚩尤作大雾弥三日,军人皆惑。黄帝乃令风后法斗机作指南车,以别四方,遂擒蚩尤"[3]。文本之间的差异构成"互文性",呈现出"黄帝战蚩尤"故事的丰富形态。而在后世的戏曲、小说中,类似的情形并不少见。

我们且看"游龙戏凤"。

这是一个流传甚广的风流皇帝的故事。其"原始文本"很有可能是源于一种民间的想象。查《明史·武宗本纪》,我们知道,正德九年"二月庚子,帝始微行"[4]。无疑,"游龙戏凤"故事源于正德皇帝的"微行","龙"不外游,缘何"戏凤"?不过,正德九年的"微行"到底上哪儿去了、发生了什么故事,《明史》没有记载。我们姑且可以将"游龙戏凤"故事发生的时

---

[1] (宋)李昉等编:《太平御览》,卷七十九,引《龙鱼河图》,613页,石家庄,河北教育出版社,1994。

[2] (唐)欧阳询撰:《艺文类聚》,卷九十九,引《黄帝出军决》,1717页,上海,上海古籍出版社,1982。

[3] (宋)李昉等编:《太平御览》,卷十五,引《志林》,132页,石家庄,河北教育出版社,1994。

[4] (清)张廷玉等撰:《明史》,卷十六,206页,北京,中华书局,1984。

第四章　叙事的互文性

间上限定在正德九年。据《明史》，在以后五六年的皇帝生涯中，正德皇帝多次外出，或"微服如昌平"（正德十二年秋），或"如大同"（正德十三年秋），或"在太原"（正德十四年春），或"在南京"（正德十五年春正月），或"次镇江"（正德十五年八月）。而在正德十五年十二月，"还京师"；正德十六年三月，"崩于豹房，年三十有一"。因而，"游龙戏凤"故事发生的时间下限大致是正德十五年。指出时间的上下限，其意义在于，一个二三十岁的皇帝，在其"执政"的后半期，不安于宫禁，相当频繁地出外游荡，乃至于"微服私行"，这引起了人们尤其是民间社会的诸多联想，大家都很有兴趣地想象着这位"耽乐嬉游"的皇帝到底会在民间社会做出什么样的事情来。虽然我们难以知道这个故事的原始文本出于何时，但是，该原始文本的"核心信号"无疑是身为"九五之尊"的皇帝的"外出嬉游"。这个"核心信号"为人们留下一个很大的想象空间：皇帝是如何"嬉游"的，几乎是你爱怎么想就可以怎么想。故事的主人公是皇帝，他有皇帝的特权，又有平民般的低级趣味；他可以行侠仗义，也可以调戏妇女；他免不了遭遇"落难"，却又在危难之际逢凶化吉……围绕着正德皇帝"外出嬉游"这个"核心信号"，产生了一系列的小说、戏曲文本，而在"外出嬉游"的众多故事中，"游龙戏凤"又有相对的独立性，这个故事本身也有一个"核心信号"，就是"正德皇帝得到了李凤姐"；其多种文本构成了一个充满着"互文性"的故事系列。

"游龙戏凤"故事的原型很有可能不是今天我们所见到的那么"风流"，而可能原是一种皇家的"蛮横"行径。据《纲鉴易知录·明纪》卷七的记载，正德十二年前后，"江彬等屡导上出宫游戏近郊，因数言宣府乐，至是（按：指正德十二年八月），遂出居庸关至宣府，临塞下。……彬为上营镇国府第于宣府，辇豹房珍玩女御其中，时时入民家益索妇女以进，上乐之忘归。"①善于拍皇帝马屁的江彬等人，为皇帝营造"行宫"，经常性地"入民家益索妇女以进"，无疑是掠夺行为。其地点是宣府一带。

宣府，即今河北宣化，在居庸关的西北方。我们大概可以知道，"游龙戏凤"故事的最初发生地是宣化，清吴炽昌《客窗闲话》卷一"明武宗遗事"记载："帝在宣化，有女子李凤姐者，年十四五，有殊姿。其父设酒肆，以凤姐当垆。是时父适在外，帝微行过之，见其丰神绰约，国色无双，不禁迷眩，入肆沽饮。"②吴氏"明武宗遗事"的开头说："明武宗皇帝，亦一代英主也。惟好为嬉戏，有亏帝德。即其颠倒予夺数事，虽正史所不录，闻诸故老，堪资谈柄，条列于后。"③ 由此我们可以得知，从明代到清代，故老们对正德皇帝的遗事是津津乐道、代代相传的，其中，"游龙戏凤"的故事尤为"出奇"。其事是有是无，虽难以考知，但此事与史籍所记载的江彬等人指派下属"入民家益索妇女以进"的事实相关。我们不能排除的一种可能性是：因为皇帝"好为嬉戏"，于是，好事者将"入民家"抢夺妇女的官兵"替换"为正德皇帝。据吴炽昌的记载，正德皇帝入李凤姐的酒肆，犹如一个急色鬼："凤姐送酒来席，误以为娼妓之流，突起拥抱入室，凤姐惊喊，即掩其口曰：'朕为天子，苟从我，富贵可立至。'"皇帝这一"抱"一"掩"，动作娴熟，直令对方就范，无异于绑架的手段。虽也算是"游龙戏凤"的故事，实际上是无"戏"可言，近于"强奸"。其间，或许流露出

---

① （清）吴乘权等撰：《纲鉴易知录》，第八册，2773页，北京，中华书局，1988。

② （清）吴炽昌撰：《客窗闲话·续客窗闲话》，7页，北京，文化艺术出版社，1988。

③ （清）吴炽昌撰：《客窗闲话·续客窗闲话》，3页，北京，文化艺术出版社，1988。

故事中的施暴者由官兵改为皇帝的转化痕迹（在其他同类故事中，正德皇帝以"军爷"的身份出现，可为佐证）。因为，在另外的"游龙戏凤"故事中，正德皇帝是一个善于调情的老手，"戏"凤的手段接二连三，用不着那么"急色儿"。相比之下，《客窗闲话》所记载的有可能是该故事的比较原始、比较粗糙的形态。记录这个故事的吴炽昌，大约生于乾隆四十五年（1780），道光末年（1850）仍然在世。① 由于是"闻诸故老"的，其所记录的故事有可能是比较久远的。

可资比较的是另一个"游龙戏凤"的文本，那是一本杂剧。作者是一生经历了康、雍、乾三个历史时期的唐英（1682—约1755）。其《梅龙镇》凡四出，故事发生的地点是山西大同的梅龙镇。作为男主人公的皇帝，厌倦了后宫的"粉抹脂涂"，意欲寻找一个"铅华不御，妩媚天然的可儿尤物"，因"久闻得山西水色佳丽，大同多产名姝"，于是，暂离宫禁，微服潜游，扮作军官模样，"欲寻野凤"，自称"游龙"，以"不负我这风流天子一片好色的奇情雅趣"为己任，流里流气、误打误撞，来到梅龙镇"投宿"。村店的店主叫李龙，恰巧那天晚上轮到李龙"值更"，匆忙之间，将正德皇帝留在店里，营造出一个"孤男寡女"的戏剧空间，"戏"就越演越多了。于是，我们看到，正当皇帝饥肠辘辘之际，李龙的妹子不无羞涩地送上酒饭。两人见面，从寒暄开始，皇帝以问姓名入手，一言一语，一挑一逗，一来一往，在一位"军爷"与一位"村姑"之间，时而闲聊，时而斗嘴；一方动手动脚，一方大声回骂；暂时看不出地位的悬殊，都是一样的粗俗、一样的越礼、一样的肆无忌惮。在民间的想象中，皇帝也是一个可以赖皮的人，可以被村姑"哄他一哄"

---

① 参阅（清）吴炽昌撰：《客窗闲话·续客窗闲话》，"前言"（王宏钧、苑育新撰），北京，文化艺术出版社，1988。

的人,好像是邻居的张三、李四一样,会耍嘴皮子,俗不可耐,却有几分谐趣,几分浪荡,甚至在有意无意之间流露出几分傻里傻气。一时之间,皇帝乎,平民乎,界限极为模糊,在颇为"胡闹"的叙事中,叙事者似乎一把狠劲地将皇帝从神坛上拉了下来,还他一个无遮无掩的原形。于是,我们明白:民间社会以"好为嬉戏"的正德皇帝为例,将"皇帝"这种独一无二的社会"角色"彻底地"解构"了一番:原来,皇帝也不过是一个大俗人而已!

如果说在吴炽昌的笔下,颇为"急色儿"的正德皇帝凭着"九五之尊"的威权一举占有了李凤姐,那么,在唐英的笔下,正德皇帝可不是那么容易就能够"驯服"得了李凤姐的。当他正要动手动脚的时候,李凤姐骂他:"哎呵!你好无礼!"堂堂皇帝也只能说:"不要骂。你好好与我敬上一杯酒,难道我肯白劳动你么?"① 皇帝故意抓了一下李凤姐的手心,又引来凤姐的一顿骂:"军爷,你好不老成!我好意敬你酒,怎么将我的手心狠抓一下?"皇帝只好遮遮掩掩地回答:"是我指甲长了,无心抓了一下,这有何妨?也罢!待我伸手与你多抓几下,奉还罢了。"话语之间,虽有挑逗的意味,却也说得客客气气的。在民间的想象中,卑贱如李凤姐,也不是那么轻易地就臣服于皇帝的脚下;高贵如皇帝,要得到心仪女子的欢心,还得要赔小心、献殷勤。在戏拟的叙事情境中,人们将卑贱者的尊严抬高到与皇帝平起平坐的位置上。这是潜伏于民间的一种并不可能实现却可以不妨一做的"梦"。

就"游龙戏凤"故事而言,吴炽昌的文本与唐英的文本,恰好构成了一种"对话"的关系。皇帝在民间的"嬉游",如果

---

① 《梅龙镇》第2出"戏凤",(清)唐英:《古柏堂戏曲集》,159页,上海,上海古籍出版社,1987。

第四章 叙事的互文性

都是皇帝说了算的,其所"嬉游"的另一方,如果都是绝对被动的,那么,故事就没什么意思了。正是在围绕着"皇帝嬉游"这个"核心信号",故事的男女主人公在一定的程度上"互动",而不同的文本有不同的"互动",这不同的"互动"就是一种很有意味的"对话"。

在吴炽昌的文本中,李凤姐意外地被皇帝占有了,她一直处于诚惶诚恐的状态之中,并无得意之色。当皇帝占有她的时候,似乎先验性地认定这种可以"立至"的"富贵"必随"烟云而散":"先是,凤姐恒梦身变明珠,为苍龙攫取,骇化烟云而散"。她认为这是命定的,梦中的"惊骇"使她意识到"为苍龙攫取"是其生命过程中的"必然",而同样"必然"的是眼前的一切"骇化烟云而散"。这里积淀着多少被"皇家"所"攫取"的妇女的命定意识和惊恐心理。所以,凤姐"任帝阁户解襦狎之",不加抗拒,也不欣喜。皇帝"欲封凤姐为嫔妃",凤姐固辞曰:"臣妾福薄命微,不应贵显,恐于身不利。"在从宣化返回京师的路上,"至居庸关,风雷交作,凤姐睹关口所凿四大天王,怒目生动,眩晕坠马。"皇帝见状,一时慌了手脚,急忙"驻跸行宫",并表示要与凤姐留在行宫,不返京城。凤姐闻言,"一恸而绝"。以此规劝皇帝"以万几为念"。在这里,也隐藏着一种不无批判意味的民间心态:"一恸而绝"的凤姐实在是以"尸谏"的方式警示皇帝不要因为贪好女色而弃"天下"于不顾。值得注意的是,年仅十四五岁的村姑李凤姐,未必已经成熟到有一颗胸怀"天下"的心,她在皇帝面前的那种与其年龄不大相称的老成的言行,极有可能是编故事的人颇有用心地添加进去的。

在唐英的文本中,皇帝与凤姐的"互动"却有着另一番的内涵。皇帝自称"好色",却也自有"品味",他要寻找"铅华不御"的女子,而不像吴炽昌文本中的那一位,即便"误以为娼妓之流",也在所不计。身为皇帝,他没有轻易动用自己的威权,甚至放下了"身段",请求李凤姐斟上一杯酒,以一个元宝作为"谢礼";凤姐故意耍弄他,虽然不满,却也不好发作,还十分"小家子气"地说:"快把元宝还我,让我到别家去。"① 在故事的流变中,正德皇帝的"身段"在下移,而李凤姐的"身段"在提高。唐英文本中的李凤姐,绝不像吴炽昌文本中的女主人公那样一脸"苦相",她似乎是天生的乐观派。当初,其兄李龙告诉她:"我梦见天上五彩祥云,里面飞下一条金龙来,将你一把抓的去了!我要救你,赶上前去,把那龙尾巴攥住,死也不放。谁知连我也带上半天云中去了!我回头望下一看,幌幌荡荡,好不怕人!大叫一声醒来,却是一梦。不知这是个好梦,是个不好梦?"凤姐马上回答:"哥哥,这是个好梦,只怕我和你要日近龙颜了。"② 剧中的凤姐"年方一十六岁",比她年长的哥哥还想不到"日近龙颜",她却不假思索,"一步到位"地意识到"好事近"了。当她得知眼前的"军爷"随身带有"夜明珠",真的是皇帝,立即下跪,唱道:"拜君王把村娃来可怜,望赦却弥天罪典。频叩首在君前,频叩首在君前。"③ 那种叩首如"捣蒜"的举动,一下子将她此前的那种刚健泼辣劲儿全都"消解"了。更有甚者,皇帝封她为"游戏宫掌院",她就忙不迭地高呼:"万岁!万万岁!"十分侥幸地唱道:"村姑虽有宜家愿,梦不到九重恩眷!"④ 喜形于色,掩饰不了"一步登天"的畅快感受。此与吴

---

① 《梅龙镇》第 2 出"戏凤",(清)唐英:《古柏堂戏曲集》,160 页,上海,上海古籍出版社,1987。
② 《梅龙镇》第 1 出"投店",(清)唐英:《古柏堂戏曲集》,155 页,上海,上海古籍出版社,1987。
③ 《梅龙镇》第 2 出"戏凤"【园林好】,(清)唐英:《古柏堂戏曲集》,161 页,上海,上海古籍出版社,1987。
④ 《梅龙镇》第 2 出"戏凤"【尾声】,(清)唐英:《古柏堂戏曲集》,162 页,上海,上海古籍出版社,1987。

炽昌文本中的凤姐那种惶恐心态适成强烈的对比。

"天上掉下来的馅饼",是祸还是福?不同的文本对此"信号"有不同的解读,也就有了不同的"游龙戏凤"故事。一个文本认为这个天大的"馅饼"是无福消受的,另一个文本认为这个天大的"馅饼"是"九重恩眷",是"好梦"的实现。二者刚好构成了"对话"的关系。可以说,"对话"的双方都分别表达了来自民间的真实心态。他们可以分为"悲观派"与"乐观派"。"悲观派"以冷眼观世情,"乐观派"则赋予世情以某种不切实际的热望;"悲观派"所见到的是"高处不胜寒"的险境,"乐观派"所见到的是不无梦幻色彩的"莺歌燕舞"的"仙境";"悲观派"看问题是脚踏实地的,"乐观派"看问题是恍惚置身于"半空中"的。"悲观派"的内心是一个"苦"字,"乐观派"的内心则可以用一个"俗"字来形容。不必讳言,唐英文本更受大众的喜爱,那种俗不可耐的、"极速"而又"侥幸"的富贵之梦,引发了大众无穷的遐想,就像唐英文本中的李龙,刚才还是被打了"二十板子"的"爬墙贼",转眼之间就成了"李国舅",换了"冠带",接了"圣旨",摇身一变,就可以骂刚刚打他的官员是"忘八崽子",就可以张开大嘴对官员说:"你可有什么东西孝敬我侯爷么?"[①] 真是脱胎换骨,威风八面。这种"极速"而又"侥幸"的梦,混合着受尽委屈的老百姓的屈辱与梦幻,我们可以说它"俗",但对这个"俗"字又必须加以"了解"的同情。不同的文本在"对话",其心理背景的复杂性就体现在这里。

就是"乐观派"之间,也有比较微妙的"对话"。我们看著

---

① 《梅龙镇》第4出"封舅",(清)唐英:《古柏堂戏曲集》,170页,上海,上海古籍出版社,1987。

名的京剧《梅龙镇》①,剧中的李凤姐,多次叫骂眼前的"军爷",骂得比唐英文本中的凤姐更难听:"你原来是个要饭的化子。""你是个大户长的兄弟,三户长的哥哥,你是个二混帐!""献你娘的现世报!"可是,一看见"军爷""浑身上下是九条龙"时,凤姐先是惊喜地感叹一声"好宝贝",然后唱道:"怪不得昨晚得一梦,真龙天子落房中。我马上前来忙下跪,望求万岁将我封。"唐英文本中的凤姐一得知眼前的人竟然是皇帝,其第一反应是突如其来的、沉重的负罪感:"望赦却弥天罪典"。她向皇帝下跪,是为了求得赦免;可这京剧中的凤姐,她的下跪是为了"求封"。她毫无负罪意识,皇帝问她:"跪在为君面前则甚?"凤姐的回答是:"前来求封。"一副毫不客气的神态。皇帝说:"你方才骂我是你家哥哥的大舅子。我是不封。"凤姐答:"你封了我,我家哥哥是你的大舅子。"皇帝接连说"不封",凤姐却是紧追不舍,讨价还价般地对着皇帝说:"封一点点。""封一微微。""封一些些。"皇帝说什么也不封。这时,凤姐的倔强劲儿上来了,以不容分辩的语气说:"怕你不封!"皇帝见势,觉得这丫头再也惹不起了,只好说道:"凤姐听封。"凤姐这一来,喜上眉梢,对着刚才厉声喝斥的"军爷",改口称作"君爷",说:"君爷请吓。"皇帝问:"请到哪里?"凤姐自作主张、拿捏得度地说:"请到卧房。"男女主人公这样的"互动",比唐英文本"离谱"得多;而与吴炽昌文本相较,令人大有相隔天壤之感。吴炽昌文本中的凤姐近乎被皇帝强奸;唐英文本中的凤姐因先前有"好梦"垫底,以为命中注定自己的富贵从天而降,遂屈从于皇帝,并且十分感念"九重恩眷";京剧文本中的凤姐,虽是皇帝先挑逗了她,可她一直不甘示弱;到了后来,面对

---

① 一名《游龙戏凤》,又名《下江南》,剧本见钝根编辑:《戏考大全》,第1册,229~238页,上海,上海书店,1990。

第四章 叙事的互文性

步步进逼的凤姐,那位已经失去了"进攻性"的皇帝,最终被"请"进了卧房。更有戏剧性的是,当时,皇帝故作迟疑,说:"我怕。"凤姐竟然为皇帝壮胆:"你怕什么!"真有"嫖"了皇帝一把的意味。在这里,似乎不容易分得清到底是"游龙戏凤"还是"凤戏游龙"了。

其实,同一个"游龙戏凤"的故事,不同的文本在"对话":不止一个的戏曲文本在"对话",已如上述;也有不止一个的小说文本在"对话",如清道光年间何梦梅的《游龙戏凤》①、清光绪年间署名"翁山柱砥编"的《白牡丹》②等。可以说,不同文体的"游龙戏凤"故事都在"对话"。"对话"的实质在于,在一个皇权无处不在的语境里,到底可以有多少种的"活法"?这个故事的深层意义是把上述语境极端化了:当你与皇权的最高代表即皇帝"狭路相逢"时你该怎么"活"?不同文本里的凤姐有不尽相同甚至是极不相同的"活法",这种种的"活法"也在"对话":在自己所选择的"活法"中如何把持自己、如何在极端的处境中转换自己的角色?是悲情地面对还是心安理得地乐观其成?是被动地乐观其成还是主动地乐观其成?种种的问题在交锋。可见,"游龙戏凤"的故事在不同的文本中并非是简单的重复,它们构成的"互文性"是值得关注的;它们之间无形的"对话"关系,反映出民间的不同心态在交汇和碰撞。民间心态不是铁板一块:有的人怕事,有的人认命,有的人不管三七二十一先"玩"一把再说。"游龙戏凤"故事的"互文性",有着很不简单的内涵。

不管是"黄帝战蚩尤"也好,还是"游龙戏凤"也好,同一故事孳乳出多种文本,可以设想,这些文本是源自某个"原

---

① (清)何梦梅:《游龙戏凤》,凡45回,上海,上海古籍出版社,1996。
② (清)翁山柱砥编:《白牡丹》,凡46回,长沙,岳麓书社,2004。

始文本"的。某个原始文本一经问世,它会内含着一个"核心信号"。比如说,"黄帝战蚩尤",其"核心信号"是"黄帝战胜了蚩尤";"游龙戏凤",其"核心信号"是"正德皇帝得到了李凤姐"。这样的"核心信号"如果引起人们的广泛兴趣,它所含有的"非核心信号"就往往会被"修改"或"更新",构成别的文本。"核心信号"是不可以更改或更新的,蚩尤总不会战胜黄帝,李凤姐总不会嫁给皇帝以外的人;可是,"非核心信号"可以更改或更新,黄帝凭什么可以战胜蚩尤?凭的是指南车,凭的是西王母派人送来的神符,或者凭的是玄女亲自送来的"兵信神符",都可以。正德皇帝是如何"戏凤"的?类似于强奸,类似于流氓调戏妇女,类似于怯生生地"偷情"却又被"调弄"了一番,都可以。这就构成了同一"信号源"的多种文本并存的现象。同一"信号源"孳乳出多种文本的并存,其故事所体现的时空关系大致相同,而内含的"非核心信号"则有微妙的甚至是颇为悬殊的变异,这些"信号"构成相互"对话"的关系。如果我们忽视了其间的"对话",就会觉得那只是一种题材的多次重复;如果我们不放过其间的不无微妙的"对话",就会发现原来这表面上的多次重复其实内含着某种多样化的精神活动,是我们研究人们的心态史的重要素材。这是叙事文学的"互文性"的一种类型。

第二节 人生情景与人物关系的相互类同

叙事文学的"互文性"的另一种类型是,甲文本出现后,乙文本对之加以模仿或部分模仿,后者往往套用前者的人生情景和人物关系,但时空关系则有所不同。于是,给人的印象是,甲、乙文本是两个分属不同时空的作品,但又具有明显的相似性或局部相似性。它们不是在"同一信号源"这个"基点"上来展开"对话",而是以人生情景和人物关系的"类同性"为中心构拟出不同文本的对应关系,在"对应"中构成"互文性"。

例如,明代的弋阳腔剧本《高文举珍珠记》,如果熟悉《琵琶记》、《荆钗记》的人读到这个剧本,会觉得似曾相识,原因是其中的一些重要情节模仿了上述两个作品。从全剧来看,男主人公高文举离乡赴试,高中状元,位高权重的温丞相"逼赘门楣",高文举始而拒之,终于从之;而入赘相府,文举深感有负前妻,心事烦躁,坐卧不宁;其后,与前妻王金真相逢于书馆,互诉衷曲。这样的经历颇像高则诚笔下的蔡伯喈。另一方面,高文举出身贫寒,幸得一财主器重,招为东床,并有赖岳丈的资助,得以上京应考,这样的际遇又颇像《荆钗记》中的王十朋。至于女主人公王金真,既具有《琵琶记》中的赵五娘的坚韧,又不乏《荆钗记》中的钱玉莲之刚烈。王金真像赵五娘那样,对丈夫一往情深,不辞辛劳,坚忍不拔,上京寻夫;她又像钱玉莲那样,对邪恶势力决不屈从,对温小姐的横蛮与虐待表现出强烈的自尊与无比的愤慨,明确表示:"异日里不报冤仇,除非是咽喉绝气!"① 在王金真的身上,兼有五娘与玉莲的性格因素。

就故事的"内核"而言,《珍珠记》与《琵琶记》、《荆钗记》一样,叙述科举制度下功名与亲情尖锐冲突的故事。在功名与亲情相互"撕咬"、不可兼得的人生困境中,男女主人公的人格都经受着痛苦的煎熬和考验。不同的人在同样严重的人生挑战面前,交出不尽相同的"答卷",这是以上三个剧本可以并存于世的原因。于是,我们对剧本之间所呈现出的情节的"相似性",就有了一个解读的视角。

可以想见,这是一个既典型又极端的人生情景:寒窗苦读,

---

① (明)佚名撰:《高文举珍珠记》,第18出"藏珠",58页,北京,中华书局,1988。

一举成名；还来不及欣喜一番，更大的喜讯接踵而至：昔日的白衣，默默无闻的士子，一下子就可以成为当朝丞相的女婿，状元的身份再添上丞相东床的无形附加值，身价飙升，富贵无限。如果不是早已结婚，何来忧愁、何来烦闷？天意弄人，世上的事情偏偏要给得意非常的人开出大大的难题。一个有妇之夫，面对婚外的"天赐姻缘"，是在道德底线之上磊落地做人，还是在道德底线之下委曲求全？这是不可回避的人生拷问。在"磊落地做人"与"委曲求全"之间，到底可以有多少种"选项"？我们看到，蔡伯喈有蔡伯喈的"选项"，王十朋有王十朋的"选项"，高文举有高文举的"选项"。这些"选项"互有差异，相似的情节不仅是相互对应的，而且是相互"对话"的。

无疑，高文举的"选项"较后才出现。他所选择的是既要委曲求全，又不想放弃"磊落地做人"。在人际背景上，高文举比蔡伯喈、王十朋更有"优势"。王十朋所面对的万俟丞相，只有一个女儿；蔡伯喈所面对的牛丞相也只有一个女儿，可高文举所面对的温阁丞相有两个女儿，"长女获配当今，正位后宫；次女方年二八，未曾许聘他人"。他不仅可以做丞相的女婿，而且"与万岁连襟"，用温丞相的话说："不日台辅可望，富贵久长。"① 其诱惑之大，是蔡、王二人所不能比拟的。

面对极大的诱惑，高文举当初的表现与蔡、王二人差不多，照样意识到"平生颇读书几行，停妻再娶人沦丧"，在道德底线之前总有一种惶恐畏惧的心理。不过，在场的"堂候"加以劝诱："状元，为人要随时达变，切不可执一无权。"而温丞相则是厉声威胁："朝中选法咱把掌，若不回天转日，奏上明君，罪不轻放。"高文举在进退两难之际，思想开始动摇，一方面是

---

① （明）佚名撰：《高文举珍珠记》，第10出"勒赘"，28页，北京，中华书局，1988。

"思前想后事多端,娇妻在室难撇漾",一方面是"下官寻思起来,本待不从,他乃一朝独贵,倘圣上准他的奏章,将我削去官职,差回故里,枉受了十载灯窗之苦。不免权且允从,成其亲事,然后差人迎接岳丈一家到此,同享荣华,多少是好。"① 这"权且允从"四字为自己留下了可进可退的空间。

相较而言,高文举比蔡伯喈要世故得多:蔡伯喈的思路没有高文举那么清晰,他是怀着"摆不去功名奈何,送将来冤家怎躲"的狐狐疑疑的念头与牛小姐成亲的②,他选择的是委曲求全。同时,高文举比王十朋要圆滑得多,王十朋也说过:"平生颇读书几行,岂敢紊乱三纲并五常!"可他说到做到,哪怕万俟丞相以"定改除远方,休想还乡"加以胁迫,他面不改色,也不动摇,在丞相"与我赶出去"的喝令声中,王十朋高呼"有妻焉敢赘高堂",傲然而去。③ 其骨头比高文举要硬得多,他选择的是磊落地做人。

可以说,在高文举的身上,人们在塑造着另一种与蔡、王都不太完全一样的人格类型。像王十朋那样,一下子把唾手可得的荣华富贵弃而舍之,或许有人觉得太可惜,太犯傻了;像蔡伯喈那样,一味地愁眉苦脸、顺从认命,也似乎不是办法,况且,好歹蔡伯喈还算"幸运",遇上了一位温顺柔和的牛小姐,如果遭遇一个蛮横无理的丞相千金,又该如何是好?很不巧,高文举正是碰上了刁蛮狠毒的温金定,于是,一方面是富贵逼人,另一方面是恶妻相伴,巨大的诱惑背后却是有苦说不出的悲凉。高文举在温丞相的强权面前诚惶诚恐,他害怕与结发妻子的相逢被人发

---

① (明)佚名撰:《高文举珍珠记》,27~28页,北京,中华书局,1988。
② (元)高明撰、钱南扬校注:《琵琶记》,第17段"伯喈允婚",107页,北京,中华书局,1961。
③ 俞为民校注:《宋元四大戏文读本》,《荆钗记》,第19出"参相",86~88页,南京,江苏古籍出版社,1988。

觉:"倘奸相与小姐知道,你命我命皆休矣。"① 却又不甘心逆来顺受,尤其是得知结发妻子的悲惨遭遇之后,良心备受谴责。按理说,此时的高文举如要反抗现状,是无能为力的,他逃不出温丞相的"掌心"。剧作者在意图塑造出一个不同于蔡伯喈、王十朋的人物形象时,遇到了难题。高文举已经失去了王十朋傲然而去的时机,身为温府的东床再怎么"硬"也"硬"不起来;而他身边的温小姐又远非蔡伯喈的牛小姐可比,蔡伯喈之所以成为最后的蔡伯喈,与通情理、识大体的牛小姐有莫大的关系。高文举不具备蔡伯喈的"福气",在与前妻"复合"的问题上,若要求助于温小姐,无异于缘木求鱼。可以说,没有外力的干预,高文举很难改变现状。我们看到,在对高文举的人格设计方面,剧作者试图对蔡伯喈、王十朋有所超越,但是,以古代读书人的普遍人格和心性来看,从高文举的内在性格中很难"开发"出可以令其"自救"的性格因素。于是,剧作者在解决上述难题的时候,不得不让高文举求助于"不畏权奸"的包公。万般无奈之下,高文举心生一计,对结发妻子说:"妻,你不须烦恼,今有龙图殿大学士包文拯,职掌开封府尹,不畏权奸,昨在陈州监粜才回,你今拿一张白纸到他台下去告我,我那时前来,方可与你相认。"② 这多少带点"苦肉计"色彩的做法终于借得包公的力量,惩治了"奸相"温阁,惩罚了居心险恶的温金定,高文举得以回归到"磊落地做人"的道德底线。

同样的夫妻分离,同样的高中状元,同样的遭遇当朝丞相的"勒赘",蔡、王、高三人的"选项"不尽相同。这不尽相同的"选项"背后都有一定的民间心理在支配着。其间,反映出道德观、命运观、功名观、价值观、家庭观、幸福观在不同的人生层

---

①② (明)佚名撰:《高文举珍珠记》,第20出"逢夫",北京,中华书局,1988。

面（如婚恋、仕途、孝亲、机遇等）上错综复杂的冲突与"磨合"，在同一的人生情景和人际关系上，各种"选项"都互有可比性，都可能构成在人生重大问题上的"对话"。一种"选项"代表一种"活法"，不尽相同的"活法"并存于世，呈现着民间心理的动态发展。

由此我们看到，文本的模仿不一定是简单的"雷同"，它往往是一种模仿中有变异、变异中有模仿的形态，这样的形态比较容易构成相互类似的若干文本的"对话"关系。中国的老百姓并不讨厌反而是喜欢如此"似曾相识"的叙事形态，比如，著名的戏曲选本《缀白裘》收录民间常演的剧目，该书收录的折子戏中，计《琵琶记》26个，《荆钗记》18个。① 而情节与上述两个剧本多有相似之处的《高文举珍珠记》也在民间大受欢迎，赣剧和婺剧的《合珍珠》、潮剧的《扫纱窗》，还有秦腔、川剧、评剧的《花亭会》等，与《珍珠记》都有密切的关系。② 从文本的独创性的角度看，以上现象难以满足我们对富于独创精神的作品的期盼；从民众的审美习惯和对作品的接受态度看，以上现象则反映出中国古代的老百姓对叙事文学的"互文性"是情有独钟的。

第三节　具有游戏意味的"戏仿"

叙事文学的"互文性"还有一种类型，那就是甲文本出现

---

① 据郑振铎：《缀白裘索引》，见郑振铎：《中国文学研究》，上册，721~728页，北京，人民文学出版社，2000。
② 参阅李修生主编：《古本戏曲剧目提要》，252页，北京，文化艺术出版社，1997。

后，乙文本对之加以戏仿，或多或少具有笔墨游戏的意味。戏仿的要义在于，戏仿者观察世情和人生，有话想说，又不想很直白地表达，于是寻找戏仿的对象，借助人们熟悉的故事"段子"，在戏仿中寄寓着自己的现世情怀，让故事的接受者在似曾相识的叙事中别有会心，以取得一种亦庄亦谐、庄谐并用的叙事效果。

戏仿不同于模仿。二者的区别在于，模仿基本上是套用其模仿对象的叙事格式，人物的名字改了，故事发生的时间、地点也改了，但故事的展开方式大致一样，也大致"重叠"。而戏仿则只是提取其戏仿对象的某些故事"段子"，另外加插与原有的戏仿对象相关或者不相关的故事因素，有时还对故事的"段子"作出局部的更改，呈现出较大的灵活性。总之，具有游戏意味的戏仿，与其戏仿的对象若即若离，貌似相近，但不完全"重叠"，二者形成较为独特的"互文"关系。

比如，明董说撰有小说《西游补》。作者设置情节的主要思路就是基于对《西游记》某些"段子"的戏仿。《西游补》戏仿了《西游记》的情节构思，在取经路上，唐僧还是那样的呆板乏味，猪八戒还是那样的愚蠢，沙和尚还是那样的平庸；惟有孙悟空是闲不住的，上蹿下跳，惹是生非，于是引出一大篇既像《西游记》又不是《西游记》的文字。这些文字也关涉到《西游记》已经出现过的人才的录用、真伪的辨别等问题。

作品一开头说："话说唐僧师徒四众自从离了火焰山，日往月来，又遇绿春时候。"① 查《西游记》第62回，写唐僧师徒离开火焰山的时候"正值秋末冬初时序"，可见，《西游补》的作者用"日往月来"四字将"时序"的变化轻轻带过，借"离了火焰山"作故事的"由头"。作者先戏仿出唐僧师徒的一段对话。当时，唐僧说："我四人终日奔波，不知何日得见如来。悟

---

① （明）董说：《西游补》，1页，上海，上海古籍出版社，1983。

空,西方路上,你也曾走过几遍,还有多少路程?还有几个妖魔?"悟空回答:"师父放心。徒弟们着力,天大妖魔也不怕他!"这样的对话放在《西游记》里亦无不可,仿佛使读者仍然置身于《西游记》的语境中。接着,作者又戏仿出唐僧师徒在西天路上的一个情景:在山路边,唐僧不堪忍受一群男男女女的吵吵嚷嚷,闭目不言,垂头而睡;"沙僧、八戒枕石长眠",孙悟空却闲不下来,"竟往西边化饭去了"。这也是《西游记》里常见的场面。在去化饭的路上,作者再戏仿出若干情景,让孙悟空在摆脱了师父的约束后,天马行空似的穿越时光隧道,与唐代的以及唐前、唐后的某些人物相遇,发生一系列的故事。如《西游记》一样,《西游补》以奇幻的笔法剖析世道人心,与《西游记》构成了某种"互文"的关系。

如第4回,写孙悟空在"青青世界"里,重遇《西游记》第13~14回出现过的山中猎户刘伯钦。当年,是刘伯钦领着唐僧来到两界山前,使唐僧与孙悟空师徒相遇;如今,又是刘伯钦将孙悟空引进了名叫"三千大千世界"的"万镜楼台",在该"楼台"的"天字第一号",看见朝廷"放榜"。本来,孙悟空看惯了天地间的奇情异事,朝廷"放榜"又不关他的事,有什么好看呢?不过,五百年前大闹天宫的孙悟空也曾有过不被玉帝正式"录用"的经历,曾经做过"不入流"的弼马温,受过莫大的屈辱。不管是天宫还是人间,不管是五百年前还是五百年后,"录用"人才总是那么不公,总是那么颠三倒四,总是会制造出一批又一批"弼马温"式的失意者,也制造出一批又一批不学无术、投机取巧而备受重用的"幸运儿"。当年的"弼马温"看到了人间的一大奇观:"顷刻间,便有千万人挤挤拥拥,叫叫呼呼,齐来看榜。初时但有喧闹之声,继之以哭泣之声,继之以怒骂之声。……独有一班榜上有名之人:或换新衣新履;或强做不笑之面;或壁上写字;或看自家试文,读一千遍,袖之而出……"① 孙悟空又看到，有人将考取"第一名"的试文"摇头诵念"，旁边的人问道："此文为何甚短？"那念文的道："文章是长的，吾只选他好句子抄来。你快来同看，学些法则，明年好中哩！"那孙悟空见此情景，回想起自己在天宫时的经历，呵呵大笑，说道："老孙五百年前曾在八卦炉中，听得老君对玉史仙人说着文章气数：尧、舜到孔子是'纯天运'，谓之'大盛'；孟子到李斯是'纯地运'，谓之'中盛'；此后五百年该是'水雷运'，文章气短而身长，谓之'小衰'；又八百年轮到'山水运'上，便坏了，便坏了！当时玉史仙人便问：如何大坏？老君道：哀哉！一班无耳无目、无舌无鼻、无手无脚、无心无肺、无骨无筋、无血无气之人，名曰秀士，百年只用一张纸，盖棺却无两句书！……你道这个文章叫做什么？原来叫做'纱帽文章'！会做几句便是那人福运，便有人抬举他，便有人奉承他，便有人恐怕他！当时老君说罢，只见玉史仙人含泪而去。我想将起来，那第一名的文字，正是'山水运'的文字哩！"② 查《西游记》第 7 回，孙悟空被老君推入八卦炉中，锻炼了七七四十九日，这段日子里，八卦炉边都发生了什么事情，书里没有详细交代，这就给了《西游补》的作者一个戏仿的空间，于是戏拟出老君与玉史仙人关于文章"气数"的对话。有意味的是，这段"对话"是孙悟空在"八卦炉"里面听到的；经过了五百年，他仍然记得那么清楚，本来不通文墨的孙大圣看到了眼前的科场现状，依据老君当年的说法，即可判断考中"第一"的文字就是"'山水运'中的文字"，也就是"大坏"的文章。《西游补》的作者深知科场弊端，借一段戏仿的故事来表明，充满弊端的科举制度是文明退化的表现：从"纯天运"、"纯地运"到"水雷

---

① （明）董说：《西游补》，16～17 页，上海，上海古籍出版社，1983。
② （明）董说：《西游补》，17～18 页，上海，上海古籍出版社，1983。

运"、"山水运",一步一步地退化,作者表达出一种悲观的文化宿命论。更为可怕的是,五百年前,不被正式录用的孙悟空虽躲不过太上老君的"金刚琢",却经得起在"八卦炉"中的"煎熬";可是,在《西游补》作者所身处的明代,朝廷以"八股"取士,多少读书人躲不开功名的笼络,投身到有如"八卦炉"一般的科场之中;又有多少人经不起功名的"煎熬",被"锻炼"得一塌糊涂:在放榜之时,孙悟空看到,"也有呆坐石上的;也有丢碎鸳鸯瓦砚;也有首发如蓬,被父母师长打赶;也有开了亲身匣,取出玉琴焚制,痛哭一场;也有拔床头剑自杀,被一女子夺住;……"① 那么多落榜的考生在捶胸顿足、呼天抢地、痛不欲生,令人不禁想到,这些血肉之躯的"凡胎"怎么能够经得起这样残酷的折腾呢?在孙悟空的眼中,他们是多么的可怜与可悲!当年,孙悟空在八卦炉中尚且"弄做个老害病眼",出得炉来还得"揉搓流涕",眼前的这些"凡胎"却是"垂头吐红血",惨不忍睹。他们比"弼马温"还要凄惨。《西游补》的作者借孙悟空的所见所闻来讽世,令人对《西游记》中的某些描写有所联想,二者构成的"互文性"增强了作品抨击不公世道的力度。

人才的录用与真伪的辨别是两个相关的问题。《西游补》的作者对《西游记》有关辨别真伪的描写心领神会,更出奇制胜地来了一番戏仿。如《西游补》的第6回,写孙悟空"钻入古人世界",见到项羽正在高阁之中叫着"虞美人"的名字,于是,摇身一变,变作虞美人的模样,在项羽面前"红着桃花脸儿",流着眼泪告诉项羽"自称五百年前大闹天宫齐天大圣菩萨孙悟空"竟到"花阴藤榻之上坐着,变作我的模样,呼儿唤婢。歇歇儿又要迷着大王。妾身不足惜,只恐大王一时真假难分,遭

---

① (明)董说:《西游补》,16页,上海,上海古籍出版社,1983。

他毒手。妾之痛哭，正为大王！"项羽听罢，不管三七二十一，一径奔到花阴榻上，斩了真正的虞美人之头，还吩咐众人道："这是假娘娘，被我杀了；那真娘娘，在我的阁上。"① 这真是有眼无珠、糊涂透顶。在《西游记》中，唐僧有很多不辨真伪的故事，《西游补》中的项羽同样不辨真伪，二者由孙悟空这一艺术形象联系起来，呈现出戏仿者争奇斗巧的叙事趣味；两个文本因而也构成富含意蕴的"互文"关系。

《西游补》中还有一个有趣的现象，它不仅戏仿《西游记》，有时候也戏仿别的作品。如第8～9回，写孙悟空误打误撞，来到"未来世界"，恰逢"阎罗天子得病而亡"，阴司急需新的主宰，一对青衣童子硬是把悟空拉上了"阎王"的宝座，于是，悟空在毫无思想准备的情况下升堂审案。此前，《西游记》第3回曾经写孙悟空在睡梦之中被勾魂到"幽冥界"，在森罗殿上取出文簿，"把猴属之类，但有名者，一概勾之"；《西游补》不仅戏仿了"森罗殿"的情景，而且又戏仿了《三国志平话》开头的司马仲相阴司"断狱"的故事。② 孙悟空这一回所关心的已经不限于自己的同类，他像司马仲相一样，穿越了时光隧道，审判与自己不同时代的罪人。在《三国志平话》里，作为东汉人的司马仲相听取韩信等人的控诉，审判西汉的开国皇帝刘邦；在《西游补》中，作为唐僧徒弟的孙悟空翻看阴司册子，得悉宋朝大将岳飞无辜被害，于是审判陷害岳飞的秦桧。汉朝的韩信等人的冤死与宋朝岳飞等人的冤死，在"阴司断狱"意象的联结下，共同印证了中国古代社会功臣的冤死并非限于一朝一代，这是不同朝代都会发生的现象。

---

① （明）董说：《西游补》，24～25页，上海，上海古籍出版社，1983。
② 参见《三国志平话》，卷上，丁锡根点校：《宋元平话集》，下册，747～751页，上海，上海古籍出版社，1990。

总的来看,《西游补》并非"补"《西游记》之不足,而是戏仿《西游记》以及别的作品的某些"段子",其情节内容既有《西游记》的影子,又有作者对自己所处时代的世道人心的针砭与嘲讽。在某种意义上,这两部书也在进行着以世道人心为题旨、以似真非真、疑幻非幻为趣味的"对话"。

第四节 文体转换构成的互文性

由小说改编为戏曲,是古代叙事文学中十分常见的现象,如"三国戏"、"水浒戏"、"西游戏"、"聊斋戏"、"红楼戏"等等,不胜枚举。通常,小说作者与戏曲改编者是不同的人,不同的人以不同的文体而写出同一题材的作品,这些作品的意蕴互有出入或差异,构成相互"阐释"或"对话"的关系,形成"互文性"。

这里,我们想探讨的一种现象是,同一个人以不同的文体而写出同一题材的作品。按理说,某位作者看到别人的一部(或一篇)很精彩的小说,立意把它改编为戏曲,是比较容易找到其写作的"兴奋点"的;而某位作者自己已经写出了一部(或一篇)小说,其写作小说的"兴奋"状态已过,再以自己的小说改编为戏曲,重新寻找写作的"兴奋点",是不太容易的。当然,作者产生新的"兴奋点",一手包办改编工作,比较合理的解释是,作者对自己的小说充满自信,甚至是意犹未尽,又或者是出于某个剧团要演出新剧目的需要,等等。现在的问题是,这样由同一个人创作的同一题材的小说与戏曲,它们的"互文性"是否明显、不同文体的文本之间是否也存在"对话"关系呢?

比如,清李渔的《奈何天》传奇就是改编自其本人的小说《美妇同遭花烛冤 村郎偏享温柔福》。

这是一个十分俗气的美女嫁丑夫的故事。不论这故事是小说还是传奇，其最大的"卖点"就是相貌奇丑无比的富人阙里侯接连"娶"了三位有才有貌的美人。若从"女权主义"的角度看，这完全是一个极度鄙视女性的故事。若以"男性中心"的社会结构而论，则反映出掌握了"话语权"的男性对某种比较奇特而又并非罕见的婚配现象的"解读"。俗话说："鲜花插在牛粪上。"此语常常用来形容美女嫁丑夫的婚姻。李渔在小说中发议论道："若是美男子娶了丑妇人，还好到朋友面前去诉诉苦，姊妹人家去遣遣兴，纵然改正不得，也还有个娶妾讨婢的后门。只有美妻嫁了丑夫，才女配了俗子，只有两扇死门，并无半条生路，这才叫做真苦。"他是看到男女的不平等的，也很清楚女性被动而痛苦的命运。不过，对于女性的命运，李渔的解读是："古来红颜薄命四个字，已说尽了。只是这四个字，也要解得明白，不是因他有了红颜，然后薄命，只为他应该薄命，所以才罚作红颜。但凡生出个红颜妇人来，就是薄命之坯了，哪里还有好丈夫到他嫁，好福分到他享？"① 李渔还在小说中认为"古语说得好"："福在丑人边。"的确，从世俗的眼光看，阙里侯是有"福"的：他的结发妻子邹氏，才四五岁就由父亲做主，许配阙家，没想到长大之后，不仅"风度嫣然，有仙子临凡之致"，而且"聪明可称绝世"，这样的女子竟然给阙里侯得到了；阙里侯的第二个妻子何氏，"容貌赛得过西施"，阙里侯在相亲时请来一个标致的男子顶替自己，将何氏诓骗得手；至于娶第三个妻子，本来不求美貌，但求可以生儿育女而已，却是阴差阳错，嫁进来的吴氏比前两个更聪明、更漂亮。我们注意到，李渔在《奈何天》第23出"计左"中让吴氏以现身说法的口吻说了一番话，重复了"红颜薄命"的论调："（叹介）你们看戏的里面，凡是有才貌的佳人，嫁不着好丈夫的，都请来看样。就作才

---

① （清）李渔：《连城璧》，88页，杭州，浙江古籍出版社，1988。

第四章 叙事的互文性

思极高,不过像邹小姐罢了;就作容貌极美,不过像何小姐罢了;就作才貌兼全,也不过像我吴氏罢了,都嫁这样的男人,任你使乖弄巧,也不曾飞得上天,钻得入地,可见红颜薄命四个字,是妇人跳不出的关头。况且你们的丈夫,就生得极丑,也丑不到此人的地步,大家像我一般,都安心乐意过了一世罢!"①在这里,将小说与传奇比勘、对读,可以判断的是,李渔的确将妇女的不幸婚姻解读为"红颜薄命"。

不过,李渔显然对妇女的遭遇心怀不安。他设想过,嫁给丑夫之后,美女的"自救"之路是自设"静室",念经礼佛,过"独居"生活。在小说中,邹氏对阙里侯说:"我如今替你做了一月夫妻,缘法也不为不尽,如今要求你大舍慈悲,把书房布施与我,改为静室,做个在家出家。我从今日起,就吃了长斋,到书房去独宿,终日看经念佛,打坐参禅,以修来世。你可另娶一房,当家生子,随你做大做小,我都不管,只是不要来搅我的清规。"② 其后,何氏有样学样,自愿来到静室,干脆与邹氏相伴。而吴氏,也要求"另寻一所房屋"独居起来;这时,阙里侯因接连得不到美女们的芳心,逐渐得了"美女恐惧症",万般无奈,只好将吴氏也安置在静室之中。于是,邹、何、吴三人"就在佛前结为姊妹,过到后来,一日好似一日"。在李渔看来,这是不幸的妇女在无可奈何之下一种"可行"的选择。他在《奈何天》第21出"巧怖"中还特意增加了一个小说没有的情节:吴氏在礼佛完毕之后,对在场的邹、何二氏说:"好一所静室!(仰看介)有二位雅人在此,为何不命一个斋名、题一个匾式?"显然将静室当作了不无雅意的避难所。接着,吴氏又说:"我们三位佳人,一同受此奇厄,天意真不可解,总是无可奈何

---

① 黄天骥等选注:《李笠翁喜剧选》,374 页,长沙,岳麓书社,1984。
② (清)李渔:《连城璧》,93 页,杭州,浙江古籍出版社,1988。

之事，就把'奈何天'三个字，做了静室之名罢！"邹、何当即同意，并说："妙绝，妙绝！只消三个字，把我辈满肚的牢骚，发舒殆尽。"这时，李渔让他笔下的邹氏、何氏对"奈何天"三个字做了进一步的解读，邹氏对着何氏悄悄议论吴氏，说："我们一个有才，一个有貌，总不及她才貌兼全。况且才貌两桩，又都在你我之上，这等的佳人，尚且落在村夫之手，我们两个，一发是该当的了。"何氏随即答道："正是。"在"奈何天"三字之下，她们都认命了，都把"静室"作为自己躲避厄运的归宿。

在将小说改编为戏曲的时候，李渔基本上是将阙里侯的娶妻"三部曲"的"小说版"转化为"戏曲版"，二者差别不大；而小说与戏曲明显地构成"对话"关系的则是它们的结局部分。这是李渔在将《美妇同遭花烛冤　村郎偏享温柔福》改编为《奈何天》时的兴奋点所在。结局大不一样，显示着李渔对妇女遭遇厄运的不安情绪要继续寻找一个得以宣泄的"出口"。

在小说中，最有主见的吴氏终于不得不承认阙里侯是有"福"之人，她对邹氏、何氏说："我和你若是一个两个错嫁了他，也还说是偶然之误，如今错到三个上，也不叫做偶然了；他若娶着只一个两个好的，还说他没福受用，如今娶着三个都一样，也不叫做没福了。总来是你我生前造了孽障，故此弄这鬼魅变不全的人身，到阳间来磨灭你我。如今大家认了晦气，去等他磨灭罢了。"于是，吴氏想到了一夫三妻可以相安无事的"长策"：三个妻子各有房间，大家有"难"同当："由邹而何，由何而吴，一个一夜，周而复始，任他自去自来，倒喜得没有醋吃。"① 本来孤高自傲的三位美女，到头来不得不走出了念经礼佛的静室，进入了以阙里侯为男主人的房间，向厄运"投降"，放弃了尊严，在无"爱"的人生中接受丑夫的"磨灭"。这是一

---

① （清）李渔：《连城璧》，110～111页，杭州，浙江古籍出版社，1988。

个由男性操纵了绝对"话语权"的故事,这是几位本来冰雪聪明的女子由高傲走向麻木的庸俗闹剧。

或许,李渔觉得小说对三位美女的"处理"有失"厚道",他在《奈何天》里换了一个思路,美女们在他的笔下不像小说那样彻头彻尾的"窝囊"。固然,女子的美貌与才情是天生如此、不可改变的,反过来,可以改变的是男人。李渔似乎终究不忍心让美女嫁给丑夫、从此了却一生。尽管因为"薄命",生来就是"红颜",但是,"薄命"的女子能否因夫君积点"阴德"而其命运会有所改变呢?或者说,夫君自身的改变是否可以为美女带来命运的转机呢?这是李渔在写作《奈何天》时意识到的问题。在剧情的安排上,李渔增设了阙忠这个人物,他是阙里侯的仆人,为其主人做了好事,如焚毁了很多穷人的欠债"文卷"①,为边塞将士送去急需的粮食②等,感动了神灵,上帝"破格用情",不仅派"变形使者"使阙里侯脱胎换骨、变成美男子,而且"推男子之爱,波及妇人,免她轮回一转"③。朝廷也因阙里侯于边塞有功,封他为"尚义君",于是,三位美女时来运转,夫荣妻贵,"俱封一品夫人",正是"喜得男儿争气,把红颜命格,默换潜移"④。原来,男人只要积福积德,可以改变"红颜"的命格。这是李渔的思考,是小说《美妇同遭花烛冤 村郎偏享温柔福》里没有出现过的思考。紫珍道人在《奈

---

① 《奈何天》第12出"焚卷",黄天骥等选注:《李笠翁喜剧选》,长沙,岳麓书社,1984。

② 《奈何天》第25出"密筹",黄天骥等选注:《李笠翁喜剧选》,长沙,岳麓书社,1984。

③ 《奈何天》第27出"锡祺"、第28出"形变",黄天骥等选注:《李笠翁喜剧选》,长沙,岳麓书社,1984。

④ 《奈何天》第30出"闹封",黄天骥等选注:《李笠翁喜剧选》,长沙,岳麓书社,1984。

何天总评》里提到，李渔所讲的这个故事曾经被批评为"蹂香躏玉，蚀月摧花"①。而所谓"蹂香躏玉，蚀月摧花"，小说比传奇更甚；在改编为传奇时，也许李渔接受了舆论的批评，调整了对女性命运的看法。显然，《奈何天》的变动，体现着李渔还是能体贴女性的悲苦。以上的改动固然牵强生硬，亦显得幼稚可笑，不过，在李渔看来，世人所说的"红颜薄命"，只是男性绝对操控"话语权"的结果，而男性是有权利和义务赋予女性的命运以某种"转机"的。不管如何，小说的结局与戏曲的结局在进行着"对话"，不同结局可以引发人们对女性命运的进一步关注。事实上，从《美妇同遭花烛冤　村郎偏享温柔福》到《奈何天》，这样的改编可以有助于我们了解古代社会某些男性对"薄命红颜"的思考，前后两个文本构成的"互文性"，除了文学的意义之外，或许还可以为"性社会学"提供一些研究的素材。

总的来看，从小说改编为戏曲，文体在转换，写作者的思考方式也会有或大或小的调整。其间，不同文本所构成的"互文性"是有趣的，而且有不可忽视的意味。这是一种细微却是动态的心智的演变。捕捉这些演变，做一些"微观"的分析，对深入研究民族心理的复杂性是有益的。

中国古代叙事文学的"互文性"，是一个有待开拓的研究领域。文本与文本之间的"互文"关系，它本身反映的不仅是古代叙事文学的一种不可忽视的"格局"，而且呈现出古代文化尤其是民间文化的一种"积淀"方式。文化是在"积淀"中有所继承、有所变异的，人的心理尤其是集体心理也往往在文本的"互文性"中有所凸显、有所调整。对于一个"故事"，对于一

---

① 蔡毅编：《中国古典戏曲序跋汇编》，第三册，1509页，济南，齐鲁书社，1989。

个文本，人们在不断地"复读"，这本身就是一种"选择"。在"复读"的同时，有所强调、有所浓缩、有所深化、有所修正，等等，这正是人们的一种不易察觉却时刻在进行着的精神活动。不要简单地以为人们喜欢"炒冷饭"，不要简单地以为人们在"复读"中放弃了"创造"，不要简单地以为人们的叙事"视野"那么狭窄，我们要做具体的分析。有些"复读"不一定有新意，而且有"偷懒"之嫌，这是平庸的"复读"；有些"复读"却有着文本"竞争"的意识，以新的文本与旧有的文本"较劲"，以新的文本与旧有的文本"对话"，在"较劲"与"对话"中实现思考的互动。这一个纷纷纭纭的人间，每天都有故事发生，为什么人们就是喜欢经常地"复读"那么一些有限的故事呢？这是因为那些有限的故事往往与人们的某些心理相对应，不管这些心理是"雅"的还是"俗"的（恐怕更多的是"俗"的），不同的故事与不同层面的心理相对应，一些不便明言的东西，不便写成文章的意思，可以借助对某些故事的"复读"来表露、来宣泄，在"复读"中寻找属于自己的精神"原野"，这往往是一个与主流文化差异甚大的精神世界。① 对于人们在"复读"中所表露的心理，不宜做简单的价值判断；对于那些"俗不可耐"的心理，一做价值判断，它们就很容易被简单地否定掉了。我们可以将这些心理看作是人们在漫长的人生路上不可免"俗"的东西，它们呈现了，不可压抑地表露了；它们反映着人们对生存欲望的眷恋和对人生困境的体验，反映着人们"蹒跚"的精神"足印"。这些都可以成为我们研究古代社会精神文化史的材料。在这样的学术思考之上，再来做适当的价值判断，反思我们这个民族的精神特性与心理缺失，建立更为健康的民族心态，大概也是一条可以探索的路径。

---

① 请参阅本书第六章"叙事的重释性"。

第五章　叙事的虚拟性

　　戏曲、小说中常有"无稽之谈",就其故事形态而言,往往是"无中生有"的虚拟,或荒诞虚妄,或有违史实,为"识者"所笑。可是,荒唐的外表又常常得到某种内在的观念或心理的支持,这些观念或心理,有的是不易或不便用传统的正规文体表述出来,有的是仅用"常规叙事"不足以抒发其特定的意念和情感,于是,都借助子虚乌有的故事、出人意表的构思,达到醒人耳目的效果。

第一节　民间的另类想象

　　民间的想象力是丰富、充满着"野性"的。尽管中国古代社会的"主流文化"有压倒一切之势,"三纲五常"成了"如来佛的掌心",可是,至少在民间的集体意识里,人们并非"天生"就要做"顺民"的,他们有自己的内心追求,哪怕这样的追求在巨大的政治压力之下不能放在"台面"上来讲,也要以"古灵精怪"的形态表现出来。

　　"司马仲相阴间断狱"的故事是颇有代表性的个案。

　　"司马仲相阴间断狱",现今所知最早的文本形态,见于《三国志平话》卷首。故事中的司马仲相是汉光武皇帝时代的一个书生,适逢皇帝开恩,三月三日清明节那一天,特许老百姓进入御花园赏花,司马仲相也入内闲游。一时无聊,"取出一卷文书",看到秦始皇坑儒焚书等罪行,禁不住大声叫骂:"始皇无道之君！若是仲相为君，岂不交天下黎民快乐！"此言一出，恍惚之间，一群人前呼后拥，其中一人对司马仲相说："臣奉玉帝敕，交陛下受者六般大礼。"于是，仲相从此人手中接过了六件皇帝的"行头"，即时穿戴，俨然当了"皇上"①。这是民间的大胆想象，也只有在这样的想象中一般的民众才可以过一下"皇帝瘾"。

郑振铎先生曾经推测这个故事在《三国志平话》成书之前就已经产生："这一段司马仲相的阴间断狱的故事，流传得极广。至今民间故事、民间戏曲中尚有所谓'半日阎罗'的，在讲述、在演奏。以理推知，此故事似相传已久，当非始于《三国志平话》的作者。平话作者不过取之冠于书首，作为《三国志》的一个缘起而已。"② 这是有启发意义的。早在秦汉交替的时期，陈胜已经提出"王侯将相宁有种乎"的呐喊③，民间大众（包括下层知识分子）不乏对"皇帝"这个"位置"的想象，所以，司马仲相的故事不一定迟至元代的《三国志平话》才会出现。换句话说，从秦汉到元代，民间可能潜藏着一种"皇帝想象"，民众想象着在虚拟的故事中可以"过一把皇帝瘾"。而且，"过一把皇帝瘾"不一定纯粹是为了图一时的"痛快"，更重要的是表达出一种政治诉求，正如司马仲相所说："天公也有见不到处，却教始皇为君！"正是天公无"眼"，才会导致暴君当道；要是让"我"来做就好了！这样的想法与孙悟空在佛祖面前所说的"皇帝轮流做，明年到我家"还不大一样，"轮流

---

① 《三国志平话》，卷上，丁锡根点校：《宋元平话集》，下册，748页，上海，上海古籍出版社，1990。

② 《三国志演义的演化》，见郑振铎：《中国文学研究》，上册，162页，北京，人民文学出版社，2000。

③ （汉）司马迁：《史记》，卷四十八，《陈涉世家》，1952页，北京，中华书局，1992。

做"只是一种以"机会均等"为"游戏"规则的诉求,将"皇帝位"看作是你也有份、我也有份的一个"蛋糕";而司马仲相所说的"若是仲相为君,岂不交天下黎民快乐",则是提出了以"天下黎民快乐"为原则的治国之道。老百姓只求平安快乐地生活,就其政治诉求而论,这固然显得简单、素朴,但以这样简单、素朴的政治诉求来问鼎"至尊"之位,却是充满着"野性",体现着超越"皇权规则"的无畏精神。

同样是司马仲相故事,不同的"文本"也反映出不同时代民众心态的微妙变化。冯梦龙编辑的《古今小说》第三十一卷《闹阴司司马貌断狱》①,其中的司马貌,与《三国志平话》中的司马仲相虽是同一性质的人物,但二者有一定的区别。郑振铎先生在考察这两个故事的关系时采取比较模糊的态度,认为:"《古今小说》中的《闹阴司司马貌断狱》一篇,……颇有依据于另一个本子,而未必即系依据于这部虞氏新刊的《三国志平话》的可能。但我们也可以说,她乃是依据于虞氏新刊的这部《三国志》的这个开端的引话而放大了的。"② 为什么郑先生会这样说呢?原因是这两个故事有着明显的不同,比如说,讲史小说里的司马仲相痛骂老天不公、想当皇帝(只是在恍惚之间以"皇帝"的身份进入阴间;先在阴司为君,只要"断得阴间无私",就可以在日后做"阳间天子");而话本小说开宗明义"劝人乐天知命",还说"休怪老天公道少,生生世世宿因缘",作品里的司马貌没有当皇帝的念头,却题诗八句道:"得失与穷通,前生都注定;问彼注定时,何不判忠佞?善士叹沉埋,凶人得暴横;我若作阎罗,世事皆更正。"不当皇帝当阎罗,政治诉

---

① (明)冯梦龙编:《古今小说》,卷三十一,《闹阴司司马貌断狱》,488~503页,北京,人民文学出版社,1984。
② 郑振铎:《中国文学研究》,上册,163页,北京,人民文学出版社,2000。

求有所调整,不求"交天下黎民快乐",只求"更正世事",民间的"野性"思维有所收敛。话本小说经冯梦龙的编辑、润饰,很有可能带上明代人的思维印记,说明民间的"野性"思维不是直线发展的,在涉及"皇权"的问题上,有时候会"野"一把,有时候会收敛一下。透过故事的流变,我们可以约略触摸到民间"野性"思维的跃动和起伏。

"司马仲相阴司断狱"故事还有另一层的内涵,同样也是民间的另类想象。这个故事安排在《三国志平话》的开端,就是要用来"图解"历史上"三分天下"局面的由来的。在老百姓的历史观念里,他们不一定将西汉与东汉分得那么清楚,反正都是"刘"姓的天下,是刘邦打下的"江山",问题是,这么一个强大的"汉朝"为何要分成"三份"呢?老百姓也不一定懂得从政治、经济、社会冲突、民族矛盾等方面来追究原因,在他们的心目中,或者说,在他们的人生"词典"里,"正义"、"公道"是最为关键的词语,其反义词分别就是"邪恶"与"冤屈"。他们对"冤屈"尤为敏感,在现实的人生中,他们是弱势群体,经常受到来自各方的不公平对待,"冤屈"之事常常发生,故而,他们最看不过眼的是历史上的"冤屈"事件。自古以来,"飞鸟尽,良弓藏;狡兔死,走狗烹","开国元勋"遭遇凄惨的故事绝非罕见。而这样的故事与老百姓之遭遇"冤屈",在情理上有着某种"相似性",有着某种对应的关系。他们在古代名人的冤屈故事中感受着强烈的"不平";在现实人生中,他们因力量弱小,不能为自己"摆平",但可以在虚拟的历史语境中替遭受冤屈的古代名人"出头",同样可以过一把"打抱不平"的"瘾"。

故事中的司马仲相,被一群人簇拥着来到"报冤之殿",升堂接待前来"呈词告状之人",只见韩信来了,"血流其领,下污其袍,叫屈伸冤不止";接着,彭越来了,同样的"叫屈声冤";再接下来,英布也来了,与韩、彭一样,状告汉高祖刘邦:"臣共韩信、彭越三人,创立汉天下,一十二帝,二百余年,如此大功,太平也不用臣。高祖执谋,背反俺三人,赚入宫中,害其性命,有此冤屈。陛下与臣等三人做主!"① 试想,这三位响当当的人物,对着名不见经传的司马仲相叩头称臣,要仲相为他们主持正义,在这样虚拟的情境中,平民百姓高高在上,不仅可以接受蒙冤受屈者的投诉,而且可以为他们主持正义,替他们申冤,还他们一个历史的公道,这会带来多大的满足感!虚拟,对于无权、无力的小人物,具有无穷的精神魅力。在虚拟中,可以完成一次"翻天覆地"般的角色"转换";在虚拟中,可以意气风发,威风大振。只见司马仲相毫不犹豫地提审刘邦、吕后,那种尊严、那种气度,直令刘邦、吕后俯首臣服,这绝对是下层平民的一次精神上的胜利。不过,也应该看到,我们的古人在虚拟的情境中胆量不可谓不大,但也不是无边的。本来,胆量更大一点的话,可以安排司马仲相直接宣布"三分天下"的决定,那就真是"指点江山"了,可是,这个重要的决定还是交由"天公"来"拍板":"汉高祖负其功臣,却交三人分其汉朝天下:交韩信分中原为曹操,交彭越为蜀川刘备,交英布分江东长沙吴王为孙权。"② 这多少反映出古人对"天命"的挥之不去的敬畏心理。看来,"天命"是一条最后的底线,再大胆的虚拟,也不容易超越这条底线。司马仲相的故事说明,民间的另类想象正是民间心态的一种真实的、动态的反映,事虽无稽,却是研究民间心态史的好材料。

---

① 《三国志平话》,卷上,丁锡根点校:《宋元平话集》,下册,750页,上海,上海古籍出版社,1990。

② 《三国志平话》,卷上,丁锡根点校:《宋元平话集》,下册,751页,上海,上海古籍出版社,1990。

第五章 叙事的虚拟性

郑振铎先生曾经论及司马仲相故事的成因，认为"这故事之所以发生，原因是很简单的，不过是民众的不平心理的结成而已。稍稍有了历史知识的人，讲述了前汉的故事，韩信他们的始末，给大众听；大众听了这种的怨抑不平的悲剧古话之后，往往是大为愤慨的。恰好佛教的因果报应之说，再世轮回之观念皆深种于人心之中，而三国分汉的故事，便又近在目前，俯拾即是。大众，或要慰藉大众的愤懑与缺憾的说书者，便取了三国分汉的故事，拍合上了这个汉高祖杀功臣的故事，而凭空捏造出那一大段的因果报应之说。事虽无稽，而听者的心则竟得些快慰了"[①]。中国民间长期流传着一些"无稽"的故事，即虚拟的叙事，为什么这些故事会有强大和长久的生命力呢？郑先生只是强调了一点："事虽无稽，而听者的心则竟得些快慰了。"当然，"无稽"的故事正是适应着一般民众的心理需求而产生的，这些"无稽"的故事使一般的民众得到心灵上的慰藉；不过，郑先生似乎忽略了"无稽故事"的背后除了"心灵快慰"之外的一些更重要的东西。俗话说，老百姓心中有一杆秤，对于历史上的人和事，老百姓心中的秤都会加以衡量。然而，在皇权社会，老百姓被剥夺了在主流文化层面上的话语权，他们往往失去接受文化教育的权利，也难以接触各种"正史"、文献，不可能"于史有稽"地去评说历史；故而"无稽"的想象和臆造，成为他们尽管不会被主流社会承认却也可以自己灵活掌握的"话语权"。不被承认不要紧，再强大的皇权也不能"删除"那些榕树旁、豆棚下的民间叙事空间。"无稽"的故事，正是在这样的叙事空间中生存着、流传着，久而久之，形成了一个具有独特的民间色彩的话语系统。老百姓构建了属于自己的话语"平台"，他们可以对历史"说三道

[①] 《三国志演义的演化》，见郑振铎：《中国文学研究》，上册，162页，北京，人民文学出版社，2000。

四",可以对历史人物"指手画脚",该仰视的就仰视,如那些出身低微的英雄;该俯视的就俯视,哪管他们是皇帝还是宰相。在老百姓的心目中,他们要维护的是一种朴素的"正义",哪怕这种"正义"只能在"古灵精怪"的语境中"实现",至少在意念上采取了"主动",借用元杂剧《窦娥冤》中窦娥的话来说,就是"若没些儿灵圣与世人传,也不见得湛湛青天"①。

叙事的虚拟性,反映出一般民众的某些真实心理难以找到正式宣泄的渠道,只好以"变形"的方式,"无稽"的叙述,耸人听闻的情节,表达出内心的渴望与诉求。

第二节 虚拟性与可变性

虚拟,可以构建出一个想象的空间,不过,这个"空间"不是凝固的,而是可以变动的,在这样的"虚拟时空"之中,谁都有编故事的"话语权"。正因为大家都有平等的"话语权",虚拟的叙事也就变得多姿多彩,比如,孟姜女是一个虚拟的人物,孟姜女故事内含着虚拟的"叙事时空",这一位女主人公可以是战国时人,可以是修筑长城时代的秦朝人;她与丈夫杞梁(或作杞良)可以是山东人,可以是山西人;她的丈夫或者死于"沙塞",所谓"范杞良一命亡沙塞,孟姜女千里送寒衣",讲的是这样的故事,见杂剧《孟姜女送寒衣》;她的丈夫或者死于长城,见杂剧《孟姜女死哭长城》,等等。② 顾颉刚先生对孟姜女

---

① (元)关汉卿:《窦娥冤》第三折【耍孩儿】,《全元戏曲》,第1卷,200页,北京,人民文学出版社,1990。
② 顾颉刚:《孟姜女故事研究——古史辨自序中删去之一部分》,见顾颉刚:《顾颉刚民俗学论集》,116~161页,上海,上海文艺出版社,1998;王森然遗稿:《中国剧目词典》,423~424页,石家庄,河北教育出版社,1997。

故事的丰富性、复杂性有比较细致的描述①,不过,他没有使用民间的"话语权"这一术语,没有揭示出形成虚拟叙事的可变性之关键原因就是不同时代、不同地域的人们都享有对虚拟叙事的"话语权"。这种"话语权",对于不同时代、不同地域的人来说,都是平等的,是连"皇帝"也无法剥夺的。于是,我们才好理解,为什么一个故事或一个故事系统会出现那么多的变化。

面对众多的变化,有时候,我们或许会过于关注某个故事在演变中的"承传"关系,并对这种"承传"关系做出不无牵强的解释,而忽略其中的平等的"话语权"问题。其实,一个故事,若有甲、乙、丙等多种文本,其承传关系未必都是从甲到乙、从乙到丙那么整齐划一,那么清晰可辨,而可能是模模糊糊的,若即若离的,纵横交错的。因为,谁都可以"有权"参与编造故事,谁都可以有自己的某种主体意识,谁都可以借用某种自己喜欢的"故事元素"掺杂其中。正是虚拟,赋予编造故事的人很大的方便;叙事的虚拟性,为故事的可变性提供了必要的前提。

比如,"八仙过海"的故事,是"八仙故事系列"中的"精品"。八仙故事是虚拟的,"八仙"的数目虽然限定为"八",至于是由哪"八个"神仙所组成,说法不一。② 正因为是虚拟的,其叙事形态的变动性相当突出。就"八仙过海"而言,其中的一个文本见明吴元泰的小说《东游记》第48~56回。③ 赵景深先生曾经指出:"这故事的来源是《孤本元明杂剧》第三十册

---

① 顾颉刚:《孟姜女故事的转变》,见《顾颉刚民俗学论集》,93~115页,上海,上海文艺出版社,1998。

② 参见白化文《八仙》一文,白化文著:《三生石上旧精魂——中国古代小说与宗教》,118~150页,北京,北京出版社,2005。

③ (明)余象斗等著:《四游记》,44~53页,上海,上海古籍出版社,1986。

《争玉板八仙过沧海》这本杂剧。"① 在另一篇文章，他重复了自己的看法："八仙过海闹龙宫大约是根据元曲《争玉板八仙过沧海》改编的。"② 这是一个值得加以辨析的见解。我们的问题是：赵先生的看法是否可靠呢？

《争玉板八仙过沧海》杂剧是不是"元曲"，一时难下结论。它是明代的"内府本"，而"内府本"杂剧一般是有其来源的，明沈德符《万历野获编》记载"禁中演戏"云："内廷诸戏剧俱隶钟鼓司，皆习相传院本，沿金元之旧，以故其事多与教坊相通。"③ 大概可以说，《八仙过沧海》的故事可能在明代以前就已经流行了，而此剧的内府传本可能"沿金元之旧"，就故事产生的时间而论，它早于《东游记》是可以成立的。同时我们也要考虑到，"内府本"的故事与"相传院本"有密切关系，那么，编写《东游记》的人所参照的杂剧就算不是"内府本"，而是另一个民间传本，它也会是与"内府本"有渊源关系且故事大致相近的。

不过，"乙故事"与"甲故事"的承袭关系，不一定是从"甲"到"乙"那么简单。这一点，赵先生似乎没有详加考察。故而我们有进一步探讨的必要。

对照杂剧《八仙过沧海》与小说《东游记》的相关部分，表面上粗粗看来，故事的缘由、情节的框架、冲突的环节、事件的结局等，二者似乎大致相同。八仙过海的故事起因于八仙参加完一个颇为盛大的聚会之后，要渡过东海，这时，他们觉得大家都腾云驾雾，太过"平淡"了，要"玩玩新花样"，于是，相约各

---

① 《读〈四游记〉》，见赵景深：《中国小说丛考》，221页，济南，齐鲁书社，1980。

② 《八仙传说》，见赵景深：《中国小说丛考》，238页，济南，齐鲁书社，1980。

③ （明）沈德符：《万历野获编》，下册，798页，北京，中华书局，1997。

显神通,炫耀"仙家"本事。不过,他们真是没事找事干,一显神通,就惹出了麻烦。原来东海龙王的大儿子摩揭在巡视时发现蓝采和踏着"玉板"过海,那"玉板"放出万道光芒,照耀着整个龙宫海藏,摩揭以为此乃"异宝",非夺到手不可,遂令其手下夺玉板、擒采和,蓝采和可怜巴巴地被囚禁在龙宫之中。众仙家过了东海,才发觉少了一个蓝采和,情急之下,吕洞宾前往搭救,以神剑杀死摩揭。如此一来,惹出更大的麻烦,东海龙王调兵遣将,与八仙展开恶斗,八仙力不能敌,求助于已经皈依太上老君的齐天大圣,扭转弱势。在八仙占据了上风之时,有一权威的势力出来调和,对双方各打五十大板,最后以和解收场。

可是,仔细对比,问题就来了:杂剧与小说中的八仙过海故事,差异不少。这些差异启示我们:二者之间的关系并不简单,说小说直接承袭或改编自杂剧,似乎过于武断。

杂剧与小说最明显的差异是八仙的人员组成不完全一样,杂剧出场的是:钟离权、铁拐李、徐神翁、韩湘子、张果老、曹国舅、蓝采和、吕洞宾;小说上场的八仙有七个与杂剧相同,其中杂剧的徐神翁在小说中却被置换成何仙姑。浦江清先生在《八仙考》中指出:"元代八仙通行的一组为钟、吕、李、蓝、韩、曹、张、徐,……明初尚复如此。"而何仙姑在元代只是"偶见",至明嘉靖、万历年间,何才成为八仙的固定成员,徐则为何所取代。[①] 赵景深先生在《八仙传说》中也提到:"大约徐神翁在元代很受崇拜,后来不知不觉竟被何仙姑夺取了他的位置。"[②] 在八仙故事系列中,"八仙过海"是一个深受民间欢迎的故事,"八仙过海,各显神通"早已成为使用频率很高的俗语,可见该故事有相对的独立性;故事中有突出表现而又不可替代的

---

① 浦江清:《浦江清文录》,11页,北京,人民文学出版社,1958。
② 赵景深:《中国小说丛考》,231页,济南,齐鲁书社,1980。

是吕洞宾和蓝采和，其余六位主要起陪衬的作用，其中的某一位姓徐还是姓何，无关大局。不过，这一无关大局的变动，提示我们注意，《东游记》的"八仙过海"故事很有可能不是直接改编自杂剧《八仙过沧海》。该杂剧的故事形态大概是属于元代的，而小说文本则反映出"八仙过海"故事在明代的演化。从杂剧《八仙过沧海》到《东游记》中的相关故事，显然不是"两点成一线"那么简单，中间有些流传、演化的环节我们还不大清楚。

故事中的"各显神通"情节，是不可缺少的重要关目，而杂剧和小说的距离较大。杂剧的说法是：曹国舅踏着"笊篱"过海，韩湘子"用花篮浮海而过"，钟离权踏的是"芭蕉扇"，铁拐李的渡海工具是"铁拐"，徐神翁的是"铁笛"，张果老的是"药葫芦"，吕洞宾的是"宝剑"，蓝采和的是"玉板"（第二折）。而小说写道："铁拐即以杖投水中，自立其上，乘风逐浪而渡。钟离以鼓投水中而渡，果老以纸驴投水中而渡，洞宾以箫管投水中而渡，湘子以花篮投水中而渡，仙姑以竹罩投水中而渡，采和以拍板投水中而渡，国舅以玉板投水中而渡。"① 两相比较，八仙的"道具"并非是固定的。最值得注意的是小说中的蓝采和，先说他"以拍板投水"，接着却说他"脚踏玉板，浮海而过"，同一回的故事中竟然如此前后不一，可能的解释是，蓝采和本是民间艺人，使用"拍板"是自然的，故而他随身所带的道具本来应该就是"拍板"；可是，由于受到"争玉板八仙过沧海"故事的影响，蓝采和又不得不踏着玉板过海。这就使我们看到，《东游记》中的八仙过海故事，很有可能是不同"版本"的"扭合"与"叠加"，而且，我们有理由怀疑，有一个"版本"的八仙过海故事，踏着玉板过海而惹下大祸的不是蓝采

---

① （明）吴元泰：《东游记》，第48回，见（明）余象斗等撰：《四游记》，44页，上海，上海古籍出版社，1986。

和，而是曹国舅，因为《东游记》第 48 回明明写着"国舅以玉板投水中而渡"；以曹所拥有的"国舅"身份而论，他随身携带"玉板"是合理的，《东游记》第 52 回写曹国舅腰间系有可以避水的宝带，可见其身上仍然有十足的富贵之气。可能是因为"争玉板八仙过沧海"故事的影响力较大，该故事中惹祸的正是蓝采和，所以，在小说的情节安排上，蓝就成为故事中的突出人物，曹的玉板也就不得不"让"给他了。

能够证明八仙过海故事不止一个"版本"的又一事例是，《东游记》第 48 回中的何仙姑，并非只是"置换"了徐神翁而已，也并非只是"凑数"的人物。在小说中，吕洞宾之所以能够杀死龙宫太子摩揭，何仙姑起了重要作用。在描写吕洞宾与太子单打独斗时，小说写道："洞宾与战数合，太子败走海中。仙姑把竹罩放海中罩住，太子走不能得脱。复鼓勇向前来战。洞宾大喝一声，将剑望空掷去，正中太子头额而死。虾兵蟹将逃奔，又被仙姑罩住，斩首无数。"而在杂剧中，与何仙姑相对应的徐神翁，并没有起到像何仙姑那样的作用。如果单纯地从杂剧改编为小说，何仙姑大概只能如杂剧中的徐神翁那样，毫无"出众"之处。而在另一个"版本"的八仙过海故事中，何仙姑却有"突出"的表现，她的"竹罩"非同小可，如果没有她的"竹罩"的拦截，吕洞宾就没有那么容易将太子杀死。我们知道，就现存资料来看，何仙姑首次出现在"八仙"队伍中，见于元杂剧《陈季卿误上竹叶舟》的第四折①，正末扮列御寇介绍何仙姑道："这一个貌娉婷笊篱手把。"② 这句唱词，该剧的元刊本作

---

① 白化文：《八仙》，见白化文著：《三生石上旧精魂——中国古代小说与宗教》，126 页，北京，北京出版社，2005。
② 王学奇主编：《元曲选校注》，第三册上卷，2680 页，石家庄，河北教育出版社，1994。

"这一个口略绰手拿着个笊篱"①,可见,何仙姑手中的"笊篱"或"竹罩",既是她的标志性的"道具",又很可能是民间所津津乐道的她的一件威力无比的"武器"。从以上的例证看,《东游记》之"八仙过海"故事,其来源不是单一的。

我们还可以注意到,杂剧和小说都出现了"齐天大圣"的形象。小说中的"齐天大圣"像一个"散仙",他参加"龙华大会",与刚刚惹了大祸的八仙相聚饮宴;正在畅饮之间,天兵天将奉玉帝之命,前来擒拿八仙;八仙虽击退了天兵天将,但担心"明日必有大兵至矣,如之奈何",此时,"有齐天大圣,亦即与会,乃大笑曰:诸友放心,某虽不才,愿当一面。天兵若至,管教片甲不回。"② 果然,玉帝再派天兵四十余万"望龙华会来擒捉八仙",情势紧迫,"忽八仙阵中突出一员大将,手持铁棒,势猛过人,英雄无敌,众视之乃齐天大圣也","大圣手起棒下,二十万天兵没了一半,众皆失色"③。这里的齐天大圣无所隶属,其行为大有"路见不平,拔刀相助"的气概。可是,杂剧中的齐天大圣,不是"散仙",他皈依了太上老君,与通天大圣、翻江大圣、搅海大圣、移山大圣并称为"五圣",均听从太上老君的指挥和调度。齐天大圣前来助阵,完全是听命于老君,并非出于个人的意志(第三折)。相较之下,小说中的齐天大圣"野性"尚存;而杂剧中的齐天大圣,已经成为太上老君的"驯服工具",二者的差异相当明显。我们有理由怀疑,带有"野性"的齐天大圣比较"本色",可能来源于民间;而"驯服了的"齐

---

① 徐沁君校点:《新校元刊杂剧三十种》,下册,725页,北京,中华书局,1980。
② 《东游记》,第55回,(明)余象斗等撰:《四游记》,上海,上海古籍出版社,1986。
③ 《东游记》,第56回,(明)余象斗等撰:《四游记》,上海,上海古籍出版社,1986。

天大圣经过人为的改造，比较符合"内府本"的特定语境。这也可以说明《东游记》的八仙过海故事，不完全是直接改编自杂剧《争玉板八仙过沧海》的。

我们认为，赵景深先生指出《东游记》的八仙过海故事与杂剧《八仙过沧海》有关系，这是可以接受的；但是，不能因为有"关系"，就简单地认定二者的关系只是一种从"甲"到"乙"的改编。① 我们还要考察故事文本的具体差异，充分考虑到故事承传过程中复杂多变的可能性。

可以看到，仅仅是"八仙过海"这个故事，由于没有历史的依据，是"无中生有"，所以，虚拟性带出了多变性，在编造这样一个既有"冒险"精神又有"儿戏"趣味的故事时，人们也是可以"各显神通"的，因为他们都有在编造故事方面的平等的"话语权"。于是，我们应考虑到，流传下来的虚拟型的故事，有可能是变化中的多种故事文本的"叠加"与"层积"，文本与文本之间，难以用一条清晰的、可以表示直接的承传关系的直线来连接，它们的相互关系是并存中有交融，交融中有更新，更新中又有所"守旧"。这可能才是叙事的虚拟性与多变性背后的真相。

其实，"八仙过海"故事是如此，孟姜女故事、白蛇传故事、西游记故事等等，又何尝不是如此？这对于我们研究古代戏曲、小说故事形态的复杂性，以及研究古代民间的精神演变史，都会有一定的意义。

叙事的虚拟性，是古代戏曲、小说体现着民间思维活力的重要标志。在崇尚现实理性的儒家文化语境中，儒家经书要求人们

---

① 赵先生的说法，至今仍有影响力，如王汉民《八仙与中国文化》称：《东游记》"最后的'八仙过海'故事袭用明初杂剧《争玉板八仙过沧海》故事。"见王汉民：《八仙与中国文化》，185页，北京，中国社会科学出版社，2000。

"无稽之言勿听"(《尚书·大禹谟》),可民间自有其"不经之谈"。"不经之谈"是古代民间精神生态中不可忽视的部分。在正统、强势的儒家学说几乎无处不在的古代社会,那些异想天开的故事常常是民间的现实诉求的变异形式,如无权的百姓"捏造"出能替自己掌权、知晓自己心声的人物,蒙冤受辱的人们幻想着清官都有"特异功能"破解无头公案,等等,都是"无稽"之中有着不得不如此的无奈与苦衷的。况且,自上古以来,民间承继着神话思维的活力,大胆想象,入地上天,无所不能,这种充满着野性的想象或虚拟从来就是民间在强权压力下抵抗逆境、追求心灵自由的独特方式;而佛经故事、道家传说的编造方式也对民间的想象或虚拟产生影响。下层百姓在虚拟的叙事中享受着自己的"话语权",于是,七嘴八舌,添枝加叶,虚拟的故事变得形态复杂,风情万种。这是虚拟性叙事的迷人之处。

第六章　叙事的重释性

在戏曲、小说里，历代相传的故事总是引人注目的。这样的故事属于整个民族，我们可以称之为集体共享型故事。而代代相传的故事最基本的特点是可以重述，不过，这种"重述"不是简单的复述，而往往是一种重释性叙述；不同的时代，不同的人，在"重述"一个家喻户晓的故事时总会或多或少地以特定的人生体验为背景去重新阐释故事的要义。这就涉及人类经验史上的问题：为什么集体共享型故事的传播要进入重释性叙述的过程？它们对民族心灵的构拟会产生什么样的作用？我们对此试加探讨。

第一节　故事的可重复性是人类经验史上的一个命题

通常，任何时代，社会上发生的故事都是很多的，它们出现之后，往往讲过就算了；或许，这样的故事会被记录在笔记小说或其他短篇小说集里，但不一定能产生深远持久的影响，因为很多故事不具有集体认同的可重复性。具有集体认同的可重复性的故事，必定与人们的生命历程中较为普遍的生存困惑与逆境相关。它们不仅过去有，现在有，而且将来也还会出现。所以，故事一再"重述"，人们一再品味。对于反复出现的生存困惑与逆境，大家在可复述的故事中寻找解"惑"的智慧，反思逆境的成因。可是，因为生存的困惑与逆境是历时性的难题，又因时代的变迁而出现"困惑"、"逆境"本身的变异，于是，没有"解惑"的标准答案，也没有消除"逆境"的灵丹妙药。从历史的长河看，生存的困惑与逆境都是老问题；而对于每一个时代的人们，生存的困惑与逆境都是新的挑战。人类的生存经验，就只能如法国文学家加缪（1913—1960）《西西弗的神话》所阐述的那样，人生在世，如神话中的西西弗吃力地推着巨石上山，而那巨石总是滚落下来，如此反复，没有穷期。① 人们所要面对的那些人类经验史上反复出现的生存困惑与逆境，犹如西西弗所面对的"巨石"。然而，正是在这种反反复复的过程中，民族的心灵也经受着苦难的磨炼与智慧的滋养。

历代相传的故事，在具体的人物关系和生存背景中，呈现着一种"具象化"的生存经验，借用法国人类学家列维·布留尔（1857—1936）的一个术语，我们可以称之为"集体表象"（collective representations）。按照列维·布留尔的说法，"集体表象"为一个社会群体的全体成员所共有，这些"表象"是由上一代传给下一代的，而不是由个体重新发明的，个体生来就在表象之中。尽管集体表象只有借助个体并通过个体才能存在，但是它包含着一个整体。这个整体是由相互不同的个体组成的，但却超越了个体。② 我们从列维·布留尔的研究思路中可以看出，一个社会群体在其承续不断的繁衍历史里，因应着自身所处的政治、经济、文化环境，因应着自身所形成的民族意识形态，在长期不断

---

① （法）加缪著：《西西弗的神话》，杜小真译，112~116页，桂林，广西师范大学出版社，2002。

② （英）菲奥纳·鲍伊著：《宗教人类学导论》，金泽等译，276页，北京，中国人民大学出版社，2004。

地迎接生存挑战、抗衡生存逆境的过程中，会将具有普适意义的生存经验转化为可以代代相传的具象化的故事，借助传播故事的"接力赛"形式，上一代的人为下一代的人提供一个展现某种"集体表象"的叙事"平台"，大家都可以利用这个"平台"来传输生存经验，并从自身所面对的困惑与逆境出发来丰富、补充相关的经验。

在中国古代，"四大民间传说"是典型的集体共享型故事，分别展现着不尽相同的"集体表象"。这些传说故事，相对集中地"聚焦"于人类经验史上不可避免的婚恋问题、家庭问题。其中，"牛郎织女"故事侧重于揭示相恋双方可望而不可即的苦境，"梁山伯与祝英台"故事侧重于表现相恋双方在"同性"的假象下日夕相处而情愫难通的苦况；"孟姜女哭长城"故事侧重于剖示夫妻双方由于朝廷暴政的强行介入而导致的生离死别，"白蛇传"故事侧重于刻画夫妻双方由于社会舆论的强行挤压而产生的爱恨情仇。这四大传说都有各自的形成途径、流变过程，也都有各自复杂、多变的文本体系。在这里，为了探讨的方便，我们选取"白蛇传"故事作为研究个案，以期可以举一反三，对集体共享型故事这种人类经验史上的现象有较深入的理解。

第二节　集体共享型故事与人生困境的文学喻示

"白蛇传"故事在"四大传说"中表面上是最"另类"的，可骨子里所要展现的人生困境是最为贴近世俗的。就故事形态来看，男女双方邂逅相遇、相恋相爱、结为夫妻、婚姻变异，这一切都相当切合现实人生中比较常见的婚恋形态；而故事的悲剧结局更是会引发人们反思中国人在以"禁欲"为基调的道德理想主义文化中的生存困境，内含着深刻的文学喻示。

在考察这个问题时，我们首先不能回避的是，一条"蛇"的故事何以能够成为集体共享的精神财富呢？在"四大传说"中，这是最为奇特的。

其实，这一条"蛇"的故事，内含着与人性相关的最核心的因素，那就是"欲望"。

在中国古代的主流意识形态里，"欲望"是被排挤的。一部《论语》，我们从中可以看到，孔子论学、论孝、论仁、论做人、论天命、论治国，就是没有论"欲望"。即便在论做人的话语里，孔子以"道"作为人生的最大目的，子曰："朝闻道，夕死可也。"又曰："士志于道，而耻恶衣恶食者，未足与议也。"①换言之，儒家从来不看重"生活质量"。李泽厚先生将"恶衣恶食"译为"粗衣淡饭"，庶几近之。② 不能安于"粗衣淡饭"的人，孔子是看不起的，是不能与之论道的。儒家的这种人格设计，好的一面是强化了人格中的非功利色彩，引导人们向往崇高，远离物欲；不足的一面是忽视甚至无视人之所以为人的多层次的需求，强行将人的正常欲望压制到最低限度，乃至于将人们赖以得到心灵慰藉的情爱的欲望加以扼杀，事实证明，这是不利于社会的发展和完善的。一个只是安于"粗衣淡饭"的社会，是贫穷的、欠发达的；一个强行压制正常欲望的社会是单调的、不和谐的，甚至是野蛮的。如果说，以儒家为代表的主流文化是"大传统"的话，那么，与主流文化相对峙的民间文化是"小传统"。"小传统"往往充满着欲望与活力，它以非主流的方式在社会的底层纠正着主流文化的缺失。这样的"纠正"往往处于"地下"状态，处于"不合法"的境地，却又坚韧不息、生生不

---

① 刘宝楠：《论语正义·里仁》，见《诸子集成》，第 1 册，78 页，上海，上海书店，1990。

② 李泽厚：《论语今读》，107 页，合肥，安徽文艺出版社，1998。

已。"小传统"不懈而顽强地追寻着属于自己的"话语权",因为民间文化确信,自身代表着主流文化所欠缺的东西,代表着正常的"人"的欲望。民间文化主动积极地营造"集体表象",将人们活生生的生存经验凝聚为种种"集体表象",借助它们来展现人们经常会遇到的生存困惑与人生逆境,引发大家的关注和反思。

我们且以"白蛇"的故事为例。"蛇"的人格化,犹如在古代的叙事传统中"狐狸"等异类的人格化一样,是人乃是"动物"的一个隐喻,确切点说,它隐喻着人是有欲望的"动物"。同时,人格化之后的"动物"已经走出了"蛮荒",接受人类文明的洗礼,在保持着充满活力的欲望之外,还呈现着文明的"人"的社会性。"白蛇"形象的形成和完善过程体现着民间文化即"小传统"在"人是谁"这一问题上曲折而漫长的思考。这一条"蛇"的故事就非同一般了。

古代的中国民间一般缺少形而上的冥思,人们不擅长用抽象的言语来阐述"人是谁"这个繁难的命题。但是,人们对现实人生中发生的巨大挫折怀有十分强烈的敏感和惊惧,敏感和惊惧会刺激人们发展自身的洞察力。美国哲学家赫舍尔在其名著《人是谁》中写道:"对人的处境的最有价值的洞察,不是通过耐心的内省和全面的审视得到的,而是通过遇到巨大挫折时的诧异和震惊得到的。确实,彻底的反思之所以出现,通常是在意识到挫折面临着危机和自我觉醒时,而很少是出于人在取得光荣业绩时的欣喜。"他还说:"成为人就是成为一个难题,这个难题表现在苦恼,表现在人的精神痛苦中。……人的难题产生于我们意识到了存在与期望之间的冲突或矛盾,即人是什么与人应当是什么之间的冲突或矛盾。正是在苦恼中,人对自己成了一个难题。"①

其实,白蛇转化为"人"之后,她就不可避免地要面对"人是什么"与"人应当是什么"这两个问题的冲突。这就是她的难题和困境。"人是什么"是本源性的问题,"人应当是什么"是社会性的问题。在一个专制、不和谐的社会里,这两个问题发生冲突是必然的。"人应当是什么"的问题意味着对"人"作出很多社会性的规定,这些规定凌驾于"人是什么"这个问题之上,导致生活在这个社会里的人们对"人是什么"产生迷惘。在以儒家的价值观为主流意识形态的社会里,"大传统"只是片面地强调"人应当是什么",而不屑于思考"人是什么"这个更为本质的问题。"人应当是什么"压倒了"人是什么",白蛇故事里的人生悲剧与此相关。

不过,就白蛇故事的演变来看,形成上述两个问题的冲突有一个比较漫长的过程,反映着古人对人生问题的思考是相当艰难的。

人们一般相信,白蛇形象的原型是唐代小说《李黄》中的"白衣之姝",即白蛇所幻变成的美女。她"素裙粲然,凝质皎若,辞气闲雅,神仙不殊",可是,美丽的外表掩盖着害人的妖力,与之交欢的李黄"身渐消尽",一命呜呼。② 严格来说,这一条幻化为美女的白蛇只是色欲禁忌的一种喻示,还没有取得"人格化"的资格。小说中"禁色"的主题符合古代中国社会"大传统"所主张的压抑欲望的人格观念。可以想见,这篇小说

---

① (美)赫舍尔著:《人是谁》,隗仁莲译,13页及第2页,贵阳,贵州人民出版社,1994。
② (唐)谷神子:《博异志》,46~48页,北京,中华书局,1980。

的观念形态本来不属于"小传统"。① 我们看到,在民间文化的系统中,人们可以将这个故事接过来,加以改写,但不是一下子就对这个故事进行"颠覆"性的改造的。在"大传统"的绝对权威的笼罩下,"小传统"只是处于"在野"的地位,不一定完全与"大传统"作对;"小传统"与"大传统"的关系会呈现为动态调整的过程,在某一个时期,二者在某一个问题上可能会产生一些"默契",而在另一个时期,二者在这同一个问题上又可能会产生分歧甚至是对立。就白蛇的故事系列而言,故事背景是唐代的《李黄》与以宋代为故事背景的《西湖三塔记》,二者在观念形态上并无明显的冲突,大致还形成了一定的"默契"。《西湖三塔记》是话本小说,是民间"说话"的产物,属于民间文化系统。其故事形态的核心部分是男主人公奚宣赞与一个"白衣妇人"交欢,历时半个多月,奚宣赞"面黄肌瘦",更可怕的是,当"白衣妇人"找到"新人"之后,作为"旧人"的奚宣赞还要面临被挖去心肝的命运。这个核心部分与《李黄》有着对应关系,二者的题旨是相同的;"白衣妇人"尽管"生得如花似玉",但她与《李黄》中的"白衣之姝"一样,都是白蛇幻化而成的,其"美女蛇"的形象同样是色欲禁忌的一种喻示。当然,《西湖三塔记》的故事形态较之《李黄》有所调整,最突出的是结局,故事中的白蛇被奚真人制服,奚真人将白蛇盛在铁罐里,封住了罐口,把铁罐安置在西湖的中心,并造了石塔,镇住了妖邪。于是,一劳永逸,"万年千载得平安";男主角奚宣赞"在俗出家,百年而终"②。而《李黄》的结局很不相同,白

---

① (唐)谷神子:《博异志序》,自称"放志西斋,从宦北阙",又称其写作动机是"非徒但资笑语,抑亦粗显箴规",他的士大夫意识是明显的。

② 《西湖三塔记》,见(明)洪楩编:《清平山堂话本》,上海,上海古籍出版社,1992。

蛇逍遥"法"外，男主角命丧黄泉。如果说，《李黄》只是指出了"人不应当是什么"，即不应当受到女色的迷惑，那么，《西湖三塔记》的编写者更加强调的是"人应当是什么"，即应当像后期的奚宣赞那样，以"出家"的心态来处世，摒除欲望，得享天年。故事将镇住妖邪的"塔"安置在有"人间天堂"美誉的西湖，喻示着已然镇住了"欲望"的"人间天堂"才是一方净土。故事的背后潜藏着"人应当是什么"的道德理想主义情怀。就这一点来看，"小传统"并非完全脱离"大传统"而独立存在，二者的动态关系才是值得我们特别注意的。

随着历史往前推进，在某一个人生问题上，"小传统"会对"大传统"有所偏离，会产生属于自己的思考，在"偏离"与"思考"的过程中逐渐凸显自身真正所要面对的问题。我们在考察集体共享型故事时看到了这样的变化。

同样是白蛇故事，话本《白娘子永镇雷峰塔》呈现出新的故事因素。作品中的白蛇，大体上已经"人格化"了。其"人格化"的最突出的标志是她具有女性的正常欲望，而绝无害人之心。这就与《西湖三塔记》以及《李黄》中的白蛇有着本质的区别。《西湖三塔记》也好，《李黄》也好，"人应当是什么"、"人不应当是什么"，这样的问题只是对男性而言的；故事中不存在真正的女性，换言之，其中的"白蛇"不是真正"人格化"的形象，因而，"人应当是什么"、"人不应当是什么"，这样的问题对"白蛇"而言是没有意义的。这两个作品中的"白蛇"，以绝对的损人利己为目的，只有妖性，毫无人性。可是，《白娘子永镇雷峰塔》中的白娘子就不同，当她以"人"的形象出现时，她必须面对"人是什么"的问题。她已经是"人"，她要追求的是身为女性所要追求的东西，所以，她很大方地对法海和尚说："不想遇着许宣，春心荡漾，按纳不住，一时冒犯天条,却不曾杀生害命。"① "不曾杀生害命"是白娘子基本上脱离了"妖性"的最明显的标志;"春心荡漾,按纳不住",是其作为女人的正常欲望的体现,是人性的基本层面,属于"人是什么"这个命题。而在强行压抑欲望的社会环境里,追求情爱是"冒犯天条"的,"天条"所规定的是"人应当是什么"(或"人不应当是什么"),于是,在白娘子身上,"人是什么"与"人应当是什么"这两个问题发生了冲突。在强大的社会舆论压力下,"人应当是什么"具有绝对的"话语权",它强有力地"镇住"了"人是什么",使得"人是什么"这个命题没有任何抗辩的空间。所以,悲剧不可避免地发生了:白娘子永镇于雷峰塔之下。"雷峰塔"就成了"人应当是什么"的形象化的象征。

白娘子在号称"人间天堂"的西湖边上,遇到了世俗社会中的人们所遇到的人生困境。白娘子在"人是什么"这个问题上,本来是很坦然地面对的。她身为"寡妇",却不想压抑自己的欲望,她是活生生的个体,正所谓"自古嫦娥爱少年",她爱上为人单纯、乐于助人的许宣,这是她正常的人生追求;而她也不掩饰自己的"寡妇"身份,对许宣绝无不轨之心。面对自己心仪的男子,她很坦诚地说:"小官人在上,真人面前说不得假话。奴家亡了丈夫,想必和官人有宿世姻缘,一见便蒙错爱。正是你有心,我有意。烦小乙官人寻一个媒证,与你共成百年姻眷,不枉天生一对,却不是好。"许宣当下也为白娘子的真情所感动:"真个好一段姻缘。若娶得这个浑家,也不枉了。"按说,许宣当时尚未婚娶,白娘子的主动追求是既合情又合理的,其行为体现着"人是什么"的内涵,许宣的欣然接受也证明了白娘

---

① 《白娘子永镇雷峰塔》,见(明)冯梦龙编:《警世通言》,第二十八卷,北京,人民文学出版社,1984。

子的追求是符合人之所以为人的世俗意义的。可是，人总是生活在社会关系之中，也就总会面对"人应当是什么"的问题。白娘子由"蛇"转化为"人"，她对"人是什么"有比较深入的领悟，而对"人应当是什么"就只能说是粗知一二，在某些问题上更是懵然不懂。比如说，人不应当偷东西，对这一点，白娘子是不懂的，她与许宣的关系发生变异最早的起因就是她偷了邵太尉库内的银子，许宣因此惹了官司。不过，白娘子不是真的贪心，当她得知事件的原委后，将银子全数退还了；她偷银子，是因为许宣太穷，无力置办婚事，其举动可以解释为因涉世不深而做出的"傻事"，目的还是为了爱情。如果说，在这个事件上，"人是什么"与"人应当是什么"发生了冲突，白娘子的确有"不是"的地方，也显示着人性的某些弱点，那么，在以后的情节发展过程中，"人应当是什么"就真是压得白娘子喘不过气来，使得白娘子无辜受到毁灭性的打击。我们看到，接连的事变无端而来，本要享受宁静的夫妻生活的白娘子却不得不面对社会舆论的无理取闹：承天寺外卖药的道士、金山寺的法海和尚，他们都强行干预白娘子与许宣的婚姻，都说许宣不应当怎么样，应当怎么样；与此相对应，在强大的舆论氛围中，白娘子同样有不应当怎么样的"天条"在制约着，说白了，她不应当追求爱情，不应当追求"恩爱深重"的夫妻生活。"恩爱深重"是一种甜蜜的状态，当然体现着夫妻之间的正常欲望，可在法海和尚看来，这是不正当的。他严厉地教训许宣，并将一对夫妻的正常关系硬是说成大逆不道："本是妖精变妇人，西湖岸上卖娇声。汝因不识遭他计，有难湖南见老僧。"在这里，法海和尚成了"人应当是什么"的代言人，成了以"禁欲"为旗帜的道德理想主义的"护法"使者。而软弱的许宣自以为罪孽深重，自觉地臣服于"人应当是什么"的"天条"之下，他彻底背叛了白娘子，最后"情愿出家"，拜法海和尚为师，在"人是什么"与"人应当是什么"的冲突中坚定地将"人是什么"的命题抛弃了。在许宣身上，人的正常欲望在"人应当是什么"的强势压力下瞬间萎缩、消亡。这是一种多么可怕的势力！人难道就只能如此生存下去吗？生存的意义就在于将"人"作为不合理的"天条"的牺牲品吗？在这样的社会背景下，人的生存面临着巨大的困境。

《白娘子永镇雷峰塔》的故事情节显示着，"人应当是什么"是一种关于社会规范的设计，它有合理的因素，也有不合理的一面。白娘子偷银子，是不应该的，理应受到谴责，故事在这方面并没有替白娘子"护短"；而在这个故事中，不合理的一面更为突出，白娘子追求爱情、追求和谐美满的夫妻生活，何罪之有？为什么一定不能有这样的欲望呢？为什么一定要将她置于死地呢？在这一方面，当时社会所规定的"人应当是什么"就显得悖谬无情。所以，鲁迅先生在《论雷峰塔的倒掉》一文中说："那时我惟一的希望，就在这雷峰塔的倒掉。……看见这破破烂烂的塔，心里就不舒服。……里面当然没有白蛇娘娘了，然而我心里仍然不舒服，仍然希望他倒掉。"① 鲁迅先生深知故事里的"雷峰塔"所具有的文学喻示作用，深知"这破破烂烂的塔"喻示着中国老百姓千百年来心灵深处所承受着的巨大压力。人的生命力、创造力，以及追求美好、和谐生活的愿望，都在"这破破烂烂的塔"的压迫之下萎缩起来，人生变得苍白无力，这才是最令人感到悲哀的事情。因此，一条"蛇"的故事，折射出中国人在以"禁欲"为旗号的道德理想主义文化中所遇到的蛮横无理的困境。这是集体所面对的困境，"蛇"的故事自然就成了集体共享的精神财富了。

从"白蛇传故事"可以看出，人生困境的文学喻示是集体

---

① 瞿秋白编：《鲁迅杂感选集》，21页，上海，上海文艺出版社，1980。

共享型故事的重要因素。故事情节所呈现出来的"集体表象"能否构成一种人生困境的文学喻示，是该故事能否成为集体共享型故事的内在条件。

第三节　集体共享型故事与"重释"的意味

不管是哪一个时代，每天都发生着无数的故事，张家长，李家短，陈家倒了霉，等等，故事的原生态可能只是"一地鸡毛"；而在"一地鸡毛"的形态之上，某种具有普适意义的人生困境逐渐成了人们反复感受到的"心结"，这样的"心结"要借助某种"集体表象"文学化地呈现出来。当隐含着人们普遍存在的"心结"的"集体表象"以感人的文学形象出现在世人面前之后，它就会逐渐得到越来越多的人的认可，渐渐进入公共的话语领域。承载着"集体表象"的故事是集体共享的，你可以说，他也可以说，大家都可以七嘴八舌，于是，"集体表象"就有被"重释"的可能。

故事的重释性叙述，是人类经验的一种文学化的呈现方式。"重释"的背后隐含着故事的重释者对人生困境的重新解读。不同的解读，内含着对人生困境不尽相同的认识和理解，内含着与人生困境所展开的多种多样的对话。在文学形式的可能范围内，人们一次又一次地磨炼自己的心灵、体味生存的艰难，借助对故事形态的调整寄托着自己对人生况味的体认。

就"白蛇传故事"而言，人们对故事的"重释"很值得关注。在这方面取得明显成就的首推明末的冯梦龙。

在冯氏之前，"白蛇故事系列"隐然形成。不过，"重释"却不是太早出现的。我们看到，有白蛇形象的《西湖三塔记》无非是对《李黄》故事模式的一次重复性叙述，还谈不上"重释"。作品中的白蛇，还是那种害人的异类；《李黄》的男主角死了,《西湖三塔记》的男主角差一点也死了,两个故事的核心部分基本上是对应的。而编《西湖三塔记》故事的人最终没让男主角死掉,只不过强调后来的"禁欲"是该男主角得以解救的唯一途径。这仅仅是对《李黄》"禁色"题旨的进一步彰显而已。

相比之下,冯梦龙的《白娘子永镇雷峰塔》是对白蛇故事的一次"颠覆"性叙述。[1] 它"颠覆"了白蛇的"害人"形象,它凸显了"人是什么"与"人应当是什么"这两个问题发生严重冲突的人生困境,它还描述了夫妻相处中发生的信任危机,在夫妻的信任危机中展示着观念的冲突和人性的弱点。于是,"蛇"的故事与世俗生活一下子拉近了距离。这就为人们以后不断地重释这个故事提供了叙事"平台"。

严格说来,冯梦龙是《白娘子永镇雷峰塔》的写定者。我们已经见不到他在写定前的底本。学术界有一种意见认为,这一篇作品"当为较原始的话本,从这个话本所涉及的典实、名物和社会各方面的描写来看,宋话本的色彩相当浓厚"[2]。我们不排除该作品的底本是"宋话本"的可能性,作品的篇首有两句诗:"暖风熏得游人醉,直把杭州作汴州。"这也似乎是心里想着北方、看不惯苟安局面的南宋人的牢骚话。不过,底本是底本,写定本是写定本,二者是有区别的,冯氏在写定的过程中很有可能融会了自己对故事中的人生困境的解读。

冯梦龙对"人是什么"有着自己的独立思考和表述方式。他认为"人"离不开"情","人"之所以为"人",就是因为"人"是有"情"的。在冯氏看来,"情"简直就是生命的"本

---

[1] 《白娘子永镇雷峰塔》,见(明)冯梦龙编:《警世通言》,第二十八卷,北京,人民文学出版社,1984。

[2] 胡士莹:《话本小说概论》,228页,北京,中华书局,1985。

体",他说:"生生而不灭,由情不灭故。四大皆幻设,惟情不虚假。"① 在"情"之中,他特别肯定人的正常欲望,赞美男女之情,认为描写男女欢会的民歌是"天地间自然之文"②。冯梦龙也认识到,男女之情是会受到制约的,是不容易的。有一首民歌写出一位男子在与情人的交往中情爱受阻的内心苦闷:"愁只愁你大娘子狠,怕又怕令堂与令尊。担惊受怕的冤家也,怎么来得这等艰难得紧!"冯氏对此批道:"滋味正在艰难。不然,家常茶饭,不成话柄矣。"③ 在"人是什么"与"人应当是什么"的冲突中,爱情经受着"艰难"的考验,惟其"艰难",才显出难得的"滋味"。在冯梦龙的写定本中,追求爱情的白娘子自从成为"人"之后,就走上了一条艰难曲折的人世之路,于是,就形成了冯梦龙心目中的"话柄",而不是一般的"家常茶饭"。就白蛇故事而言,如果说来说去脱不开"妖怪作祟"的故事核心,就很容易把故事说成缺乏人生况味的"家常茶饭",如宋洪迈《夷坚志》收录的《同州白蛇》,讲述的也是"白蛇精""出为人害"的故事;同书收录的《孙知县妻》也仅仅是一个"蛇妻"现形、丈夫因"疑惮"而亡的故事。④ 可见,"家常茶饭"式的"白蛇故事",在民间是屡见不鲜的,而"白蛇故事"要"蜕变"成为一个集体共享型故事,一定要有一个能够体现着人生困境的"话柄"。至少,我们在《白娘子永镇雷峰塔》中看到冯梦龙已经"拿捏"住这个"话柄"。

---

① (明) 冯梦龙:《情史序》,见《情史》卷首,长沙,岳麓书社,1991。
② (明) 冯梦龙编:《挂枝儿》"私部一卷",《明清民歌时调集》,上册,5页,上海,上海古籍出版社,1987。
③ (明) 冯梦龙编:《挂枝儿》"私部一卷",《明清民歌时调集》,上册,7页,上海,上海古籍出版社,1987。
④ (宋) 洪迈:《夷坚志》,"夷坚支戊"卷九,1119页;"夷坚支戊"卷二,1062页,北京,中华书局,1981。

在冯梦龙的笔下，白娘子、许宣夫妇的婚姻经历构成了一种"集体表象"。透过这种"集体表象"，人们会看到，"人应当是什么"作为社会律令，具有"非人性"的制约力量。夫妻情分因为有"欲望"的因素，就只能被社会律令判了"死刑"。于是，既享受过夫妻情分而又不敢违抗社会律令的许宣，为了在社会律令之下寻求"生路"，他不得不接过法海和尚递过来的"钵盂"，"背后悄悄的，望白娘子头上一罩，用尽平生气力纳住"，卑劣地把深爱着自己的妻子"灭"了，将夫妻情分"扼杀"在自己的手里；另一方面，将夫妻情分看作是"人"的真正实现的白娘子，尽管被收在"钵盂"里，但还是不放弃最后的一丝努力，她在钵盂内哀求道："和你数载夫妻，好没一些儿人情！略放一放！"她希望唤起丈夫的一点"人性"，但许宣无动于衷，连身上的一点"人性"也泯灭了。这样的夫妻关系陷入了一个社会性的困境：泯灭了"人性"的许宣得到社会的认可，为"人性"而战的白娘子却只能成为社会律令的"镇服"对象。作品揭示出白娘子悲剧的深刻性。

然而，在"重释"的过程中，冯梦龙却自相矛盾地留下很大的困惑。就作品的情感层面而言，具体情节显示着白娘子是无辜的、可爱的、令人悲悯的；可就故事结局而论，文本的写定者冯梦龙似乎做下了一个违心的把戏，他不得不屈从于社会律令，不得不最后下判词：千年万载，被镇于雷峰塔之下的白娘子"不能出世"。他还用佛家的"色空"观念把作品中的"话柄"化解了，借用法海和尚临终前的口吻警醒世人："欲知有色还无色，须知无形却有形；色即是空空即色，空空色色要分明。"也许，这是古代文人不得已的狡黠，他明明将情感的天平倾向于白娘子，却在故事的结尾畏畏缩缩地重新"站队"，回到了社会律令的"旗下"。这恐怕也是一种人生的苦恼与无奈。

《白娘子永镇雷峰塔》的整个叙事过程，反映出叙述者对故事主人公所处的人生困境的认识是深刻的,而显得诡异的是,叙述者无法超越"人应当是什么"所设定的"樊篱",无法给"人是什么"这一本源性的问题作出肯定性的答案。

在中国古代文学的文化语境里,"人是什么"长期是一个遮遮掩掩的问题,尤其是涉及"欲望"、"性爱",往往是吞吞吐吐,不得要领。在与"大传统"保持着若即若离关系的"小传统"中,民间文艺固然有"离经叛道"的表述,露骨的色情描写在诉说着人的"生物本能",但这不是在真正回答"人是什么"的问题,只是从"人是什么"这一问题中"阉割"出人的生物性而已。"人是什么"的问题,既不能排除人的生物性,又不能仅仅看到生物性,还应该看到随着生物性的"人化"而必然出现的社会性。李泽厚先生在分析"情欲的人化"时说:"这是对人的动物性的生理情欲的塑造或陶冶,与人是具有感性欲望的个体存在的关系极为密切。"这是一个方面。而另一个方面是:"人们的感情虽然是感性的,个体的,有生物根源和生理基础的,但其中积淀了理性的东西,有着丰富的社会历史的内容。它虽然仍然是动物性的欲望,但已有着理性渗透,从而具有超生物的性质。"① 换言之,"人是什么"的问题内含着感性和理性,而"理性"的层面与"人应当是什么"这个问题相联系。最大的难题是,在中国古代的文化语境里,"圣人"们对"理性"作了"最大化"的处理,对"感性"作了"最小化"的限制,"人应当是什么"就成为一种僵硬的"理性",而且具有强大的威吓力量。哪怕是像冯梦龙这样有头脑的人,他已经体认到"情"对人类生存的重要性,可在《白娘子永镇雷峰塔》里就是不敢将"情"张扬到底。于是,我们看到叙事文学的一种很不协调的现象:要么将"性"写得赤裸裸的,充分地展现人的

---

① 李泽厚:《美学四讲》,120 页,北京,生活·读书·新知三联书店,1989。

"生物本能"；要么在肯定"情"的时候却在"情"的外围封上"禁欲"主义的道德信条，好像不贴上这样的"标签"就过不了关似的。对于中国人而言，真真正正地结合着感性和理性来思考"人是什么"，实在是一件太难的事情。

就"白蛇传故事"系列来看，在故事的外围贴"标签"是常见的，可在故事的内部，却有不少可以"重释"的成分。人们还是不放弃对"人是什么"的思考。不过，这种思考是沉重的，犹如戴着镣铐跳舞。

"人是什么"？清代乾隆三年刊刻的《雷峰塔》传奇对此问题有一种既超越感性也超越理性的阐释。该剧作者黄图珌将白娘子与许宣的关系解释为是一段"孽案"，他借剧中出现的佛祖的口吻说，许宣本是佛祖座前捧"钵盂"的使者，与已经苦修"一千余载"的白蛇有"宿缘"，他们必定要经过一个"逗入迷途，忘却本来面目"的历练过程，最后是"孽缘圆满"，"返本再还元"，换言之，人要经过"色里悟空"的过程，终于"抛却臭皮囊，索与我原来面庞"。[①] 表面看来，这样的表述只是一个"老掉牙"的佛教"套路"，但显然，它避开了《白娘子永镇雷峰塔》所展示的"人是什么"与"人应当是什么"的冲突，将人间的"是是非非"都归结为"孽案"，反正人要面对的一切苦恼、困境，都是由远在人间之外的"孽缘"一手"导演"出来的，与人的感性和理性都无关。于是，"人"就成了"孽缘"的"傀儡"。

不过，这是对"人是什么"的一种"外围性"阐释。它只是反映着对人生困境的宗教性理解。实际上，这种宗教性理解可以和"禁欲"主义的社会语境取得某种"默契"，可以保证故事

---

① 参见《雷峰塔》第 1 出"慈音"、第 32 出"塔圆"，见傅惜华编：《白蛇传集》，282 页、336 页，上海，上海古籍出版社，1987。

的传播获取"准入"资格。① 这与冯梦龙在《白娘子永镇雷峰塔》中表现出的狡黠是相近的。我们将这一现象看作是"小传统"在"大传统"的强力挤压之下所不得不做出的"应对"策略。

在"外围性"阐释之外,剧作者还是不得不面对如何处理男女主人公的俗世情怀问题。在人物关系方面,作为剧本的《雷峰塔》有一点是与话本很不一样的,剧本将许宣与白娘子、青儿这三个人设置成"一男双美"的关系,这样的构想与古代男性对"齐人之福"的向往密切相关。这其实也是出于一种欲望的驱动。

剧作者对欲望是敏感的,他在"舟遇"一出的描写出人意料。当时,白蛇变成一"少年寡妇","青鱼精"变成一"青衣侍儿"。本来,白蛇与许宣有"宿缘",这是两个人的事,与第三者无关。可是,世上哪个"人"没有欲望呢?就连青儿也免不了欲望的"煎熬":"我娘因与许宣应有宿缘,故此临凡俯就,着我变做青衣侍儿。若是因缘到手,却怎生发放我呢?"还没有见到许宣,青儿已经欲火攻心了:"难道他两两鸳鸯入洞房,空教我叠被铺床?"白娘子也深知"做人"的道理,即深知"人是什么",于是,她很"大方"地对青儿说:"你的心事,我岂不知?刘郎若得同衾枕,恩爱平分便不妨。"若从人类爱情的共性来看,爱情是排他的,怎么可以"恩爱平分便不妨"呢?可是,在中国古代社会的"大传统"里,连基本的欲望都要排斥,又何来"爱情"呢?与"大传统"不同,"小传统"在欲望问题

---

① 据徐珂《清稗类钞》"高宗南巡供应之盛"一条记载:乾隆第五次南巡(乾隆三十年,1765)时,两淮盐商为了迎接皇帝,"乃延名流数十辈,使撰《雷峰塔传奇》";在镇江演出时,"高宗辄顾而乐之"。(徐珂:《清稗类钞》,第一册,341页,北京,中华书局,1996)这一部梨园演出本,学术界一般认为是以黄图珌本为蓝本的。参见王森然:《中国剧目辞典》,767页,石家庄,河北教育出版社,1997。

上的逻辑起点是：先肯定了"欲望"再说。而黄氏之所以有上述相当"出位"的描写，与话本存在"不足之处"有关。《白娘子永镇雷峰塔》的末尾，白娘子在法海和尚面前替青青哀求道："青青是西湖内第三桥下潭内千年成气的青鱼。一时遇着，拖他为伴。他不曾得一日欢娱，并望禅师怜悯！"白娘子与许宣曾经享受过"欢娱"，可青青却连"一日欢娱"也没有，希望法海"怜悯"青青。也许受到话本的这一点的启发，黄图珌干脆连青儿的欲望也写上了，当以"贴旦"这一角色扮演的青儿听白娘子说"恩爱"可以"平分"时，剧本的舞台指示是"贴羞介"，青儿的"女儿态"自然而然地流露出来："不禁的舌尖翻谑浪，却叫我羞怎当？"于是，这"主仆"俩为了"人"的欲望匆匆而至："莲步忙，芳心痒。急相追，飞渡锦塘。"这么急迫，全是因为"春情此际多荡漾"（第3出"舟遇"【太师引】）。在剧作者的笔下，不仅白娘子是那么主动，就是青儿，也是毫不掩饰自己的"陪嫁"身份，她对许宣说："官人若果错爱，何不寻个良媒，成就了百年姻眷？我青儿，也随嫁过门的。"在递给许宣"一封银子"之后，青儿还说："小乙官人，请收了。如不够用，可再来取。即速求媒议亲，毋爽此约：是娘愿从，是奴愿充，休教负我娘儿这苦衷。"正是一个"愿从"，一个"愿充"，双美配上了"一男"，喜得许宣笑逐颜开："感卿一盏金茎露，陡把相如病渴消。"（第5出"许嫁"）这多少也流露出古代男性潜意识里的欲望。

黄氏的《雷峰塔》对"人是什么"的内涵的阐释兼顾了女性的欲望和男性的欲望，也兼顾了同为"女性"的白娘子和青儿的欲望。从男女爱情的角度看，这样的阐释算不得崇高，但在肯定每一个人都有正常的欲望方面，考虑到当时"禁欲"的社会语境，这还是有一定的挑战性的。不管怎么样，如何处理自己作为"人"的欲望，是摆在人们面前的难题。

可惜，黄氏由于预设了"孽缘"的"外套"，剧中的主人公无法超越这个"外套"，他们被"套"在里面，尽管打了几个筋斗，折腾了好几回，在"欲望"线上追求、挣扎，到头来结局只能是明明白白的，用许宣的话来说，就是："但凭老师主张便了。"（第29出"法剿"）即最终各人的命运全都听凭"老师"法海的定夺。于是，白娘子、青儿被收于"钵盂"之内；许宣亲手将他身边最亲近的两个女人"埋葬"了，以此结束自己"欲心深重"的生活，并以"庆幸"的口吻对法海说："弟子一命，多蒙老师救活，情愿披剃出家，乞吾师收录。"剧本的末尾显示，只有去掉"欲心"，才能重归"正道"，即如第30出"埋蛇"的下场诗所说："若然明此理，极乐许相寻。"抛却了"欲心"，就可以得到进入"极乐世界"的"准入证"。剧作者在肯定欲望和否定欲望的二元对立中陷入了一个自己设定好的"怪圈"。这多少反映着古代中国人所处的一种很尴尬的精神生态。人们往往要在"正经"和"假正经"之间讨生活；"正经"起来很沉重，"假正经"也不轻松；进又进不了，退又不甘心，进进退退，反反复复，不吐不快，却欲言又止。"白蛇传故事"本身也就这样陷入了逻辑的困境。

被"套"住了的故事主人公，有没有解"套"的可能呢？这又是一个烦人的问题。问题摆在面前，总要有人去想办法解决的。那么，故事的一再"重释"就显得必要了。

在黄氏之后，方成培完成了《雷峰塔》传奇的新文本。他在写于乾隆辛卯（即乾隆三十六年，1771）的《雷峰塔·自序》中说，他不满意坊间流传的《雷峰塔》传奇，故而"重为更定"，"遣词命意，颇极经营"，尤其提到对旧本的一些情节做了很大的加工："《求草》、《炼塔》、《祭塔》等折，皆点窜终篇，仅存其目。……《夜话》及首尾两折，与集唐下场诗，悉余所

第六章 叙事的重释性

增入者。"① 而当时在坊间流传的本子，以陈嘉言父女的"梨园抄本"最有代表性，它是黄氏《雷峰塔》传奇的一个改编本，增补了《端阳》、《盗草》、《水斗》、《断桥》、《指腹》、《祭塔》等情节，将白蛇故事进一步世俗化，如白娘子怀孕、生子，又与许宣的姐姐指腹为婚，白氏生子，许氏生女……人世间的女子所要经历的事情，白娘子几乎都经历过了。这样的人生历程越来越与世俗社会的普通女性相类似。其人生的苦难和困境也就更具有世俗的本质意义。② 方成培对于"白蛇传故事"的变化，基本上持肯定态度。他在改编《雷峰塔》传奇时吸收了"梨园抄本"的叙事智慧，如剧中的《端阳》、《求草》、《水斗》、《断桥》、《腹婚》、《炼塔》、《祭塔》等，尽管文字多有改动，但在情节安排上与"梨园抄本"有着明显的对应关系。其实，方氏很用心去体味"梨园抄本"已经做出的改动，他在纯然出于自己手笔的第 1 出"开宗"里将白蛇故事的精髓概括成两句话："觅配偶的白云姑多情吃苦，了宿缘的许晋贤薄幸抛家。"③ 他看得出来，"梨园抄本"的《盗草》、《水斗》等情节已然加重了"多情吃苦"的意蕴，所以，他要在此基础上将"多情吃苦"的文章做足做够。这也是他"重释"白蛇故事的着眼点。

"多情"，与人的欲望相关，与"人是什么"的问题相关；而"吃苦"，往往源于"人应当是什么"这一社会律令的困扰。方氏笔下的"多情吃苦"继续展示着"人是什么"与"人应当

---

① 蔡毅编著：《中国古典戏曲序跋汇编》，第三册，1940 页，济南，齐鲁书社，1989。

② 陈嘉言父女的"梨园抄本"，现存天津图书馆所藏的"复道人度曲本"等；参见李修生主编：《古本戏曲剧目提要》，570 页，北京，文化艺术出版社，1997。

③ （清）方成培撰：《雷峰塔》传奇，收录于王季思主编：《中国十大古典悲剧集》，下册，上海，上海文艺出版社，1982。此本摘录了方成培在剧本中的一些重要批语，本文有所参考，不另出注。

是什么"的尖锐冲突。

　　剧本的第 13 出"夜话",是方氏的得意文字,他在此出的末尾加了一段批语:"增此一出,通身灵活,起伏照应,前后包罗,有瀚衍涛洄之效。"可见这是"点睛"之笔。在这一出戏里,白娘子与青儿静夜交心,青儿终于有机会提出一个早就想问的问题:"当日娘娘在峨眉山修炼多年,因何忽动红尘之念?"又问:"你本不受世尘涴,又不是扑灯蛾,却怎生,反将身热闹场中躲也?"(【小桃红】)青儿提问的逻辑也很简单:既然已经修炼多年,本来就没有理由去动红尘之念。这也许是一个宗教层面的观念。可是,宗教不可能从世俗的角度解决"人是什么"这一本源性的问题。白娘子的回答就只能绕开宗教了:"只是一入红尘,欲罢不能,教我也没奈何了!"她点醒青儿注意,"多情吃苦"是一个历代的人共同面对的难题,可以说是历时性的人生困境:"青儿你那里知道,风流配偶,人道是情多累多,须知自古,有缘皆颇。……天台里有两个胡麻饭熟,瑶台上有一个踏月听歌,数不尽蓝桥给饮鹊填河,那天孙仙媛,尚然各偕伉俪,况于我辈?"在这里,白娘子已经不仅仅是由"蛇"转化为"人"那么简单了,她博古通今,精于"情史",自古以来,美丽的爱情故事犹如一个个"集体表象"浮现在眼前:天台仙眷逢刘阮、弄玉听箫识萧史、蓝桥云英遇裴航、织女牛郎渡鹊桥,各有各的精彩,也各有各的无奈;明知道"情多累多",但人们(也包括天仙)照样去追求、去历练,这才是人的"宿命"。白娘子当时还对青儿说:"暗思掷果,好事多磨。"这表明,她对自己的追求是自觉的,对"情多累多"的过程是有心理准备的;她怀着"欲罢不能"的心态去做一个真正的"人",去实现自己的俗世情怀。与《白娘子永镇雷峰塔》话本、黄本《雷峰塔》传奇等作品中的白娘子相比,方氏笔下的白娘子的"人化"就显得更为充分了。

第六章 叙事的重释性

　　已经充分"人化"的白娘子,在"人应当是什么"的问题上也有更加自觉的意识。方氏笔下的白娘子从来没有说出"恩爱平分便不妨"这样的话,剧本对青儿也没有欲火攻心的描写。他避免了黄本《雷峰塔》"一男双美"的俗套①,而在"人应当是什么"的问题上多加了笔墨。剧中的白娘子有情、有义、有本领:为人妻,她温柔体贴,操劳家计,忠贞不贰,为了丈夫的生命奋不顾身、排除万难、倔强不屈,虽然身怀六甲却无私无畏,虽然夫妻关系一再受阻却一往情深、不计前嫌,豁达大度,贤惠刚毅;为人母,她临危"托孤",舐犊情深,虽然"受许多磨折"却以"生下个宁馨孩儿"为最大的安慰,体现着伟大的母性。不管是为人妻,还是为人母,白娘子都是女性的楷模;"人应当是什么"?具体来说,"女人应当是什么",白娘子的一举一动都做了很好的回答。其实,方氏对白娘子形象的重新塑造,对白蛇故事的重新阐释,暗合着"情欲的人化"的正确思路。李泽厚先生指出:"性欲成为爱情,自然的关系成为人的关系,自然感官成为审美的感官,人的情欲成为美的情感。这就是积淀的主体性的最终方面,即人的真正的自由感受。"② 方成培是有头脑、有审美能力的,他把白蛇故事中不美的情感因素去掉③,从"人应当是什么"的问题入手来充分展示白娘子的人性之美,并且有意将这种人性之美推向极致,脍炙人口的《求

---

　　① 关于古代叙事文学中的"一男双美"俗套,请参阅本书第十三章"叙事格调的雅俗兼容"。
　　② 李泽厚:《批判哲学的批判》,435页,北京,人民出版社,1984。
　　③ 方成培吸收了此前白蛇传故事一些新的变化,如将"盗窃"行为嫁接到生活在西湖之中的"水族"身上,是那些"水族"形象为了讨好"西湖之主"白娘子而去行窃的(参见第21出"再访")。这样的变动在黄本《雷峰塔》传奇中就已经出现了,参见该剧第17出"惊失"。这说明,人们意识到,在"人应当是什么"的社会律令之下,白娘子的形象应该与"盗窃"行为作必要的"切割"。

草》、《断桥》等场面就体现出"情欲的人化"的高度,这不是一般的女性所能够做到的,而白娘子做到了,这就使得"白娘子"这三个字成了女性之美的代名词。如果说,在《白娘子永镇雷峰塔》话本中,冯梦龙在"人应当是什么"的问题上将白娘子写得很被动,在黄本《雷峰塔》传奇中,黄图珌在"人应当是什么"的问题上将白娘子写得有点俗气,那么,方成培在他的《雷峰塔》传奇中,将"人是什么"与"人应当是什么"这两个问题"打通"了,白娘子就是"人",理想的女性就应当像她那样有情、有义、有本领。要欣赏女性之美吗?看看白娘子吧。

不过,将"人是什么"与"人应当是什么"这两个问题"打通",是在白娘子形象的塑造这一层面上进行的。而就整个剧情来看,"人是什么"与"人应当是什么"仍然发生严重的冲突。问题的关键在于,对于"人应当是什么",民间有民间的理解,主流社会有主流社会的规定。你认为白娘子有情有义有本领,可是,主流社会却始终认为这位"春心荡漾"的白娘娘只是"妖邪"而已。剧本第2出"付钵",代表着最高权威的佛祖就说:"吾当命法海下凡,委曲收服妖邪,永镇雷峰宝塔。"本来,白娘子不偷不抢,不害生灵,恪守妇道,勤劳持家,情深义重,这不是符合了"人应当是什么"的普世价值吗?可是,她不肯"皈依清净",尚有"春心",就凭这一点,"权威人士"就要兴师问罪,就认为她在"人应当是什么"的问题上犯了"天条"。冲突在所难免。方成培笔下的白娘子和此前的其他同类作品的白娘子一样,不得不面对极为险恶的人生困境。在社会律令主宰一切、禁欲主义笼罩天下的语境里,"多情"的白娘子必定"多累",也必定"多苦"。千难万险、好不容易将气息奄奄的丈夫救活了,而丈夫却被社会律令的代言人法海和尚藏在了金山寺里,好端端的一对夫妻硬是被活活拆散。我们没有忘记话本《白娘子永镇雷峰塔》里白娘子对着法海和尚软弱无力的哀求，也没有忘记黄本《雷峰塔》传奇里白娘子在斗不过揭谛时对着法海和尚说"望大师饶恕"的话，而方成培在"重释"这个故事时，吸收了"梨园抄本"的改动，白娘子尽管"多累"、"多苦"，但是她珍惜自己的追求，不放弃自己享受人间幸福的权利。法海将她的丈夫藏起来了，面目威严地警告她："你爱河里欲浪滔滔，早回头免生悲悼。"白娘子毫不示弱地回敬道："你若不放我官人，决不与你干休！"她见法海不予理会，语气加重："你若不放我丈夫，教你性命霎时休矣！"法海还是执意不肯，她当即怒骂起来："秃驴这等无理，俺来擒你也。"于是，一场恶斗随之展开。白娘子捍卫着自己的家庭，捍卫着自己来之不易却也平凡实在的俗世生活，她理直气壮地斥责法海："你拆散人家夫妻，天理何在？"她还抢占了道德的制高点，令法海处于无言辩驳的境地："你明明煽惑人心，使我夫妻离散。你既不仁，罢罢，我和你势不两立矣！"敢于指责法海"不仁"，显示着白娘子坚定的民间道德立场。如果说，法海口口声声的"孽缘"是一个"套"，要把故事的主人公"套"住，那么，白娘子要从自己的民间道德立场出发亲手去把这个"套"解掉。白娘子在人生的危难之际表现出无惧无畏的民间野性："您道佛力无边任逍遥，俺也能飞渡冲霄。休言大觉无穷妙，只看俺怯身躯也不怕分毫。您是个出家人，为什么铁心肠生擦擦拆散了俺凤友鸾交？"（第25出"水斗"【北刮地风】）法海就是要故事的主人公知道"孽缘"的虚幻、佛法的厉害，可白娘子一句"休言大觉无穷妙"就将这一个"套套"给否定了。她说："我恨恨恨恨，恁个不动摇，怪他个遮遮躲躲装圈套。"她要冲破这个"圈套"，抓住法海"不仁"的要害，直白、执著地道出自己最简单的人生诉求："快送出共衾同枕人来到，快送出共衾同枕人来到！"正因为法海"不仁"，所以，白娘子以"仁"作利器为自己前来营救丈夫做辩护："您教俺回峨嵋别岫飘,把恩爱抛,便作您活弥陀也动不的俺心儿似漆胶。望您个放儿夫相会早。细思量,这牵情心肠怎掉。"(第25出"水斗"【北四门子】)言外之意是,"您个放儿夫相会早"才符合"仁"的要义,才是有"仁心"的表现。

从白娘子形象的前后变化来看,方成培的"重释性叙述"不仅突出了"多情吃苦"这一人类情爱生活中反复出现的母题,使这一集体共享型故事具有更鲜明的普泛意义,而且在处理"人是什么"与"人应当是什么"的冲突时凸现了民间的道德立场。在一个以"禁欲"为重要道德价值的社会语境里,方成培借用了儒家的"仁"的概念去指斥"禁欲"的"不仁",以"不容俺共入鲛绡"作为"不仁"的具体表现,将夫妻的"共入鲛绡"作为对抗"禁欲"主义的一种民间的道德价值。这样的表述,没有理论色彩,却是实实在在的生存意识的自然流露。它以具象化的语言表达朴素而坚定的生命意志。只有符合生命意志,才是符合道德的。这就是民间的信念。

故事的"重释"使我们看到了民间思想的活力,"重释"后的故事焕发着新的叙事魅力。集体共享型故事正是在多次的"重释"中一步步深入人们的心灵,汇入民族精神的血脉之中。

第四节 重释性叙述的延展性与时代性

集体共享型故事在"重释"的时候往往会有所"添加",除了添加思想的含量,还会添加叙事的趣味。二者固然有相辅相成的关系,可我们换一个角度看,添加叙事的趣味也未尝不是一种"重释"故事的动力。

其实,添加叙事的趣味有一个前提,那就是重释故事的人发现原有的故事存在不足或缺陷,若照着原样来叙述,总会觉得欠缺了什么，不满足，不过瘾，不够"意思"。于是，冲着这样的不足或缺陷，自己动手动脚，来一番"重释"，以此满足自己的叙事欲望，也借此使一个可爱的故事变得更为可爱。

就集体共享型故事而言，不管它原有的形态存在多少的不足或缺陷，它的"基本面"总是得到人们的认可的，这是"重释"的基础。在此基础上，人们本着人类喜欢追根究底的天性，本着补苴罅漏的兴趣，本着显露自己的叙事才情的冲动，为故事添枝加叶，使故事更为曲折生动、丰满感人。因而，重释性叙述的延展性就随之产生。

在"白蛇传故事"的生成过程中，故事形态由较简单的人物关系逐步发展为较复杂的人物关系，在较为复杂的人物关系之中滋生出较为复杂的故事。话本《白娘子永镇雷峰塔》，人物关系相对简单，比如说，白娘子就是白娘子，与西湖"水族"毫无关系，她也从来没有指挥过西湖"水族"做过什么事情。故而，在与法海和尚的对峙中，她显得势孤力单，软弱无力，束手就范。又如话本中的青青，一出场就是白娘子的"丫环"，纯是丫环本色，并无特殊本领，在危难之际，完全帮不了白娘子的忙，当法海大施淫威的时候，青青也毫无还击之力。而黄本《雷峰塔》传奇，白娘子是"西湖之主"，西湖"水族"全都听命于她，还会偷点东西去"孝敬"她，于是，故事中原有的"偷盗"罪名就由"水族"顶替了。至于剧中青儿，与话本里的青青有所不同，她与白娘子一同修炼了"一千余载"，本领不凡，所以，能够协助白娘子迎击揭谛。至于方本《雷峰塔》传奇，白娘子与"水族"、青儿的关系又有所变动。剧中的青儿，本来与白娘子没有关系，她是西湖的"湖主"，湖中的"水族"由她掌管；当白娘子来到西湖时，她与白娘子发生了冲突，应了"不打不相识"的老话，青儿败于白娘子的手下，于是才做了白娘子的侍儿，"水族"因而也由白娘子来接管了。所以，在与法海对峙时，白娘子调动起"水族"一起作战，利用"水族"的优势，水漫金山，决不退让。这是过去的"白蛇传故事"里所没有的情节，"添加"之后，大受欢迎，成为再也不可缺少的经典场面。从以上的这些变化可以看出，随着人物关系的调整，白娘子所掌控的力量越发加强了，民间不愿意看到一个软弱无力的白娘娘，更愿意看到的是一个既柔情似水又刚烈不屈的白娘子。方成培在《雷峰塔·自叙》里坦言，在其改编过程中时常与朋友、同仁"商酌"，同时他又充分吸收其他民间艺人的改编成果。可见，故事情节的变动不一定仅是"重释"者的个人行为，还体现着集体的意志和好尚。

重释性叙述的延展性主要源自人物关系的调整和变动。在黄本《雷峰塔》传奇之后，"白蛇传故事"的延展性更为突出，原因是许宣的家庭成员增添了新人，白娘子十月怀胎产下了许士麟。这个变动出现之后，曾经引起黄图珌极大的不满，他在《观演〈雷峰塔〉传奇》一文中说："余作《雷峰塔》传奇凡三十二出，自《慈音》至《塔圆》乃已。方脱稿，伶人即坚请以搬演之。遂有好事者，续'白娘生子得第'一节。落戏场之窠臼，悦观众之耳目，盛行吴、越，直达燕、赵。嗟乎！戏场非状元不团圆，世之常情，偶一效而为之，我亦未能免俗。独于此剧断不可者维何？白娘，妖蛇也，而入衣冠之列，将置己身于何地耶？我谓观者必掩鼻而避其芜秽之气。不期一时酒社歌坛，缠头增价，实有所不可解也。……然姑苏仍有照原本演习，无一字点窜者，惜乎与世稍有未合，谓无状元团圆故耳。"[1] 问题的焦点在于，黄氏将白娘子始终看作是"妖蛇"，其所产之子必然带有"芜秽之气"，毕竟与"人"不同类，如此"延展"故事，是断

---

[1] 蔡毅编著：《中国古典戏曲序跋汇编》，第三册，1821页，济南，齐鲁书社，1989。

然不可的；可是，普通的老百姓不愿意再将白娘子看作是"妖"，认为她当然有产子的权利，她的儿子日后中了状元是对含辛茹苦的母亲的一种回报，白娘子多灾多难，也应该让她在儿子的身上得到女性应该得到的安慰。所以，带有这种"延展性"叙述的"白蛇传故事"不仅"盛行吴、越"，而且"直达燕、赵"，得到广泛的认可；一字不改地搬演黄本《雷峰塔》传奇，反而"与世稍有未合"，观众在两种文本的对比之下还是更加喜欢"好事者"的本子。方成培正是看到了这一点，对"延展"的部分如《炼塔》、《祭塔》等场次做了精心的修订。在《炼塔》一出，白娘子"抱小儿"上场，对青儿说：生下许士麟，"也不枉我受许多磨折"，青儿以十分理解和同情的口吻回应了一句："是呵！"而当怀里的小孩啼哭的时候，白娘子更是深情地对儿子说："儿呵，你那知做娘的吃许多苦楚呵！"她如此慈爱，如此坚韧，人们从这种慈爱而坚韧的性格中感受着生命的庄严与艰辛。故事的重释者赋予白娘子以伟大的母性，进一步显耀出她身上人性的光辉。因而，故事的人生况味显得更为凝重：白娘子所要面对的，不仅是夫妻的分离，而且还有母子的诀别。故事的"延展"，大大增强了女主人公多难人生的悲情力度。

　　就集体共享型故事的重释性叙述而言，与叙述的"延展性"相伴随的，还有叙述的"时代性"。后者对前者是有所影响的。这里说的"时代性"，是指故事的重释者在处理故事的"延展"时离不开时代因素的刺激或牵制。在"白蛇传故事"中，方本《雷峰塔》传奇"延展"出的"产子"情节，始终离不开古代皇权社会的宗法观念；白娘子生下"宁馨孩儿"，心里面还是想着这么一来就可以"得传许门后嗣"（《炼塔》），她既然是"许门"的人，为"许门"传宗接代是她的使命和责任，她为此感到无限的欣慰。按说，"产子"可以体现母性，满足母性，从这个角度来刻画白娘子的人性，是自然而然的；至于加上"得传许门后嗣"的观念,显然是故事的重释者跳不出"宗法"的樊篱而"想当然"的表述方式。他设想着在那个时代,像白娘子这样贤惠的妇女,怎么会没有"得传许门后嗣"的想法呢?有这样的想法才是贤良淑德的表现。同样的,故事在"延展"着,十六年过去了,许士麟得中状元,来到西湖边上"祭塔",雷峰塔下的白娘子对儿子说:"你今身受国恩,当为皇家宣力,不要苦苦思念我,做娘的虽在浮图之下,亦得瞑目矣!"又说:"亲儿呵,难得你一点孝心,不枉你娘受此摧挫也。"(第32出"祭塔")故事的重释者又赋予了白娘子十分明确的"忠孝"观念,硬是让她"乖乖"地回到主流社会所规定的"人应当是什么"的旗帜之下,她的言行在"延展性"的情节里变得越来越符合"大传统"里的"妇道",以此来消解故事原有的"人是什么"与"人应当是什么"的冲突。由此可见,重释性叙述的"延展性"是会受到"时代性"制约的,这从一个侧面反映出中国人要解除精神束缚是何等的艰难。①

顺带提一下,集体共享型故事的重释性叙述,往往会吸纳重释者所处的时代的某些新问题。这些新问题是该时代的人们相当关心的,却又不容易找到既有当代逼真感又迅速使之家喻户晓的叙述方式,于是,就"借来"集体共享型故事作为叙事的"平台",人们在重释性叙述中可以欣赏到某种叙事的智慧,这种叙

---

① "白蛇传故事"在方本《雷峰塔》传奇之后,故事继续"延展"着,而且有不同的文体,如刻于清光绪十三年(1887)的《浙江杭州府钱塘县雷峰宝卷》,用相当长的篇幅写白娘子的儿子许梦蛟如何在7岁时"上学攻书",如何在养母面前怀疑自己的身世,如何前往雷峰塔寻访生母,还写7岁的梦蛟有"推倒雷峰救娘亲"的想法;可是,这个宝卷故事也受到"时代性"的限制,如写白娘子在儿子面前说:"为娘虽则藏塔底,我也安然有七春。多蒙法海来指点,皈依佛法静修行。"这同样是消解了故事原有的冲突,将故事变成一个演说"佛法"的个案。《浙江杭州府钱塘县雷峰宝卷》,上、下集,杭州景文斋刻本,见傅惜华编:《白蛇传集》,上海,上海古籍出版社,1987。

事智慧可以借助家喻户晓的故事形态快速地进入人们的心灵。如李碧华的小说《青蛇》，在重释中"延展"着故事，添加了同性恋爱、多角恋爱的叙述因素，写白素贞勾引小青、素贞勾引许仙、小青勾引许仙、小青勾引法海、许仙勾引小青、法海勾引许仙，人物关系错综复杂，将现代人在情爱问题上的欲望、迷惘以及诚信的缺失等问题在"白蛇传故事"的"平台"上展现出来。① 又如，电视剧《白蛇传》（中央电视台版），其故事的"延展"在于人物关系另作调整，在许仙和白娘子之间掺杂进一个民间女子连翘，连翘对许仙纠缠不休，许仙也背着白娘子和连翘眉来眼去。该电视剧的主创人员强调说："人的爱情中多少都会有这样的经历，不仅仅是你爱我、我也爱你那么单纯。但是，在这种情况下怎么坚持爱情才是重点。《白蛇传》是人与妖的爱情，连翘这个线索说的是人与人之间的爱情，是为了让剧情更丰富一些。"② 当今时代，"婚外恋"并不鲜见，人们借用"白蛇传故事"的"平台"对此做出了一种文学叙述。

　　集体共享型故事往往构筑起一个以某种人生情景为描述对象的叙事平台。男女相恋，夫妻分离，或者相爱而不能相亲，或者是相亲相爱的夫妻却被某种力量阻隔开来、天各一方，等等，这一系列的人生情景每一个时代都会出现。它们在每一个时代出现的时候都会有同有异，各个时代的人们对这些人生情景的解读也会因各自人生阅历的不同而有所出入。于是，白蛇传故事、孟姜女故事、梁山伯与祝英台故事、牛郎织女故事，等等，它们可以容纳与之相对应的、不同时代反复出现的人生情景，成为集体共

---

① 李碧华：《青蛇》，香港，天地图书公司，1998。
② 《〈白蛇传〉听取"哗"声一片》，载《广州日报》，2006 年 5 月 5 日《娱乐·电视》版。

享的故事模式。这种集体共享型的故事,由于经过历代人的重释性叙述,相对集中地反映着一个民族对于生存困境的反复思量、应对策略,以及在社会的矛盾、意识形态的冲突中所要坚守的生命意志和生存智慧。它们对民族心灵的构拟起着"奠基"的作用,它们所代表的民间立场彰显着民间思想的朴素性和坚韧性,它们所呈现出来的叙事趣味对整个民族的审美好尚起着决定性的影响。同时,它们也会反复提醒后人注意,故事主人公所遭遇的人生困境之中最难以超越的是一种又一种无形的精神枷锁。主人公们的悲剧不断地警示着:人要成为真正意义的"人",还需要进行不懈的奋斗,不可能出现一劳永逸的局面。这是人类经验史上既古老又常新的话题。

第七章 故事的逐层建构
——以岳飞故事为例

凡是本民族所珍爱的故事，它们总有足以触动人心的故事"内核"。故事"内核"一旦形成，就具有强大的"磁力"，深深吸引着万千心灵。随着"磁力"的扩散，人们以不同的文学形式复述之、附会之，并加以丰富和完善，添枝加叶，移花接木，由零零碎碎到构成故事系列，蔚为大观。

如果以故事为"单元"，考察这个故事的建构过程，将这个故事看作是一个具有"考古"意义的"挖掘现场"，分析故事的形成、叠加及其"层叠"关系，我们会看到，故事"储存"着历时性的集体记忆，这种集体记忆是"层累性"生成的，并且成为民族心灵史的重要组成部分。

我们且以岳飞故事为例，穿越时光隧道，从该故事的"原生态"开始考察。

第一节 岳飞故事的"原生态"及其基本特点

岳飞是历史人物，追寻其故事的"原生态"，自不免使我们把目光投向有关的史料。从史学的角度看，岳飞在宋代历史的进程中处境十分尴尬。清赵翼《廿二史劄记》卷二十六"和议"条议论宋朝的"时势"曰："宋之为国，始终以和议而存，不和议而亡。盖其兵力本弱，而所值辽、金、元三朝，皆当勃兴之运，天之所兴，固非人力可争，以和保邦，犹不失为图全之善策。"① 赵氏此语，虽带有"气数观"的唯心色彩，但道出了宋朝并非军事上的强势政权，是符合"重文轻武"的宋代政治现实的。一方面，从"时势"着眼，或者说从"历史理性"着眼，"主和"的君主和丞相占有着把握历史进程的"话语权"；另一方面，以民族情感而言，以民族尊严而论，"主战"的将领也具备了向"时势"说"不"的民族意志。于是，这就形成了一个历史的"穴位"，或者说是一个历史的"错层"，是"历史理性"与"历史感性"之间发生的"错层"。在这样的历史语境中，"主战"的岳飞身处历史的"缝隙"，处于"弱势"的一方，他的历史功业受到极大的掣肘。可是，云谲波诡的历史并无绝对的"定数"，熟读《宋史》的赵翼也看得出来，岳飞等"主战"派也一度可以成为历史风云的"弄潮儿"，在历史的"缝隙"中可以找到建功立业的"生机"："按宋南渡后，亦未尝无可乘之机。"赵氏接着指出：此一时机，"在金废刘豫，以地予宋，而兀术又兴兵来取之时；宋则刘锜有顺昌之捷，韩世忠围淮阳，有洄口镇、潭城、千秋湖之捷，且曰：'兵势最重处，臣请当之。'岳飞有郾城之捷，颍昌之捷，已进军至朱仙镇，遣将经略京东、西，汝、颍、陈、蔡诸郡，且曰：'直捣黄龙府，与诸君痛饮耳！'吴璘在蜀，亦有石壁砦、百通坊、郯家湾、腊家城之捷。使乘此势，策励诸将进兵，河以北虽不可知，而陕西、河南地未必不可得。"可惜的是"当时君相方急于求成，遽令班师，遂成画淮之局"②。在成语中，我们至今还在使用"直捣黄

---

① （清）赵翼著，王树民校证：《廿二史劄记校证》，553页，北京，中华书局，2001。

② （清）赵翼著，王树民校证：《廿二史劄记校证》，553～554页，北京，中华书局，2001。

龙"、"痛饮黄龙",可见那稍纵即逝的历史机遇,已经成为我们挥之不去的集体记忆。岳飞故事,正是这种集体记忆的文学载体。

"直捣黄龙"、"痛饮黄龙",永远是一个悲情的意象,一个渴望实现而又悲剧性地不可实现的集体心结。岳飞故事的"内核"充满着"历史感性",而与"历史理性"拉开了距离。原生态的岳飞故事与"历史感性"有着某种天然的联系。

"历史感性"具有强大的魅力,以至于当岳飞的孙子岳珂在整理乃祖的事迹、为祖父撰写《经进鄂王行实编年》时,有失史家风度,以"追加"的方式夸大祖父的文化修养:"天资敏悟强记,书传无所不读,犹好《左氏春秋》及《孙吴兵法》,或达旦不寐。家贫,不常得烛,昼拾枯薪以自给。然于书不泥章句,一见得要领,辄弃之。为言语文字,初不经意,人取而诵之,则辨是非,析义理,若精思而得者。"① 对岳飞深有研究的王增瑜先生认为:"这就决非是一个扶犁握锄的农家子所能达到的文化水平",指出岳珂的记述"确有夸大失当之处"②。

岳珂不仅夸大祖父的学养,而且还绘声绘形地描述了祖父的幼年故事,其间不无虚构的成分和或多或少添附上去的传奇色彩:"及(姚氏)生先臣之夕(崇宁二年二月十五日),有大禽若鹄,自东南来,飞鸣于寝室之上。先臣(岳)和异之,因名焉。未弥月,黄河决内黄西,水暴至。姚氏仓皇襁抱,坐巨瓮中,冲涛而下,乘流灭没,俄及岸,得免。"③ 邓广铭先生说姚

---

① (宋)岳珂编,王增瑜校注:《鄂国金佗稡编续编校注》,57页,北京,中华书局,1989。
② 王增瑜著:《岳飞和南宋前期政治与军事研究》,331页,开封,河南大学出版社,2005。
③ (宋)岳珂编,王增瑜校注:《鄂国金佗稡编续编校注》,56页,北京,中华书局,1989。

氏母子逃难的故事,"全部是由岳珂虚构的。因为:一则北宋末年的黄河,并不经行内黄县境之内;二则在夏历的二三月内,也决非黄河可能决口之时;三则在许多种记述北宋一代水旱灾情的史书中,全都没有说黄河在这一年曾在河北地区决口的事。这就足可把这一故事断然加以否定了"①。我们可以进一步追问:论英雄业绩,岳飞的故事已经够显赫的了,岳珂有必要冒后人讥刺的风险去编造乃祖的幼年传奇吗?可能的解释是,岳珂毕竟是孙辈,与祖父隔了一代,而其祖父的事迹在他成年之前已经传扬天下,进入"公共领域";由于敬重岳飞的人很多,尤其是对他的含冤而死愤愤然不能释怀,对他壮志未酬的既定事实也不能不感慨万千,出于对英雄的崇拜,出于感性的想象,出于传扬英雄事迹的"叙事"需要,带有神奇色彩的幼年故事,充满着战斗豪情的成年业绩,以及令人扼腕痛惜的临终冤狱,这些都是构成一部完整的悲剧性英雄传奇所必要的;或许在岳珂懂事的时候,这样或那样的岳飞故事已经开始传播,也进入了"公共领域",他自己就感觉到,对于祖父的事迹和悲剧,"当世名公钜卿拊膺兴怀,盛心激烈",在这样的氛围之下,他对于已然进入"公共领域"的祖父的事迹和逸事,多方收集,加以本着"孝子慈孙之用心"以及"考前人之逸事,以上之史官"的编撰意图②,以"宁可信其有"的心态吸收一些出于民间虚构的岳飞故事,也不是不可能的。可以说,岳珂的《经进鄂王行实编年》等文献是有关岳飞的史料中相当权威的,但编撰者的"历史感性"决定着这些文献并非是百分之一百的"信史"。换言之,岳飞故事的原生态在南宋的时候已经开始被"历史感性"所感化了。

---

① 邓广铭著:《岳飞传》,8页,天津,百花文艺出版社,2002。
② 岳珂:《鄂国金佗稡编序》,王增瑜校注:《鄂国金佗稡编续编校注》卷首,北京,中华书局,1989。

因而，原生态的岳飞故事，其基本特点有如下几个方面：

其一，以叙述军功为主，不排除个别地方有虚构的成分。记载早期岳飞史料的，有章颖的《经进岳王传》、徐梦莘的《三朝北盟汇编》（尤其是卷二百零七所收的《岳侯传》、卷二百零八所收的《林泉野记》）、李心传的《建炎以来系年要录》、熊克的《中兴小纪》，以及岳珂的《鄂国金佗稡编续编》等，往往以建炎以来南宋政权的军事活动为线索，记述岳飞的军功以及岳飞与其他将领和朝臣的关系，并述及岳飞冤死的经过。在这些史料中，岳飞的总体形象大致如《中兴小纪》所言："（岳）飞知书而得士，且济人之贫，用兵秋毫无犯，民闲安堵，不知有军，先计后战，屡胜强敌，号为良将。其死也，天下冤之。"① 总的来看，除岳珂的记述略有虚构的成分外，一般都不会对岳飞加以夸张的描述，也不避讳岳飞的"佃户"出身，如《岳侯传》载："侯名飞，子鹏举，相州人也。为韩魏公家庄客。耕种为生。"《林泉野记》也说："飞，相州人，为韩魏王家佃户。"② 这些都是比较平实的记载，说明岳家到了岳飞一代仍然是相当贫寒的。相较之下，岳珂的记述与之有明显出入："自先臣（岳）成而下，皆以力田为业。及先臣（岳）和时，有瘠田数百亩，仅足廪食。……人有侵其地以耕者，割而予之，无争意。有贷其财而弗偿者，折卷弃之，无愠色。"③ 岳珂在这里显然有意抬高了其曾祖父岳和的经济地位，也刻意宣扬岳氏"仁慈"的家风，而之所以能够施行仁慈之事，其经济基础乃是"有瘠田数百亩"；至于"折卷弃之"的举动，令人联想到战国时孟尝君的门客冯

---

① （宋）熊克：《中兴小纪》，356页，福州，福建人民出版社，1985。

② （宋）徐梦莘：《三朝北盟汇编》，下册，1490页、1497页，上海，上海古籍出版社，1987。

③ （宋）岳珂：《经进鄂王行实编年》，卷一，见王曾瑜校注：《鄂国金佗稡编续编校注》，55页，北京，中华书局，1989。

谖在薛地烧毁债券的故事，也许这是岳珂的"神来之笔"，不无艺术想象的嫌疑。但不管如何，整体而论，原生态的岳飞故事，尤其是军旅生活的记载，大概与史实较为接近。

其二，已经出现一些比较能刻画岳飞独特性格的片断性故事。如岳珂描述岳飞从周同学艺的经过和悼念周同的特殊方式："（岳飞）生而有神力，未冠，能引弓三百斤，腰弩八石。尝学射于乡豪周同。一日，（周）同集众射，自眩其能，连中的者三矢，指以示先臣，曰：'如此而后可以言射矣。'先臣谢曰：'请试之。'引弓一发，破其筈，再发又中。同大惊，遂以其所爱弓二赠先臣。后先臣益自练习，能左右射，随发辙中。……同与先臣别，未几而死。先臣往吊其墓，悲恸不已。每朔望则鬻一衣，设卮酒鼎肉于同冢上，奠之而泣。引所遗弓，发三矢，又泣，然后酹酒瘗肉于冢之侧，徘徊凄怆，移时乃还。衣就尽，先臣（岳）和觉而索之，默不言，挞之亦不怨。"① 足见岳飞对师傅周同怀着深深的感恩之意，品行中有淳朴敦厚的一面。又如章颖的《经进岳王传》记载："（岳）飞自奉薄，居家惟用布素。无姬侍之奉，蜀帅吴玠尝以名姝馈之，飞不乐，厚遣使者而归之。或谏之，则曰：'国耻未雪，圣上宵旰不宁，岂大将燕乐时耶！'少时饮酒，至数斗不乱，上尝面戒之曰：'卿异时到河朔，方可饮酒。'自是绝口不饮。"② 这些片断，从一些侧面揭示了岳飞自奉甚俭、不近酒色的作风，时刻以"国耻"为怀的豪杰心态，以及与宋高宗之间耐人寻味的君臣关系。而有的片断性故事，也颇能反映岳飞的武夫型人格，其处事的手法令人敬畏之余却不无

---

① （宋）岳珂：《经进鄂王行实编年》，卷一，见王曾瑜校注：《鄂国金佗稡编续编校注》，58~59页，北京，中华书局，1989。
② （宋）岳珂编，王曾瑜校注：《鄂国金佗稡编续编校注》，1508页，北京，中华书局，1989。

残暴,如徐梦莘《三朝北盟汇编》卷一百四十四记载:绍兴元年,岳飞的家小本在宜兴军营,因移防,转送徽州,其间,"有百姓诉其舅姚某骚扰,(岳)飞白其母,责之曰:'舅所为如此,有累于飞。飞能容,恐军情与军法不能容。'母亦苦劝而止。他日,飞与兵官押马,舅亦同行。舅出飞马前而驰,约数十步,引弓满回身射飞,中其鞍鞯。飞驰马逐舅,擒下马,令王贵、张宪捉其手,自取佩刀破其心,然后碎割之。归,白其母,母曰:'我钟爱此弟,何遽如此?'飞曰:'若一箭或上或下,则飞死矣!为舅所杀,母欲一日安不可得也。所以中鞍鞯者乃天相飞也。今日不杀舅,他日必为舅所害,故不如杀之。'母意亦解。"[①] 就这个事件而言,岳飞的舅舅骚扰百姓,心地刻毒,固然是宵小之徒,岳飞本来要以军法处置,是纪律严明的表现,可惜碍于母命,没有动手;后来,其舅意欲杀他,岳飞将舅舅处死,事件的性质发生了变化,纪律问题转化为私人的恩怨,姑且不论是否一定非处死不可,就事论事,岳飞"破其心,然后碎割之",其手段也过于残忍了。这可能是未加修饰的"实录"。由此可见,岳飞毕竟是武夫,尽管与其他武将相比,他有"知书"的长处,但对其亲舅能够如此下手,其性格中也有令人心寒的一面。总的来看,原生态的岳飞故事,虽然散落在各种文献之中,但将他的故事连缀起来,可以看出,历史上的岳飞性格是复杂的,多侧面的,并非尽善尽美的。

其三,岳飞的冤狱使岳飞形象在众多的"中兴名将"里格外突出,特别具有触动人心的力度,引发人们的同情和崇敬。在某种程度上,岳飞形象、岳飞故事在民族心灵史上的地位如此崇高,与他的悲剧结局所引发的心灵震撼有很大的关系。

[①] (宋)徐梦莘:《三朝北盟汇编》,下册,1047页,上海,上海古籍出版社,1987。

其实，岳飞的军功，有一部分与抗金无关。在他的军旅生涯中，有一个标志性的事件，就是被提升为"检校少保"，从此被尊称为"岳少保"，时在绍兴五年九月，宋高宗下了一道诏书，表彰岳飞征讨湖湘起义军有功："忠力济时，忱诚徇国，沉勇多算"；"锋对无前，以征必克，师行有纪，所至孔安"；"可特授检校少保。"① 邓广铭先生认为，在这次征讨之中，"岳飞之所以获得成功，是由于他在软硬兼施的两手之中，着重地采用了软的一手，采用了分化离间的各种手段，使其'支党内携'，所以能几乎是'兵不血刃'而收取到把起义军全部瓦解的结果。这一结果对南宋王朝的最直接的经济效益和政治效益，则是把整个长江联系贯通起来，所以才使得南宋王朝的君臣们高兴非常。"② 从朝廷的角度看，岳飞瓦解湖湘起义军，是平定"内乱"；而史家的看法则是一次"罪恶活动"③。况且，在平定"内乱"或在抗金的斗争中，也不仅仅只有一个岳飞；在南宋时，世人挂在嘴边上的"中兴名将"的名单，即所谓"张、韩、刘、岳"④，岳是排在最后的。事实上，张俊、韩世忠、刘光世早在岳飞之前已经成名，是南宋初年的三员大将，他们的性格虽各有缺陷，但战功还是有的，否则，民间也不会将他们与岳飞并列起来。以岳飞而论，他也不是"完人"，为何在后人的心目中岳飞的形象越来越高大？为何他能远远地超越"张、韩、刘"三人而成为南宋历史上最著名的民族英雄？除了相较而言岳飞的为人比较受人喜爱之外，他的悲剧性结局是使他的形象得以逐步提升的重要因素。

---

① （宋）岳珂：《鄂国金佗续编》，卷二，见王增瑜校注：《鄂国金佗稡编续编校注》，1162页，北京，中华书局，1989。

②③ 邓广铭著：《岳飞传》，186页，天津，百花文艺出版社，2002。

④ （宋）罗烨：《醉翁谈录》，卷一，有"新话说张、韩、刘、岳，史书讲晋、宋、齐、梁"语，4页，沈阳，辽宁教育出版社，1998。

第七章 故事的逐层建构

岳飞本质上是一个失败的英雄,他败在阴险的秦桧等人手下,更败在已经有心要杀他的宋高宗手下。从政治资源的角度看,岳飞与秦桧、宋高宗的对立,是极不对称的,这种不对称的对立决定了岳飞永远处于绝对的弱势。据熊克《中兴小纪》卷二十九所引王伯庠《王次翁叙纪》,"绍兴辛酉"(即绍兴十一年,1141)四月,由于岳飞不听朝廷调度,"上始有诛飞意"①,此时尚未出现王俊、王贵等人的告发事件。而《王次翁叙纪》在述及岳飞于该年四月份被罢"兵柄"的事件时,特别记述当时作为"参知政事"的王次翁对王伯庠所说的话:"吾与秦相谋之已久,虽外示闲暇,而终夕未尝交睫;脱致纷纭,灭族非所忧,所忧宗社而已。事幸而成,上之英断与天合也,吾何力之有?"② 这应该是一次私下的密谈,王伯庠所掌握的是第一手材料;如果没有皇帝的意旨,王次翁就没有必要提及"上之英断",可见,收回岳飞的兵权,宋高宗是参与其事的,是意欲"诛飞"的第一步;王次翁和秦桧"相谋"的只是具体的操作方式而已,所以,王次翁才会说"吾何力之有"。因而,绍兴辛酉十二月癸巳,"诏赐飞死"③,这是"上始有诛飞意"的后续行动,是合乎宋高宗思路的举措。④ 岳飞为赵宋王朝出生入死,"直捣黄龙"之志无法实现,其尊贵的生命却被"莫须有"这三个无足轻重的字活活地"吞没"了。这不仅是岳家的悲哀,更

---

① (宋)熊克:《中兴小纪》,卷二十九,346 页,福州,福建人民出版社,1985。
② (宋)熊克:《中兴小纪》,卷二十九,347 页,福州,福建人民出版社,1985。
③ (宋)熊克:《中兴小纪》,卷二十九,355 页,福州,福建人民出版社,1985。
④ 邓广铭先生论断岳飞冤狱是秦桧造成的,认为"断言赵构是坐在后台决策的,秦桧只是被他推到前台做演员的,那就错了"。笔者以为此说尚可商榷,并不完全符合有关史料(邓说见邓广铭:《岳飞传》,421 页,天津,百花文艺出版社,2002)。而王增瑜《岳飞之死》认为:"宋高宗是杀害岳飞的元凶",秦桧等人是"帮凶"(见王增瑜:《岳飞和南宋前期政治与军事研究》,214~239 页,开封,河南大学出版社,2005)。笔者同意王说。

是民族的悲剧。民族脊梁的折断，这才是该民族永远的痛；岳飞的故事是一段刻在民族心灵深处的痛史，这才是该故事的"内核"所在。换言之，岳飞故事是痛切入心的、具有永久的传承意义的集体记忆。

第二节 英雄之死与"集体记忆"的形成

岳飞的冤死，是岳飞的形象和人格进入"公共视野"的最大缘由。冤死的岳飞形象，在他的身后已经"定格"了，正如《岳侯传》所记载的："绍兴十一年冬十一月二十七日，侯中毒而卒，葬于临安菜园内。天下闻者无不垂涕，下至三尺之童，皆怨秦桧云。"岳飞冤死的惨状，在"天下闻者"的心灵深处成了一种"心理映像"，事隔多年，人们仍然不能忘怀，仍然将这种"心理映像"深埋心中，若有机遇，则有人会甘冒性命的危险，为冤死的岳飞"复仇"，如同一篇《岳侯传》就记述了一个例子："绍兴二十三年三月，内有殿前司神勇后军施全，将一铡刀伏于暗处，等桧回朝，向前刺之，为轿子所隔，不中，施全依法赐死。"[1] 此距岳飞之死已经过了10年以上，而岳飞冤死的"心理映像"还在人们的心灵深处长留不灭，所以，才会出现施全奋不顾身行刺秦桧的悲壮一幕。或许，施全等了10年以上才等到了机会，那是一种多么顽强、坚定的毅力和意志！施全未必有必胜的把握，但他"向前刺之"的壮举，其心理动力当来源于岳飞冤死的"心理映像"。我们可以从这个事件感受到岳飞之死在人们的心灵深处所引发的震撼力和持续不衰的影响力。同时，施全的牺牲，会将民众心目中岳飞冤死的"心理映像"进一步

---

[1] （宋）徐梦莘：《三朝北盟汇编》，下册，1495页，上海，上海古籍出版社，1987。

强化。

历史，有时候深不见底，一种集体记忆的形成未必与历史的真相完全吻合。尤其是民间，往往得不到第一手的内幕资料，人们对于历史事件的是非判断只能依据"台前"的表演。在岳飞死后不久，民间逐渐流传开来的岳飞故事，其叙事的侧重点在乎一个"冤"字。而制造这个"冤"字的，人们相信是秦桧。在皇权至上的社会，皇帝总是带着神秘感的，也总是"神圣"的，人们宁愿相信坏事总是由皇帝身边的奸臣做出来的，而不愿意想及皇帝与奸臣合谋一起做坏事的可能性。于是，在岳飞冤死的事件上，皇帝隐退到历史的暗处，秦桧凸现于历史的舞台。我们可以看到，集体记忆的形成与民间对历史的某种程度上的"重构"几乎是同步进行的。这样的"重构"，感性会大于理性，所以，集体记忆不等同于历史；但集体记忆又会将历史的某个"情节"甚至"细节"加以放大，并在其中渗透着历史的感性，因此，集体记忆属于文学的范畴。

历史感性笼罩下的集体记忆，往往以"公共领域"所认可的是非为是非，它因而具有民族心态史上的意义。岳飞故事，与朝廷政治密不可分。中国古代的朝廷政治，历来就有"纠罚奸佞"的群体意识。《后汉书·李膺传》记载：以耿直威严著称的李膺与冯绲、刘祐等人"共同心志，纠罚奸佞"[1]。皇权时代的政治生态历来都有滋生"奸佞"的土壤，忠与奸的二元对立构成人们心目中的朝廷政治的基本格局，当忠臣处于逆境之时，人们很自然地就认为是奸臣得意之际。习惯性地，人们往往只看到"奸佞"，而不会去追究"奸佞"与皇帝的关系。所以，《后汉书·李膺传》写李膺等人与"奸佞"的对抗，而没有提及皇帝；

---

[1] （南朝·宋）范晔撰：《后汉书》，卷六十七，2192页，北京，中华书局，1987。

岳飞的冤死事件也似乎与皇帝无涉。于是，随着时光迁移，在距离南宋不远的元代，人们心目中的岳飞故事的最大"看点"，依然是秦桧如何害死岳飞，以及设想着岳飞死后如何报复秦桧。我们不无遗憾地看到，在重大的历史恶性事件中，"皇帝"几乎成了一个历史的"盲点"。这无疑是民间集体记忆中的一种"缺失"。

元代的岳飞故事，流传下来的文本不多。这可能与元代的政治环境有关。杜颖陶先生认为："入元以后，岳飞故事的流传是受到了相当的压抑的。元和金虽然也是敌国，但对宋来说，却同样是异族入侵者，对于'壮志饥餐胡虏肉'，'直捣黄龙府'的种种气势，自然会感到难以忍受。"① 从现在所能见到的有关记载和故事文本看，"秦太师"是元代岳飞故事不可缺少的人物。民间把怒气、怨愤集中在秦桧身上，"秦桧"成了当年害死岳飞父子等人的各个参与者的代名词，成了当时的"奸佞"们的形象代表。元杨维祯曾经听到说书女艺人朱桂英说"道君艮岳及秦太师事"②，其中，"道君艮岳"当与宋徽宗建造"艮岳"的故事有关，120回本《水浒全传》第101回提及"艮岳"："那艮岳在京城东北隅，即道君皇帝所筑，奇峰怪石，古木珍禽，亭榭池馆，不可胜数。"③ 或许朱桂英所讲的"道君艮岳"是一段宋徽宗嬉游的故事。而所谓"秦太师事"，邓骏捷先生引用杨维祯的《岳鄂王歌·小序》，认为朱桂英所讲的故事内容"大概就同我们今天所见到的元孔文卿的杂剧《地藏王证东窗事犯》和

---

① 杜颖陶：《岳飞故事戏曲说唱集》"后记"，3页，上海，上海古籍出版社，1985。
② 胡士莹：《话本小说概论》，上册，284页，北京，中华书局，1980。
③ 施耐庵、罗贯中：《水浒全传》，下册，1198页，上海，上海古籍出版社，1984。

明冯梦龙的《古今小说·游酆都胡母迪吟诗》的内容相似。"①杨氏小序曰："予读飞传，冤其父子死，而阴报之事史不书，乃见于稗官之书。张巡之死，誓为厉鬼以杀贼，乌不知飞之死不为厉以杀桧乎？"② 这段话值得注意的是，在元代，岳飞故事与岳飞事迹已经明确分属两个不同的系统，一个是"稗官之书"的系统，一个是"史书"系统，杨维祯均有所涉猎，并发现在"稗官之书"中有"阴报"的情节。这显然是民间的一种附会，是民间的集体记忆对岳飞故事的有意味的延伸，或者说，是在"既定陈述"之外的一种"补充陈述"。如果朱桂英所讲的"秦太师"与《地藏王证东窗事犯》等作品一样内含"阴报"情节，那就说明，在宋元时期，像施全行刺秦桧失败的事件在民间的反响是很大的，人们当然很愿意看到施全行刺成功，但是施全的失败使得民间对秦桧的怨愤之气一时找不到宣泄的出口，人们不愿意就这样便宜了一个害死忠良的大奸大恶之人，于是，就借来佛教的想象，在说书艺术中，在杂剧舞台上，让秦桧不得不面对正义的审判，让他的鬼魂接受"阴司刑法"，让他知道这个世界是"恩和仇报的明白"③。

故事的"既定陈述"受到既定事件的制约，而"补充陈述"是可以超越这种制约的。在元代，岳飞故事的"补充陈述"在岳飞故事的"逐层建构"上具有特殊的意义。其特殊性在于，民间在主流社会没有"话语权"，但民间永远有表达话语的内在需求，他们总要寻找一个"出口"，让自己的话语表达出来，哪

---

① 邓骏捷：《岳飞故事演变研究》，11页，广州，中山大学硕士学位论文，1999。

② （元）杨维祯：《杨维祯诗集》，邹志芳点校，279页，杭州，浙江古籍出版社，1994。

③ （元）孔文卿：《地藏王证东窗事犯》杂剧，第四折，见王季思主编：《全元戏曲》，第三卷，322页，北京，人民文学出版社，1999。

怕是一种不得不"变形"的表达。我们认为，元代岳飞故事的"补充陈述"就是一种超越了既定事件的制约的"变形"表达。皇帝不惩办秦桧，皇帝也不会去惩办秦桧，怎么办？民间却有话要说，也有具备民间特色的"惩办"方式：在现实的时空里无法严惩秦桧，那么，就开拓出一个"第二时空"，借用佛教提供的精神资源，一定要秦桧得不到好下场。

　　有迹象表明，流行于元代的"东窗"故事，是岳飞故事的"补充陈述"的核心部分，用以"证明"秦桧及其妻子是害死岳飞的"元凶"。其实，退一步想，秦桧夫妻密谋的细节，外人如何得知？精细的秦桧不可能不严加防范的。明田汝成的《西湖游览志余》卷四载："（秦）桧虽专恣，然颇谨小嫌。"① 足见此人心机颇细、思路缜密。可是，人们就有间谍般的"本领"得知细节，如元刘一清《钱塘遗事》载："秦桧欲杀武穆，于东窗下谋其妻王氏。王曰：'擒虎易，放虎难。'其意遂决。后秦桧游西湖，舟中得疾，见一人披发厉声曰：'汝误国害民，我已请于帝矣。'桧遂死。其妻思之，未几，秦熺亦死。方士伏章见熺荷铁枷，因问桧所在，熺曰：'吾父在酆都。'方士如其言而往，果见桧与万俟卨俱荷铁枷，备受诸苦。桧曰：'可烦传语：东窗事发矣。'"② 此事，田汝成的《西湖游览志余》卷四亦有记载，文字大致相同。③可见"东窗"故事一经出现，就几乎成了秦桧及其妻子陷害岳飞的"铁证"，得到人们的广泛认可。民间叙事可以充分利用"历史感性"来编造故事，谁也剥夺不了这样的权利。

　　也许，在冤案频出的元代，人们对冤狱格外愤慨，当岳飞故

---

① （明）田汝成：《西湖游览志余》，57页，上海，上海古籍出版社，1998。
② （宋）徐梦莘：《三朝北盟汇编》，下册，卷二百零七夹注，1495页，上海，上海古籍出版社，1987。
③ （明）田汝成：《西湖游览志余》，60页，上海，上海古籍出版社，1998。

事继续在民间流行的时候,大家关注的重点相对集中于岳飞冤死的事件上。所以,民间说书有"秦太师",杂剧演出有《地藏王证东窗事犯》(孔文卿撰,今有元刊本),又有《秦太师东窗事犯》(金仁杰撰,已佚)。我们可以看到,当一个历史事件出现后,事件本身固然可以进入社会民众的"集体记忆";由事件激发出来的"历史感性"也可以"催生"出对已有历史事件的"补充陈述",这样的"补充陈述"同样可以进入社会民众的"集体记忆"。于是,在流传过程中,历史事件的"既定陈述"与"补充陈述"之间的"间隙"逐渐弥合了,构成一种独具"民间版本"特色的并且可以流传得更为鲜活更为久远的"集体记忆"。

我们且以"东窗"故事为例。

就故事形态而言,刘一清《钱塘遗事》有关"东窗"故事的记载在一定程度上反映着以后流传的"东窗"故事的基本叙述思路,即伤天害理的秦桧死后在阴司得到可耻的报应。我们大致可以把报应的情节看作是流传于民间的"东窗"故事最大的叙述兴奋点。

同样是在元代,孔文卿《地藏王证东窗事犯》的剧情也是在这样的叙述兴奋点上展开的。与《钱塘遗事》相较,该杂剧呈现出一些重要的故事"元素"。

剧本在一开头的楔子就强调岳飞"在朱仙镇拒敌,四太子闭门不出",岳家军占据了军事上的优势,"四太子"兀术统领的金兵处于守势,正是"复夺东京"的好时机;可是,"见一日帝王宣十三次",不明就里的岳飞只得班师回朝,还以为朝廷的举动"莫不是封官爵圣恩慈";没想到,从楔子一转入第一折,岳飞就已经"带枷"上场了:"自宣某到于阙下,不引见官里,有秦桧将某送下大理寺问罪。"在这里,巨大的心理落差构成了蒙冤受辱最典型的情景,与其说是剧作家的"本领",毋宁说是人们对岳飞冤情最强有力的表述。忠肝义胆,胜利有望,转眼间，却成了阶下之囚，被"打入天罗地网"，这是多么无辜的悲剧，又是多么惨痛的人生境遇，怎不令人惊恐和愤慨，怎不令人哀怜与叹息！历史在这里"定格"，"定格"为千古奇冤，"定格"为集体的记忆，冤死的岳飞注定要在一种绵延不绝的集体记忆中得以"永生"。

　　历史特别眷顾南宋"中兴四大名将"中的岳飞，他的临终结局在"四大名将"里最具有触动人心的悲情力量，而悲情力量的背后蕴含着人们对历代皆有的奸邪势力的彻骨痛恨，对奸邪势力所赖以生存的政治环境的深重忧虑。这使岳飞故事不同于一般的英雄传奇。其实，"南渡"之后的宋朝历史，当朝的人在反思，如《朱子语类》卷一百零七载：朱熹每论及靖康、建炎间事，必"太息久之"[①]；而民间对历史的反思也在进行。反思的水平不一定很高，或者说，限于中国古代的政治文化在反思历史方面的思想资源不够丰富，固有的"春秋笔法"往往失诸皮相，乃至于失诸隐晦；还有"君权神授"的观念，也严重束缚了人们在"体制"层面上的思考；或者，面对历史，有的人仅仅感慨于大而无当的"治乱兴衰"而已，连朱子也只是"太息久之"[②]，可见反思历史不是一件容易的事情。况且，人们对历史的反思不一定以历史理性为依归，而往往在反思的时候掺杂进不少历史感性的成分，这样的反思少了一些史学的意味，多了一些文学的色彩。这一点，属于民间层面的精神活动尤为突出。我们在杂剧《地藏王证东窗事犯》里看到，故事中的历史感性进一步增强，与《钱塘遗事》的记载相比，更富有斥奸祛恶的想象力，并且借助于塑造"呆行者"的形象，艺术地弥合了有关岳

---

　　① （宋）黎靖德编：《朱子语类》，第四册，2404 页，长沙，岳麓书社，1997。
　　② 例如，《朱子语类》卷一百三十一记载朱熹所知道的一些"中兴至今日人物"的逸事，往往就事论事，就人论人，欠缺反思历史的思路。

飞的"既定陈述"与"补充陈述"之间的缝隙。

"呆行者"的出现是叙事的需要,更是出于在历史的缝隙中感到万般无奈的人们对"正义"的热切召唤。在人们的想象中,秦桧做的坏事总会有一种神秘的力量会知道的,这种神秘的力量无处不在,象征着昭昭天理,代表着人类良心,坏人在其面前无所遁形,纤毫毕现,哪怕是说过的一句话,也必定被公诸天下;现实的罪恶,历史的责任,逃不掉,脱不了,必定为千夫所指,必定会遗臭万年。这是拟想中的历史的仲裁者,是人们渴望出现的可以拨乱反正的一只无形的"手"。在对岳飞故事的"补充陈述"中,呆行者表面上寄居于灵隐寺,实际上却是穿行于历史与现实之间,也穿行于人间与地狱的"二重时空"。他是"地藏神"的化身,在秦桧到灵隐寺求神拜佛之际,呆行者很有把握地要"泄露秦太师东窗事犯",他对秦桧说:"你来意我理会得,你未说我先知。……你那梦境恶,故来动俺山寺里,祝神祇,礼忏会。""子(则)为您奸猾狡佞将心昧,你但举意我早先知。"他正告秦桧:"岂不闻'湛湛青天不可欺'!据着你这所为,来这里唬神瞒鬼,做的个藏头露尾。"① 在现实的政治环境中,没有一种能够制衡奸恶的力量,导致民族悲剧的发生,这是民间社会所最不愿意看到的。那么,难道就真没有制衡的力量吗?对此,民间社会是不甘心的。"呆行者"形象的塑造,是"东窗"故事在演变过程中所出现的重要"添加"。

更有意味的是,在"呆行者"面前,秦桧还是一副横行天下的模样,离开灵隐寺之后,派遣何宗立捉拿呆行者,在"正"与"邪"之间又展开了另一番较量。何宗立追捕呆行者,从灵隐寺转到"东南第一山",从"东南第一山"又转到地府,前后

---

① (元)孔文卿:《地藏王证东窗事犯》第二折,见《全元戏曲》,第三卷,310~311页,北京,人民文学出版社,1999。

花了"二十载",终于在呆行者的指引之下见证了"秦太师"的可耻下场:"见太师铁锁沉枷在身,并无那金童玉女接引,则有一簇牛头鬼吏狠";他在回朝复命时将在地府里听到的秦桧的自我表述转告皇帝:"西山里作下文,不想东窗下事犯紧。……当初灾临岳飞今日灾临己,抵多少远在儿孙近在身。"① 借助这样的情节设计,人们在非理性的历史想象中实现了一种处于悲愤心态下的"历史审判"。杂剧《地藏王证东窗事犯》,其故事情节的进一步丰富,秦桧"身后"境遇的更详细描述,历史感性的深一层叠加,这一系列的变化,奠定了岳飞故事中的"既定陈述"与"补充陈述"在以后的流传过程中缺一不可、相互依存的叙事格局。

在岳飞故事的"补充陈述"部分,秦桧妻子王氏的出现,是必不可少的。可是,对于王氏的处理,也有一个逐层建构的过程。我们不可回避的一个问题是,为什么在写秦桧之恶的时候,非得把王氏拉上不可呢?《三朝北盟汇编》所引《岳侯传》、《林泉野记》等文献,岳珂的《桯史》,以及《宋史》的"秦桧传"都只字不提王氏参与杀害岳飞。王氏真的是那么十恶不赦吗?

其实,从有关史料看,王氏与秦桧相处,最大的特点是"妒",宋周密《齐东野语》卷十一"曹泳"条记载:"(秦)桧素畏内,妾尝孕,逐之,生子为仙游林氏子,曰一飞……(曹)泳尝劝桧还一飞以补(秦)熺处,未果而桧死。"②《朱子语类》卷一百三十一亦有同样的记载:"林一飞乃秦(桧)作教官时婢所生,夫人不容,与同官林家人养。秦后欲取归,未遂而死。"③

---

① (元)孔文卿:《地藏王证东窗事犯》第四折,见《全元戏曲》第三卷,320页,北京,人民文学出版社,1999。
② (宋)周密:《齐东野语》,198页,北京,中华书局,1997。
③ (宋)黎靖德编:《朱子语类》,第四册,2854页,长沙,岳麓书社,1997。

可见，王氏在家庭生活方面确有"霸道"的举动。不过，在涉及政治生活的层面，秦桧不一定"畏内"，且王氏也有其在牵连着政治的日常生活中比较"弱智"的表现，如《西湖游览志余》卷四记载："宪圣召桧夫人入禁中，赐宴，进淮青鱼，宪圣顾问：'夫人曾食此否？'夫人对曰：'食此已久，其鱼视此更大，容臣妾翼日供进。'盖桧方秉权，诸道谄奉，逾于上贡也。夫人归，急以语桧，桧恚之曰：'夫人不晓事。'翼日，遂易糟鲩鱼大者数十枚以进。宪圣笑曰：'我固道无此大青鱼，夫人误认耳。'"①"宪圣"就是宋高宗的吴皇后，其谥号为"宪圣慈烈"。据《宋史》的记载，她可不是一般的女流之辈，"年十四，高宗为康王，被选入宫"；"（康）王即帝位，（吴）后常以戎服侍左右"。在实际的政治人生中，她曾经制服了"谋为变"的宫廷卫士，保证了宋高宗的安全；同时，她"颇知书"，"博习书史，又善翰墨，由是宠遇日至"。② 秦桧之妻王氏带着"暴发户"的心态，不知收敛，想在皇后面前摆阔；论心机，她比不上秦桧，要不是秦桧及时"醒目"地拨弄了一下手腕，帮她"兜住"了，说不定会惹出大麻烦来的。秦桧能当面斥责王氏"夫人不晓事"，可见他不是一贯"畏内"，在重大的问题上，他是有主见、有决断的。根据这样的性格逻辑，我们有理由相信，在杀害岳飞的事件中，秦桧的谋断能力起着关键作用，而王氏未必能出大的主意。所以，比较可靠的历史文献在记述这个事件时不提王氏，

---

① （明）田汝成：《西湖游览志余》，57页，上海，上海古籍出版社，1998。
② （元）脱脱等撰：《宋史》，卷二百四十三"吴皇后传"，8646页，北京，中华书局，1985。

大概符合实情。①

在元代,对王氏的处理,没有统一的调子,这与后来的岳飞故事中一致地将王氏"定格"为杀害岳飞的主谋,是不完全相同的。从这里也可以看出,在故事的逐层建构过程中,集体记忆的生成是"层累性"的,不同的处理手法显示出心态的差异。前引元刘一清《钱塘遗事》称:王氏一句"擒虎易,放虎难"坚定了秦桧杀害岳飞的决心,这是没有史料依据的民间想象。也许,有关秦桧"畏内"的传闻已经流播民间,人们想象着秦桧总是会听老婆的,于是推理出在杀害岳飞的决策中王氏最后说了算。不过,民间还有另外一种想象,那是杂剧《地藏王证东窗事犯》中地藏王在灵隐寺教训秦桧:"太师——问真实,你听我说因依。当时不信大贤妻,他曾苦苦地劝你,你岂不自知?……子(则)为您奸猾狡佞将心昧,你但举意我早先知。"(第二折【石榴花】)在这里,表述得很清晰,地藏王无所不知:秦桧出于"奸猾",昧着良心,要杀害岳飞;其妻有"大贤"之德,"苦苦地劝",可秦桧就是不听。这一点,秦桧是心中"自知"的。换言之,王氏在事件中不仅没有出"馊主意",而且还苦口婆心地劝阻秦桧,是一个"大贤妻"的形象。这是"东窗"故

---

① 《宋史》卷四百七十三"秦桧传"记述秦桧陷害岳飞的经过:"(绍兴十一年)十月,兴岳飞狱。桧使谏官万俟卨论其罪,张俊又诬飞旧将王贵谋反,于是飞及其子(岳)云俱送大理寺……十二月,杀岳飞。"又特别强调:"(岳)飞之死,张俊有力焉。"(13758页,北京,中华书局,1985)可以想见,其间有比较复杂的操作和人事关系,王氏参与的可能性不大,所以只字不提。此外,《宋史》卷三十一"高宗本纪"记载,秦桧死后,宋高宗曾经下过一道诏书,特别指出"讲和之策,断自朕志,秦桧但能赞朕而已"(584页,北京,中华书局,1985);而杀岳飞,与"讲和之策"脱不了关系,事关重大,没有宋高宗的"点头",在非和平年代,折损朝廷一员大将,不见得秦桧就有这么大的胆。而事后,宋高宗没有追究,起码就等于默认了。在秦桧死后,宋高宗称扬秦桧"精忠全德"(《宋史》卷三十一"高宗本纪",582页,北京,中华书局,1985),就进一步证明秦桧的背后有宋高宗的存在。

事的一个与众不同的版本。假定《钱塘遗事》的记载在前,那么,杂剧的描述就是一次很大的改动;如果杂剧的出现在前,那么,《钱塘遗事》的故事在"东窗"问题上是对杂剧的一次"颠覆"。还有一种可能是,二者在当时"并存"。我们现在很难确定是哪一种可能性,不过,可以肯定的是,这两种不同的处理手法,背后隐含着不同的心态。说王氏是"大贤妻",可能是民间的天真想象,人们对于权力正在膨胀的奸臣,希望他身边的妻子能够起到一定的"制衡"作用;可是,在男权社会里,女性话语的力量微不足道,在具体的情节设计中,对"制衡"的设想随即作了明确的否定。所以,才有秦桧"不信大贤妻"的虚拟叙事。说王氏是坏蛋,可能是民间的一种"想当然"的联想:既然秦桧坏透了,他的老婆也是坏的,而且"最毒妇人心","东窗"事件中的王氏比秦桧更坏。其实,说好,说坏,都是民间的历史感性在起作用。而一褒一贬,竟然差如天壤,可见历史感性的力量实在不可低估。

历史感性对民间集体记忆的形成起着重要作用。人们生活在一个大的历史背景下,需要集体记忆;共有的集体记忆,内含着社会群体的一种价值认同。不过,这样的价值认同,不是一次性就可以完成的。对于同一个历史事件,乃至于同一个人物,人们在精神认同方面可能在开始的时候会有不一致的地方,这体现出人们的历史感性的多样化;多样化的历史感性有强势和弱势之分,强势的受到比较广泛的认可,弱势的逐渐隐没;于是,在前者的主导下,集体记忆会逐步趋向同一。即以岳飞故事中的秦桧之妻为例,说她是"大贤妻"的,得不到太多人的认可,这样的说法逐步从人们的集体记忆中退出;说她是大坏蛋的,得到越来越多人的认同,就在人们的集体记忆中"扎下根"来,挥不去,改不掉,以至于在传播过程中附会出更多的细节。比如,元明间无名氏的《岳飞破虏东窗记》第22出,写岳飞被捕后,秦桧对王氏说:"夫人,你在东窗下,为岳飞一事挂心,使我十分不宁,欲将岳飞放了,夫人意下如何?"王氏答道:"相公,你是朝中大臣,这些小事不能决断?今将岳飞陷在牢中,如卧虎入井;若放他出来,还受其害。"秦桧于是说:"夫人出一计教我也。"王氏献计道:"相公,我见你为岳飞之事不能剖决,何不将一个柑子剖空了,写一个计藏在里面,暗地着人送与狱官,叫他今夜到风波亭上,将岳飞父子三人一时勒死,方免后患。"①秦桧是如此"废物",王氏是如此"歹毒",歹毒的王氏加上权倾天下的秦桧,什么坏事做不出来?在历史感性的指引下,王氏被永远钉在历史的耻辱柱上。这个被其丈夫斥责为"不晓事"的王氏,被人为地推到"前台",被赋予了出谋献策的能力,而宋高宗则隐没在历史的背后。人们不知道宋高宗在岳飞事件上扮演何种角色,却强调了王氏比秦桧更具"杀伤力";在某种意义上说,人们总会相信在秦桧的背后有一种不可低估的力量在推动着,或许,宋高宗所起到的作用经过文学化的处理被王氏"置换"了。这是不明历史真相的民间想象。

在集体记忆中的王氏,其"歹毒"形象的"定格",是出于丑化秦桧的需要;故事中的秦桧,竟然"弱智"到要老婆帮忙出主意,这样的"废物"居然得到朝廷的重用和绝对信任,这很可能是民间对赏识秦桧的宋高宗的一种间接否定。而王氏"剖柑藏计"的情节一经出现,其"毒妇"的形象进一步深入人心,这个情节于是被"添加"到有关岳飞冤死事件的集体记忆之中,以至于迟至清代才问世的、在民间影响甚大的《说岳全传》也没有漏掉它,成为该书第61回"东窗下夫妻设计"不可缺少的组成部分。

---

① 王季思主编:《全元戏曲》,第十一卷,160~161页,北京,人民文学出版社,1999。

与历史拉开了距离的集体记忆,也许对历史有所扭曲,而且是迫不得已的扭曲,我们只能在民间的语境中才能加以解读。除了不明历史真相而对历史有所扭曲之外,集体记忆在其生成过程中还有另外一种对历史的扭曲,它是出于满足某种民间意志的需要而产生的。在岳飞故事的"补充陈述"部分,"东窗密议"之后的阴间报应体现了民间的意志,前文已有论述;还有一层被添加上去的故事,就是施全的复仇。施全,历史上确有其人,《三朝北盟汇编》卷二百零七所录《岳侯传》记载他的身份是"殿前司神勇后军",显然不是岳飞的属下;他在绍兴二十三年于秦桧"回朝"之时"将一锏刀伏于暗处","向前刺之,为轿子所隔,不中",然后被捕,"依法赐死"①。而岳飞早就死于绍兴十一年,时隔十年以上,所以,施全的行刺是一个独立事件。不过,经过时间的迁移,民间对施全行刺事件做了一定的扭曲。于是,我们在元杂剧《地藏王证东窗事犯》中看到,人们故意将施全行刺事件"添加"到岳飞故事的"补充陈述"里来了,其叙述方式是:人为地把原有的历史时间缩短,改为在岳飞死后不久;说的是秦桧心中有鬼,坐立不安,不得不去灵隐寺求神拜佛;在被地藏王训斥一顿之后,秦桧灰头土脸地离开寺庙,随即遇刺:"当日做好事回来,路逢着一人,施全心胆大将他坏"。②事件发生的时间、地点都改了。民间的意志在于,不能让秦桧有好日子过,他做了坏事,就应该免不了有杀身之祸,所以,在情节的安排上,特意将秦桧的灵隐寺参拜与施全的路边行刺"捏合"在一起:"本向灵隐寺祭福星,不想到宅上惹祸根。"这显

---

① (宋)徐梦莘:《三朝北盟汇编》,下册,1495页,上海,上海古籍出版社,1987。
② 王季思主编:《全元戏曲》,第三卷,319页,北京,人民文学出版社,1999。

然是对历史事件的故意扭曲。说是编故事的人不明真相,很难说得过去,因为这是一件引起过轰动的真事,没有什么秘密可言,况且,岳飞之死与施全行刺,相隔十年以上,按说也很难"捏合"在一起。可是,出于民间的复仇想象,人们觉得相隔十年已经太长了,很不痛快,怎么能让罪该万死的秦桧逍遥十年以上呢?故意的扭曲其实是民间情绪的宣泄。尽管民间不能改变施全行刺失败的事实,但是,毕竟可以借助对历史事件的扭曲,在一定程度上满足人们急于复仇的心理。而元明间出现的《岳飞破房东窗记》,情节更为详细,细节更为丰满,先写施全以"岳少保帐下副将"的身份拜祭岳家父子的英灵,发誓以当年刺秦皇的荆轲为榜样:"如今欲学荆轲,袖藏短剑而刺之,一则报主人之大恩,一则替天下雪恨,乃吾之愿也。"再写施全闻知秦桧"在灵隐寺设斋,待他回来之际,伏在桥下,到此过时,看他一面早来,报我主人之仇,亦见待主之义"。最后写到行刺失败,施全大骂秦桧"欺君卖国,枉屈我圣天子万乘之尊,陷害我大将军万人之敌","叛逆凶残,不仁不义,不忠不孝。虽斩汝万段,不足以讨背国之逆凶;诛夷九族,不足以报主人之仇恨。"更有意思的是,施全宁愿自己"撞死",也不落在奸人手下,可谓义不辞难。① 施全的壮烈就义,更加重了岳飞故事的悲剧意蕴。

  本来,以施全一人之力,无法撼动气焰嚣张的秦桧,这也是早期的施全故事的编造者感到无可奈何的;可是,民间的意志有继续膨胀的趋势,人们总是感觉到施全的失败非常可惜,不失败行不行?当然不行,民间意志再天真也不能天真到这样的程度:以卵击石,其卵不碎。不过,民间并不放弃对施全失败的重新解

---

  ① 王季思主编:《全元戏曲》,第十一卷,190~195页,北京,人民文学出版社,1999。

释权。我们看到,较后出现的《说岳全传》对施全故事的处理,体现着集体记忆在"层累性"生成的过程中不仅可以"添加"故事情节,而且可以"追加"阐释的权力,后者更值得注意。该书第70回写道:"施全见秦桧将近,挺起利刃,望秦桧一刀搠来。忽然手臂一阵酸麻,举手不起。两旁家将拔出腰刀,将施全砍倒,夺了施全手中之刀,一齐上前捉住,带回相府来。列位看官,要晓得:施全在百万军中打仗的一员勇将,那几个家将哪里是他的对手,反被他拿住?却因岳元帅阴灵不肯叫他刺死奸臣,坏了他一生的忠名,所以阴中扯住他的两臂,举不起手来,任他拿住,以成施全之义名也。"① 在这部小说中,施全的结局是"随叫拿送大理寺狱中,明日押赴云阳市斩首"。论情节安排,《岳飞破房东窗记》的施全更为壮烈;论情节所内含的意蕴,则《说岳全传》显得比较复杂。该书在第61回已经布置了一个情节:岳飞临终时托狱官倪完在他死后前往朱仙镇,把他的遗书交给施全、牛皋等人,命令他们不要生事,否则,"岂不坏了我的忠名"?岳飞相信,这样做,"一则救了朝廷,二来全了我岳飞的名节"。同书第63回写施全等人接到岳飞遗书,忍不住万分悲痛,发誓"替岳爷报仇";在挥军复仇之际,岳飞显灵,"只见岳爷怒容满面,将袍袖一拂,登时白浪滔天",渡江的军队不能向前。在这样的背景下,第70回写道:施全一意孤行,独自下太行山,"悄悄到岳王坟上,哭奠了一番",然后就发生了施全行刺秦桧、岳飞再度显灵的情节。在这里,民间对施全的失败解释为不是施全能力不够,还认为施全本来可以成功,完全是因为岳飞阴灵的力阻,才被捕就义的。在这里,就施全形象而言,"追加"了两层含义:一是强调施全不是败于秦桧手

---

① (清)钱彩等著:《说岳全传》,下册,626页,上海,上海古籍出版社,1980。

下;一是施全之死维护了岳飞的名节。这是以前的施全故事所没有的意义。以前的施全故事突出的是一种个人行为,而且是与岳飞本人的名节不相干的单独举动,如明熊大木编的《大宋中兴通俗演义》有"东阳市施全死义"一节,施全的身份是"后军",不是岳飞的属下。他意欲刺杀秦桧,只是出于义愤:"尽我气力戮之,少快平生志也";"事不成,亦做着奇男子也"①。通过对比,可以看出,在集体记忆的"层累性"生成中,施全与岳飞的"关系"越拉越近,越来越密切,以至于他的生与死都关乎岳飞的名节。借助这个情节,我们可以明白,民间心目中的关于岳飞的"心理映像",是越来越纯洁、越来越神圣的,不容一丝一毫的"玷污";岳飞"精忠报国",光明磊落,明人不做暗事,施全的"暗杀"行为,在崇拜岳飞的人们看来必须有所"改造",并赋予它独特的意义。我们不能不承认,民间意志是强大的,甚至具有"造神"的能力。在非历史理性的引领下,民间意志既有可能朝正面的方向走,也有可能向着负面的方向发展。岳飞故事在逐层建构的过程中出现"复仇"妨碍"名节"、有损"忠名"的观念,这对民族精神的健康发展到底是有利还是有害,是值得反思的。历史的教训与现实的经验,都在提醒着我们,当集体记忆在"层累性"生成的时候,作为后人,要有超越"历史感性"的勇气,更不可缺少历史理性的眼光。

第三节 英雄的成长故事与集体记忆的"追加"功能

岳飞故事的"补充陈述"总的来说是要申英雄不白之冤、

---

① 侯忠义主编:《明代小说辑刊》,第二辑,第2册,469页,成都,巴蜀书社,1995。

显示民间惩恶惩奸的强大意志。冤死的英雄受到世人的尊敬和崇仰，得到百姓的爱戴与追捧，尤其是像岳飞这样的民族英雄，其故事更具有激励后人的意义。除"补充陈述"中对岳飞加以"神化"之外，人们后来又在"既定陈述"部分对英雄的成长故事有大量的"追加"，随着时间的推移，英雄的成长逐渐成为岳飞故事中颇有魅力、且为人们所津津乐道的重要叙事元素。

"既定陈述"内含着一个"已然"的故事框架，它的制约性在于，编故事的人不能更改作为历史人物的故事主人公的籍贯、出生年代和主要履历，以及他的生命结局。可是，"既定陈述"又是一个可以"填充"的框架，因为一个历史人物"登上舞台"并且"已然谢幕"之后，关于他的文献资料总是有限的，这些文献资料往往不足以详尽、细致地勾勒出人物的人生轨迹，更不足以呈现出人物在无数具体的时空中所发生过的人生故事，于是，留下了很大的叙述空间；尤其是人物在成名以前、履历之外的故事，空白的成分居多。对于英雄而言，其成长的故事最有趣味，也最有教育意义。中国古代没有纯粹的儿童文学，具有儿童文学趣味的东西往往依托在并非专供儿童阅读的作品中，比如，英雄成长的故事就兼具儿童文学的部分功能。因而，这样的故事的影响面就更大，也就更受欢迎。岳飞故事在进入集体记忆的过程中，"追加"主人公的成长故事是必然的。

岳飞的成长故事，大概在他死后不久就开始被编造出来了。那时的故事，不无现实的影子，也有虚构的成分。岳珂所编《经进鄂王行实编年》在记述岳飞的幼年及青少年事迹时已经掺杂进一些"想当然"的想象，如："先臣（案：指岳飞）方在孕，有老父过门，闻姚氏之声，曰：'所生男也，他日当以功名显世，位至公孤。'父因忽不见。"又如："天资敏悟强记，书传无所不读，尤好《左氏春秋》及《孙吴兵法》，或达旦不寐。家贫，不常得烛，昼拾枯薪以自给。然于书不泥章句，一见得要领,辄弃之。为言语文字,初不经意,人取而诵之,则辨是非,析义理,若精思而得者。"① 前者的构思,有如汉代的纬书神话,具有"谶"的意味;后者的描述,强调了岳飞在武功之外还是一个善于读书的人,既勤奋攻读,又聪明伶俐,与那些一味"苦读"的孩子不一样,在似不经意之间,已然精通义理,写成文章,其解悟能力异乎常人。作为岳飞的孙子,岳珂在收集乃祖的遗闻逸事方面是颇为用心的,其行文风格是不避虚构。然而,在《经进鄂王行实编年》中,虚构的成分还不算很多,也许在岳珂的时代,对岳飞成长故事的编造还是比较有限的、零碎的。

有迹象表明,岳飞成长故事的编造过程不是直线发展的,在相当长的时间里变动不大。由于人们对岳飞冤死保持着高度关注,其成长故事则处于比较次要的地位。南宋以来,流行的岳飞故事总是与秦桧关联在一起的,人们似乎还不能从民族的巨大悲痛之中走出来;申冤与复仇,是元明两代的岳飞故事最重要的题旨。像明冯梦龙校订的《精忠旗》,其第一折"家门大意"称:"千古奇冤飞遇桧,浪演传奇,冤更加千倍。不忍精忠冤到底,更编纪实精忠记。"② 这是在岳飞事件上民间心态的典型表述。相较而言,岳飞的成长故事大概在元明两代没有进一步的"繁衍",仍然停留在岳珂所接触到的那种叙事状态。比如,元明间无名氏《岳飞破房东窗记》第2出,岳飞自报家门:"吾乃博通六艺,兼览百家,学射周同,受制张俊。《春秋》褒贬,吾欲考其二百四十年之昭鉴;《左传》名家,吾欲核其一十六年之沿

---

① (宋)岳珂编,王增瑜校注:《鄂国金佗稡编续编校注》,55~57页,北京,中华书局,1989。

② (明)冯梦龙:《冯梦龙全集》,第十二卷,371页,南京,江苏古籍出版社,1993。

革……"①如此而已,语气口吻显从《经进鄂王行实编年》化出。这种状态持续多时,以至于到了明熊大木编的《大宋中兴通俗演义》,其中"岳鹏举辞家应募"一则,在述及岳飞的身世时基本上还是照抄《经进鄂王行实编年》的有关记载,没有新的"添加"。可见,从岳珂(1183—1234)到熊大木(明嘉靖时人),逾数百年的时间,不论是在戏曲,还是在小说,岳飞的成长故事"发育"迟缓。附带一提的是,《大宋中兴通俗演义》问世后,明邹元标的《岳武穆精忠传》(六卷68回)及明于华玉的《岳武穆尽忠报国传》(七卷28回),也是颇有影响的岳飞故事书,二者均据《大宋中兴通俗演义》删节而成,"删节的主要目的是使故事的内容更接近史书,并排除神怪的内容"②。当时,人们对编造岳飞的成长故事还没有太大的兴趣。

现在看来,岳飞的成长故事成熟较晚。大概迟至明末清初,其成长故事才显得逐渐丰满起来。也许,我们很难在时间上划出一条线来,说明岳飞的成长故事是在什么时候开始变得引人入胜的。我们相信,岳飞故事,在舞台上演出的,或者在已经出版的小说里书写着的,是浮在"面"上的东西,是岳飞故事中影响最大、最为"醒目"的部分。而在舞台之下,在小说书籍之外,人们口耳相传的岳飞故事恐怕还有不少,它们不一定迟至清代才出现,只是因为它们在清代以前还没有浮在"面"上,没有引起更多的关注,没有进入岳飞故事的"主流"层面,所以,我们根据文本出现的年代判断它们成熟较晚。有一点需要辨析,成熟较晚,不一定是出现较迟的,我们可以确认的是,岳飞的成长

---

① 王季思主编:《全元戏曲》,第十一卷,99页,北京,人民文学出版社,1999。
② 邓骏捷:《岳飞故事演变研究》,26页,广州,中山大学硕士学位论文,1999。

故事在岳珂的时代就已经以零碎、不"配套"的方式出现了。而这个"配套"的过程相当漫长，并且是以"追加"的方式"层累性"地成为岳飞故事的新内容的。

一个英雄的成长故事，在有关史料相当欠缺的情况下，是需要编造的。编造的过程不是在"还原"历史，而是在英雄给世人已然留下的"心理映像"的基础上，叠加上一层人们心目中理想的"人格投影"。成长故事，内含着人格的形成过程，在英雄事迹穿越历史时空、传遍大江南北的情景下，人们对英雄人格的形成或早或迟是要关注到的。人格，总是在人际关系中形成，是在人与人之间的性格对比中呈现的。于是我们看到，关于岳飞的成长故事，有一组人物关系最值得注意，也是最为有趣的，那就是岳飞与王贵、牛皋等"伙伴"的相识与相知。由这种伙伴关系牵引出一系列的岳飞成长故事，既富有传奇色彩，又兼具一定的教育意义。岳飞，作为故事中的人物，而不是历史上的"原人"，在其成长过程中散发着一种迷人的魅力。

如前文所述，作为历史上的"原人"，岳飞以残忍的手段对付亲舅，其人格有令人"心寒"的一面；而他的第一次婚姻，可以说是失败的。宋李心传《建炎以来系年要录》卷一百二十记绍兴八年六月事："初，湖北京西宣抚使岳飞之在京师也，其妻刘氏与飞母留居相州。及飞母渡河，而刘改适。至是在淮东宣抚处置使韩世忠军中。世忠谕飞复取之，飞遗刘钱三百千。"又记：岳飞"恐有弃妻之谤"，特别上奏宋高宗，有所辩解。① 至于如何辩解，《要录》没有记载，而《三朝北盟汇编》卷二百零七却说得比较详细，从中可知，岳飞的原配夫人刘氏"嫁作一押队之妻"，当时就在韩世忠所统领的军队之中；其后夫是"押

---

① （宋）李心传：《建炎以来系年要录》，第三册，1938页，北京，中华书局，1988。

队",属于低级军职,地位远不及岳飞;韩世忠有意让岳飞夫妻重聚,让人告知岳飞:"可差人来取之"。岳飞对此不做回应。于是,事情越闹越大,竟然闹到宋高宗那里去了:"世忠上闻,飞奏曰:'履冰渡河之日,留臣妻侍老母,不期妻两经更嫁,臣彻骨恨之。已差人送钱五百贯,以助其不足,恐天下不知其由也。'上令报行。"① 也许,"两经更嫁"的刘氏在岳飞看来做得太过分了,所以岳飞对前妻恨之入骨;不过,一个巴掌拍不响,刘氏宁愿放弃地位和声望日渐高涨的岳飞,下嫁给韩世忠手下的一个"押队",这种似乎不可思议的事情竟然发生了,作为丈夫的岳飞,其人格是不无问题的,否则,一个弱女子怎么敢以改嫁的方式来挑战岳飞的"夫权"呢?如果不是迫于生计,刘氏也不一定要改嫁,她绝对不是贪慕虚荣的人,从岳飞不得不要给她送钱的事实可知,改嫁后的刘氏日子过得很拮据。其实,刘氏在岳飞出外打仗的艰难日子里能够恪守妇道,侍奉婆婆,这一点岳飞是清楚的。而刘氏的改嫁似与岳飞不接她"渡河"有关:"及飞母渡河,而刘改适",事件的时间顺序值得注意,如果刘氏是在婆婆"渡河"之前"改适",那就于德有亏;但刘氏的改嫁有一个前提,就是没有与岳飞的母亲同时"渡河",这大概就是岳飞担心会引起"弃妻之谤"的缘由。一个很简单的问题是,为何岳飞没有让妻子与母亲一起"渡河"呢?除了夫妻关系恶劣外,似乎没有第二种解释。所谓"弃妻之谤",并非空穴来风。换言之,历史上的岳飞,在其成长过程中,可能因其人格上的问题导致第一次婚姻的破裂。从儒家"修、齐、治、平"的标准来衡量,岳飞在"齐家"方面是不能算"合格"的。

也许因为有人格方面的原因,有关岳飞的成长故事在数百年

---

① (宋)徐梦莘:《三朝北盟汇编》,下册,1490页,上海,上海古籍出版社,1987。

间没有得到良好的"发育"。不过,岳飞毕竟是民族英雄,虽然他不是"完人",但是,英雄故事在其流传的过程中,不"完美"的人也会逐渐变得"完美"起来,这一则是源于英雄崇拜的观念,一则是出于叙事文学相互影响、相互交融的趋向。前者是人所共知的,不必赘言。我们拟对后者做一些探讨。

在比较"晚熟"的岳飞成长故事中,岳飞与王贵、牛皋等人的"伙伴"关系,不是在原有的岳飞故事的体系之内滋生出来的,而是受到在民间大受欢迎的"英雄结义故事"的影响。

从史书来看,牛皋并没有"剪径"的记录,也没有与岳飞"结义"的经历。《宋史》"牛皋传"载:在牛皋隶属于岳飞之前,他在军中已经独当一面,有一定的地位:"累迁荣州刺史、中军统领。……迁安州观察使,寻除蔡、唐州信阳军镇抚使,知蔡州。遇敌战辄胜,加亲卫大夫。"其后,"会岳飞制置江西、湖北,将由襄、汉规中原,命皋隶飞军。飞甚喜,即辟为唐、邓、襄、郢州安抚使,后改神武后军中部统领。……"① 可知,历史上的岳飞与牛皋的相识、相遇,完全是出于朝廷的意志,原本并无私人的情感和交往。至于王贵,史书并无他与岳飞"结义"的记载,《宋史》也没有为他单独立传;我们只知道他跟从岳飞,不时受到重用,但也发生过"(岳)飞尝欲斩王贵,又杖之"的事件,秦桧、张俊曾想借此挑拨王贵与岳飞的关系,虽然王贵当时不肯听从,但后来被张俊抓到一些把柄,终为张俊所利用,成为张俊打击岳飞、张宪的工具。② 在岳飞的生命历程中,王贵既是岳飞的得力将领,又曾经扮演过不光彩的角色。然

---

① (元)脱脱等撰:《宋史》,卷三百六十八,11464 页,北京,中华书局,1985。

② (元)脱脱等撰:《宋史》,卷三百六十八"张宪传",11462~11463 页,北京,中华书局,1985。

而，民间艺人在编造故事时，可以不管史书的说法，他们也未必参考过《宋史》等史籍，反正，怎么过瘾就怎么编。于是，在岳飞故事的"谱系"中，围绕着岳飞的成长历程，"添加"上一层"英雄结义故事"的色彩。

比较典型的例子是弋阳腔剧本《夺秋魁》。该剧现存清初永庆堂抄本，杜颖陶、俞芸先生据以校录，编入《岳飞故事戏曲说唱集》。《夺秋魁》的故事，可能在清初之前已经流行，明显受到其他英雄结义故事的影响。该剧第5出，写牛皋、王贵因手上无钱，准备干一些拦路打劫的勾当，王贵提醒牛皋，打劫时不能用真名，需用化名才好，牛皋问该用何名，王贵说："大家想来，有了。唐朝有两个古人，一个叫做尉迟，一个唤做雄信。"他对牛皋说："你这黑脸的是尉迟，俺这白脸就是雄信。私场演，官场用，大家试一试，尉迟！"牛皋马上应道："雄信！"① 可以想见，这个场面是对隋唐英雄的"戏仿"。我们知道，以单雄信、尉迟恭、秦琼、程咬金等英雄人物为主人公的小说《隋史遗文》成书于明末，今存崇祯癸酉（1633）吉衣主人序本。估计这些隋唐英雄人物的故事到了明末已经相当成熟了，所以才有将这些故事系统化的《隋史遗文》的出现。《夺秋魁》是否受到《隋史遗文》的影响，我们不得而知，但可以肯定的是，反映着岳飞的成长经历的《夺秋魁》的叙事兴奋点是岳、牛、王三人的结义，这种结义的故事与流行民间的《三国演义》、《水浒传》以及隋唐英雄故事等处于一种"共生共长"的叙事大环境，后出的岳飞成长故事逐步丰富起来，当是原有的岳飞故事与英雄结义故事"合流"的产物。

《夺秋魁》的岳、牛、王"三结义"，说的是牛、王结伴，

---

① 杜颖陶等编：《岳飞故事戏曲说唱集》，15～16页，上海，上海古籍出版社，1985。

慕名去寻找岳飞。三人结义为兄弟后，牛、王二人怂恿岳飞一起上京，同应"武举"；于是闹出岳飞打死小梁王柴贵的事件。这个故事有相对的独立性，并在民间有一定的影响，如清嘉庆甲子（1804）刊本《白雪遗音》收录民间说唱八角鼓的一个曲目《精忠》，其中唱道："老夫人刺字，岳夫子把家离。路遇牛皋、王贵，结拜兄弟。他三人打擂投军称为奇……"① 八角鼓的《精忠》与剧本《夺秋魁》在故事形态上有一定的关联。

在《夺秋魁》中，岳飞的成长故事基本上"配套"了。换言之，有几个标志性的情节构成岳飞成长的重要轨迹。它们是：结义、刺字、应考、落难、婚配。在整个剧情中，"结义"是剧情的起点，而"结义"之后的兄弟关系支配着整个剧情的走向。没有"结义"，没有牛、王的怂恿，岳飞还会处于"游手好闲"的状态，就不会出现岳、牛、王三人一起上京应考的举动；正因为有了上京应考的意图，才会令岳飞产生"忠孝不能两全"的忧虑；有了这种忧虑，才会引出岳飞要求母亲"将'精忠报国'四字刺入皮肤"的细节，并上演岳母刺字的动人场景；上京应考之时，要不是牛、王二人用"激将法"，岳飞也不会去挑战小梁王柴贵，也就不会生发出岳飞打死柴贵、招来杀身之祸的情节；如果没有牛、王二人前去为岳飞"替死"，岳、牛、王三人就不会同时进入宗泽的视野，宗泽也就不会急中生智，想出让他们三人去征剿在洞庭湖作乱的杨么，"将功折罪"，救了岳飞；正因为岳、牛、王三人不负重托，成功剿灭杨么，故而得到宗泽的器重，宗泽做媒，岳飞娶了张氏为妻，令岳飞母亲喜出望外，剧本以此作结。可见，在《夺秋魁》的叙事过程中，"结义"是最为关键的。编造故事的人，借助岳、牛、王的性格对比，以牛

---

① 杜颖陶等编：《岳飞故事戏曲说唱集》，6页，上海，上海古籍出版社，1985。

的莽撞、王的粗野，反衬出岳的性格特点：稳健之外有冲动，勇武之中有教养。他不像牛、王那样出身绿林，不安本分；他也不像牛、王那样头脑简单，不思后果。总之，岳飞的人格被赋予了崇高的内涵：正直、勇敢、知书达理、忠孝两全。其作为故事主人公的形象已经被定位于"文可治国，武可安邦"（第23出）的"完人"高度。

在民间影响更大、大约成书于清乾隆年间的《说岳全传》，对岳飞成长故事的处理更为细致。其故事形态跟《夺秋魁》颇有不同。从这种不同，我们可以进一步看到岳飞故事的逐层建构过程。

与《夺秋魁》相比，《说岳全传》中的岳飞成长故事具有十分鲜明的童年化色彩。前者的故事从岳飞20岁写起，后者则从岳飞的出生写起，因而，在描述岳飞的成长轨迹方面就显得更为"配套"了：出生、识字、拜师、练武、得枪、应考、定亲、得马、结义、上京、得剑、惹祸……总之，经历更为曲折、情节更为丰富、细节更为生动；岳飞作为一个英雄，其成长过程中所遭遇的各种考验更为惊心动魄，更具有非凡的传奇色彩。

比较突出的变化是加重了岳母的分量。在岳飞一步一个脚印的成长过程中，《说岳全传》中的岳母所起的作用不可忽视。是岳母，从小培养了岳飞吃苦耐劳的品性；是岳母，在家贫请不起老师的情况下亲自教儿子读书，奠定了岳飞的文化基础；是岳母，生怕儿子结交"叛贼"、在人生路上走错方向，命岳飞"在中堂摆下香案"，面对天地祖宗，在儿子的背上刺下"精忠报国"四字，这对岳飞人格的最后形成起着决定性的作用，以至于在小说的后半部分，死后的岳飞英灵不散，仍然时刻不忘保住"名节"，以免愧对母亲。在岳飞故事的流变过程中，岳母形象的凸显，意味着在"追加"的英雄成长故事中人们进一步赋予故事更为鲜明的教育功能。这是一部民族史诗式的作品，是本民族十分珍爱的故事,是在一定程度上体现着民族意志的文学载体,其教育功能的逐步提升是必然的。岳母对儿子说:"但愿你做个忠臣,我做娘的死后,那些来来往往的人道:'好个安人,教子成名,尽忠报国,流芳百世!'我就含笑于九泉矣。"① 在某种意义上说,这样的母亲形象,是特定时代人们心目中的民族意志的人格化。

从微观的角度分析,仅仅是"岳母刺字"的情节,就有一个逐层建构的过程。"岳母刺字"已经进入我们的集体记忆;自从《说岳全传》将这个情节"定型"之后,人们已经很难再做更改了。殊不知,在《说岳全传》之前,是谁刺的字、是在什么场合刺的,说法不一。从最原始的资料看,我们见不到"岳母刺字"的任何记载,岳珂有关其祖父的著述对此不着一字,如果真有其事,岳珂怎么会漏掉这精彩的一笔呢?不过,岳飞的背上真是有字的,据《宋史》"何铸传"记载:何铸在审理"岳飞案"时,"飞裂而示之背,背有旧涅'尽忠报国'四大字,深入肤理。"这一细节打动了何铸,再加上找不到岳飞谋反的证据,何铸当着秦桧的面反对杀岳飞。② 那么,这四个字有何来历呢?有历史学家认为,"从情理上推断,岳母作为一个普通农妇,一般只怕不认字","一定要承认岳母刺字为信史,这只怕是强人所难了"③。于是,岳飞背上的字到底是谁刺的,就成了历史之谜。也因为如此,在明代,出现了岳飞背上的字非岳母所刺的说法。冯梦龙校订的《精忠旗》传奇第2折"岳侯涅背",

---

① (清)钱彩等著:《说岳全传》,第22回,183页,上海,上海古籍出版社,1980。
② (元)脱脱等撰: 《宋史》,卷三百八十,11708页,北京,中华书局,1985。
③ 王曾瑜著:《岳飞和南宋前期政治与军事研究》,681~682页,开封,河南大学出版社,2005。

岳飞一上场就已经是"在副元帅宗泽部下，除授秉义郎之职"了，"牙将张宪、王贵，具有兼人之勇"。当时，赵宋皇帝父子"双双北去"，消息传来，说"金人把京师攻陷"，岳飞闻讯，大哭道："天那！国家怎么有此大变？"于是，对身边的张宪说："张宪，你把刀来在我背上深刻'尽忠报国'四字。"张宪道："怕老爷疼痛。"岳飞说："我岳飞死也不惧，怕什么疼痛！"结果，是张宪在岳飞的背上刻了四个大字。① 在这里，强调了岳飞在"刺字"事件上的自主性，是他忠于国家的心迹的强烈表露。而在《夺秋魁》中，说法不同，该剧第4出"刺字"，写岳飞与牛皋、王贵结拜之后，对母亲说：欲与牛、王"一同到京取应"，"只恐孝义有亏，如何是好？"岳母道："我儿，你名传四海，义结江湖，倘或出外交游，朋友金兰为重；切莫入于匪类，叫老娘放心不下！"岳飞于是说："孩儿欲将'精忠报国'四字刺入皮肤：一则以报君父之恩，二则少誓不从奸贼之意。母亲意下如何？"没想到的是，岳母竟然不同意："我儿，你力行忠孝，所志何患不就，何必刺字；毁伤遗体，恐非孝道！"结果，在岳飞的一再恳请之下，岳母才刺了字。② 这一说法，仍然强调了岳飞的自主性，只是刺字的人，不是张宪，而是岳母；是岳飞为了消除母亲的担忧，主动提出刺字，表示"不从奸贼"的志向。到了《说岳全传》，整个情节倒过来说了：岳母以命令的口吻，要岳飞跪下，主动地要在儿子背上刺字；这一回，却是岳飞提出异议："圣人云：'身体发肤，受之父母，不敢毁伤。'母亲严训，孩儿自能领遵，免刺字吧！"岳母训斥道："胡说！倘然你

---

① （明）冯梦龙：《冯梦龙全集》，第十二卷，373页，南京，江苏古籍出版社，1993。

② 杜颖陶等编：《岳飞故事戏曲说唱集》，13～14页，上海，上海古籍出版社，1985。

日后做些不肖事情出来,那时拿到官司,吃敲吃打,你也好对那官府说'身体发肤,受之父母,不敢毁伤'么?"这样一来,岳飞才将衣服脱下,让母亲刺字。① 这前后的变化轨迹说明,岳母形象越来越突出,越来越圣洁,越来越具有天下母亲之典范的意义。在故事的逐层建构过程中,集体记忆也在"层累性"地"更新"。

总的来看,从《夺秋魁》到《说岳全传》,岳飞的成长故事更具有儿童文学的色彩,大大扩展了岳飞故事的接受层面,使岳飞故事真正成了家喻户晓、老幼咸宜、妇孺皆知的民族叙事瑰宝。如果缺少了这种集体记忆的"追加"功能,岳飞故事会显得有所逊色。而在"追加"的过程中,故事的传奇性显然受到《水浒传》、《兴唐传》、《杨家将》等以英雄结义、警恶惩奸、报效国家为叙事兴奋点的故事的影响,而且,《说岳全传》的编写者故意在叙事过程中与这些作品有所联系。比如,说林冲、卢俊义是周同的徒弟,那么,岳飞就成了林、卢的同门师弟了;又如,该书第 10 回写牛皋独自跑了出来,在京师的大相国寺听"评话",听了《杨家将》的"八虎闯幽州",又听了《兴唐传》的"第七条好汉"罗成的故事。这样的联系,除了增强故事的趣味性之外,还可以看出编写者比较自觉地吸收、借鉴其他英雄故事成功的叙事经验。岳飞的成长故事以及岳飞故事的其他部分都越编越精彩,与明清时期民间的叙事大环境是颇有关系的。

我们以岳飞故事为例子,考察了一个故事的逐层建构现象,以及与之相关的集体记忆的"层累性"生成。这样的思路是在顾颉刚先生的启发下进行的。顾先生当年研究"孟姜女故事的

---

① (清)钱彩等著:《说岳全传》,第 22 回,183 页,上海,上海古籍出版社,1980。

转变",从其原初形态开始考察,沿着历史的轨迹,对这个故事的人物关系、时代背景、核心情节等的一系列变化做了出色的描述。顾先生以此作为他的"层累地造成的中国古史"观的一个旁证。他以故事形态的生成为着眼点,观察古史传说,得出一个看法:"在我的意想中觉得禹是西周时就有的,尧、舜是到春秋末年才起来的。越是起得后,越是排在前面。等到有了伏羲、神农之后,尧、舜又成了晚辈,更不必说禹了。我就建立了一个假设:古史是层累地造成的,发生的次序和排列的系统恰是一个反背。"① 我们想在顾先生研究的基础上进一步提出,故事背后的"集体记忆"也是"层累性"生成的。集体记忆,是一种精神形态,它反映着民众尤其是下层的民众对历史、人生、国运、困境等等的形象化的思索,这些思索借助故事、借助文学形象、借助深入人心的情节和细节呈现出来,而故事、文学形象、情节和细节或大或小的变化,或轻或重的改造,体现着人们思索的演进、心态的调整,以及某些方面的价值观念的异动。我们还可以看到,在历史理性与历史感性之间,人们的思索在摆动着,其间微妙的取舍,或隐或显地透露着民族心灵的脉动,昭示着民族意志的传承。

---

① 顾颉刚:《我与古史辨》,58页,上海,上海文艺出版社,2001。

第八章　故事人物的创设与生成
——以宋代的梅妃故事为例

戏曲、小说里的故事离不开人物。一个故事人物，未必在历史上实有其人，但也不能说这样的人物毫无现实的影子。这一类的人物形象带有虚拟性，并且在故事的流传过程中，其形象会有所"添加"，会被赋予某些在形象的创设初期未必有的内涵。

本章拟以宋代的梅妃故事为例，对梅妃形象的创设与生成做一次探讨。[①]

第一节　梅妃故事的历史语境

杨贵妃与唐明皇（李隆基）的情爱故事，自唐白居易的《长恨歌》问世以来，历代流传，家喻户晓。唐陈鸿的《长恨歌传》，宋乐史的《杨太真外传》，佚名的《梅妃传》，元白朴的《梧桐雨》杂剧，明无名氏的《惊鸿记》传奇[②]，清洪昇的《长生殿》传奇，是这一题材跨文体流变所产生的代表性作品。清

[①]　卢兆荫先生曾撰《梅妃其人辨》一文，见《学林漫录》，第九集，北京，中华书局，1984。笔者的思考角度和辨析过程与卢先生有别。

[②]　此剧向称"吴世美撰"，今从康保成先生说，见康保成：《惊鸿记·前言》，北京，中华书局，2004。

胡凤丹收集与李杨故事相关的资料，编为《马嵬志》①，其中的"词曲"卷、"艺文"卷是以李杨故事为题材的词曲、诗文。可见，从唐代以来，有关这一题材的作品层层叠叠，诗歌的、小说的、戏剧的，乃至于说唱的（如元王伯成的《天宝遗事诸宫调》、清罗松窗的子弟书《七夕密誓》等），林林总总，"层位"复杂，蔚为大观。其中，自宋代的《梅妃传》问世后，李、杨之外，插进了一位"梅妃"，节外生枝，"情场风波"随之而生，李、杨的情爱故事也就变得更为复杂。② 而"梅妃"，不见于史籍，极有可能是一位虚拟的人物。这一人物缘何而生？就成了一个问题。

　　探讨梅妃形象的创设，不能不涉及杨妃，也不能不涉及"安史之乱"这个天宝年间的历史语境。

　　在一个变动不居的时代，发生重大的历史事件，当然会激发人心的震动、引发人们深沉的思考，并且使人们的记忆在较长的时间里"定格"于那个影响深远的事件。唐代的安史之乱（天宝十四载，755）就是如此。于是，我们在杜甫的诗里不仅听到诗人为安史叛军所俘、沦陷在长安时的哀叹："遥怜小儿女，未解忆长安。"③ 而且在其《悲陈陶》、《悲青坂》、《对雪》、《春望》、《哀江头》等诗作中也看到了诗人对"国破山河在"的种种惨变的记录。这些纪录就是当时整个社会的"集体记忆"的重要组成部分。

　　其中，杜甫的《哀江头》以略带隐晦的笔触写到李、杨情

---

① 刊于光绪三年（1877）；严仲义校点：《马嵬志》，南京，江苏古籍出版社，1990。

② 后世的《惊鸿记》、《长生殿》传奇，以及清褚人获的章回小说《隋唐演义》，都在李、杨的情爱故事中加入了梅妃形象。

③ 《月夜》，见萧涤非：《杜甫诗选注》，68页，北京，人民文学出版社，1979。

缘的前后变化，往日的情景是："忆昔霓旌下南苑，苑中万物生颜色。昭阳殿里第一人，同辇随君侍君侧。"而这样的恩爱场面，随着安史之乱的爆发，已经一去不复返了："明眸皓齿今何在，血污游魂归不得。"对此，诗人流露出一定的同情和感伤："人生有情泪沾臆。"同时，他对李、杨两人的"去住彼此无消息"还是感到悲哀和遗憾的。①

从杜甫写于安史之乱前后的作品看，他对李、杨情缘的态度很难用一句话来概括。他从人道的立场看待杨妃的死于非命，不免有恻隐之心，故有"明眸皓齿今何在"之叹。可是，当他深入思索安史之乱的祸根时，又免不了将杨妃视为导致"夏殷衰"的"褒妲"一类的人物。②而他对唐明皇下令进贡荔枝以讨好杨妃是多有批评的，认为这无非是"云壑布衣鲐背死，劳生重马翠眉须"③。早在天宝十二载（753），他在《丽人行》中对气焰嚣张的杨家的讥讽更是为世人所知，诗中"杨花雪落覆白蘋"还留下了一个供人想象的空间。④

从杜诗可知，杜甫对唐明皇的宫闱生活是有所了解的，否则，他怎么能知道谁是"昭阳殿里第一人"呢？如果没有第二、第三人的存在，又怎能将"第一人"显露出来呢？其实，有关唐明皇的宫闱生活，当是天宝年间以降人们暗地里议论、传播的热门话题，可是，出于为"尊者"讳的传统文化心理，大家又往往有所避讳，故而第二、第三人隐匿在历史的背后。又因为中国历来有"枪打出头鸟"的习惯，既然杨妃成了"第一"，成了

---

① 萧涤非：《杜甫诗选注》，73页，北京，人民文学出版社，1979。
② 《北征》，见萧涤非：《杜甫诗选注》，85页，北京，人民文学出版社，1979。
③ 《解闷十二首》，见萧涤非：《杜甫诗选注》，282页，北京，人民文学出版社，1979。
④ 萧涤非：《杜甫诗选注》，30页，北京，人民文学出版社，1979。

"出头鸟",在安史之乱刚刚过去的时候,人们的注意力就会集中在她的身上。

或许杜甫更多地着眼于政治,对唐明皇的宫闱生活中与安史之乱关系不大的部分没有多少兴趣,所以,他的诗歌作品没有提到唐明皇身边的"第二人"或"第三人"。而新旧《唐书》都记载杨玉环于"天宝初进册贵妃"之后两次被"送归外第"的事件,这些事件可能与唐明皇的其他爱宠有关。据《旧唐书》,杨妃第一次出宫是天宝五载七月,第二次是天宝九载。① 在册封贵妃之前,即在开元年间,史书没有记载杨氏得罪唐明皇的事情,可以想见,当时杨氏还没有胆量去开罪皇帝,她尚未取得"法定"的贵妃资格,对于唐明皇的所作所为,可能会有所隐忍,不便发作。随着她的"御龙"之术日益精湛,胆量也越来越大,娇宠之态溢于言表,容不得皇帝在感情生活中"走私",遂耍起小脾气来,以为这样就可以把年纪已经一大把的皇帝"稳"住,没想到皇帝毕竟是皇帝,哪怕是小小的脾气,也不能容忍,故而"以微谴送归杨铦宅"②,可见这一次杨妃发的脾气不算大,但已经遭到皇帝的严厉惩罚。有的历史学家将"微谴"理解为"指重重的罪过,仅作了轻轻的发落"③,这个说法似可商榷。因为"以微谴"是表示"送归杨铦宅"的原因,所谓"微谴"是指轻微的罪过,在古代汉语中,"谴"的本义就是罪过,不宜将"微谴"理解为"轻轻的发落",而语句中的"送归杨铦宅"才是发落的具体方式,而且,对于一个得宠的贵妃而

---

① 未记月份,《通鉴笺注》的记载是"九载二月",参见严仲义校点:《马嵬志》,14页,南京,江苏古籍出版社,1990。

② (后晋)刘昫等撰:《旧唐书》,卷五十一,杨妃本传,2179页,北京,中华书局,1987。

③ 许道勋、赵克尧著:《唐明皇与杨贵妃》,360页,北京,人民出版社,1990。

言,这其实已是一次很丢面子的"重重的发落"了。按理说,经过这一次的教训,杨妃应该学乖一点,可是,恰好相反,她在以后的宫闱生活中,不仅没有学乖,反而更加厉害,其第二次的出宫是因为"忤旨"①,不是发发小脾气那么简单了。从中可见,若不是唐明皇在宫闱生活中做得太过分,杨妃何至于大发"雌威",犯下"忤旨"的大罪呢。而杨妃之所以"忤旨",当与感情生活出现比较严重的问题有关。晚唐郑綮《开天传信记》载:"太真妃常因妒媚,有语侵上;上怒甚,召高力士以辎軿送还其家。"② 对于杨妃而言,"妒媚"是"家常便饭","有语侵上"也是"常"发生的,唐明皇也变得逐渐适应她的一般程度上的"妒媚",估计唐明皇自从第一次发落杨妃出宫之后,感情上经过"磨合",一般的"妒媚"他是有办法化解的,所以,从天宝五载七月之后至天宝八载,李、杨之间大致相安无事;可是,当杨妃的"妒媚"逐步升级并超越唐明皇所能忍受的极限时,"龙颜"不得不大怒,以至于"上怒甚",终于出现天宝九载的第二次出宫事件。

　　杨妃前后两次出宫事件的幕后,隐隐约约有"昭阳殿里第一人"以外的第二人或第三人的身影。我们不必考证这第二人、第三人是谁,以现在所掌握的有限材料,也无法做出令人信服的结论。

　　可是,这第二人或第三人的故事,以及李、杨的情爱故事,在安史之乱平息之后,很可能以这样或那样的方式流传于朝野。当人们已经远离安史之乱的时候,他们的兴趣远远会比身处安史

---

　　① (后晋)刘昫等撰:《旧唐书》,卷五十一,2180页,北京,中华书局,1987。
　　② (五代)王仁裕等撰:《开元天宝遗事十种》,59页,上海,上海古籍出版社,1985。

之乱之中的人如杜甫等更加广泛得多,他们不一定像杜甫那样主要着眼于政治的层面思考问题,在政治之外,他们有更多的关注点,而"软性"一点的宫闱轶闻可能更有吸引力。

  其实,唐明皇的宫闱生活的点点滴滴是有一定的传播渠道的。事隔约半个世纪,白居易于元和四年(809)写出《请谏放后宫内人》及《上阳白发人》①,后者写道,当时尚幸存于世的白头宫女仍念念不忘天宝末年的事情:"玄宗末岁初选入,入时十六今六十。"所谓"玄宗末岁"若定为天宝十四年(755)十一月安禄山自范阳起兵之前,则这位年届六十的宫女向外人自述身世时当在贞元十五年(799)左右,此后经过约10年的时间,白居易才写出《上阳白发人》。而白头宫女在讲述天宝旧事时,并不讳言杨妃当年的"霸道":"未容君王得见面,已被杨妃遥侧目。妒令潜配上阳宫,一生遂向空房宿。"这样的宫女,满肚子委屈,对杨妃多有贬损,应在意料之中。可是,白居易以李杨情缘为题材而写成的《长恨歌》(早于《上阳白发人》,是元和元年即公元806年的作品),诗中没有提及杨妃的"妒"。白居易很可能在公元799年前后已经接触到白头宫女,并听她讲述昔日的故事,杨妃之"妒",他是知道的。他在写《长恨歌》时却对题材有所取舍。或许,白居易对于白头宫女讲述的故事并非全信,因为白头宫女入宫时已经是天宝末岁,又被安置在洛阳的上阳宫,她能知道的事情很有可能也是听说的,况且,事件已经过去了半个世纪,所忆述的内容难免走样,说不定还会被添枝加叶,有附会的成分。这是"口述历史"的局限性,又体现着"口头文学"的创造性。

  梅妃形象的问题就出在这里。

---

① 顾肇仓、周汝昌:《白居易诗选》,70~71页,北京,人民文学出版社,1963。

第二节 "惧内"与"妒媚"的故事框架

梅妃是一个不见于载籍的人物,却也不是凭空塑造出来的。白头宫女口称杨妃之"妒",蕴含着又一个供人想象的空间。

可以想见,连"玄宗末岁初选入"的年纪很小的宫女也"妒",杨妃"妒"的对象是比较宽泛的,而史书记载的她的前后两次出宫事件,她的"常因妒媚,有语侵上"的举动,都说明杨妃的确是一位有"霸气"、有胆量的美人。被"妒"的宫女自然会想不明白,大唐天子在上,为什么皇帝不加干预,任凭杨妃"妒令潜配上阳宫"呢?为何是杨妃说了算,而皇帝也要听从杨妃的意旨呢?这成何体统?须知,这些"同时采择百余人"的宫女,本来是皇帝所"需要"的,何以连皇帝也没有见过一面就被打入冷宫呢?这一连串的问题,大概长期困扰着那些终日无聊的宫女,她们"春往秋来不记年,唯向深宫望明月"(《上阳白发人》),可是,"明月"不照上阳宫,所以,她们共同的命运是:"上阳人,苦最多。少亦苦,老亦苦,少苦老苦两如何?"除了嗟叹,她们对皇帝的"惧内"当有无限的哀怨。

年幼无知而又初入禁苑的宫女尚且遭到杨妃之"妒",那么,那些见多识广、姿态万千、才能出众的妃嫔岂不是成了杨妃的眼中钉、肉中刺?

于是,皇帝的"惧内"与杨妃的"妒媚"结合在一起,就会构成一个以"惧内"与"妒媚"为关键情节的故事框架。这个故事框架必定需要一位足以与杨妃相敌的人物,构成三角关系,而且,这位出众的美人又必定成为杨妃的"手下败将",这样才能显现皇帝是如何的"惧内",杨妃又是如何的"妒媚"。

这个以杨妃的对立面出现的人物,与其说是以某一位妃嫔为原型,不如说是出于"文学创作"的需要,是出于编出一个三角情缘的故事的需要。所以,我们实在不必追究这个人物在实际的宫闱生活中姓甚名谁,她姓甚名谁都不重要,重要的是作为一个带有文学创作色彩的艺术形象,她足以将唐明皇吸引住,足以使杨妃因为她的存在而坐立不安,非要置诸死地而不可。只有这样,才能满足编出"惧内"与"妒媚"的故事情节的必要条件。

我们很难说这个人物是"一次性"地完成的,而且,很可能不是"一次性"就能够完成的。我们很难说这个人物只是以某位妃嫔为原型,而很可能是以不止一位妃嫔为原型的。我们很难说这个人物仅仅是那些被打入冷宫的宫女们的创造,但是,这个人物形象的形成很可能包含着那些宫女们内心对皇帝的无限哀怨与对杨妃的刻骨仇恨。

当白居易在799年前后听白头宫女忆述天宝旧事时,宫女的口头表述无论如何是离不开"妒令潜配上阳宫"与"唯向深宫望明月"这样的主要话题的。白居易的《上阳白发人》只是一首诗,不可能把白发宫女当时所说的一切都记录下来。宫女的口述肯定比诗歌所记述的多得多。宫女的口述估计不止对白居易一个人说过。宫女的口述很可能除诗歌之外还会有其他的流传途径。经过半个世纪的积累,李、杨的情缘故事,以及与之相关的皇帝"惧内"和杨妃"妒媚"的故事传说,已经进入人们的"集体记忆"的范畴,宫女的口头表述就是这种"集体记忆"的一个组成部分。"集体记忆"不一定与历史真实相对应,很可能会产生种种令人意想不到的变异①,不过,含有变异成分的"集体记忆"可能更有生命力,并且可以借助多种途径而代代相传。

事实上,能说明存在着一个以皇帝"惧内"与杨妃"妒媚"

---

① 宫中故事,影影绰绰,正如夏仁虎《旧京琐记引》所言:"宫禁事秘,孰明真际;世俗所传,多出悬臆。"夏仁虎著:《枝巢四述·旧京琐记》,75页,沈阳,辽宁教育出版社,1998。

为主要情节框架的故事的就是《梅妃传》。

第三节　"伴生型"的人物

宋代的《梅妃传》，表面上以梅妃为"传主"，实际上是借梅妃的失宠写唐明皇的"惧内"，借梅妃的失意写杨妃的"妒媚"，借梅妃的故事为唐明皇的失政添一注脚。

这个作品的成立是以李、杨情缘为前提的，如果缺少这一前提，《梅妃传》就不能形成独具一格的、富于戏剧性的情节。所以，我们研读这个作品，似应着眼于作品中的人物关系，着眼于其中的故事框架，着眼于在李、杨、梅的三角关系中故事情节的走向。

作品的主体情节即戏剧性事件是从"会太真杨氏入侍，宠爱日夺，上无疏意"① 开始的。本来，唐明皇的如意算盘是左拥右抱，杨、梅兼收，故而，面对杨、梅，"上尝方之英、皇"，即将杨妃、梅妃比作上古圣君舜的两个既相安无事又亲密无间的妃子女英、娥皇，对于唐明皇的比喻，作品写道："议者谓广狭不类，窃笑之。"可见，唐明皇曾经以得意的语气将上述比喻告诉其臣下，这才引起"议者"的"窃笑"。历史上的唐明皇是一个喜欢张扬的人②，即使上述比喻出于文学创作中的虚构，也是符合唐明皇的性格特点的。但是，他的如意算盘没有打响，他没有舜那么"好运"，左"英"右"皇"的美梦很快破灭，代之以惊惊惶惶的"偷情"。皇帝也要"偷情"，可谓千古奇闻，而

---

①　《梅妃传》，见鲁迅校录：《唐宋传奇集》，208 页，济南，齐鲁书社，1997。下文引用此传，不另出注。

②　许道勋、赵克尧著：《唐明皇与杨贵妃》，第七章"好大喜功"，北京，人民出版社，1990。

在"偷情"的时候,侍从"惊报"杨妃"已届阁前,当奈何",唐明皇竟然手忙脚乱地"披衣",其狼狈相可想而知。紧接着,生怕梅妃被杨妃发现,于是,"抱(梅)妃藏夹幕间",这与民间那些好色之徒"偷腥"之后又要在妻子面前遮遮掩掩、装出若无其事的样子何其相似。当时,杨妃发觉有诈,追问梅妃的下落,唐明皇不敢说真话,只能以谎言搪塞。而杨妃紧追不放,"太真语益坚,上顾左右不答"。皇帝因为心虚,答不出来,天子的威严已经荡然无存,而杨妃在皇帝面前"大怒"、"怒甚",似乎她要教训的不是唐朝天子,而是她的那个不听话的、只会偷鸡摸狗的丈夫。唐明皇之"惧内"、杨妃之"妒媚",均表现得淋漓尽致,还有什么宫闱轶闻比这样的故事更能表现堂堂天子的狼狈、荒唐与滑稽呢?拥有三宫六院的皇帝竟然是"惧内"的男人,这样的文学想象当然与历史的真实相距很大,如果不是对皇帝怀有很深的哀怨,谁能作这样的想象呢?除了那些不幸的、因杨妃所妒而被打入冷宫、见不到皇帝一面的宫女,又有谁会作这样的想象呢?宫外的民间人士只是知道皇帝绝对不缺美色,而且绝对凌驾于一切人之上,其想象力再强恐怕也难以想出皇帝"惧内"的情节。

《梅妃传》是一篇以皇帝"偷情"为中心事件的小说。梅妃心中的苦情与这一事件密切相关。为了进一步表现梅妃"上弃我之深乎"的内心哀叹,传中出现了梅妃所作的《楼东赋》,这可视为"偷情"事件的余波。这篇赋反映出梅妃对"偷情"事件的痛切感受,一方面,哀怨"信摽落之梅花,隔长门而不见",另一方面,"奈何嫉色庸庸,妒气冲冲,夺我之爱幸,斥我乎幽宫",深感自己夹在李、杨之间,本来享有的"爱幸"被杨妃夺去,昔日的"旧欢"已成梦寐。曾几何时,皇帝与自己定下盟约:"誓山海而常在,似日月而无休",如今,当日信誓旦旦的皇帝因"恐怜我而动肥婢情",故而背盟弃约,使自己

"苦寂寞于蕙宫,但凝思乎兰殿","空长叹而掩袂,踌躇步于楼东"。可见,"偷情"事件对梅妃是一次极大的打击。小说接着写到,一波未平,一波又起,梅妃想不到的是,这篇赋竟然为杨妃所闻,几乎招来杀身之祸。杨妃向皇帝告状,称梅妃"以庾词宣言怨望,愿赐死。"终因"上默然",即皇帝不置可否,梅妃这才暂时留下一条小命。而对于梅妃的生死存亡,皇帝只是以"默然"处之,令人顿生无限感慨。

此后,皇帝曾以珍珠一斛密赐梅妃,梅妃已不领情,以责怪的语气赋诗言志:"何必珍珠慰寂寥"。她对皇帝已经不存幻想了。可以想见,以杨妃的霸道、皇帝的"懦弱",如果不是"禄山犯阙,上西幸,太真死",梅妃的那一条小命依然会捏在杨妃的手中。

在李、杨、梅的三角关系中,李、杨的性格和行动决定着这种三角关系的变化。梅妃是一个被动的存在,她只是为了表现唐明皇之"惧内"、杨妃之"妒媚"而被塑造出来的。在皇帝"偷情"这一中心事件中,"藏夹幕间"的梅妃,若隐若现,是李、杨发生矛盾冲突所需要的一个"角色"。明乎此,就可以明白,梅妃形象是出于构成一种戏剧冲突的需要而出现的,是出于搭配成一种三角关系而出现的;是随着李、杨故事的衍化而产生的"伴生物",我们称之为"伴生型"的人物。

第四节 失意文人的"身影"

梅妃不见于任何文献记载,这不会影响到我们对这一人物形象的理解。不可忘记,史书所记载的杨妃的两次"出宫"事件,正是提供了人们进行文学想象的必要空间,白居易所接触到的"上阳白发人"的有关李、杨关系的这一类的口述,说不定就是触发这种文学想象的"由头"。传中所录梅妃的诗句"柳叶双眉久不描,残妆和泪湿红绡",那种哀怨、孤独、无奈的心境,与《上阳白发人》中所写的"夜长无寐天不明,耿耿残灯背壁影"的内心苦况,是很相似的。梅妃,其实是失宠者的文学写照。

失宠,是中国古代文学的一个传统主题。尤其是汉司马相如的《长门赋》问世以来,失宠与"长门"意象往往联系在一起。《梅妃传》写"偷情"事件后,梅妃深感自己被皇帝遗弃,"以千金寿高力士,求词人拟司马相如为《长门赋》,欲邀上意",可是,高力士畏惧杨妃之势,以"无人解赋"为借口回绝了梅妃。不得已,梅妃只好自己动手,做了一篇《楼东赋》。

其实,同样写失宠,《长门赋》与《楼东赋》有很大的区别。《长门赋》中的陈皇后是因"妒"而失宠,《楼东赋》中的梅妃是因被妒而失宠。陈皇后毕竟是皇后,她有"妒"别人的特殊地位,而梅妃终究是一位妃子,她正处于被妒的地位(哪怕妒忌她的也是一位妃子)。陈皇后的"日黄昏而绝望兮,怅独托于空堂"①,在某种意义上她是自作自受、自讨苦吃。而梅妃的"思旧欢之莫得,想梦著乎朦胧",却是受辱被欺的结果。相比之下,后者更可怜,更值得同情。

同样是妃子,何以杨妃得意而目中无人、梅妃失宠而处处被动?《梅妃传》的解释是:"太真忌而智,(梅)妃性柔缓,亡以胜"。换言之,杨妃妒忌而有心计,步步进逼,掌握主动权;梅妃性情柔弱和缓,且无心计,处处受制于人,在人生的"竞技场"中输得一败涂地。

然而,输得一败涂地的梅妃,不仅天生丽质,而且才华横溢,文采飞扬。她九岁能诵《诗经》中的《周南》和《召南》,其父以《召南》中的一个篇名为女儿起名,"名之曰采蘋"。梅妃形象的塑造者在"设计"这一形象时,颇为强调她的"诗教"

---

① 尹赛夫等编选:《中国历代赋选》,84页,太原,山西人民出版社,1989。

背景,实际上,她与古代一般读书人的成长背景、学养构成并无多大的区别。就其才华而言,"妃有《萧兰》、《梨园》、《梅花》、《凤笛》、《玻杯》、《剪刀》、《绮窗》七赋",加上"偷情"事件后写的《楼东》,一共是八赋。以赋家名留千古的司马相如传世的赋作也只有6篇,论数量,梅妃也算是"多产作家"了。就其审美趣味而论,她"淡妆雅服,而姿态明秀",而且,"性喜梅",与文人的趣味颇为吻合。

古代文人向来就有以女性自喻、自托的传统。《楚辞》中的"香草"、"美人",是人所共知的。《玉台新咏》卷四收录谢朓《同王主簿怨情》一诗,其注曰:"此诗言妇人怨旷,以自托也。"① 反观梅妃的形象,其身上的文人气息是相当浓厚的,内心的哀怨与无奈,往往借诗赋以出之。诗赋,不仅体现出她的文化修养,更是她倾诉衷曲的媒介。满腹诗书的梅妃却不敌只会"忌而智"的杨妃。"忌而智",并对忌妒的对象打压排挤、狠下毒手,这是典型的"小人"行为。从这里可以看出,梅妃的"文人化"与杨妃的"小人化"是同步进行的,"小人化"的杨妃掌控着"文人化"的梅妃,杨妃的小人得志,梅妃的怀才不遇,正好形成鲜明的对比。梅妃的形象,多少含有失意文人的身影。

第五节 梅妃形象的"复合性"

从以上的分析可知,梅妃形象具有"复合性"。

《梅妃传》含有两个层次,一个层次是:在李、杨、梅三角关系中写皇帝的"惧内"、杨妃的"妒媚",写居于李、杨之间的梅妃的失宠,这种失宠的意绪在一定程度上与《上阳白发人》

---

① 穆克宏点校:《玉台新咏笺注》,上册,161页,北京,中华书局,1985。

所描述的失宠宫女的内心痛苦是相通的。另一个层次是：在杨、梅的敌对关系中将杨妃"小人化"，将梅妃"文人化"，以"文人化"的梅妃败于"小人化"的杨妃的故事情节，寄寓着文人某种痛苦的人生体验。

上述两个层次所表现的意绪和心理是有区别的，为什么能够结合在一个作品之中呢？

我们认为，《梅妃传》不大可能是一次性完成的，它可能有一个流传、演化的过程。

我们的一个基本判断是：如果作品仅仅出于文人的手笔，那么，将梅妃"文人化"是毫无问题的，问题是，生活在朝廷之外的文人，在进行艺术想象时，可以想象出杨妃是如何的"妒"，皇帝是如何的"花心"，可是，他们不大可能想象出皇帝"惧内"的情节。古代文人从小接受"三纲五常"的教育，知道"君权神授"的说教，也知道"龙在上，凤在下"的规矩，对皇帝拥有绝对的权力是置信不疑的，他们怎么能想得出皇帝也会怕"女人"呢？说得通俗一点，他们怎么能够想得出皇帝也会怕"小老婆"呢？这一点，对于熟读经史的文人来说是不可思议的。

皇帝"惧内"的情节不大可能出于文人的想象，而很可能出自那些内心对杨妃充满仇恨、被杨妃所"妒"而身处冷宫的宫女。她们一生的"幸福"就完全葬送在杨妃的一个"妒"字之下，怎么能不对皇帝的能耐心存疑问呢？皇帝对杨妃的"妒"也显得无可奈何，那么，皇帝是干什么的？他与民间的那些怕老婆的男人又有什么区别？须知，宫女们来自民间，她们一被征选，就入了冷宫，对宫廷的隐秘生活大概所知不多，对皇帝的起居也没有多少真切的体验，况且，她们年纪轻轻，阅历浅，眼光也受局限，除了杨妃的"妒"以外，她们也不一定知道还有什么原因导致自己的命运如此凄惨。她们对民间的怕老婆故事大概不会一无所知,思前想后,想来想去,自觉不自觉之间,将民间的"惧内"故事移至皇帝身上,想象着皇帝也和民间的某些男人一样"惧内",名义上拥有三宫六院,实际上只能被杨妃控制着,连亲近宫女的自由也没有了。因此,身为宫女,才会落得如此可怜的下场。而一旦将民间的"惧内"故事移植到皇帝身上,出于叙事的需要,同时出于将故事戏剧化的考虑,自然会虚构出一个杨妃的对立面。这个对立面,足以令皇帝入迷。可就算令皇帝入迷,皇帝也只能以"偷情"的方式亲近她。皇帝"偷情"还不打紧,可笑的是,"偷情"的行为被杨妃发现,皇帝也会像民间的某些怕老婆的风流汉,"偷腥"之后还得惶惶恐恐地"擦嘴",慌忙掩饰。更有甚者,在杨妃的追问下,皇帝"顾左右不答",杨妃大吵大闹,也只好乖乖地闭嘴。这哪像是皇帝的做派?这样的故事,多少带有民间文学的叙事特点。而皇帝之"惧内"就格外具有戏剧性了。

因此,梅妃的形象,或多或少、或深或浅地带上"被妒"而失宠宫女的人格投影。

宫女来自五湖四海,经历大致相同,个性却不一样。有的宫女怕事,有的宫女并非缄口不言。前者如唐朱庆馀《宫词》所说:"含情欲说宫中事,鹦鹉前头不敢言"[1],后者则如向白居易诉说幽闭生活的白头宫女。尤其是像白头宫女那一类的人,在幽闭的人生中郁积着一肚子的话,要寻找倾诉的对象,而且上距玄宗时代已经有半个世纪的历史,半个世纪前发生的事,也到了可以"解密"的时候了,何况宫女能知道多少秘密呢?反正有人愿意听,她也愿意讲,听的人大概不止白居易,讲的人大概也不止白头宫女一人。白居易在《请拣放后宫内人》一文中记载:

---

[1] 中国社会科学院文学研究所编:《唐诗选》,下册,203页,北京,人民文学出版社,1981。

"自太宗、玄宗已来,每遇灾旱,多有拣放(宫女)",并称这是"贞观开元之风"①。可见,除白头宫女以外,玄宗时代的一些被"拣放"的宫女,也可能是李、杨故事的传播者。当她们所说的在宫中被妒的往事传出宫外,说者固然有心,听者也可能别有会意,传来传去,越传越有"影",越传越成"形",被杨妃所"妒"的人逐渐以某个艺术形象出现在有关李、杨的情缘故事之中,成为李、杨故事的一个"伴生型"人物。

有一点值得注意,梅妃姓"江",并非姓"梅",为何作品不称作《江采蘋传》或《江妃传》呢?既然她喜欢梅花,出于文学虚构,假设她姓梅,也无不可,而且一个酷爱梅花的人也姓梅,可能还会产生一种令人印象更深的艺术效果。但这一人物形象就是不姓"梅"。也许这里暗藏着一个梅妃形象之形成史上的秘密。

我们以为,作为李、杨故事的一个"伴生型"的人物,其初始未必有固定的姓名,因为被杨妃所妒的女子绝对不止一个,可以想见,当初有关杨妃善妒的故事中,杨妃的对立面可能是张三,也可能是李四。姓张、姓李的一大堆,不便于人物形象的艺术化,也不便于提高故事的戏剧性。随着故事的流传,姓张、姓李的需要一个"共名",于是,就出现了"江采蘋"。这个杨妃的"情敌"被杨妃压制着,正好流传甚广的杜诗《丽人行》是描写杨家的,其中又有"杨花雪落覆白蘋"一句,由"白蘋"而联想到《诗经》的《采蘋》,联想到诗中的"于以采蘋,南涧之滨",这是一个江边采蘋的意象,简而言之,不就是"江采蘋"吗?熟识杜诗的人,都知道不能将"杨花雪落覆白蘋"理解为是对杨妃与情敌争宠的暗喻,萧涤非先生认为此句以杨花覆

---

① (唐)白居易:《白居易集》,第4册,1238页,北京,中华书局,1979。

蘋的意象影射杨国忠与其从妹虢国夫人的通奸苟且。① 不管如何，不排除编故事的人牵强附会地从杜诗中牵扯出"江采蘋"这个姓名的可能性。换言之，杜诗中的这种形象化的语句，为人们提供了一个可以牵强附会的空间。文学想象，有时候是有意无意牵强附会的产物，犹如"杯弓蛇影"一样。

　　本来，"江采蘋"的意象，与梅花毫不相干。将江采蘋称作"梅妃"，可能是故事流传到某个时代之后才出现的，"梅妃"与"江采蘋"这两个称谓有一定的"时间差"。大概是"江采蘋"在前，"梅妃"在后，因为"梅妃"的称谓犹如一个绰号，是附加性的，不大可能出现于"江采蘋"这个本名之前。如果这个说法可以成立，那么，《梅妃传》并非出于一人之手。它有一个故事的流传与文本的多次写定的过程。

　　众所周知，宋代人对梅花有特殊的爱好，这可能与北宋诗人林逋（976—1028）的影响有关。林逋终身不仕，未娶妻子，而与梅花、仙鹤做伴，是一种高洁孤傲的人格典范。可以说，宋人对梅花不仅有特殊的爱好，而且有相当专门的研究，形成了一种具有宋人特点的"梅文化"，南宋范成大（1126—1193）的《梅谱》、张镃（1153—1211?）的《梅品》② 等是这个方面有代表性的专著。宋人诗词中吟咏梅花的作品相当可观，张镃、陆游等的有关作品可为代表；南宋黄大舆辑有《梅苑》十卷，收录咏梅词410多首，收录词家近70人。③ 而《梅妃传》将梅妃也塑造成一个高洁孤傲的形象，似乎打上了宋代文人的某种精神印记。

　　从以上的分析看，我们似乎不能轻易全盘否定《梅妃传》

---

① 萧涤非：《杜甫诗选注》，31页，北京，人民文学出版社，1979。
② 《笔记小说大观丛刊》，第五编，台北，新兴书局有限公司，1984。
③ 赖庆芳：《南宋咏梅词研究》，151页，台北，学生书局，2003。

篇末有关这个作品来历的说明文字："此传得自万卷朱遵度家，大中二年七月所书，字亦媚好。其言时有涉俗者。惜乎史逸其说。略加修润而曲循旧语，惧没其实也。惟叶少蕴与余得之，后世之传，或在此本。"其中，"其言时有涉俗者"一语，尤其值得关注。所谓"涉俗"，那是用文人的眼光才能看得出来的，这说明其中的故事很可能是在民间流传过的。而通观全篇，所谓"涉俗"，大概主要是指皇帝的"偷情"故事了，除此之外，看不出还有更多的"俗气"。假如上引文字是执笔者有意说谎，那也不至于将自己苦心写出的作品冠以"涉俗"的恶名，这是颇有雅趣的文人不愿意做的。合理的解释是，这段文字的执笔者看过一个"字亦媚好"的、有可能是初次的写定本，它可能是根据民间流传的故事记录的，尚无太多文人加工的成分，故而未免"涉俗"。而上引文字的执笔者可能就是这个作品的第二个修订者，他修订的本子可能是二次写定本。这个本子，一方面是因为"惧没其实"，所以在一定程度上保留了原有的一些"涉俗"的内容（可能包括称杨妃为"肥婢"这样的字眼），另一方面，又因为作品"涉俗"，不大雅观，故而"略加修润而曲循旧语"，即做了有限度的修改，使作品不至于太"俗"。同时，出于文人的喜好，添加了某些故事成分，也是很可能的。这些都属于"略加修润"的范畴。当然，所谓"略加修润"可能说得程度过轻，也许其"修润"的内容还是比较多的。别的不说，仅是一篇《楼东赋》，估计就不会是民间流传时原已存在的。至于说"字亦媚好"的本子写于"大中二年"（唐宣宗年号，即公元848年），此说不宜轻信；但是，在唐宣宗时代出现贬斥杨妃的故事（可能是口传的），也并非不可能，因为有一则唐宣宗的故事说，当时的越州太守向皇帝进献美人，唐宣宗"初悦之"，可是转念一想，忽曰："明皇以一杨贵妃，天下怨之，我岂敢忘！"① 连最高统治者都这样表态，以贬斥杨妃为题旨的故事就有其产生的空间。不过，像"梅妃"、"肥婢"等字眼出现在晚唐的可能性仍然较低。要而言之，不宜因"大中二年"的说法有作假的嫌疑，而将上引文字一概认定是执笔者的伪托。我们的看法是，这段文字疑、信并存，不可全信，也不必全疑，可做具体的分析。这样，或许对梅妃形象的创设与生成的过程有比较客观的判断。

总的来看，有关的文献资料相当缺乏，我们主要根据现存的文本，发现其中的一些可疑迹象，参考故事的发生学原理，并将故事放在具体的历史语境中来考察，认为梅妃形象是李、杨情缘故事在流传、演化过程中的一个"伴生型"人物。这一艺术形象并非如有些学者所认为的纯粹是宋人的创造②，而是有一个逐渐形成、演变的过程的，这个过程相当漫长，可能从白居易时代（甚至更早，在唐玄宗时代结束之后）一直延续到宋代。

梅妃形象很可能从初始的为杨妃所妒的女性逐渐演化成一个"共名"，即现在我们所知的"江采蘋"，这个江采蘋的形象带有被妒宫女的人格投影。故事的流传进入宋代后，可能受到宋人的"梅文化"的影响，梅妃形象的"文人化"色彩明显增加，并增添了其"性喜梅"的性格因素，"梅妃"的称谓也可能出现于此时。这个梅妃的形象不仅带有文人的趣味，而且寄寓了文人在现实人生中的某种痛苦体验，如受到"小人"的欺压而怀才不遇

---

① （宋）皇都风月主人编：《绿窗新话》，下卷"越州女姿色冠代"条，254页，上海，上海古籍出版社，1991。

② 如鲁迅就认为这个作品是宋人"南渡前后之作"，见《中国小说史略》，第十一篇，济南，齐鲁书社，1997。

的经历等,隐隐约约晃动着失意文人的身影。

大致可以说,前期的江采蘋形象以及与之相关的李、杨故事由于进入口传的过程,自然带有民间文学的一些叙事特点,故而未能"免俗"。后期的梅妃形象在江采蘋形象的基础上被进一步"文人化"了,故而添加了其"淡雅"的一面。宋代的《梅妃传》这个文本,以及梅妃这一人物形象,并非一次性完成的,而是有其特定的层次,既有民间文学的成分,又有文人文学的特征。江采蘋形象与梅妃形象的前后"叠加",也使这个艺术形象的内涵越来越丰富了。

在故事人物的创设与生成过程中,口头文学与书面文学、民间文学与文人文学的交汇或"叠加",决定着一个故事人物的艺术形象承载着并非单一的生命信息和生存体验,因而,人物形象也就可能兼有多侧面的意蕴。艺术创造的集体性使故事人物的创设与生成呈现为复杂而有趣的叙事过程。如果忽略了过程,对艺术形象的解读就会"丢失"某些重要的东西。

第九章　故事人物的历时性演化
——以历代的柳永故事为例

在中国古代的叙事文学中，一个人物进入"故事"之后，他就大体获得了可以"流传"的资格，他的事迹就有可能被改动，隶属于他名下的"故事"就有可能被编造；其代代相传的故事，同样构成了叙事的"流动性"，使他作为一个故事人物穿越着时空，在"历时性的演化"中被赋予着不尽相同的意蕴，也有着前后相通的某种特质。

本章拟以宋代词人柳永的故事为例，考察这一现象。

柳永，其生前死后均是一个有争议的人物。虽然《宋史》不载其人，但是，柳永不仅以其脍炙人口的词作名垂千古，而且，有宋以降，笔记、小说、戏曲等都有其轶事遗闻、风流故事，大致构成一个柳永的故事系列。

在文人的故事传说中，柳永故事可谓别具一格。表面上，他的故事往往不雅不俗，亦雅亦俗，甚至是雅俗难辨，但细较其背后所蕴含的文化心理，则可以发现，作为文学形象的柳永，有其形成的过程，尽管不同时代的作者对这一形象的塑造有不尽一致的侧重点，但就其大体而言，柳永的形象及其故事隐含着古代的失意人士有别于阿Q的另一种"精神胜利法"。

第一节　宋代民间故事系统中的柳永

不知是真是假，柳永"奉旨填词"。

宋胡仔《苕溪渔隐丛话》引《艺苑雌黄》云："柳三变，字景庄，一名永，字耆卿。喜作小词，然薄于操行。当时有荐其才者，上曰：得非填词柳三变乎？曰：然。上曰：且去填词。由是不得志，日与狷子纵游娼馆酒楼间，无复检约，自称云：奉圣旨填词柳三变。……彼其所以传名者，直以言多近俗，俗子易悦故也。"若借用流行于魏晋时代的"才性论"言之，推荐柳永的人是重其"才"，而皇帝是鄙其"性"（即"德"）。因此，柳永是一个德才并不兼备的人物，所以，《艺苑雌黄》的作者在叙述完柳永的事迹后即加以批评："呜呼，小有才而无德以将之，亦士君子之所宜戒也。"① 这位作者特别指出，柳永"言多近俗"，是当时的流行歌词的作手，只能取悦于"俗子"，而不能取悦于上流社会，因而，"若以欧阳永叔、晏叔原、苏子瞻、黄鲁直、张子野、秦少游辈较之，万万相辽。"这已经反映出柳永在宋代一般文士心目中的"定位"：俗！

《艺苑雌黄》所描述的柳永故事，很可能来源于一个"民间版本"，所谓"奉圣旨填词柳三变"的说法，说不定只是一种充满无奈的"幽默"，是一种民间的想象。

上述的记载，可能是某个"民间版本"的缩略形式，比较简单，细节不多，而且，对于柳永的仕历含糊其辞：柳永这一次的被推荐，是在其尚未出仕呢，还是已经出仕呢，并无明确的说明。皇帝说"且去填词"，语气鄙夷，到底皇帝只是一般性地鄙

---

① 薛瑞生：《乐章集校注》"柳词总评"，263~264页，北京，中华书局，1994。

视其"薄于操行",还是实际上针对某个具体的事件,我们不知其详。整段叙述给人的印象是,柳永因为"喜作小词"而失去了大好机运,于是,终生不得志,更加肆无忌惮地"纵游娼馆酒楼间,无复检约",而且,以"奉圣旨填词柳三变"的身份自耀自慰。历史上哪个文人有过这等复合着无奈与洒脱、痛苦与俏皮、失落与得意的"自我确认"呢?这可以说是史无前例、天下第一。

可是,把柳永叙述为一生不得志,未免不合事实。有学者指出:"观柳永一生,幸与不幸兼而有之。青年时期科场不济,直至五十岁始中进士。出仕后很快就由选人改官,其后又依制晋升,直至郎中,官位不算低。然却因《醉蓬莱》词而获罪仁宗,未任要剧差遣。……可怜一曲《醉蓬莱》,断送功名到白头。"①曾经是"官位不算低"的柳永,并非如民间所想象的那样一直潦倒,"通观柳永仕履,中进士后为选人,四年后即改官为著作郎,越过京官而直至朝官,实为士人之殊荣"②。可知柳永也有官运不错的时候。而他终于走了霉运,是源于一个具体的事件,即误献《醉蓬莱》一词。

误献《醉蓬莱》,见宋王辟之《渑水燕谈录》卷八,丁传靖辑《宋人轶事汇编》卷十录其文曰:"柳三变景祐末登第,后以疾更名永,字耆卿。皇祐间,久滞选调,入内都知史某爱其才,怜其潦倒,乘机荐之仁宗,以耆卿应制,耆卿方冀进用,欣然走笔,词名《醉蓬莱慢》。比进呈,上见首有渐字不悦,读至宸游凤辇何处,乃与御制真宗挽词暗合,上惨然。又读至太液波翻,

---

① 薛瑞生:《柳永事迹考辨》,见《新宋学》,第二辑,203页,上海,上海辞书出版社,2003。
② 《新宋学》,第二辑,202页,上海,上海辞书出版社,2003。

曰：何不言波澄？乃掷之于地。永自此不复进用。"① 原来，柳永的《醉蓬莱》中有渐字、翻字，犯了皇家大忌，故而使皇帝大发脾气，柳永这才被朝廷弃而不用。这个事件，宋人的笔记多有记载，如陈师道的《后山诗话》、叶梦得的《避暑录话》等。可见，宋代文人是大致相信实有其事的。只是，他们的记载显然来源于传说，故而其叙述各有"异文"，同一件事又形成不同的"版本"。如《后山诗话》说，柳三变作"新乐府"，"天下咏之，遂传禁中。宋仁宗颇好其词，每对酒，必使侍从歌之再三。三变闻之，作宫词号《醉蓬莱》，因内宫达后宫，且求其助。后仁宗闻而觉之，自是不复歌其词矣。会改京官，乃以无行黜之。后改名永，仕至屯田员外郎。"② 这一个"版本"的说法是，皇帝并非不喜欢柳永的词，也没有鄙视其人，相反，宋仁宗还是柳永的一个超级"知音"，高兴的时候，要侍从"歌之再三"，这才过足其"瘾"。只是那一首《醉蓬莱》引起宋仁宗的不快，一怒之下，翻云覆雨，昔日之所爱，顿成今日之所恶，柳三变于是倒了大霉，改名成了"柳永"。其实，按照《后山诗话》的说法，《醉蓬莱》不是直接进献给皇帝的，词人绕了一个弯，"因内宫达后宫"，想借后宫之助，进而上达"圣听"。虽然没有人举荐他，而他有办法走后宫"路线"，亦非泛泛之辈。又如《避暑录话》卷三说，"（柳）永初为《上元辞》，有'乐府两籍神仙，梨园四部弦管'之句，传禁中，多称之。后因秋晚张乐，有使作《醉蓬莱》辞以献，语不称旨，仁宗亦疑有欲为之地者，因置不问。"③ 所谓《上元辞》，即《乐章集》中的《倾杯乐》

---

① 丁传靖辑：《宋人轶事汇编》，465页，北京，中华书局，2003。
② 姚学贤、龙建国：《柳永词详注及集评》，附录三，228~229页，郑州，中州古籍出版社，1991。
③ 《宋元笔记小说大观》，第三册，2628页，上海，上海古籍出版社，2001。

(禁漏花深)。这首词显然是颂圣之作,如歇拍说:"愿万岁,天仗里、常瞻凤辇。"皇帝读到,自是龙颜大悦了。而《醉蓬莱》,无非歌颂"正值升平"的气象,词中个别字眼虽有触犯圣讳之嫌,但据清代学者焦循《雕菰楼词话》的分析,这些字眼按照词律,都是不可更易的,并说:"此柳氏深于音调也。"① 也许柳永因追求声韵之美,而一时有所疏忽,无心之失,竟成终生之憾。

上述种种,难以确考其真实性,也许哪一种都不完全真实,因为它们都是据传闻而录,难免有所失真。诸种说法并存,却也说明,柳永的《醉蓬莱》事件在宋代已经引起广泛的关注,传闻很多,言人人殊。诸种说法尽管不一,但是,柳永因《醉蓬莱》惹祸,大概是有其事的。

可是,围绕着《醉蓬莱》事件的种种传闻,都不见皇帝发出的"且去填词"的圣旨。这可以帮助我们判断,所谓"且去填词",极有可能只是一种民间的想象。

这种民间的想象是有特定内涵的。柳永"奉圣旨填词",前无古人,的确是"天下第一"。虽不见得有多少事实根据,却潜伏着民间的一种反弹心理:既然主流文化有"圣人",以"小词"为代表的非主流文化为什么不能也有"圣人"?"小词"写情,以"小词"而名闻天下的柳永为什么不能成为"情圣"呢?如果这个思路能够成立,那么,就可以解释《古今小说》中的《众名姬春风吊柳七》的四句"口号"的心理来源,其言曰:"不愿穿绫罗,愿依柳七哥。不愿君王召,愿得柳七叫。不愿千黄金,愿中柳七心。不愿神仙见,愿识柳七面。"在"不愿"与"愿"的强烈对比中,柳永的形象已经被"神圣"化了。这与关

---

① 姚学贤、龙建国:《柳永词详注及集评》,93页,郑州,中州古籍出版社,1991。

汉卿被称为"驱梨园领袖,总编修帅首"① 是同一种文化心理。在主流文化与非主流文化的对峙中,后者一直受到强制、压抑,它是会产生反作用力的,在相当无奈的情况下,创造出一个非主流文化的"圣人",也许正是争取自身的"话语权"的一种不无聪明之处的策略。

在宋代的非主流文化中,柳永的出现是一种"俗"得"可爱"的现象。而柳永本人,则成为流行于民间的"花衢实录"的男主人公。

"花衢实录"是南宋罗烨《新编醉翁谈录》中的一种名目。书中的丙集卷之二,以整卷的篇幅收录柳永故事。在此书中,得到这种"待遇"的,除柳永外,别无他人。该卷分列四个标题,依次是:柳屯田耆卿、耆卿讥张生恋妓、三妓挟耆卿作词、柳耆卿以词答妓名朱玉。它们各自相对独立,互不连属,可视为流行于宋代的柳永故事系列。

说柳永的出现是"俗"得"可爱",可从《柳屯田耆卿》一则中看出:"柳耆卿,名永,建州崇安人也。居近武夷洞天,故其为人有仙风道骨,倜傥不羁,傲睨王侯,意尚豪放。花前月下,随意遣词,移宫换羽,词名由是盛传,天下不朽。惟是且世显荣贵,官至屯田员外郎。柳自是厌薄官情,遁于武夷九曲之东。至今柳陌花衢,歌姬舞女,凡吟咏讴歌,莫不以柳七官人为美谈。"② 在宋代文士的"有才无德"(《艺苑雌黄》)、"择术不慎"(《避暑录话》)等等鄙夷之声此起彼伏之际,民间对柳永则有另一番不同的评价:"天下不朽"。对于一个文人来说,这是无以上之的评语。这个评语基于两个方面的判断:一是"傲睨王侯,意尚豪放",具有特立独行的人格,拥有"仙风道骨"的

---

① 浦汉明点校:《新校录鬼簿正续编》,49页,成都,巴蜀书社,1996。
② (南宋)罗烨:《新编醉翁谈录》,22页,沈阳,辽宁教育出版社,1998。

美名；一是"随意遣词，移宫换羽"，具有很高的文学造诣，拥有"盛传"的"词名"。于是，柳永的作品受到歌姬舞女的推崇，"莫不以柳七官人为美谈"，其"可爱"的程度，就可想而知了。

当然，这是民间版本的柳永形象。北宋时代真实的柳永，"倜傥不羁"固然是其本色，可"傲睨王侯"却不知从何说起。即以其脍炙人口的《望海潮》（东南形胜）言之，历来疑为投献之作，赠主是杭州太守，或以为是"门禁甚严"的孙何①，或以为是"曾有武职仕履"的孙沔②，或以为虽不知赠主姓名，但是，"从柳永生平事迹推测，这首《望海潮》是他漫游江南时拜谒杭州守帅而作"③。总之，从古到今，都有人认为这首《望海潮》是用来讨好权贵的。此外，《乐章集》中的《早梅芳》（海霞红）、《如鱼水》（轻霭浮空）等，也是同类货色。④ 至于说柳永"厌薄官情"，也有与之相反的记载："柳三变既以词忤仁宗，吏部不敢改官，三变不能堪，诣政府"，拜见身居高位的晏殊，最后碰了一鼻子灰。⑤ 其实，正是柳永有过长年为名利奔忙而又屡屡失败的经历，他才会在其《轮台子》（雾敛澄江）中深有感触地说："利名牵役"、"干名利禄终无益"。

《新编醉翁谈录》的柳永故事与《艺苑雌黄》、《避暑录话》等对柳永的记载，两相对比，即可看出，在宋代，关于柳永的叙述，已经有两个不同的系统：属于民间系统的，对柳永"捧"

---

① （宋）杨湜：《古今词话》，（宋）罗大经：《鹤林玉露》，卷一；参见薛瑞生：《乐章集校注》，172~174页，北京，中华书局，1994。
② 薛瑞生：《乐章集校注》，175页，北京，中华书局，1994。
③ 谢桃坊：《柳永词选评》，87页，上海，上海古籍出版社，2002。
④ 薛瑞生：《乐章集校注》，9页、177页，北京，中华书局，1994。
⑤ 丁传靖：《宋人轶事汇编》，卷十引《画墁录》，465页，北京，中华书局，2003。

得很高，称之为"天下不朽"；而属于文士系统的，对柳永"贬"得很低，评之曰"声态可憎"①。真可谓一个天上，一个地下了。然而，有趣的是，那些属于文士系统的记载，往往呈现出杂乱的形态，时见"传奇"色彩，甚至是真假莫辨，其资料来源有的很可能还是取自民间的，只不过贴上"批判"的标签，以示自身眼界高远、不与民间系统"同流合污"而已。

我们关注的是民间系统。自然，民间系统的柳永故事也不会是整齐划一的。即以《新编醉翁谈录》所载来看，各则故事，各有特点。《柳屯田耆卿》像一篇柳永小传，以民间的眼光概括了他的一生。《耆卿讥张生恋妓》，揭示柳永诙谐调笑的本领：张生所恋的金陵妓女别有所恋，柳永借八仙故事以讥之，所谓"你道洞宾肚中有仙姑，你不知仙姑肚里更有一人"，以示人心莫测，张生因而有悟。《三妓挟耆卿作词》，略谓张师师、刘香香、钱安安三个开封"丰乐楼"妓女，争相请求柳永为之作词，因为，"妓者爱其有词名，能移宫换羽，一经品题，声价十倍"，故而以得到柳永的赞赏为荣。《柳耆卿以词答妓名朱玉》，言南剑妓女朱玉要为当地太守庆寿，请柳永代作祝寿之词。太守大悦，并问及作词之人，称："见其词而想其人，必英雄豪杰之士，宜善待之。"② 尽管故事发生的地点不一，旨趣各异，但有一个共同之处，就是将柳永视为"花衢精英"。这是民间系统的柳永故事的基调。

---

① （宋）王灼：《碧鸡漫志》，卷二，《中国古典戏曲论著集成》，第一册，115页，北京，中国戏剧出版社，1982。

② （南宋）罗烨：《新编醉翁谈录》，22~25页，沈阳，辽宁教育出版社，1998。

第二节　元代下层文士与柳永形象的对应关系

身为"花衢精英"的柳永,似乎是古代政治社会体制外的人物。尚未出仕,固然是置身于"体制"之外,而出仕之后的柳永,依然是妓家的"大众情人",不改其"花衢精英"的本来面目,还是游离于"体制"之外。

中国古代政治,以"学而优则仕"为号召。这实际上是鼓励、引导天下英才都往"体制"之内奔跑。不过,所谓"学而优则仕",又只是一条民间的白衣士子通往官场的独木桥,大家"挤"在一起,你推我搡,争先恐后,头破血流,能够"过桥"的少,不能"过桥"的比比皆是。就算万幸过了"桥",却又进入了尔虞我诈、步步惊心的"黑洞",随时会跌落名利场中的万丈深渊。以柳永为例,清宋翔凤《乐府余论》说:"耆卿蹉跎于仁宗朝,及第已老。"① 薛瑞生先生进一步指出,说柳永"及第已老"是大体不差,但他在仁宗之前,已经在真宗朝至少"蹉跎"了15年(1008—1022),又在仁宗朝耗了12年的时光才中进士,所以,不仅仅"蹉跎于仁宗朝"而已。② 柳永屡试屡败、屡败屡试、千难万难,终于"挤"进了"体制"之内,却因偶有不慎,用大半生心血"赢"来的功名最后化为乌有,落得"不复进用"的下场。这又是令人何等心寒!

在政治的夹缝里讨生活,是古代不少读书人的宿命。柳永,在"体制"之外,风流倜傥,春风得意,他赢得了众艳群芳由衷的爱戴、崇高的评价。可是,在"体制"之内,他寸步艰难,动辄得咎,如履薄冰,如临深渊。"体制"之外的柳永,用民间的眼光看,他可以"天下不朽"。"体制"之内的柳永,用士大

---

①② 薛瑞生:《乐章集校注》,前言,3页,北京,中华书局,1994。

夫的眼光看，他是"择术不慎"。而在皇帝的心目中，他更是"不复进用"的等外之人。

这样一个柳永，摆在人们的面前，永远会得到不同的评价。这正是柳永之所以为柳永的魅力所在，同时，柳永也就成了历史长河中的一个难题。

可爱的柳永，到底是在"体制"之外好呢，还是在"体制"之内好呢？就是在民间，宋代的看法与元代某些人的看法也并不一样。

有科举制度的宋代，白衣士子大都还是白衣士子，那一件无法脱掉的白衣，令他们感到厌倦，也使他们觉得无奈，于是，在他们的想象之中，尽管柳永的"奉圣旨填词"只是"被逐出体制之外"的同义语，但是，既然"体制"之内难以进入，哪怕是进入之后又如此危险，那么，在"体制"之外做一个能够成就"自我"的柳永，何尝不是一种"活法"？在"体制"之外追求"天下不朽"，何尝不是另一种形式的"功名"！

暂停了科举制度的元代，有些人的看法可不一样。如果说，宋代的白衣士子对科举有所厌倦，那么，对于元代的白衣士子而言，他们连这种厌倦感也觉得是一种奢望。科举停了，无从对之厌倦起来，既然无从厌倦，也就自然生出某种程度的渴望。尽管那是一条独木桥，但好歹是一条桥，如今，连这一条桥也没有了，怎么过河呢？现实中没有桥，也要想象着有那么一条桥，在想象之中满足一下过河的热望。于是，在元代，出现了一个独特的柳永故事，那就是关汉卿的杂剧《谢天香》。

《谢天香》是关汉卿的名作，过去，人们往往把它看作是一个"风尘剧"，着眼于作为妓女的谢天香可悲可怜的命运。其实，就整个剧本而言，谢天香绝对不是一个悲剧人物，她爱柳永，柳永也爱她，她在客观上为柳永守贞，最后与柳永团圆，其人生历程不能算是一个悲剧。

以前，学术界在解读这个剧本时，多是依据谢天香在钱府中的哀叹，于是，截取了这一段哀叹来分析谢天香的性格特点，有的学者认为："由于谢天香自身不可逾越的精神局限性，延续了千余年的中国妇女的悲剧在她身上仍然继续着，铸成了谢天香性格和精神的悲剧"①。不错，仅仅截取剧中的一段情节，我们可以看到谢天香是身不由己的，这是她可怜的地方。但是，我们切不可忽略了作者对整个剧本的总体构思：谢天香遇到了"贵人"，她终于能够与心爱的人在一起，并且成为"柳状元"的夫人！她终究并不可悲。因而，说谢天香的命运是"性格和精神的悲剧"，并不能得到剧中事实上的支持。

　　如果我们把《谢天香》杂剧纳入柳永故事系列，就可以换另一种眼光，看出关汉卿创作《谢天香》的深层意蕴。

　　剧中的柳永，是一个与宋代民间故事中的柳永既有联系又有区别的人物。可以说，他虽带有宋代柳永的身影，但更多的是打上了元代白衣士子的精神印记。在关汉卿的笔下，柳永是一个一心想进入"体制"之内的读书人，他一上场就说："小生想来，今年春榜动、选场开，误了一日，又等三年。则今日辞了大姐，便索上京应举去。"并对谢天香说："小生若到京师阙下，得了官呵，那五花官诰、驷马香车，你便是夫人县君也。"这是出现在元杂剧中的读书人常用的口吻。而谢天香也十分通情达理地说："你休为我误了功名者。"（楔子）② 此外，柳永的同学兼同乡、时任开封府尹的钱可一方面称赞柳永："论此人学问，不在老夫之下。"另一方面又牵挂着："相离数载，不知他得志也不

---

　① 宁宗一语，见李修生等主编：《辽金元文学研究》，156～157页，北京，北京出版社，2001。
　② 《钱大尹智宠谢天香》，王季思主编：《全元戏曲》，第一卷，212～235页，北京，人民文学出版社，1990。

曾，使老夫悬悬在念。"（第一折）总之，柳永是否能够取得功名，是《谢天香》杂剧在情节构思上的一大悬念。剧中的三个主要人物都在剧情开始的时候，围绕着这个悬念各自怀着大致相同的心思。它决定着整个剧本的价值取向：以柳永的进入"体制"之内为目标。

于是，我们看到了在这个目标之下所发生的戏剧冲突。柳永在离开谢天香之际，千叮咛、万嘱咐，要钱可"好觑谢氏"。本来，钱可以"敬重看待"答之，但是，柳永神经质似的再三以同样的语句央求，钱可被惹恼了，将柳永狠狠地教训了一顿，并引经据典，借用《礼记》、《老子》、《孟子》、《论语》等书中言辞，训示柳永"且去你那功名上用心"。不过，钱可对柳永的再三央求是心领神会的，他明白，谢天香是官妓，自己是开封府尹，柳永有求于己，无非是要自己善待谢天香。所谓"好觑谢氏"，语意含糊，怎生是"好觑"？柳永并没有说清楚。钱可只能从柳永那紧张兮兮的央求中领会其作为一个男人而没有说清的意思。于是，才引出了作为全剧主要关目的"智宠谢天香"来。

钱可"智宠谢天香"，目的是为了柳永。所谓"智宠"，无非以特殊的方式保护了谢天香的名节。在关汉卿的构思中，钱可不是一个否定性的人物，他重视柳永的才华，对于柳永的嘱托，并没有置诸脑后，虽然其"智宠"的方式出人意料，可是，长达三年的时间内，他对谢天香秋毫无犯，表面上将谢天香"困"在钱府，实际上，是使她免受各种滋扰和侵犯，兑现了自己在柳永面前所说的"敬重看待"，到底还算尽了朋友之谊。

假如，被钱可教训了一顿的柳永，灰溜溜地落第而来，不要说钱可意有不满，谢天香也会大失所望。当初，钱可说"敬重看待"，谢天香将这四个字拆开来解读："看则看你那钓鳌八韵赋，待则待你那折桂五言诗，敬则敬你那十年辛苦志，重则重你那一举状元时。"（第一折〔金盏儿〕）这完全是对钱可"敬重看待"四字的误读，然而至少说明谢天香的潜意识里对柳永的功名抱有期待，否则，她不会做这样的解读和联想。

在元代，连读书人的红颜知己也产生这样的意识，可知读书人对功名是何等的渴望！对于不少读书人而言，似乎只有进入"体制"之内，人生的价值才能实现。可怜的是，元代的读书人连进入"体制"之内的那一条独木桥也被拆掉了，他们的渴望又是何等的徒然。于是，在徒然的渴望中，只能做一个文学的梦，《谢天香》中的柳永，就是这个文学之梦的人格化。

因而，我们就会明白，关汉卿在《谢天香》中被认为的"疏漏"之处，其实是一种叙事上的策略。罗锦堂先生在《元杂剧本事考》中指出该剧的"疏漏"："北宋都开封，剧中既言耆卿居于开封，而又谓其长行上京应试，未知所上何京？及既中状元，夸官之日，则又在开封，时地不辨，殊为可哂。"① 固然，元杂剧中有不少可以挑剔的毛病，但是，以关汉卿的学识、修养，以他一向表现出来的周到、巧妙的戏剧构思，还不至于连这样显然的"疏漏"也发现不了。笔者以为，这样的"疏漏"另有缘故。一方面，有可能是对宋朝的京师有所避讳，只提开封此地，不提开封是宋朝的京师，原因是，元世祖在至元十四年（1277）十一月"命中书省檄谕中外：江南既平，宋谊曰亡宋，行在谊曰杭州。"② 既然杭州不能再称"行在"，那么，开封也不能再称"京师"，是合乎当时的政治环境的。另一方面，上述"疏漏"其实是关汉卿在叙事策略上设置的一个隐喻：柳永上京应试，这个"京"究竟在哪里？是开封吗，又似乎不是开封，如果是开封，柳永何需长行？不是开封吗，又似乎真的是开封，不然，为何柳永中了状元之后就在开封夸官呢？这不是儿戏吗？

---

① 罗锦堂：《元杂剧本事考》，105页，台北，顺先出版公司印行，1976。
② （明）宋濂等撰：《元史》，卷九，193页，北京，中华书局，1976。

连同钱可的"智宠谢天香",也还不是一种儿戏吗?关汉卿就是写出了这种种的儿戏,是梦幻般的儿戏。这个"杭州"柳永,莫名其妙地"失踪"了三年,又莫名其妙地中了状元,就如同儿戏一样,也只有在儿戏里他才能进入渴望中的"体制"之内。博学多闻的关汉卿,对北宋的事情多有了解,如《谢天香》第一折就提到"当今王元之七岁能文",王元之即北宋文学家王禹偁(954—1001),宋人笔记记载他"年七八岁,已能文"①,又如该剧第二折谢天香改韵歌唱[满庭芳],这个情节很有可能是化用了北宋名妓琴操改韵歌唱秦观[满庭芳]词的故事。② 因此,关汉卿未必不知道北宋的柳永是"建州崇安人"(流行于民间的《新编醉翁谈录》已有明确记载),但他在剧中多次强调柳永是"杭州"人。这也是关汉卿玩弄的一种叙事手段。这个杭州柳永,是北宋柳永的虚化形态,我们不能把他与作为北宋词人的柳永等量齐观,或者说,杭州柳永已经成为作者刻意塑造的一个符号化的文学形象,是风流文士的化身。这个风流文士,在梦幻般的、如同儿戏的人生历程中,既中了状元,又与红颜知已共偕连理。

《谢天香》其实是一个带有儿戏意味的风流文士的功名梦。

第三节 明清两代柳永故事的"美化"倾向(上)

元代作家关汉卿笔下的柳永进入了"体制"之内,与宋代

---

① (宋)邵伯温:《邵氏闻见录》,见《宋人轶事汇编》,卷五,173页,北京,中华书局,2003。

② (宋)吴曾:《能改斋漫录》,见《宋人轶事汇编》,卷十三,659页,北京,中华书局,2003。

民间对于柳永的文学想象情趣相异。此乃时代使然。

这说明，一个历史人物进入了民间叙事的流程之后，他的故事是动态地变化着的。而变化着的故事与该人物原有的行迹、性格或者相关，或者并不相关。他实际上进入了民间叙事的"公共领域"，已经成为"公共人物"。他的故事，谁都有演说的权力，谁都有可能根据不同时空的"公共领域"的需要对他进行随心所欲的改造。"话语权"掌握在民间，掌握在说故事的人手里。相关的历史人物只能躲在历史的深处，冷眼看着自己的形象好像是一团被捏来捏去的泥巴，毫无办法，他永远失去了为自己争辩的权力，后人说好说歹，也只好任随其便了。

柳永的命运就是如此。

元朝之后，明清两代的柳永故事大体上依据宋代的民间情趣为基调，主要是在"体制"外做文章。

明代有一个颇具代表性的作品，即冯梦龙《古今小说》第十二卷《众名姬春风吊柳七》①。其显著特征是将柳永进一步"情圣"化，并设想着他死后得到无上的哀荣：安葬在乐游原。

《众名姬春风吊柳七》中的柳永，"原是建宁府崇安县人氏"，这显然与《谢天香》中的杭州柳永有别，而与《新编醉翁谈录》的说法一脉相承。作品中说："那柳七官人，于音律里面，第一精通"，"他也自恃其才，没有一个人看得入眼，所以缙绅之门，绝不去走，文字之交，也没有人。终日只是穿花街，走柳巷，东京多少名妓，无不敬慕他，以得见为荣。若有不认得柳七者，众人都笑他为下品，不列姊妹之数。"这些都继承了宋代民间的柳永故事的说法。而且，措辞进一步升级，如"第一精通"的字眼不见于《醉翁谈录》；又如"缙绅之门，绝不去

---

① （明）冯梦龙编：《古今小说》，187～198页，北京，人民文学出版社，1984。

走"，在《醉翁谈录》里只是说"厌薄官情"而已。更为出格的是，在那些聪明绝顶的妓女心目中，"不愿君王召，愿得柳七叫"，不仅将君王与柳七相提并论，而且，大有将柳七凌驾于君王之上的气概。这是在宋代的柳永故事中尚未见到的。

如果说，取得功名是社会的一种"硬"评价的话，那么，柳永获得来自"体制"之外的高度赞誉，是一种"软"评价。《众名姬春风吊柳七》明显地出现了追求"软"评价的倾向。

小说中的女主人公谢玉英，是江州名妓，"才色第一"，按照作品的说法，她完全是一位高度文人化的女性："明窗净几，竹榻茶炉，壁上悬一幅古画。香风不散，宝炉中常爇沉檀。清风逼人，花瓶内频添新水。万卷图书供玩览，一枰棋局佐欢娱。"作品凸现了其知识女性的身份，为的是引出她对柳永的评价。当时，柳永慕名去寻访她，看到其桌上摆着一册《柳七新词》，她尚未知道站在面前的就是柳永本人，说："此乃东京才子柳七官人所作，妾平昔甚爱其词，每听人传诵，辄手录成帙。"柳永问她："天下词人甚多，卿何以独爱此作？"谢玉英举柳词的一些名句为例，说明柳词"描情写景，字字逼真"，还特别指出："此等语，人不能道。"换言之，谢玉英看重的是柳词的独创性。

在以儒家思想为核心的主流文化中，孔子是圣人，作为圣人的孔子自称"述而不作"[1]，一切以"周礼"为准则，于是，千百年来，形成了"人云亦云"的传统，人们只是在密密麻麻的"注疏"中接受教育，不知道自己应该有话要说，更不知道何为独创性。可是，在主流文化之外，总有非主流文化的存在，后者虽然长期受到无情的压制，但也在千方百计寻找突显自身的文化价值的"出口"。在某种程度上说，非主流文化找到了柳永，柳

---

[1] 《论语》"述而"第七，见《诸子集成》，第1册，134页，上海，上海书店，1990。

永成为非主流文化的"形象代表","此等语,人不能道"就是以柳永为形象代表的非主流文化的"广告词"。

事实上,柳永的"此等语"与孔子"述而不作"的"述",是分属不同的文化体系的。孔子的"述",强调的是社会和政治的"秩序",而柳永的"此等语"是一种人性的诉求。在民间的想象中,柳永"奉圣旨填词",但他所"填"的与"圣道"无关。尤其值得注意的是,民间流传的柳永故事,已经将北宋词人柳三变那些恭维圣驾、点缀升平的词作"过滤"掉了,他那首惹祸的《醉蓬莱》没有出现在以他为主人公的戏曲、小说之中。这正好说明,柳永作为民间视野中的非主流文化的形象代表,随着他的故事的代代相传,其身上原有的追求"体制"之内的"硬"评价的渴望,被人为地"删除"了。

即以《众名姬春风吊柳七》为例,柳永没有参加科举考试,他"除授浙江管下余杭县宰",那只是别人推荐的结果,是一份"顺水人情",不是他经历寒窗苦读之后才"博"来的。这与柳永在北宋的实际行迹相去很远。在作品中,他也似乎不在乎做官,走马上任之际,与红颜知音谢玉英相识、相恋;上任之后,其为官之道以"讼简词稀"四字带过,他更喜欢的是"登临游玩,赋诗饮酒"。作品的倾向是,一方面,尽量淡化柳永身上的官气,一方面,尽量美化柳永身上的风流韵味。

说美化柳永是有迹可寻的。

小说中,柳永做了一件好事,成全了妓女周月仙与黄秀才的爱情。原来,周与黄两相爱慕,情意甚密。可是,黄秀才家贫,无力备办彩礼。周月仙一心为其守节,誓不接客。当地有个刘二员外,设计强奸了月仙,令其蒙羞,逼其就范。本来,月仙作为一个弱质女子,不敢反抗。而柳永发觉月仙心事重重,再三询问,备知底细,于是,自掏腰包,"替月仙除了乐籍",让月仙与黄秀才成为夫妇。小说叙述柳永在余杭为官三年,别的什么都没说，只是写了这一件事。严格说来，这件事是没有原告、也没有被告的，不算是案件，只是柳永同情月仙，主动过问，并且以"私了"的方式解决问题，算不上柳永在余杭任上的"政绩"。因此，没有官气的柳永，在民间的视野中扮演了多情种子的角色。

关于上述情节，明天许斋刊本《古今小说》有一条眉批："此条与《玩江楼记》所载不同。《玩江楼记》谓柳县宰欲通月仙，使舟人用计，殊伤雅致，当以此说为正。"① 这里说的《玩江楼记》，即《清平山堂话本》卷一《柳耆卿诗酒玩江楼记》。其中描述柳永"看了月仙，春心荡漾，以言挑之"，而月仙再三拒绝，"弗从而去"。于是，柳永买通船家，命其趁月仙夜间乘船之际强奸月仙。事后，柳永又设计，于玩江楼上戏弄月仙，使月仙羞愧难当，终于顺从，与其"欢洽"。故事中的柳永，形象极差，有类于"淫棍"。故而天许斋本的眉批说"殊伤雅致"。由此可见，《众名姬春风吊柳七》对这个情节是动了大"手术"，完全是倒了个"个儿"。

追根溯源，《众名姬春风吊柳七》的部分情节从《柳耆卿诗酒玩江楼记》脱胎而来。考察柳永故事的演变，"诗酒玩江楼"是宋元以来民间叙事的一个热门话题。明徐渭《南词叙录》"宋元旧篇"著录宋元戏文有《柳耆卿花柳玩江楼》，此剧已经失传（钱南扬先生《宋元戏文辑佚》录其佚曲33支）；此外，元戴善夫、杨景贤分别撰有同名杂剧《玩江楼》，其题目正名也相同："周月仙风波明月渡，柳耆卿诗酒玩江楼"②，从这题目正名看，戴氏、杨氏的杂剧与《清平山堂话本》卷一的故事情节大致是

---

① （明）冯梦龙编：《古今小说》（天许斋刊本），484页，上海，上海古籍出版社，1987年11月影印本。

② 浦汉明：《新校录鬼簿正续编》，108页、166页，成都，巴蜀书社，1996。

吻合的。可以想见,《清平山堂话本》卷一的故事,其来源很可能是戏文和杂剧。换言之,它很可能是根据戏文、杂剧改编而成的。这个故事,到底是先有戏文还是先有杂剧,我们不得而知,不过,不管哪一个在先,哪一个在后,戏文与杂剧互相影响是可以肯定的。它们相互影响的结果产生了《清平山堂话本》卷一的故事。从这个故事来看,在宋元时代以及明代初期,有关柳永"诗酒玩江楼"的话题是比较低俗的。这说明,柳永在民间的形象并不稳定,有的人认为他是"天下不朽",有的人认为他过于风流,以至于像一个淫棍。可见,在如何看待柳永的"风流"的问题上,不同的人有不同的解读。有的人侧重于从柳永的文学创作的角度来理解其文学形象,于是往往给予肯定;有的人侧重于从柳永的男女关系的角度来看待其文学形象,于是,往往给予一定程度的批评,甚至或多或少有丑化的意味。到明冯梦龙编辑《古今小说》时,他在《众名姬春风吊柳七》中对柳永的故事进行了明显的改造。对此,谭正璧先生说:"《古今小说》第十二卷《众名姬春风吊柳七》,叙柳耆卿与谢玉英的恋爱故事,中间亦写到周月仙,但把计赚月仙的事属之富人刘二员外,而月仙的爱人则为穷人黄秀才,耆卿不但没有糟蹋月仙,反而抑强扶弱,出钱替月仙除了乐籍,使与黄秀才成为夫妇。这当然依据了本篇(即《柳耆卿诗酒玩江楼记》)改作的,但这一改却改得很好。因为如本篇所写,绝不像是为一般妓女所倾心的风流才子所做的事,《古今小说》绿天馆主人的叙里,称玩江楼'鄙俚浅薄',可见他是不满本篇而有意改写的。"① 从柳永故事的发展脉络来看,随着时代的变迁,人们在塑造柳永的文学形象时越来越凸现其作为具有独创性的文人的价值,其身上原有的一些低俗的东西也随之逐渐被淡化、被抹去。

---

① 谭正璧校点:《清平山堂话本》,5页,上海,上海古籍出版社,1987。

另一方面，《众名姬春风吊柳七》中"吊柳七"的部分，是别有来源的。清张彝宣《寒山堂曲谱》征引宋元无名氏作品有《花花柳柳清明祭柳七记》一剧，并注云："未见全本。"① 尽管该剧没有流传下来，但从一些材料看，所谓"祭柳七"的故事在宋代就开始传播了。宋曾敏行《独醒杂志》载："柳耆卿葬枣阳县花山。远近之人，每遇清明日多载酒肴饮于耆卿墓侧，谓之'吊柳会'。"② 宋元无名氏的《花花柳柳清明祭柳七记》大概是依据这样的传闻改编的，并将"远近之人"的范围缩小，只突出了"花花柳柳"，明显地带些香艳的色彩。而《众名姬春风吊柳七》可能就是吸收了这一类的故事，进一步为柳永树碑立传。

关于柳永之死以及他葬于何处，宋人的笔记已有不同的记载，宋叶梦得《避暑录话》卷三说："（柳）永终屯田员外郎，死旅，殡润州僧寺。王和甫为守时，求其后不得，乃为出钱葬之。"③ 这与《独醒杂志》的记载相异太大，可见柳永的终焉之地，在宋代已经难以确考了。于是，反倒为后人在编故事的时候留下了可以想象的空间。《众名姬春风吊柳七》写道："一日在赵香香家，（柳永）偶然昼寝，梦见一黄衣吏从天而下，说道：'奉玉帝敕旨，《霓裳羽衣曲》已旧，欲易新声，特借重仙笔，即刻便往。'柳七官人醒来，便讨香汤沐浴，对赵香香道：'适蒙上帝见召，我将去矣。各家姊妹科技一新，不能候之相见也。'言毕，瞑目而坐。香香视之，已死矣。"在这里，小说家神化了柳永之死。同时，将柳永的音乐才能提升到至高无上的境界。天许斋刊本在此处有一条眉批："如此洒脱，谁云留连花酒

---

① 庄一拂：《古典戏曲存目汇考》，上册，41页，上海，上海古籍出版社，1982。
② 丁传靖：《宋人轶事汇编》，卷十，466页，北京，中华书局，2003。
③ 《宋元笔记小说大观》，第三册，2628页，上海，上海古籍出版社，2001。

者？枉杀英雄，千古遗恨！"① 这可以看出明人对柳永的评价，明确地将他视为"文化英雄"。所以，小说接着写道：在柳永死后，他的几个红颜知己极为哀伤，"在乐游原上，买一块隙地起坟，择日安葬"。这是"人为"地在柳永身上追加的至高无上的哀荣。

从以上的情节安排可以看出，柳永在明代获得了有别于前代的"软评价"。宋代民间说他"天下不朽"，未免过于抽象和笼统，缺乏文学想象。而在明代，柳永以其出色的才华"上天"重新创作《霓裳羽衣曲》，连玉帝也要借重他的"仙笔"，正是"天生我材必有用"，皇帝不用玉帝用。这样的文学想象，多少有点"赌气"的成分，而柳永自称"奉圣旨填词柳三变"不也是含有"赌气"的心态吗？明人的想象很有趣味：柳永不仅"奉圣旨填词"，而且还要"奉玉帝敕旨"谱曲，这又是在"赌气"之外对现实的一种嘲讽，柳永在小说中有一句话："当今做官的，都是不识字之辈，怎容得我才子出头？"现实中，"奉圣旨填词"只是一种苦涩的幽默，而在虚拟的时空中，"奉玉帝敕旨"谱曲则是一场精神上的胜利。的确，柳永在精神上是最后的胜利者，他被其红颜知己安葬于乐游原！

"乐游原"的意象，十分值得注意，内涵相当特别，蕴含着古代读书人的一种心比天高的自信，一种具有某种代偿意味的评价。唐杜牧《将赴吴兴登乐游原》诗有句云："欲把一麾江海去，乐游原上望昭陵。"② 昭陵，是唐太宗的陵墓，能够"望"昭陵的乐游原，以地势高旷著称，在古人的想象中，一定是充满

---

① （明）冯梦龙编：《古今小说》（天许斋刊本），494～495页，上海，上海古籍出版社，1987年11月影印本。
② 《增订注释全唐诗》，卷五百一十四，1265页，北京，文化艺术出版社，2001。

王气的地方。杜牧《登乐游原》诗:"看取汉家何事业,五陵无树起秋风。"① 所谓"五陵",是指汉代五个皇帝的陵墓(即高帝长陵、惠帝安陵、景帝阳陵、武帝茂陵、昭帝平陵)。所以,柳永死后葬于此地,实在是很风光的。一个失意的文士,其"风流冢"就与汉代皇帝的陵墓同处一地,与唐太宗的昭陵两相对望,这是何等狂放的想象,何等骄傲的胜利!

有考据癖的人会认为这是一种"无厘头"(无来头)的想象,可是,"无厘头"往往蕴含着难以明言的深层心理。对于现实中的挫败、精神上的压抑,失意的人可以在想象的空间寻找反弹心理的突破口,在文学想象中寻求内心渴望的形象化。如果说,在元代,通往"体制"之内的独木桥一时被撤走了,人们对独木桥产生难以割断的幻想,那么,在明代,独木桥恢复了,可是过桥的难度还是那样大,还是那样令人提心吊胆、惶恐不安,甚至比起宋代还有过之而无不及,此时,人们自然又产生了对"体制"之内的畏惧,对"体制"之外的"软评价"的更为强烈的追求,乃至于对梦幻有一种非比寻常的偏好。其实,明人对非现实的"梦境"有着较之前人更为自觉的体认,故而汤显祖有"临川四梦"之作,而明王元寿的《异梦记》传奇②,男主人公王奇俊也有科场失意的经历。诸如此类,例子甚多。人们往往不做"体制"之内的梦,而做的是"体制"之外的梦;即便是做了"体制"之内的梦,也只是"南柯梦"而已。在这样的背景下,我们看柳永的"上天"与"入地",也是有如梦幻,那是"体制"之外的梦幻;在"体制"之外竟是一片无限广阔

---

① 《增订注释全唐诗》,卷五百一十四,1256~1257页,北京,文化艺术出版社,2001。
② 明万历刻本,收入《古本戏曲丛刊》二集,北京,商务印书馆,1955年影印。

的天地,"上天"可以得到玉帝的垂青,"入地"可以享有皇帝般的风光,这才是那些失意的人所寻求的最高级的人生之梦。

第四节　明清两代柳永故事的"美化"倾向(下)

明末清初的邹式金将小说《众名姬春风吊柳七》改编为杂剧。

邹式金是明崇祯六年(1633)进士,曾任南京户部主事、南京户部郎中、福建泉州知府。曾经辅助南明隆武帝抗清,兵败后隐居故乡,终老于家。① 他编辑的《杂剧三集》(即《杂剧新编》)有清初刊本,《风流冢》亦在其中②;他为此书写的小引撰于清顺治十八年(1661),可知该杂剧至迟在此时完成。也许《风流冢》作于其抗清失败之后。

邹式金在处理柳永故事时,简化了故事情节,进一步凸显了"风流冢"的意象,故而剧名就叫《风流冢》。不过,这个杂剧的调子不像《众名姬春风吊柳七》那么高,看破红尘的意味更多一些,透露出文人对柳永故事的一些新的思考。

《风流冢》的女主人公是江州名妓谢天香。"谢天香"之名显然来自关汉卿的杂剧,不过,《风流冢》的故事与杂剧《谢天香》基本上没有关系,作者写作杂剧的思路与关汉卿不同,他没有将柳永"赶"进"体制"之内。在科举制度盛行的时代,小说作者也好,戏曲作者也好,往往侧重于在"体制"之外来塑造柳永的形象。而在科举制度暂时停止的元代,关汉卿以柳永

---

① 邓绍基主编:《中国古代戏曲文学辞典》,1065页,北京,人民文学出版社,2004。

② (清)邹式金编:《杂剧三集》,北京,中国戏剧出版社,1958。

高中状元作为故事情节的亮点,这在柳永的故事系列中是别具一格的。

邹式金笔下的谢天香与《众名姬春风吊柳七》的江州名妓谢玉英也有不同:后者在跟柳永分手后,与孙员外另有私情,后来发现柳永没有忘情于她,自觉惭愧,终于回到柳永身边;而前者自与柳永定情后,贞洁自守,别无二志,虽然其间有过分离,但女主人公远道寻访,不负前盟,终于和柳永"放舟郊外,闲话湖山"(第三折)。

剧中的男女主人公颇有当年范蠡与西施的情致。其中,柳永唱道:"世事云翻雨覆,到如今休问如脱鹰鞲。放开双足恣遨游,是非不上眉儿皱。骅骝千里,丝缰早收。鲲鹏四海,虞人罔求,英雄岂入寻常彀。"(第三折〔皂罗袍〕)女主人公也唱道:"柳郎,你才道仕途险窄,奴家也想来:鹓鹭班,争似鸾凤偶;一任他朱衣紫绶。大古是行监坐守,怎如向烟波深处同消受。"(第三折〔浣溪沙〕)这使我们想起明梁辰鱼《浣纱记》的第45出"泛湖",范蠡唱道:"早离了尘凡浊世,空回首骇弩危机。伴浮鸥溪头沙嘴,学冥鸿寻双逐对。"(〔北太平令〕)西施也唱道:"烟波里,傍汀蘋,依岸苇,任飘飘海北天西。"(〔南川拨棹〕)两相对照,范蠡与西施,柳永与谢天香,都是一样的夫唱妇随,都是一样的超越尘世,视人世为畏途,以世外为仙境;万事无所求,惟愿夫妻恩爱而已。故而范蠡对西施说:"富贵似浮云,世事如儿戏。惟愿普天下做夫妻,都是咱共你。"①(〔北清江引〕)而柳永也对谢天香说:"世间不独富贵功名,犹如梦幻,即悲欢离合,总是空花。昔日霍小玉负恨花盟,苏小卿终乖伉俪,求之太真,失之转远。怎如我和你无心作合,究竟相从,果

---

① (明)毛晋编:《六十种曲》,第一册,160~161页,北京,中华书局,1982。

如所愿也。"(《风流冢》第三折)

邹式金将故事的女主人公进一步美化了,其精神境界在某些方面与古代第一美人西施几无二致;同时,也将男主人公的形象作了明显的"修订",其笔下的柳永减少了浪荡色彩,增添了一些旷逸的情怀,如他颇为得意地对谢天香说:"天香,俺柳七今日大悟了也,梦破庄周,梦破庄周,真个其生若浮。"(第三折[忆多娇])这些都是以往的柳永故事所少见的。

不过,说"其生若浮"是一回事,是否真的"看破"又是另一回事。古人说看破,不一定是彻底的看破,有时候一边说看破,一边是心有不甘。邹式金在《风流冢》里就表露出这样的心态。剧本第四折写柳永死后,谢天香在祭奠柳永时说:"柳郎,你如此才情,生前不能大用,这许多词赋,难道便生生埋没了?"文人的自恋情结,借谢天香的话反映出来了。

是的,"这许多词赋"是柳永的价值所在。谢天香尽管在剧中说过"人生如寄"的话(第三折),但是,她割舍不断对柳永的思念,更加割舍不了对柳永的词赋的尊崇。这就隐含着一种颇为微妙的人生观:对于读书人而言,"生前不能大用",固然可悲,但可以用"其生若浮"来化解,剧中的柳永就是这样来自我安慰的;可自己的文化创造,是自身的精魂所寄,如果"生生埋没",那是无法放怀的。这是一个人生的悖论,是古代读书人往往走不出的一个精神怪圈。

作为士大夫,邹式金对于文化创造也许是情有独钟,对柳永文学的独创性也是充分肯定的,他借谢天香的口称赞柳永:"你兰心蕙质,虎绣龙雕",故而"忆多才,泪湿乌丝稿",怜才之情溢于言表。尽管"三尺孤坟,可道百年难保",但是,谢天香认定柳永是"世上无双,人间绝少"(第四折)。在《风流冢》中,柳永不仅是一个"情圣",而且也是一位文化英雄,他生前死后都赢得其红颜知己的极高评价。邹式金毕竟为一位非主流的文化英雄在"乐游原"上竖起了一座碑。

第五节　历时性演化的柳永故事的内涵

从风流才子到非主流文化英雄，是宋代以来柳永故事的题材流变的大致走向。在历时性的演变中，柳永从一个具体的北宋文人演化为一个带有文化符号意味的文学形象，在一定程度上充当起非主流文化的"圣人"的角色；尤其是在民间系统的柳永故事中，"柳永"形象是非主流文化的一面旗帜。同时，由于柳永有过一段相当典型的失意的人生经历，"柳永"形象又成了失意文人的代表。

失意的人生往往会借助一定的途径寻求某种精神上的补偿，柳永故事内含着一种精神胜利法。在古代社会的体制之内，人们常常走读书做官的路，这已经构成一种"制度文化"。读书之后做官，这是社会给予一个读书人的"硬评价"。为了寻求这种"硬评价"，古代不少读书人付出了长期的甚至是毕生的心血。另一方面，就算好不容易获得了"硬评价"，宦海的风波、官场的倾轧，大有朝不保夕、人心惶惶之慨，得到的又会于莫名其妙之间失去了。故而失意的人无时不有。在得不到"硬评价"或失去"硬评价"之后，人们转而寻求"软评价"。"软评价"是柳永故事的核心价值。

柳永故事中的"软评价"明显地带有性别色彩，能够给予柳永"软评价"的不是男性社会，而是女性群体，而且是女性中的"弱势群体"即妓女。大家闺秀所能接触的是主流文化，具体说是主流文化中与"闺范"相关的部分，她们不大可能接触非主流文化的艳词小调；普通妇女往往操持家务，文化程度不高，又限于种种"妇道"，她们接触艳词小调的机会也不多。所以，在女性社会中，能够接触、品评艳词小调的常常是妓女。于是，妓女们对柳永的欣赏、爱慕、推崇，就是古代社会"制度文化"之外的对于男性的"软评价"。失意男性获得女性的"软评价"，无疑是一种心灵上的重要补偿。这是柳永故事题材流变的一种内在心理动力。

柳永故事是对"制度文化"、主流文化的挑战，其文化观念与人性诉求，暗示着一种新的文化形态的产生和流行，尽管这种新的文化形态受到压制，但是，柳永故事倡导在"制度文化"之外寻求生存空间、寻求自身价值的确认，在某种程度上是对"制度文化"的颠覆。当然，颠覆是隐性的，也是在无可奈何的情形之下的一种选择。不过，这种新型的文化是不屈服于压制的，是要寻求胜利的。它所寻求的"软评价"，是一种公正的评价，是一种不拘一格的评价，试看《众名姬春风吊柳七》篇末的一首诗："乐游原上妓如云，尽上风流柳七坟。可笑纷纷缙绅辈，怜才不及众红裙。"这是对"制度文化"的嘲讽和抗争。小说写道：柳永死后，"出殡之日，官僚中也有相识的，前来送葬。只见一片缟素，满城妓家无一人不到，哀声震地。那送葬的官僚，自觉惭愧，掩面而返。"死了的柳永令官僚们"自觉惭愧"，这不是柳永的"胜利"吗？死后的柳永得到"众红裙"的由衷爱戴，可见"公道"就在红颜们的心中。"死得其所"的柳永，其精灵游荡在乐游原上，享受着"皇家"气派，他简直成了读书人中最高层次的胜利者了。

柳永故事中的精神胜利法，内含着古代的失意人士尤其是读书人的辛酸与无奈、自信与骄傲、怯弱与抗争。它是我们认识中国的国民性的一个颇有价值的"标本"。

穿越时空的柳永故事，其故事形态是"流动的"。历经宋、元、明、清各代，"沿途"有不尽相同的"人文景观"，受到不同的"人文景观"的熏染，柳永故事的叙事形态往往与各个不同时代的人们所遭到的困惑和诉求相对应,而呈现出程度或大或小的变异。其实,像戏曲、小说中的孟姜女故事、董永故事、李白故事、苏东坡故事等,它们的历时性演化也是与各个不同时代的人们所遭到的困惑和诉求相对应的。在古代的叙事作品尤其是民间的叙事系统中,一直潜行着"人物的改塑"的叙事活动;哪怕是历史人物,一经进入"故事"系统,就可以摆脱某种历史规定性的羁绊,摇身一变成为"历时性"的人物,获得进入后世各个时代的"通行证",不得不接受被"改塑"的命运。于是,我们可以看到元代的"柳永"与明代的"柳永"有所不同,其他历史人物在不同时代有关他们的故事里也是风姿各异。这是历史人物的"尴尬"之处;可换一个角度看,也未尝不是他们作为备受瞩目的"故事主人公"的一种"荣耀"。

第十章　故事人物的共时性塑造
——以明代的司马相如故事为例

一个故事人物，其历时性演化的时空跨度比较大，以该人物为中心的诸种故事会与不同时代的人们的心态发生不尽相同的对应关系。现在，我们暂且放下"纵向"的角度，而从"横向"的维度来看问题，想进一步考察，同一个故事人物在某一个历史时段里，有关他的诸种故事的叙事文本能否产生相互间的"距离感"并构成"互文性"？

本章以明代的司马相如故事作为剖析的对象。

第一节　司马相如故事与古代知识分子的"自我实现"问题

汉代的司马相如，仕途并不平坦，却也能"自我实现"，凭着自己的才华、凭着自己的信心，也凭着并非人人都有的机遇。他的故事，对于古代知识分子来说，有着多方面的内涵。

历代流传的司马相如故事，大抵本于《史记》的司马相如列传以及《汉书》的司马相如传，并参考《西京杂记》、《华阳国志》等书所载的有关轶事，而有所删改、增饰和敷衍。

历史上的司马相如，"少时好读书，学击剑"，仰慕战国时赵国的蔺相如。尽管他学过击剑，但是好文不好武，曾经"事孝景帝，为武骑常侍，非其好也"。偏偏"景帝不好词赋"，他转而一度投靠梁孝王，也不过是"与诸生游士居数岁"而已，最大的作为就是写出一篇《子虚赋》①。《子虚赋》当然是文学史上的名篇,也为司马相如日后见遇于汉武帝埋下了伏笔。它体现出司马相如的文学才情,也有一定的思想意义,尤其是篇末批评诸侯"费府库之财,而无德厚之恩,务在独乐,不顾众庶,忘国家之政"②,可见作者是个有头脑的人。不过,这篇长赋充满虚浮夸饰之词,追求"靡丽",作者的表现欲过度强烈。

司马相如是文学家,其传世作品以赋为主,而一直流传的司马相如故事也与他的赋密切相关。可以说,如果没有赋,司马相如就不是司马相如了。不过,故事中的司马相如不仅以辞赋家的面貌出现,在一些场合里,他还是风流倜傥的书生。作为风流文士,他的轶事,他的艳遇故事及婚恋经历,也是为人所津津乐道的,并零散见于笔记小说或杂史等传世文献,如《西京杂记》卷一的"相如死渴"、"百日成赋";卷三的"长卿赋有天才"、"赋假相如"、"《大人赋》"、"《白头吟》"等③;又如《华阳国志》卷三"蜀志"的"升仙桥"、"卓王孙"故事④,虽然是零星的记载,却是司马相如故事中不可或缺的经典情节;再如《乐府解题》的"百金买赋"故事⑤,当源自司马相如的《长门赋序》⑥,尽管是粗陈梗概的小故事,也引来后世不少人的羡慕

---

① (汉)司马迁:《史记》,卷一百一十七,2999页,北京,中华书局,1992。
② (汉)司马迁:《史记》,卷一百一十七,3043页,北京,中华书局,1992。
③ 向新阳等校注:《西京杂记校注》,82页、91页、147页、149页,上海,上海古籍出版社,1991。
④ 任乃强校注:《华阳国志校补图注》,152页、157页,上海,上海古籍出版社,1994。
⑤ (宋)郭茂倩:《乐府诗集》,第四十二卷,621页,北京,中华书局,1979。
⑥ (梁)萧统编:《文选》,第十六卷,577页,长沙,岳麓书社,1995。

或议论。①

对于古代知识分子来说，他们的多重人格因素往往在司马相如身上找到对应关系。比如说，逞能，狂傲，狷介，这一切，司马相如有，天底下的不少知识分子何尝没有？就以过分逞能而言，自司马相如以来，世人多不以之为病，反而视之为文人本色，滋长出某些知识分子人格中的逞能倾向，借用瑞士心理学家荣格的术语，司马相如逞才使气的形象是这种人格倾向的一个"原型"②。可以说，向皇帝献赋、显露才华而求知遇之恩，其成功的例子大概自司马相如始；后世亦有模仿者，如唐杜甫先后向唐玄宗献了《雕赋》、《三大礼赋》和《封西岳赋》，"文章虽然被玄宗赏识，但却没有得到什么官职"③。可见司马相如开了一个头，后世的人有样学样，以为将自己肚子里的墨水"货与帝王家"，就能好像司马相如那样一步登天。贤明如杜甫也免不了患有这样的幼稚病。

古代的知识分子看到，在司马相如的一生中，他有"不遇"的时期，也有"遇"的时候；在"不遇"之时，虽然时运不济，却迎来了激动人心的"艳遇"，足以令天下读书人艳羡不已。而在"遇"的时候，志满意得，凯旋归里，昔日"题桥"，今日果如所愿，那是天下多少读书人梦寐以求的时刻！对于不少人而言，人生的"自我实现"的最高境界亦无过于此。

简而言之，司马相如的故事，内含着一个基本的公式："自

---

① 后世多夸张为"千金买赋"，如李白《白头吟》其二："闻道阿娇失恩宠，千金买赋要君王。"见（唐）李白：《李太白全集》，卷四，245页，北京，中华书局，1977。

② （美）霍尔等著：《荣格心理学入门》，冯川译，44～65页，北京，三联书店，1987。

③ 邓魁英、聂石樵选注：《杜甫选集》，前言，4页，上海，上海古籍出版社，1983。

我实现"等于"红颜"加上"功名"。二者若缺其一,均不成其为司马相如故事。这个故事就是由"红颜"与"功名"复合而成的,借用语法学的术语来说,这是一个叙事"复句"。

解读这个叙事"复句",我们可以看到,人们在不断复述司马相如故事的时候,他们或许在"望梅止渴"、"画饼充饥",或许在虚拟着知识分子人生的莫测多变的"典型情境"。从他们多种多样的复述中,可以探寻到古代知识分子在"自我实现"方面的渴求与期待、苦闷与困惑、无奈与揶揄。司马相如的故事与古代知识分子的境遇往往有着既对应又不对应的关系。就大环境而言,皇权的专制统治,仕途的曲折艰辛,君子与小人的同生共存,等等,各个时代都是差不多的;不同的是,司马相如比天下很多知识分子都幸运,尽管并非一帆风顺,可也算是要红颜有红颜、要功名有功名,其人生故事几乎成了古代知识分子共同拥有的梦,而现实中的读书人能有几人幸而成为司马相如呢?正是有了这种既对应又不对应的关系,司马相如故事才会有丰厚的"心灵土壤",久传而不衰,并在其流传过程中被不时注入一些人生的感慨与企盼。

第二节 "红颜慧眼"与"不负读书"
——《风月瑞仙亭》话本

司马相如故事总会有"红颜"与"功名"这个"叙事复句"。不同的司马相如故事,对"红颜"与"功名"往往有不尽相同的"解读"。明代的司马相如故事中,话本《风月瑞仙亭》的"叙事复句"以"红颜慧眼"与"不负读书"作为两个相关的侧重点。

《风月瑞仙亭》，见明洪楩所编《清平山堂话本》①，其文字又见明冯梦龙《警世通言》第六卷《俞仲举题诗遇上皇》的"入话"部分②，后者对前者略有删改；其故事文本，明代以前不知是否已经存在，但是现在所见的文字无疑经过明人之手，故而，我们将它视为明代的文本。

这个文本，没有过于复杂的人物关系，主要人物只有三个，即司马相如、卓文君、卓员外。某些过去的司马相如故事中出现过的具有"标志性"的细节，在《风月瑞仙亭》中被"过滤"掉了，比如，《史记·司马相如列传》记载："卓王孙有女文君新寡"③，这是众所周知的，可在话本里，卓家"止有一女，小字文君，及笄未聘"④。这显然是故意的改动，作者潜意识里不愿意看到自己所心仪的司马相如爱上一个"寡妇"，宁肯凭空想象：相如所遇到的是一位"聪慧过人，姿态出众；诗词歌赋，琴棋书画，描龙刺凤，女工针指，饮馔酒浆，无所不通"的尚未出阁的富家小姐。又如，《史记》记载，当初卓王孙知道临邛令王吉视司马相如为"贵客"，于是一并宴请，王吉已到，而司马相如"谢病不能往"，后来碍于王吉的情面，勉强前往卓家。可在话本里，司马相如闻知卓员外家有"园池佳胜"，特别是"园中有花亭一所，名曰'瑞仙'"，不请自来，并无故作姿态。总的来看，话本作者对故事的人物关系做了纯洁化、简单化的处理，目的是为了写出一个绮丽而又比较和谐的司马相如故事。

在宋元时期，司马相如故事最大的叙事兴奋点是"题桥"，

---

① 书名原作《六十家小说》，仅存27篇，因该书版心有"清平山堂"字样，已故学者马廉先生改作今名；见《清平山堂话本》，卷首"出版说明"，上海，上海古籍出版社，1987。
② （明）冯梦龙编：《警世通言》，65~70页，北京，人民文学出版社，1984。
③ （汉）司马迁：《史记》，卷一百七十七，3000页，北京，中华书局，1992。
④ 谭正璧校点：《清平山堂话本》，39页，上海，上海古籍出版社，1987。

如明徐渭《南词叙录》"宋元旧篇"著录戏文剧目有《司马相如题桥记》①，又如元钟嗣成《录鬼簿》于关汉卿名下著录《昇仙桥相如题柱》②、于屈子敬名下著录《相如题柱》。③ 尤其是在元代，科举考试一度废止，读书人于功名无望，对于司马相如的"题桥"故事别有一番滋味在心头，是羡慕，是妒忌，是渴求，恐怕都混合在一起了。元无名氏杂剧《举案齐眉》第一折正旦唱："我又不曾临邛县驾车，他又不曾升仙桥题柱。"④ 可见，"相如题柱"在当时是颇为流行的典故。

可是，《风月瑞仙亭》的叙事兴奋点并不在此。这个话本着重于瑞仙亭上的"风月"，着重于"风月"背后的一段"红颜心事"。

话本中的卓文君，以"处女"之身、"聪慧"的资质、丰厚的身家，等候着意中人的出现。作品写道：文君平常"每每存想"："我父亲营运家业，富之有余；岁月因循，寿年已过。奈何！奈何！况我才貌过人，性颇聪慧，选择良姻，实难其人也。此等心事，非明月残灯，安能知之？……因此上，抑郁之怀，无所倾诉。"其中，"寿年已过"，按照上下文意，当指妙龄已过。这一位眼光很高的富家小姐，也学"韩寿偷香"故事中的贾氏女，听说家里来了一位"秀士"司马相如，"乃于东墙琐窗内，窥视良久，见其人俊雅风流，日后必然大贵。但不知有妻无妻？我若得如此之丈夫，平生愿足！争奈此人箪瓢屡空，若待媒证求亲，俺父亲决然不肯；倘若挫过此人，再后难得。"传统的司马

---

① 李复波等注释：《南词叙录注释》，131页，北京，中国戏剧出版社，1989。
② 浦汉明校：《新校录鬼簿正续编》，58页，成都，巴蜀书社，1996。
③ 浦汉明校：《新校录鬼簿正续编》，145页，成都，巴蜀书社，1996。
④ 王学奇主编：《元曲选校注》，第三册，上卷，2351页，石家庄，河北教育出版社，1994。

相如故事，叙述相如"以琴心挑之"①，可是，话本中的卓文君，还没有等到"琴挑"，已是芳心暗许，并想到不必等待"媒证"，决不错过机会，话语间，已经隐隐有"私奔"的念头。这一叙述方式，显然是"戏仿"了"韩寿偷香"中的贾女故事："（贾）充每聚会，贾女于青璅中看，见（韩）寿，说之，恒怀存想。"② 这其实是对司马相如故事的一种不动声色的改造。可以设想，一位深闺中的女子，被琴声挑逗起芳心，固然令鼓琴者大为得意，不过，这只不过是"单向度"的挑逗；而在芳心已然暗许的情况下，司马相如的"琴挑"，无形中已经变成男女双方的一种互通情愫的"仪式"，故而话本中的卓文君在听到琴声之后，对侍女说："秀才有心，妾亦有心。今夜既到这里，可去与秀才相见。"于是，瑞仙亭上的那一片"风月"，并非如一般人所想象的那样是靠司马相如的琴声"招来"的，故事已经在这里转化成民间常见的郎有情、妾有意的"私会"，双方都有主动性。查徐渭的《南词叙录》"宋元旧篇"，其中有《百花亭》、《宝妆亭》、《多月亭》等南戏剧目③，其剧情虽不得而知，但题材很有可能与男女风情有关，因为从《拜月亭》到《牡丹亭》，带有"亭"字的剧目往往离不开男女风情。疑司马相如故事被这些带"亭"字的故事"同化"了，才会产生《风月瑞仙亭》话本。在瑞仙亭上，文君对相如说："妾一夜到此，与先生同赏月，饮三杯。"成其夫妇之后，文君说："只恐明日父亲知道，不经于官，必致凌辱。如今收拾些少金珠在此，不如今夜与先生且离此间，别处居住。倘后父亲想念，搬回，一家完聚，也未可

---

① （汉）司马迁：《史记》，卷一百七十七，3000页，北京，中华书局，1992。
② 李天华校笺：《世说新语新校》，523页，长沙，岳麓书社，2004。按：话本中的司马相如对卓文君说："小生闻小姐之名久矣，……每起韩寿偷香窃玉之意。"可见编写者熟悉"韩寿偷香"故事。
③ 李复波等注释：《南词叙录注释》，134页，北京，中国戏剧出版社，1989。

知!"一切都是文君在安排,她早有打算,她毫不羞涩,在司马相如故事中,置身"瑞仙亭"上的那位司马相如是最有"艳福"的。

故事的核心全在于卓文君内心对司马相如的一句评语:"日后必然大贵"。这成了卓文君的信念,也成了司马相如的"护身符"。日后,卓文君与父亲相见,文君坦然相告:"爹爹跟前不敢隐讳。孩儿见他文章绝代,才貌双全,必有荣华之日,因此上嫁了他。"话本的编写者为了强调文君的"红颜慧眼",故意淡化了卓员外与文君夫妇的矛盾,当他得知司马相如得到朝廷的"征召",心中全无"芥蒂",反而是"乐观其成":"我女儿有先见之明,为见此人才貌双全,必然显达,所以成了亲事。老夫想起来,男婚女嫁,人之大伦。我女婿不得官,我先带侍女春儿,同往成都去望,乃是父子之情,无人笑我。若是他得了官时去看他,交人道我趋时奉势。"于是,他主动地去"寻见卓文君"。这大概也是最"和气"的司马相如故事了。

《风月瑞仙亭》以主要的篇幅写"红颜慧眼",故而司马相如的形象相对单薄了一点。作品的结尾,写相如"衣锦还乡",文君出迎,相如道:"读书不负人,今日果遂题桥之愿。"文君回应道:"更有一喜,你丈人先到这里迎接。"[①] 这样的结局在暗示着,如果没有文君的"先见之明",卓员外怎么可能在"这里"相迎呢?在司马相如故事的"叙事复句"中,《风月瑞仙亭》采用的是"偏正结构",以"红颜慧眼"为"正",以"不负读书"为"偏",有主有次。

其实,对于读书人来说,"红颜慧眼"是一种具有心理补偿意义的"软评价","红颜"认为这个书生"行",哪怕真的不

---

① (明)冯梦龙编:《警世通言》,第六卷,70页,北京,人民文学出版社,1984。

行，也是可以得到心理安慰的，这与明代出现的大受"红颜"赞赏的柳永形象颇为相似。① 《风月瑞仙亭》将宋元以来流行的俗语"书中自有千钟粟，书中有女颜如玉"置换成了本故事的题旨，所以，司马相如的"读书不负人"是点睛之笔。

附带一提的是，明陈玉蟾所撰《凤求凰》传奇②，叙述卓文君未嫁，强调"病相如雄文惊海内，俏文君慧眼识才郎"，这与《风月瑞仙亭》的趣味与题旨相同；明朱权所撰《卓文君私奔相如》杂剧③，写卓文君心里早就爱慕司马相如："久闻成都司马相如，天下之奇士也。令闻籍甚。正所谓德可仰而迹不可亲也。"这也强调了"红颜"对才子的"软评价"。该杂剧又写卓文君也好像贾氏女一样，知道司马相如"光临"，自行"偷窥"："尊君延之于堂，妾身欲窃窥之，以睹仪表。只在此画屏之后，试偷视者。（做瞧科）"（第二折）剧本末尾，写卓王孙自己也有"先见之明"："不想女儿文君，私奔相如，驾车走了。早是老夫也有先见，不曾拿将回来。今日做了中郎将，……抬上筵席来，与孩儿庆喜者！"（第四折）这样的构思和描写，与《风月瑞仙亭》是相通的。

第三节 "引动闲心"与"长安得意"
——《琴心雅调》杂剧

将司马相如故事编写得有头有尾、环环相扣、波澜起伏，这在戏曲作品中是相当引人注目的。已故戏曲史家周贻白先生曾经

---

① 请参阅本书第九章第三节。
② 凡二卷30出，见《古本戏曲丛刊》，二集，北京，商务印书馆，1955年影印。
③ 凡四折一楔子，见《孤本元明杂剧》，第二集，北京，中国戏剧出版社，1958。

列举过以司马相如故事为题材的戏曲作品:"南戏有《司马相如题桥记》及《卓文君》两种;元剧有关汉卿之《升仙桥相如题柱》、孙仲章之《卓文君白头吟》、范居中等之《鹔鹴裘》;明剧有朱权之《卓文君私奔相如》、孙柚之《琴心记》、杨柔胜之《绿绮记》、澹慧居士之《凤求凰》;清剧有袁晋之《鹔鹴裘》、椿轩居士之《凤凰琴》、朱凤森之《才人福》、舒位之《卓女当垆》、黄燮清之《茂陵弦》,计十四种之多。"① 以上作品,有的已佚,有的传世。而周先生所列举的司马相如故事剧尚有遗漏,以笔者所知,就明代而言,除现存的《卓文君私奔相如》杂剧和《凤求凰》、《琴心记》传奇外,还有叶宪祖的《琴心雅调》杂剧和韩上桂的《凌云记》传奇。

在以司马相如故事为题材的剧本中,杂剧《琴心雅调》部头不大,却有一定的代表性。

笔者曾在日本东京内阁文库借阅明刊《琴心雅调》。该本不署撰人,巾箱本,卷首无序文,上下两卷,各四折;各折名目依次为:《挑琴》、《奔凤》、《涤器》、《题桥》、《献赋》、《还乡》、《交欢》、《重聚》。明祁彪佳《远山堂剧品》"雅品"著录叶宪祖《琴心雅调》一剧,为"南八折"。② 齐森华等主编《曲学大辞典》"《琴心雅调》"条亦称该剧作者为叶宪祖,所录各折名目与日本内阁文库藏本完全一致。今从《曲学大辞典》,以此剧属诸叶氏。③

从《琴心雅调》的场次安排来看,它大体以司马相如一生的主要经历为线索,自《挑琴》始,以《重聚》终;一方面,

---

① 周贻白:《中国戏剧史长编》,附录《中国戏剧本事取材之沿袭》,614页,上海,上海书店,2004。
② 中国戏曲研究院主编:《中国古典戏曲论著集成》,第六册,159页,北京,中国戏剧出版社,1980。
③ 齐森华等主编:《曲学大辞典》,305页,杭州,浙江教育出版社,1997。

"只为风流种,惹得是非生"(内阁文库本上卷第三折下场诗),另一方面,则是"长安今得意,骄马跃春风"(下卷第一折下场诗)。由于写的是司马相如生命历程中的主要事件,它就不得不以"复调"式的叙事手法安排情节,离不开"风流"与"功名"的二重奏。同时,由于这个剧本篇幅不大,枝节不多,与其他部头较大的剧本相比,更显明地呈现出古代文人寄寓其中的某种心理结构。

以"风流"而论,剧本比较典型地写出男性文人的一种"女性想象":他们所想象着的女性,总是对他们流露出无限赞赏的目光,总是对他们怀有跃动不已的春心,总是在一片春心的感召下投怀送抱、私奔成亲。上卷第一折《挑琴》,卓文君在司马相如的"琴挑"之下,真个是春心荡漾、情难自禁:"我听他前鼓的是长短歌行,后来变作《凰求凤》。咳,长卿,长卿,我一片闲心早被你引动了也!"同卷第二折《奔凤》,文君难以抑制内心的兴奋与冲动,说道:"昨日长卿风神秀爽,琴心挑引,不觉动情。他又央朱弦的母亲来说他未有妻室,十分契慕奴家。我想来不如私奔长卿,顿偿相爱之思,兼遂终身之托。夜深人静,私出闺房去也。"可以想见,风流才子有无比的魅力,他"风神秀爽",他才华横溢,他不用自己去"磨嘴皮"就赢得美人的芳心,正是"琴"一"挑"、佳偶至,简单得很,方便得很,简直就是求取佳偶的"快捷方式"!就在《奔凤》这一折戏里,我们看男主人公是如何的得意:"【归朝欢】(生)多娇的、多娇的胸前细偎,消受你脂香粉腻;相亲的、相亲的床前英雄,赤紧处云酣雨醉。"而女主人公呢,一边"只得残妆重绾金蝉鬓",一边却是"笑解明珰入翠帷"。现实人生,哪有如此"便利"的事情,可司马相如做到了。

"风流",是司马相如故事的一个最令人心动的层面,贫穷、白衣、孤寂,这些寒窗苦读的书生几乎都免不了的人生"元素",顷刻之间,在清越的琴声飘荡之下,几乎都可以忽略不计了,它们本来是书生们挥之不去的"负资产",可一转眼,好像是"无本生意"一样,美人知音,寻声而至,孤单的不再孤单,乏配的不再乏配,所谓"洞房花烛夜,金榜题名时",人生的两大目标,说时迟、那时快,一下子就完成了百分之五十,何不快哉!

不过,司马相如口中的"床前英雄",暗含着古代某些文人的一厢情愿的"自大"心理,骨子里却是一种悲凉的"自怜"。现实中的司马相如能有几人?人们想做司马相如,可也知道,司马相如不是人人都可以做的。既然如此,借来文学的梦幻,在如梦如幻的文学世界里,让司马相如粉墨登场,安慰安慰自己,不亦快哉!

若说某些文人是借司马相如来做"精神自慰",似不为过。当然,做"司马相如梦"的人,也不会幼稚到做了"床前英雄"就如此这般地高枕无忧。在司马相如故事中,"涤器"的艰辛,"题桥"时不无悲壮意味的抱负,无不显示着,要完成人生目标中的另一个百分之五十,那是何等的艰难!

不过,《琴心雅调》并没有过分渲染艰难的程度,上卷第四折是"题桥",其后,下卷第一折即为"献赋",这是司马相如改变命运的重要关目。他把自己的心血之作献给了皇帝,赢得赞赏,也获取了名利。其实,古代饱读诗书的知识分子犹如囤积奇货的商人,在不能遇到识货的人之前,"奇货"如同废物,一文不值;因此,知识分子的自我实现,往往受制于"识货的人",而"识货的人"就成为一种"他者"的力量,绝对左右着知识分子的命运。司马相如的"献赋",其实质就是对"他者"力量的臣服。在古代社会,除非真的是不食人间烟火,否则,臣服于"他者"的力量,是不少知识分子的宿命。最为可怜与可悲的是,不少人一心想着"臣服",却连"臣服"的机会也没有。司马相如还算走运,有机会把"赋"献出来了,肚皮里的"奇货"总算能"卖"得出去。于是,"献赋"就成了古代知识分子津津乐道的经典故事。

不要以为"献赋"只是获取了名利那么简单,在名利之外,知识分子还有别的追求,那就是把自己多年以来憋在肚子里的"鸟气"痛痛快快地发泄出来。"六国封相"的苏秦,"马前泼水"的朱买臣,衣锦还乡之时,总要在亲属面前将昔日所受尽的委屈来一次不无"复仇"意味的"清算"。这种"快意恩仇"的心理,不仅江湖中人有,受尽委屈的知识分子同样有。

《琴心雅调》下卷第三折,特地写司马相如"衣锦还乡"时与其岳父卓王孙的相会。岳父说:"闻知大人荣贵,某等不胜雀跃,敬来拜贺。"女婿说:"相如不才,见弃门下久矣;今日忽承光顾,何以得此?"接着,女婿唱道:"【锁窗儿】叹当年落魄寒门,并无人相过存;只今人貌还是苏秦,何劳长者恁般恭谨?"往日落魄时的愤懑,今日荣贵时的反唇相讥,还有内心隐藏不住的一股傲气,好像扭结成一条无形的"鞭子",高高举起,好不威风;该折的下场诗写道:"须知读书人,自有朝天路。"面对如此气势,那些昔日瞧他不起的人们,能不羞愧?能不敬佩?能不害怕?能不无地自容?这是曾经落魄的知识分子所需要、所追求的一种心理补偿。

就司马相如故事的"功名"这一层面而论,获得功名之后,还不能得到心理上的完全满足,仍然需要在自己的亲属面前获取心理补偿,这固然是古代知识分子爱面子的突出表现,不过,更为微妙的是,这种心理补偿的需求,正反映出古代知识分子的心理结构长期处于失衡的状态,长年遭受的冷眼、冷遇,多少次在功名路上的进退失据,使那些失意的文人内心感到无比的压抑、苦闷、孤独,于是,手中得到的"功名"还不能完全"抵消"多少年来的这些压抑、苦闷和孤独,还要在"功名"的价值之外寻求进一步的心理补偿。问题在于,已经"异化"了的家庭伦理关系,在"功名"的压迫之下,夫妻不像夫妻,叔嫂不像叔嫂,翁婿不像翁婿,人情冷暖,令人唏嘘;世事无常,心情难平。故而,司马相如故事,大概是能与古代不少知识分子的某种心理结构相对应的一个"典故":有红颜,有功名;有求取功名的艰辛,有取得功名以后的酸涩与傲慢。在不幸与幸运之间,司马相如故事存在着一种内在的平衡,这是不少心理失衡的古代知识分子所需要的。哪怕这种内在的平衡只是梦幻的、文学的,有了它,毕竟聊胜于无。

第四节　"计穷途拙"与"好事多磨"
——《琴心记》传奇

《琴心雅调》的写法是对司马相如故事的一种阐释。这样的阐释带有一定的喜剧色彩。可是,在另外的一些司马相如故事中,喜剧的色彩有所淡化,反而凸显了"好事多磨"的悲凉意味。比如,孙柚的《琴心记》是这一方面的例子。

《琴心记》,凡44出。①《曲学大辞典》"《琴心记》"条曰:"剧中前部情节,如文君新寡、琴挑春心、夜亡成都、家徒四壁诸出,同于一般相如、文君故事。后部情节则多所增饰,如相如为唐蒙所谗,下狱;文君守节,出家为尼;临邛县令王吉升任廷尉,为相如雪冤;相如出狱,与文君团聚。"②

这个剧本中的司马相如不像《琴心雅调》中的司马相如那样以"快捷"的方式赢得爱情、以颇为轻快的"凯旋"姿态衣

---

① (明)毛晋编:《六十种曲》,第五册,北京,中华书局,1982;下文引用剧中文字,不另出注。
② 齐森华等主编:《曲学大辞典》,362页,杭州,浙江教育出版社,1997。

锦还乡,他显得命途多舛,步履艰辛。

我们可以看到,在"红颜"与"功名"的"复式"叙事中,不同的作者有不同的考虑。孙柚在这个"复式"叙事的框架之内,尽可能使故事"复杂化",他笔下的司马相如,在"自我实现"的过程中,其人生道路与心路历程都是一言难尽的。这样一个文学人物,不大像《西京杂记》所记载的司马相如那么"神",反倒更像现实中的书生。《西京杂记》卷三"《大人赋》"条记载:司马相如得到神人"黄衣翁"相助。[1] 可见,自汉朝以来,民间流传的司马相如形象有被"神化"的倾向。不过,被"神化"的司马相如,与一般的文人有极大的差距,文人也难以在"神化"的司马相如故事中找到自身的影子,于是,就出现另一种情形,尽量将司马相如故事"现实化"。看得出来,孙柚的《琴心记》在这一方面颇为用心。

《琴心记》中的司马相如,一开始就以失意文人的姿态走来,第二出"相如倦游",上场后即说道:"愁白日,睹青云,长安何处是明君?虚将两泪沧江上,落叶萧萧不可闻。"唱道:"【高阳台序】命压孤身,愁深双泪,英雄到底埋没。有用文章,翻成无限悲切。"这样的处境,现实中的多少文人何尝不是感同身受呢?失意的司马相如对于现实的文人来说,有一种近乎天然的"亲和感",大家都似乎成"难兄难弟"了,才高八斗的司马相如尚且如此落拓,我辈穿白衣、困场屋,就更不在话下。这时,剧中司马相如的书童青囊倒是会说话:"相公,休怯,你病入凋梧,贫依衰草,一时计穷途拙。且自珍藏,张仪尚存余舌;须达,终还有个与我提携起,成就了无心事业。那时节云翼飞腾,身名双绝。"这话既是说给戏中的司马相如听的,也是说给

---

[1] 向新阳、刘克任校注:《西京杂记校注》,149页,上海,上海古籍出版社,1991。

天下不得意的文人听的。字里行间，失意文人在司马相如故事中求得自我安慰的心态，是有迹可寻的。

《琴心记》对于"红颜"的叙事比《琴心雅调》要细致、曲折一些，并吸收、借鉴了《西厢记》的一些关目处理方式，如丫鬟孤红周旋于文君、相如之间，其作用颇像红娘，情节的安排不乏诙谐、跌宕的喜剧趣味。

更值得关注的是，剧本对于"功名"的叙事，可谓别出心裁。剧作者没有在"得意"二字上大做文章，反而花了不少的笔墨写司马相如的"倒霉"。

剧本写司马相如携卓文君"夜亡成都"、"家徒四壁"；又从成都返回临邛，"当垆市中"；卓王孙痛恨文君夫妇"当垆卖酒，辱及万千"，不得已，"只得拨还他往昔备嫁之物，并钱百万，家童百人，使之善归成都"（第17出）。本来，对于文君夫妇而言，这是他们人生路上的一个转机，起码可以告别贫穷，走向小康。谁料想，作者特意安排了一出"归途遇寇"，已经拥有不菲家财的司马相如路遇响马，在匪徒面前，相如既无奈又无助，哭丧着脸说："大王息怒，但饶性命，听取财物。"于是，值钱的"内中柔软"被一抢而空，心高气傲的司马相如除了"嗟命薄，叹时穷"又能有何作为呢？恶劣的生存困境只能使傲气的文人痛苦地认识到自己的无用。手无缚鸡之力的儒生，其生存的能力，实在极为有限。作者似乎在有意无意之间寄托着一种深沉的悲哀。

然而，悲哀是悲哀，知识分子自幼读经，对于阴阳互转的"易理"不会不知道。"读书明理"的文人有一种柔韧难断的信念，对于"否极泰来"总是充满着无穷的期待。《琴心记》中的司马相如亦复如是。

剧中第22出"给管求文"，是司马相如人生中的一个重要转折点。他终于得到杨狗监的举荐，重返京城。此时，相如的心态是:"昔日西秦今又来,咸阳依旧殿门开";文人的"京城情结"真是浓得化不开,好像一到京城,人就显得特别亢奋,难怪司马相如对杨狗监说:"杨兄,路途迢递,饱历风霜,不在话下。你看云霄咫尺,帝阙森严,何等王气也呵!"等到皇上"急宣进谒",连朝廷中人也禁不住为司马相如的"得宠"感叹一句:"原来皇上为爱文章如此,人生岂可不读书哉?"作者进一步写出皇帝求才若渴的急迫心情:"圣上有旨:适见相如,甚慰朕想。许尚书给笔札,中常侍送入东阁。朕猎还即欲观文,勿误。钦此。"检阅《史记》的《司马相如列传》,皇帝"读《子虚赋》而善之,曰:'朕独不得与此人同时哉!'"这一句话,大概是古代的读书人最为受用的,而《琴心记》的作者对皇帝的急迫心情作了不无夸张色彩的渲染。其实,这里显露出一种读书人的浮浅心态:文人都希望有一个好皇帝,好皇帝的一个标志就是能心急火燎般地去欣赏好文章。可对于作为政治家的皇帝来说,如此急迫地"给管求文",所求的又是"靡丽"的大赋一类扬才逞能的文章,这应该是皇帝的"本分"还是"业余爱好"?在这出戏里,显然文人是将皇帝的"业余爱好"当作了皇帝的"本分"。所以,剧中的司马相如唱道:"【刘泼帽】天颜有喜文词艳。坐丝纶此地非惭,我不枉将书那日穷研遍。十载破青毡,一日朝金殿。"许尚书也说:"须信读书男,终久芳名炫。"杨狗监说得更为露骨:"此文一成,富贵无限。"读书人将自己的"文章"与自己的"身价"等值,对"文章"的过度崇拜使他们产生了一种"自恋癖",这种"自恋癖"又使他们误将皇帝的"业余爱好"当作了一国之君的"本分",并且把自己的全部希望都寄托在皇帝的"业余爱好"之上。《史记·司马相如列传》记载,当初,相如不得志,是因为"景帝不好辞赋";等到喜好辞赋的汉武帝登基之后,司马相如才迎来了"转运"的机会。这无疑给后世的读书人提供了一个榜样,也营造出一种幻象,久而久之,文人的梦想与皇帝的"业余爱好"产生了不解之缘。追求"轰动效应"的文人,总是希望皇帝对自己的文章"青眼有加"。世代相传的司马相如故事,反映出古代读书人在社会认知以及自我价值的实现方面都存有严重的误区。

古代读书人对皇帝抱着极大的、不切实际的幻想,这是他们的社会认知出现严重"幼稚病"的具体表现。这种"病症"颇有"传染性",历代不少文人往往将他们心目中的光荣与梦想套在皇权的"光环"之下,因此,司马相如的故事对他们来说,有着不可抗拒的诱惑力。

不过,读书人的社会认知并非没有正确的东西。而其正确的社会认知往往来源于跌跌撞撞、磕磕碰碰的人生体验。《琴心记》的作者对于知识分子痛切的人生经验有比较充分的考虑,故而在叙述司马相如的人生历程时不是一味地在光荣与梦想的虚幻中"吹泡泡",反而格外凸显了"磨难"这个关键词。

通读《史记·司马相如列传》,相如一生之中,"磨难"其实不多,最大的挫折应算是他出使西南边境之后的一次遭遇:"人有上书言相如使时受金,失官。居岁余,复召为郎。"[1] 这到底是"诬陷"还是实有其情,史籍没有明言;这一次的挫折,打击不算太大,过了一年多,也就官复原职了。可是,在《琴心记》里,司马相如要比历史上的真人倒霉得多:他遭到小人的诬陷,他承受着别有用心的人所编造的其妻死亡的"噩耗",他被"囚拘三年,辛苦万状"(第35出"狱中哀泣")。与此同时,卓文君也得到谣言,说其夫君"罪犯朝廷,下了蚕室";其后,更获悉"相如已死",父亲逼她改嫁;万不得已,遁入空门。这种夫妻同时蒙难的情节,在司马相如故事系列中可谓别出心裁。

司马相如与卓文君,这一对世所罕见的才子佳人,同时蒙受

---

[1] (汉)司马迁:《史记》,卷一百一十七,3053页,北京,中华书局,1992。

着精神上和肉体上的痛楚,这是君子与小人同生共存的社会的产物。剧中的小人唐蒙对朝廷"心存不忠",对朝廷命官司马相如心怀忌恨,与其心腹合谋,一则"差人入京,多使金银,扬言相如在西夷坏事",一则"差人到卓家去,以司马迁下蚕室之事,假云相如受刑,以此惊动文君"(第30出"唐蒙设陷"),料想文君父亲极为势利,闻讯后会逼令女儿改嫁,这样,就可以硬生生地拆散一对恩爱夫妻。

《琴心记》的作者把《史记》上的简单记载敷衍成七出戏(第30出"唐蒙设陷"至第36出"廷尉伸冤"),其间,"嵌入"了宦海风波等情节,使司马相如故事带上了沉重的现实感。在恶劣的政治环境中,司马相如对前来宣读问罪"圣旨"的朝廷命官说:"天使大人,相如有何负国,朝廷这等待我?"面对突如其来的灾祸,司马相如完全失去往日的傲气和威风,心灰意冷,万念俱灭,对前来捉拿他的官员说:"我只怨当初读书做什么!"(第32出"相如受继")曾几何时,司马相如志满意得,扬眉吐气,说"我不枉将书那日穷研遍",如今,犹如从云霄跌入深渊,其反差之大,令人目瞪口呆。剧本对小人的痛恨,折射出剧作者对小人的卑劣伎俩和破坏力度的激愤,以及对文人命运的深重忧虑:在复杂多变的皇权政治中,文人的得意与失落,好像是一个硬币的两面,非此即彼,非彼即此,如此循环,构成一个怪圈。这是孙柚对世代相传的司马相如故事的一种比较深沉的解读和"改造"。

第五节 "情场波折"与"白头苦吟"
——《凌云记》传奇

如果说,《琴心雅调》比较轻快、昂扬,《琴心记》比较曲折、深沉,那么,明韩上桂的《凌云记》就显得既不轻快,也不深沉，而是在司马相如故事的"大杂烩"之中，别有一番趣味，另有一番怀抱。

《凌云记》是一个孤本，且以抄本传世，今见《明孤本传奇凌云记》抄本，附有罗忼烈先生的校勘记，香港书业公司出版（未署出版年月）。卷首有罗先生写于1974年9月的《校订弁言》，其出版日期当在此后不久。据罗先生的考证，韩上桂与《琴心雅调》作者叶宪祖、《琴心记》作者孙柚是"同辈"①，同辈人对司马相如故事的处理手法很不一样，这倒是颇为有趣的事情。

《凌云记》凡20出，分上、下卷，各卷10出。上卷以叙"红颜"为主，下卷兼叙"功名"与"红颜"。而此时的"红颜"又分卓文君、茂陵女两条线索，以前者为主，以后者为辅。大体上作者网罗了世代相传的司马相如故事中的主要事件，将它们"连缀"起来，出数不多，而事件较繁。

作者在《凌云记凡例》中说："此记全谱司马相如出处，不专求凤一事，故特举'凌云'以见概。"而此"凌云"一词，出自《史记·司马相如列传》："相如既奏《大人之颂》，天子大悦，飘飘有凌云之气，似游天地之间意。"② 不过，作者并非只是偏重于"凌云"，剧名《凌云记》，只是有别于其他同题材的作品而已。说到底，该剧本也是"求凤"与"凌云"并重的，同样是"红颜"与"功名"并列的"叙事复句"。

说《凌云记》写得不够"轻快"，主要是就"红颜"的叙事而言。该剧中的司马相如，其得到卓文君的过程，绝对没有"快捷方式"，而是显得相当艰难困苦，经历"情场波折"。按说，历代流传的司马相如故事，在男女主人公之间作梗的是文君

---

① 罗忼烈校订：《明孤本传奇凌云记》，《校订弁言》，9页，香港，香港书业公司（未署出版年月）。

② （汉）司马迁：《史记》，卷一百一十七，3063页，北京，中华书局，1992。

的父亲卓王孙，可出人意料的是，这位卓王孙在《凌云记》中却开明得很，他自报家门说："自己卓王孙是也。家赀颇厚，众推素封。先室生下一男二女，男既有孙，长女亦嫁；惟少女文君，年今十七，不幸去岁失婚，她欲守志。我念此女容貌非凡，聪明可爱，屡次劝她改聘，她不肯从，想来终非长策。不如令她自择，不论远近，幸得一佳婿，亦可尽我为父的心。前已与女儿说通了。……"（第3出"文君新寡"）结果，"琴挑"之后，文君芳心大动，属意相如，且得临邛县令王吉相助，卓王孙也点头应允，看来"好事"就在眼前。可是，半路杀出一个程咬金，此人不是别人，正是文君的兄长卓大官，文君极为无奈地说："听得本县父母官要同我作媒，俺爹爹心下允肯，怎奈哥哥阻挠呵！"（第7出"侍女通情"）原来，卓大官看不起"流荡"、"寒酸"的相如，一定要妹妹改嫁"家事稳当"的康三官，他说："近日有个司马相如客处都亭，与俺家后园相接。俺父亲看县主分上，听他往来；又请到家里厚筵款他。谁想相如是个流荡之徒，打扮得几件衣服齐整，又学得几调琴，便在席上卖弄，却被妹子听得到，喜悦了他，就时（是）县主亦力替他作伐。但俺家本是素封，怎好与他寒酸的结亲？就是父亲俯从，我绝是不肯。……"这卓大官得到风声，知道文君的丫鬟春英出入于家里的后园，行踪可疑，"恐是传书递柬"，为防"弄出不好来，玷辱家门"，于是，吩咐家人："将宅后各小门都关锁停当，但有擅开出到后园者，不拘哪个丫鬟，先打一百棍，才与王孙知。正是：欲除衣上刺，先拔道旁荆。"如此一来，热恋中的男女主人公，真如咫尺天涯，关山难度，两下里如热锅上的蚂蚁，心焦难耐，度日如年。俊秀、高傲的司马相如却像一个泄了气的皮球，对前来通风报信的春英说，目前难堪的处境，比被打一百棍还难受："好闷杀人也！你一百还抵得来，至如我，不打亦死的。"（第8出"芳园路隔"）而卓文君也毫无主意，惶恐不安：

"昨日事机泄漏,通夕愁闷,过午才起来梳洗。如今茶饭不思。我想这桩事,不是我送了那人,就是那人送了我呵!"于是,将满腔的怨愤和郁闷发泄在"毒心狼性的恶哥哥"身上:"暗地里设茅(矛)戈,说甚连柯,则把我的铸成鸾镜来分破。"(第9出"凤凰于飞")没想到,相如和文君的相爱竟是如此艰难!

对比一下《琴心雅调》,这出杂剧中的卓文君"昨见长卿风神秀爽,琴心挑引,不觉动情",于是,趁着夜深人静,私奔相如,托付终身,"到此已是长卿行馆,不免叩门一声","做叩门介"(上卷第二折)。同样是这位卓文君,在叶宪祖的笔下,主动叩门,投怀送抱,不避"自献"之嫌;而在韩上桂的笔下,娇弱的卓文君,处处被动,拘谨害羞,屈服于恶兄的淫威之下,若不是春英居间周旋、引线穿针,怕也很难与相如共效"于飞"。同样是相如、文君这一对才子佳人,在不同的剧本里,哪怕是这不同的剧本出于同一个历史时段,其相爱竟有如此悬殊的难易之别。说"易"的一方,难免男性文人的一厢情愿;说"难"的一方,却是借鉴了现实里的或是文学作品中的"相见时难"的痛苦经验。前者可能出于男性作者隐藏心中的求"易"不求"难"的择配心理,后者可能出于男性作者现实中的"恋爱很难"的挫折感受。如果说,司马相如故事是一只"旧瓶子",那么,不同的人可以往这只瓶子里装不同的"酒"。

说《凌云记》写得不够"深沉",主要是就"功名"的叙事而言。剧中的司马相如,很费劲地与卓文君结合了,当然与一般的司马相如故事一样,要过一下"当垆沽酒"的日子,也免不了"送别题桥"的场面。不过,却不像《琴心记》的男主人公那样经历那么多的官场磨难,"题桥"之后,很快就"赋奏凌云",一下子实现了自我的"身价";"凌云"之后,并无身陷囹圄之事。司马相如所遇到的"麻烦",不是官场上的,却是"情场"里的。《凌云记》显然有别于《琴心记》。《琴心记》对文人从政的命运有所思考，故而多写官场磨难；《凌云记》对风流文人的行止有所观察，故而多写情场风波。韩上桂对政坛的剖析不如孙柚敏锐，或者说，他写作《凌云记》的着眼点不在于皇权政治下的文人处境，在乎的是成名文人在意满志得之下的情场处境。

《凌云记》在司马相如"赋奏凌云"之后，马上安排"长门买赋"的情节作为过渡，继而写相如"官衙清寂"、闲游茂陵、拟娶小妾；又写文君"白头苦吟"。

其实，早在唐代，李白已经将"长门买赋"与"白头苦吟"这本来不相关的两件事联系在一起了。王琦注《李太白全集》卷四收有乐府诗《白头吟》两首，两首诗颇有重复之处，王琦引萧士赟语曰："按此篇（案：此指第二首）出入前篇，语意多同，或谓初本云。"[①] 可见李白对于《白头吟》是很用心的，前后写了两稿。《全集》所收第一首《白头吟》有一篇小序，先引《西京杂记》所载相如欲聘茂陵人女为妾一事，后引卓文君《白头吟》原文。李白将"相如作赋得黄金"作为相如、文君爱情故事的一个转折点，正因为相如为阿娇写了《长门赋》，得到了一笔丰厚的收入，男人有了钱就"花心"，于是，"丈夫好新多异心"，其结果是："一朝将聘茂陵女，文君因赠《白头吟》。"尽管《西京杂记》记载，司马相如因为卓文君写了《白头吟》而打消了娶茂陵女为妾的念头，但李白对他们的爱情前景并不乐观，他在诗的末尾写道："覆水再收岂满杯，弃妾已去难重回。古来得意不相负，只今惟见青陵台。"青陵台，代指坚贞相守、不舍不弃、以身殉情的韩朋夫妇故事。[②] 在李白看来，夫妻一方有了"异心"，就算原来无比恩爱，也难以"复原"。李白《白

[①][②] （唐）李白：《李太白全集》，卷四，王琦注，244页，北京，中华书局，1977。

头吟》其二有句云:"相如不忆贫贱日,位高金多聘私室。茂陵姝子皆见求,文君欢爱从此毕。"李白似乎不完全相信《西京杂记》"相如乃止"(即不娶茂陵女)的记载,对于卓文君"愿得一心人,白头不相离"的期盼,很不看好。李白对司马相如"得意"而负"红颜"是颇为鄙视的。

韩上桂的《凌云记》对相如、文君的爱情故事的理解,比李白的较为复杂一些。

在韩上桂的笔下,司马相如当然是风流才子,不过,并非如李白眼中的相如那样一有钱心就"痒"。他奉陈娘娘之命,写了《长门赋》,得到重金,在得意之余,还是念及卓文君:"一赋而售千金,价亦重矣。争奈俺文君这时想我,亦却像长门一样呵。"(第14出"长门买赋")可谓将心比心,颇为体贴。在"长门买赋"之后,作者马上安排"拟娶茂陵"(第15出)的情节,其构思不无狡黠:一个成名的文人,又是一个多情种子,他真的耐得住寂寞吗?在某种诱惑之下,司马相如的"定力"能否经得起考验呢?也许作者在现实里见得多了,他不能相信司马相如可以一以贯之,守心如玉。在剧中,茂陵女郭佩琼才色过人,心高气傲,"纵不得翰苑清华,也须是词坛俊杰,才肯嫁与",如此有品位的名姝,司马相如能不动心吗?作者借剧中的贾老实的口说出了他对风流文人的观察:"近闻得司马相如将一管笔挦得一个官,又得黄金千斤,这亦是弄假成真了。俺看他态度这等风流,心中必定好色的。今早见他来游五陵,便好哄他看那茂陵女子郭佩琼;他必然动心,便恿怂他多出聘礼,就中除谢,我亦何妨用假骗假……"韩上桂颇通世故,将司马相如的以"笔"换"官"、以"赋"易"金",看作是"弄假成真"。这就是文人与朝廷的不对等的"交易",在此交易中,文人"弄假成真",好像占了朝廷的"便宜",可是,到底是文人"占"了朝廷的"便宜"还是朝廷"吞噬"了文人的性命,韩上桂似乎没有再深入思考了。不过,"弄假成真"一说,真有一点"玩世"的味道。如此"玩世",韩上桂也就不会放过对司马相如的揶揄。

于是,我们看到,贾老实极力劝相如纳郭佩琼为妾,相如则回应说自己的妻子"德、言、工与貌俱无减,任是洛浦巫山想浪谈。非是我张扬过滥。"贾老实却说:"虽则尊夫人绝世才貌,也须兼收其次。常言道'插花带叶',终不然天下遂没过相并的。"相如答道:"纵有,小生也不娶了。"好像意志坚定,大有柳下惠坐怀不乱之概。可是,嘴上说说容易,心里却开始抵挡不住诱惑了。贾老实看穿司马相如的心思,不相信他的"定力"可以坚持到底,于是再逗他一下:"纵不娶,也看一看。未有人宝山而空回者。"这边厢,相如终于忍不住心里的痒痒,顺势回应了一句:"也说得是。"

接下来,我们看到,司马相如见了郭佩琼之后,垂涎欲滴,禁不住对贾老实说:"果是佳品!"贾说:"先生见她好,便该娶她。古人道:佳人难再得。不好错过了。"相如真的动心了,可还得半遮半掩地说:"只怕拙荆有说呵。"

不过,这是说说而已。司马相如怎么能再忍下去呢?他终于在贾老实面前败下阵来。贾说:"做官人谁不三妻两妾。先生这等信义,难道尊夫人就不慈和么?先生只管将聘礼定下,待夫人到京,方才接她未迟。"相如赶紧说:"也说得有理。文君小姐是个聪明活动的,纵然我聘定在此,她知道未必见怪。"在这里,不知剧作者是有意还是无意,反正在对话之间,剧情所揭示的是作为伦理道德范畴的"信义"、"慈和"正在对夫妻的爱情进行"消解"。既然女方"慈和",男方就有了娶妾的理由,否则,就是不"慈和"。男方本来是讲"信义"的,正因为妻子"慈和",本来不该娶的小老婆也就可以照娶不误,这样的行为与"信义"无关。于是,不守"信义"的丈夫做出不守"信义"的事情,到头来还是维护了妻子的"慈和"以及自己的

"信义"。这样的逻辑怪圈,绕来绕去,只是一种贴着道德伦理标签的"遮眼法",有的成名的文人就是用这样的"遮眼法"来为自己娶妾辩护的。《凌云记》中的司马相如就是如此。他一旦找到娶妾的堂皇理由,就毫不吝啬地将他写作《长门赋》的全部"稿费"即"黄金千斤"作了聘定郭佩琼的礼金。如此"一掷千金",前面所说过的道貌岸然的话都成了"反讽"。夫妻的爱情反而就不值钱了。在这里,对司马相如的看法,韩上桂与李白不无相合之处。

可是,问题并非如此简单。韩上桂在安排以后的情节时,却没有全面否定司马相如。在第16出"白头写怨"之后,第17出"京邸悔忆",相如得知妻子因他"茂陵再娶"而"十分苦恼",心中悔恨,自我谴责:"这是一时失检点了,怪不得她有说呵。"并吩咐下人,回绝郭家的媒人,"任她另嫁便是"。其后,虽然有小人挑拨、破坏相如的夫妻关系,但这对才子佳人终于还是完好如初。不知是作者原谅了司马相如的"一时失检点",还是别有想法,剧本的结尾可是有点出人意料,剧作者以"圣旨"的形式大大表彰了这位风流才子:"学贯天人,才兼文武。"而且,男主人公还奉旨与郭佩琼成亲,一时间,一妻一妾,夫荣妻贵,羡煞旁人。司马相如在剧终时好不得意地说:"举家受封,又沐'金茎露'之赐,请夫人、小夫人过来共酌!"(第20出"负弩荣归")司马相如"奉旨"享有"齐人之福",这又"消解"了剧本前面对他的揶揄。

其实,这样的结尾,将某些文人心底深处的"司马相如梦"和盘托出。韩上桂对风流文人的举止相当熟悉,对薄幸行为不无谴责之意。从司马相如与贾老实的对话可以看出,剧作者颇为了解那些口是心非的人的内心世界。可是,从剧本结尾的安排来看,那种荣华富贵的场面、红颜与功名尽入"囊中"的喜悦,终究要浮出水面。可见,"司马相如梦"在某些文人的心底是根深蒂固的。他们可以愤世嫉俗,可以揶揄虚伪,可以嘲讽世态,有时候,这不过是"酸葡萄"心理的一种折射。一旦真的有"葡萄"从天而降、刚好落到自己的嘴里,哪有不吃的道理?甚至是,一颗"葡萄"尚且不够,还得再加一颗,那才是自我价值的"最大化"。某些文人的精神分裂,于此可见一斑。同时,《凌云记》终于落入"一男双美"的叙事窠臼,这是司马相如形象与"齐人"形象的一种"嫁接",是韩上桂对司马相如故事的一种诠释和改造。①

明代的司马相如故事,既有话本,又有杂剧、传奇。就明代出现的司马相如故事而言,故事的来源都差不多,大体框架不超出《史记》、《汉书》中的司马相如传,其中的不少情节和细节也可以在历代的笔记小说、杂传中找到其故事渊源。而且,不管是杂剧还是传奇,它们都采取笔者所称的"复式"叙事方式,即整个故事可以简化为一个"叙事复句":司马相如"琴挑"卓文君喜得佳偶;"献赋"于天子而终获功名。这个"复句"是不少文人的"司马相如梦"的核心部分,也就是司马相如故事的深层结构。不管是谁,要写司马相如故事就离不开这样的深层结构。这是"司马相如梦"不可变动的根基。

不过,司马相如故事也有表层结构,不同的作者可以赋予其表层结构以不同的意味:男女主人公的性格、气质、行止可以各有不同,其境遇、命运可以各有差异,故事的风格或轻快、或深沉、或调侃,可以各色其色。这些都是可以变动的叙事元素。

---

① 明末清初袁晋(于令),为叶宪祖门生,其《鹔鹴裘》传奇凡43出,剧情与《凌云记》大致相近,可结尾不同,司马相如本欲纳茂陵女为妾,因卓文君作《白头吟》,有自绝之意,相如遂打消纳妾念头,与文君重归于好。相比之下,《凌云记》"一男双美"的结局在司马相如故事中是相当"另类"的。《鹔鹴裘》传奇,见《古本戏曲丛刊》,二集,北京,商务印书馆,1955年影印。

第十章 故事人物的共时性塑造

总的来看,同一个历史时段中出现的各种司马相如故事的差异是相当明显的。我们在探讨故事的"历时性"演化之外,看到了故事也会产生"共时性"的演变。这些故事文本之间是有"距离感"的,故事人物的形象是不完全"重合"的,不尽相同的意蕴构成了显然可见的"互文性"[①]。就明代的司马相如故事而言,这样的"互文性"恰好展示着明代知识分子在"自我实现"方面复杂多样的"精神生态"。

---

① 请参阅本书第四章"叙事的互文性"。

第十一章　叙事结构的程式化

戏曲、小说的故事形态，常有程式化现象。一个故事流传之后，逐步定型为一个格式，以后编故事的人，可以在这个格式之中"填"上不同主人公的故事。人物的名字不同，故事产生的时代不同，事件中的细节也不同，但故事的展开方式却大致相近。于是，出现了若干个故事共用一个叙事程式的现象。这种现象的出现，与宋代说书中"小说"叙事的类型化、程式化有关。

第一节　叙事程式化的滥觞

宋代的说书，除讲史、说经外，"小说"是当时的一个相当重要的门类。"小说"讲街谈巷议的故事，不像讲史、说经那样受到某些历史的或宗教的规定性制约，于是，"如有小说者，但随意据事演说"[①]。所谓"随意据事演说"，正说明了"小说"的特性，它一方面要"据事"，即有所依傍，有一定的故事模型；另一方面可以"随意"，即在有所依傍的前提下自行在固有的故事框架之内编造情节、补充细节。问题是，当时的说书艺人文化水平不一定高，他们所依傍的故事从何而来？我们不能听信

[①] （宋）罗烨：《新编醉翁谈录》，卷一，2页，沈阳，辽宁教育出版社，1998。

《醉翁谈录》所标榜的"幼习《太平广记》,长攻历代史书","《夷坚志》无有不览,《琇莹集》所载皆通"①,因为《太平广记》与《夷坚志》都是大部头的书,不要说在刊本十分珍贵的宋代,就是今天,要购置这样的书,也不是容易的事,所以,"幼习《太平广记》"的艺人,大概不多,而更多的是文化水平不高的艺人,他们读书较少,往往只是粗通文墨而已,只能读浅显简短的文字;他们演说的故事一般有所师承,这种情形在民间说唱艺术中普遍存在,一直到近现代也是如此。② 从《醉翁谈录》可知,宋代"小说"名目繁多,纷纭的故事对于以"舌耕"谋生的"小说"艺人而言显得头绪杂乱,于是,为了便于艺人掌握"小说"类型,也为了备忘,宋代出现了专供说书艺人使用、具有提要性质的小说故事书,我们现在能知道的有两部:《绿窗新话》与《醉翁谈录》。这两部书都向人提供一批故事蓝本,文字简易,篇幅短小,方便记忆,而题材则以男女风情为主。这些男女风情故事大致有若干类型,呈现出若干程式,实在是开了后世文学的程式化叙事的先河。

第二节 《绿窗新话》故事的程式化

《绿窗新话》,"皇都风月主人"编。编者的真实姓名、生平均不详,但编于南宋的《醉翁谈录》提到它(见该书卷一),因而可知其成书早于《醉翁谈录》,当是南宋流传于民间的通俗读物。书中所收录的作品,有的注明出处,有的则无,不过,大抵

---

① (宋)罗烨:《新编醉翁谈录》,卷一,3页,沈阳,辽宁教育出版社,1998。

② 如近年去世的老艺人骆玉笙先生,1934年拜韩永禄为师,学唱刘派大鼓曲目,这种师徒授受的情形,是中国说唱艺术的传统。据2002年5月6日《广州日报》有关骆玉笙辞世的讣告。

都有所本,尤以前人的笔记小说、传奇小说为多,并非编者的创作。

此书在中国曾经长期不为人知,近人董康先生于1926年底至1927年4月底旅居日本,1927年4月15日在细川书店"见旧抄本《绿窗新语》二巨册,题皇都风月主人撰,所录纯涉丽情,强半出《太平广记》,每条仿《青琐高议》目录,用章回式,亦颇新异"①。学术界始知世间尚有《绿窗新语》其书,并认为此《绿窗新语》即《醉翁谈录》所载之《绿窗新话》。② 不过,董氏所见之"《绿窗新语》"并非足本,近人黄公渚先生向嘉业堂借抄之《绿窗新话》比董氏经眼之本多出35篇,黄氏抄本于1935年由上海《艺文杂志》分两期刊出。后周楞伽先生据《艺文杂志》本加以校补整理,出版排印本。③

《绿窗新话》上、下两卷,凡154篇。编者大致将故事结构相近者编在一起,而且其标题所用动词常常相同,这是一个非常值得研究的现象。有的论者已经留意到此书"用了七字回目和两回成一对偶的形式"④,可是,我们不仅看到书中标题的两两相对,而且还注意到相邻的若干标题共用同一个动词,如上卷前4篇,其标题依次为:刘阮遇天台女仙,裴航遇蓝桥云英,王子高遇芙蓉仙,贤鸡君遇西真仙。我们姑且将这些标题看作是4个

---

① 董康:《书舶庸谭》,卷四,99页,沈阳,辽宁教育出版社,1998。
② 谭正璧:《话本与古剧》,103页,上海古籍出版社,1985。按:笔者同意《绿窗新语》即《绿窗新话》,但不同意谭氏所说"'话'与'语'仅一字之差,当因字体相近、意义相近而误",而认为二者是同书异名;《绿窗新语》可能仿《世说新语》而命名。
③ 先由古典文学出版社于1957年8月刊行,后由上海古籍出版社于1991年2月出版"重加整理"本。
④ 周楞伽:《绿窗新话·前言》,3页,上海,上海古籍出版社,1991。按:此书上卷的题目大致是两两对偶,而下卷则未必,有的对偶,有的失对,但上下卷均用以类相从的编排方式。

叙事句式,其间,都以"遇"(艳遇)作为"叙事语法"上的"谓语"(即故事的基本"关目");又如,上卷第27~30篇,其篇目依次为:杨生私通孙玉娘,张浩私通李莺莺,华春娘通徐君亮,何会娘通张彦卿;其间,都以"通"(私通)作为故事的基本"关目"。就算题目没有出现相同的字眼,而其动词的修辞色彩也是相同或相近的,如下卷第49~52篇,其篇目依次为:李生悟卢妓箜篌,赵象慕非烟握秦,崔宝羡薛琼弹筝,文君窥长卿抚琴。这4篇作品都与音乐有关,所谓"悟"、"慕"、"羡"、"窥",都是表现男女之间一方对另一方技艺的赏识。再如,下卷第64~67篇,其篇目依次为:盛小丛最号善歌,永新娘最号善歌,韩娥有绕梁之声,秦青有遏云之音。其间,所谓"最号善歌"、"绕梁之声"、"遏云之音",都是表彰艺人歌唱艺术的非凡高超,显然是同一类型的故事。

若干标题共用一个动词,其叙事的"谓语"相同。而在一个叙事句式中,"谓语"具有关键意义,决定着这个叙事句式的叙事格局。若干故事共用一个"叙事谓语",说明这些故事的叙事格局有内在的类同性。① 即以上卷前4篇为例:

《刘阮遇天台女仙》略谓:男主人公刘晨、阮肇入天台山采药,迷失道路,遇见两位女子,"容貌绝妙";二女知道刘、阮的姓名,有如熟人,即邀至其家,"行夫妇之道"。

《裴航遇蓝桥云英》略谓:男主人公裴航在舟中结识樊夫人,夫人给他一首诗,预示其日后的婚姻:"一饮琼浆百感生,玄霜捣尽见云英。蓝桥便是神仙宅,何必区区上玉京?"果然,此诗即为谶语,裴航于蓝桥遇见"艳丽过人"的云英,终于娶

---

① 俄国文艺学家普罗普对这种叙事现象有专门的论述,参见普罗普:《神奇故事的转化》,(法)托罗夫编选、蔡鸿滨译:《俄苏形式主义文论选》,209页,上海,上海文艺出版社,1989。

其为妻。

《王子高遇芙蓉仙》略谓：男主人公王子高于家宴后"见一女子，华冠盛服"，主动亲近，自称"我以冥契，当侍巾栉"；子高初拒而后迎，终于成其夫妇。

《贤鸡君遇西真仙》略谓：男主人公鲁敢（贤鸡君）外出归家，见一女子"弄蕊花阴"，当时"正色远之"，女子离去；月余，女子又来，自称"奴西王母之裔，家于瑶池西真阁"，与鲁敢同跨彩鸾，"四顾琼林"，饱览瑶池风光；"复入一洞"，"同宿于五云帐中"。

通览4篇作品，所谓"遇"，包含如下意思：其一，男主人公必遇美女；其二，男主人公不必相思和苦恋，凭"奇遇"即得美妻；其三，男女结合必有"冥契"，命中注定，美妻或不请自来、或不期而遇，这样的艳遇挡也挡不住，是一种无法拒绝的幸福。

显然，这是男权社会中未婚男子的"白日梦"。这是男性性别优越感的一种美妙虚拟。在这种虚拟的"奇遇"中，男子没有择偶的麻烦，省却了追求异性的曲折经历，免除了多少情海波涛，减去了无数苦恋中的烦恼，而且遇美女，得美妻，是一种极为方便的"快捷方式"。这就是以上4篇作品叙事句式中的"谓语"（"遇"）的共同内涵，可谓无一例外。

我们在这里思考的问题是，为什么《绿窗新话》的编者要将这种叙事格局有内在类同性的故事放在一起？固然，我们可以视之为编者对故事的分类。但是，若从分类的眼光看，这4篇作品与《金彦游春遇会娘》、《崔护觅水逢女子》、《郭华买脂慕粉郎》等（卷上）是同一个大类，可以称之为"艳情类"，排在一起亦无不可，为何编者要将它们分隔编排呢？① 其实，只要再研

---

① 《金彦游春遇会娘》等篇与《刘阮遇天台女仙》等相隔十数篇。

究一下《金彦游春遇会娘》等篇的故事模式，就可发现它们与《刘阮天台遇女仙》等篇存在着程式上的差异，说明编者不仅为故事分类，而且还要区分同一大类故事中的不同程式，其用心是颇为别致的。

《金彦游春遇会娘》略谓：男主人公金彦与朋友何俞于清明时节出城西游春，在王太尉的锦庄里弹奏音乐，忽见一女子，自称李会娘，爱好音乐，并向金、何二人劝酒；次日，金、何再去锦庄，会娘又出来相会，并属意于金彦，忽报太尉至，会娘"惊忙而去"；次年，清明又到，金彦重游锦庄，意欲再遇会娘，果然相见。二人"入花阴间"，行夫妇之道，会娘即随金彦而归。月余，何俞往访锦庄，得知会娘于去年同饮后因相思得疾而死。金彦诘问会娘，会娘亦不讳言已成女鬼，并希望金彦"不以生死为间"。

《崔护觅水逢女子》略谓：男主人公崔护于清明日游都城南，口渴而叩门觅水，有女子开门相迎，女子对崔"意属殊厚"，崔解渴而去。次年清明，崔重来故地，欲觅女子，得知女子于去年相会后即病死，尚在床，未安葬，崔在其身旁，以"某在斯"相呼唤，女子遂开目而复活。二人终于成亲。

《郭华买脂慕粉郎》略谓：男主人公郭华游京城，在市肆中见一卖胭脂女子，貌美出众，郭暗恋不已，每日以买胭脂为名接近女子，经半年，钱用尽，始对女子倾吐心事，女子亦为其真诚所动，遂趁其父母外出饮宴，与之约会家中后花园。女子依时而至；郭华因路遇亲友，交谈多时，迟迟未到。女子久候，不见郭来，恐行迹外露，留下一鞋而入内。郭其后赶来，不见女子，于门扉觅得一鞋，回到客店，吞鞋而尽。次日，客店主人见郭华尚有微弱气息，于其喉中得鞋，郭渐渐苏醒；后终与女子结为夫妇。

这些故事的内在结构刚好与《刘阮遇天台女仙》等形成对

比。它们突显男女之爱来之不易,其中的一方要经历"死去活来"的过程,而另一方为了得到意中人,起码要历经一年半载的苦恋,爱情绝非唾手可得。如果说,《刘阮遇天台女仙》等故事是古代男性的甜美之梦,那么,《金彦游春遇会娘》等故事则是古代男女情人痛彻入心的爱情经历的文学写照。前者具有明显的男性(单性)色彩,后者则具有双性色彩;前者似是男性一厢情愿的精神"自慰",呈现为喜剧式的故事形态,而后者是男女双方超越礼教、追求情爱的共同经验,这类经验带血带泪,具有沉重的悲剧意蕴。①

表面上,"刘阮遇天台女仙"与"金彦游春遇会娘",其叙事句法中的谓语都是"遇",但是,此"遇"不同彼"遇",所以,编者没有将它们紧挨着编在一起,而是彼此分开,说明就是一个"遇"字,也有不同的程式。这是"皇都风月主人"的一个重要发现。

第三节 《醉翁谈录》故事的程式化

《醉翁谈录》,南宋罗烨编撰,20卷。此书在中国久已不见著录,1941年,日本影印观澜阁所藏旧刻孤本,并公之于世。中国学术界对《醉翁谈录》的研究,是随着其书重现人间而展开的。1941年,赵景深先生撰写《因醉翁谈录的发现重估话本

---

① 在《金彦游春遇会娘》与《崔护觅水逢女子》之间,有一篇《张诜游春得佳偶》,略谓:张诜与朋友春天游西湖,困倦,借宿于王员外茶肆,员外问张之随从,始知这位"张小官人"正是自己已经订亲之女婿,其后,张与王员外之女"花不如小娘子"结为夫妇。此篇与前后篇似不相类,疑是编者在编书时一时大意、偶有疏忽所致。

第十一章　叙事结构的程式化

的时代》一文①，着眼于书中"小说开辟"所收录的107种话本目录，从小说史、戏曲史的角度肯定这个话本目录的特殊意义。1945年，谭正璧先生撰写《绿窗新话与醉翁谈录》一文②，其中对《醉翁谈录》其书做了介绍，并列出书中传奇文部分的目录，认为这部书是"传奇集兼杂纂集"。到20世纪八九十年代，人们对《醉翁谈录》的认识、判断，尚不大一致，如《中国大百科全书·中国文学》"醉翁谈录"词条称此书为"宋代笔记"，并指出"它转述了《太平广记》和唐宋其他传奇小说书籍里面的故事，另外还采录了一些诗词杂俎之类"③。而《中国古代小说百科全书》"醉翁谈录"词条却认为此书是"笔记传奇话本集"④。笔者曾撰写《论醉翁谈录的性质与旨趣》一文，认为该书不是"笔记"，说它是"笔记传奇话本集"也欠准确，它是一部专供"小说"与"合生"艺人参考使用的、以男女风情为旨趣的故事类编。⑤《醉翁谈录》有古典文学出版社排印本，今颇不易得；近年较为流行的是辽宁教育出版社排印本。⑥

《醉翁谈录》甲集卷一总题为"舌耕序引"，下有两个分目："小说引子"、"小说开辟"。这一卷向为治小说史者所重视，每多称引。"小说引子"下有一行小字："演史讲经并可通用"。由此可见，南宋民间说书以"小说"、"演史"、"讲经"为主要"家数"。所谓"引子"，观其要旨，大致指出说书活动的根本旨

---

① 此文收入赵景深：《中国小说丛考》，济南，齐鲁书社，1980，改题为《重估话本的时代》。
② 此文收入谭正璧：《话本与古剧》，上海，上海古籍出版社，1985。
③ 《中国大百科全书·中国文学》，1316页，北京，中国大百科全书出版社，1986。
④ 《中国古代小说百科全书》，779页，北京，中国大百科全书出版社，1993。
⑤ 拙文原刊于《学术研究》，2001年第3期；见本书附录。
⑥ 与（宋）金盈之八卷本《醉翁谈录》合刊，沈阳，辽宁教育出版社，1998。

趣在于"言其上世之贤者可为师,排其近世之愚者可为戒";就说书艺人而言,要做到"言非无根",其职责是"讲论只凭三寸舌,秤评天下浅和深";对入勾栏瓦舍的观众来说,说书活动应使他们"听之有益"。所以,"引子"可视为"说书艺术总论"①。而"小说开辟"似可理解为"小说家"之"宣言",这份"宣言"口气很大,颇有炫耀之意,如说"夫小说者,虽为末学,尤务多闻。非庸常浅识之流,有博览该通之理。……论才词有欧、苏、黄、陈佳句,说古诗是李、杜、韩、柳篇章。举断模按,师表规模,靠敷演令看官清耳。只凭三寸舌,褒贬是非;略传万余言,讲论古今。说收拾寻常有百万套,谈话头动辄是数千回"②。笔者怀疑这是当时的"广告","小说家"在开讲前向听众夸耀一番,并历数"小说家"各类故事的名目,期望获致听众的信任和好感,这是跑江湖、闯码头的民间艺人卖艺谋生的必要做法。明乎此,我们就可以知道,"小说开辟"所列出的 107 种故事名目,其实是广告词,是一份故事"菜单";听众可能有权点节目,所以,艺人要先开列可供"点选"的故事。③ 背诵故事"菜单",也是他们的基本功夫。"小说开辟"似是专为此而作。

尽管"谈话头动辄是数千回"是一种广告口吻,但不能忽

---

① 当然,"小说引子"除了道出说书活动的宗旨外,也表达了其他一些意思,如说"世上是非难入耳,人间名利不关心",似是失意文人的口吻;如说"编成风月三千卷,散与知音论古今",则显然指出"小说家"以谈"风月"为务。这与"小说引子"末尾所说的"破尽诗书泣鬼神,发扬义士显忠臣"的意思不尽吻合。要之,"小说引子"作为文章而言,头绪多,欠条理。

② (宋)罗烨:《醉翁谈录》,3页,沈阳,辽宁教育出版社,1998。下文引该书者,亦据此书,不另出注。

③ "小说开辟"所开列的故事,不仅有"小说",也有"演史",如《刘项争雄》、《孙庞斗智》等。估计当时的说书艺人既有自己专攻的书目,也会兼学其他节目,这或许是谋生的需要,但有所专攻是主流。

视的事实是，故事越积越多，而众多的故事，如果不加以分类，民间艺人是不容易记住的，况且他们的文化水平一般不高，因此，"小说开辟"将故事分为"灵怪、烟粉、传奇、公案、朴刀、捍棒、妖术、神仙"等类，其最原始的出发点就是便于艺人分门别类地记忆，其意义原在于实用。

《醉翁谈录》从甲集卷二开始，连用19卷的篇幅收录已然分类的故事，此与《绿窗新话》相仿。它比《绿窗新话》更进一步，就是为各个类别标出类名，如"私情公案"、"烟粉欢合"、"宝窗妙语"、"遇仙奇会"、"重圆故事"、"负心类"、"不负心类"等。细味其同类的故事，亦可发现，它们有相同或相近的程式。

如"烟粉欢合"类（乙集卷一），有《林叔茂私挈楚娘》和《静女私通陈彦臣》两篇。

前者略谓：女主人公楚娘，为"皇都名娼"，擅长诗词，颇以此自负。男主人公林叔茂，赴考皇都，与楚娘相爱，并许诺言："登第则私挈汝去"。隔年，果登第，携楚娘逃出妓院。及到家，林妻李氏初不容楚娘，楚娘常遭排挤；后楚娘填《生查子》词一首，表达自己千里随林叔茂而归之深情，李氏读后，为之感动，终与楚娘和好，成为一家人。

后者略谓：女主人公静女，喜读书，能作诗。其邻居陈彦臣，为一年轻书生，与静女互以诗词酬和，两情相悦。其事后被静女母亲发觉，告至官府。主审官员王刚中知悉两人相爱经过，命二人各作诗一首，其诗均得王之赏识，遂判二人为夫妇。①

以上两个故事，同样描述了男女主人公遭遇到其关系不被认可的尴尬局面，也均凸显了他们的诗词创作在其关系的"认可"

---

① 《静女私通陈彦臣》后有《宪台王刚中花判》一题，后者实与前者为同一故事的前后部分。

过程中所起到的作用。如果没有诗词创作这一共同的关键环节，这些故事的结局将会是另外一种情形，其传奇色彩也大为降低。

又如癸集卷一的《乐昌公主破镜重圆》、《无双王仙客终谐》，以及癸集卷二的《韩翊柳氏远离再会》，都标明是"重圆故事"，其共同的"程式"是：男女主人公都有夫妻之缘，但命中注定要经历重大的劫难，尤其是女主人公更加悲惨，或因国破而被迫入权豪之家（如《乐昌公主破镜重圆》之乐昌公主），或因家亡而被迫入深宫禁苑（如《无双王仙客终谐》之刘无双），或因寇乱而被劫作番将之妻（如《韩翊柳氏远离再会》之柳氏）；其后，男女主人公的重圆再会必得到第三者的帮助，始得成功（这第三者在《乐昌公主破镜重圆》中是杨素，在《无双王仙客终谐》中是侠客古生，在《韩翊柳氏远离再会》中是许俊）。

罗烨是一位分类意识相当明确的故事研究者。他熟识勾栏瓦舍，深谙说书之道，也了解一般说书艺人的文化水平，出于方便说书艺人掌握故事的考虑，他编写了《醉翁谈录》，此书对于初通文墨的说书艺人而言，具有指示门径的作用。我们对书中的"程式化叙事"，可作如是观。

第四节 叙事程式化的成因

《绿窗新话》与《醉翁谈录》都是为了适应说书艺人的需要而编写的。书中的"程式化叙事"，当初并非出自两书编者的自觉意识。他们不会先有所谓"程式化叙事"的概念。但是，由于他们对于民间流传的故事相当熟识，知道哪些故事会受到听众的欢迎，哪些故事适合用来说书，哪些故事是属于同一个类型的，于是，在编书时按类编排，便于阅读，易于检索，其初衷似乎与唐宋人编类书等工具书有些相近。① 由于要分类，就必须通览所要收编的故事，在阅读过程中自不免对故事做比较研究，求其相近者编为一类。而此项工作促使他们在分类时要细心留意一个故事的叙事框架，因为，就是同一大类的故事，如"男女艳遇"类，也存在着若干种不大相同的叙事框架，有一遇即合型，也有遇而难合型，更有离合多变型，等等。为了使分类更为妥当精确，他们自然会将具有相近故事框架的作品组编在一起，于是就出现一组一组的具有相同或相近叙事程式的故事，《绿窗新话》之所以出现相邻的若干故事为一组的现象、《醉翁谈录》之所以出现不同名目的故事组别，盖源于此。

就文学创作而言，程式化是一大禁忌。程式化的作品总是给人似曾相识的印象，它们往往因为缺乏独创性而受到轻视。但是，程式化叙事在中国古代的叙事文学中是并不少见的，比如，英雄家族传奇有英雄家族传奇的程式，总是父而子、子而孙地写下去，也不出"老子英雄儿好汉"的格套，如《杨家将》、《说呼全传》、《说岳全传》等，概莫能外；才子佳人小说有才子佳人小说的程式，无非是男女主人公花园幽会，中经波折，终成眷属，也就是通常人们所说的"私订终身后花园，多情公子中状元，奉旨完婚大团圆"。同样的，戏曲故事也常常有格套，如明徐复祚《红梨记》传奇第一出"统略"概述该剧剧情："谢女佳人，赵郎才子，天然分付成双。奈王黼勒取，拆散两鸳鸯。正遇胡人围汴，征歌妓，送入金邦。赖有花婆女侠，设谋窜取，潜地往他乡。才子彷徨，佳人沦落，此际实堪伤。幸钱君作宰，留寓在衙傍。却虑功名未就，改名姓，潜结鸾凰。又赖花婆劝驾，登

---

① 唐宋人喜欢编类书，仅据《四库全书总目提要》子部"类书类一"的著录，唐代类书7种，宋代类书29种。

龙归娶，花烛影摇光。"① 除徐氏的《红梨花》外，元张寿卿的《谢金莲诗酒红梨花》杂剧、明冯梦龙《情史》卷十二的"赵汝州"、明无名氏的《梨花记》传奇等，都演述这个故事，无非是男才女貌，诗歌往还，互通情愫；阴差阳错，天各一方；贵人相助，功成名就；情人重逢，终成眷属。这与元关汉卿所写的《谢天香》的故事，在人生的经历上，大致是同一种"套式"。面对大量的程式化叙事，《红楼梦》中的贾母是很熟悉的，她说道："这些书就是一套子，左不过是一些佳人才子，……开口都是书香门第，父亲不是尚书，就是宰相。一个小姐，必是爱如珍宝。这小姐必是通文知礼，无所不晓，竟是绝代佳人。只一见了一个清俊的男人，不管是亲是友，便想起终身大事来，父母也忘了，书礼也忘了，……"② 产生这种很多"必是什么什么的"程式化叙事现象的原因，恐怕是多方面的，而其中的一个成因，与当初的说书艺人喜爱讲述类型化的故事有不可忽视的关系。

为什么说书艺人喜欢讲类型化的故事？

这个问题大概可以从两个方面来探讨。

从说书艺人这一方来说，他们是职业化的艺人。职业艺人在江湖上卖艺，最是讲究名声，有名声才会有号召力，才能吸引众多的听众，因而才能赚取"入场费"。而营造一个名声，非一朝一夕之功所能办，他们要发现自己的长处，扬其所长，避其所短；而扬其所长，必要有所专攻，这是"出名"的方便法门。所以，有人专攻讲史，有人专攻说经，有人专攻"小说"。就是专攻讲史的，据《东京梦华录·瓦伎艺》的记载，有的以"说

---

① （明）徐复祚：《红梨记》，1页，北京，中华书局，1988。
② （清）曹雪芹：《红楼梦》，第54回，593页，北京，人民文学出版社，2002。

三分"（讲三国故事）见长，有的以讲"五代史"取胜。① 而专攻"小说"的，有的擅长讲"朴刀"、"公案"，有的长于说"烟粉"、"传奇"，如此等等，不一而足。吴自牧《梦粱录》卷二十"小说讲经史"条记载"小说"的名目有"烟粉、灵怪、传奇、公案、朴刀、杆棒"等，然后列出"谭淡子、翁二郎、雍燕、王保义、陈良甫、陈郎妇枣儿、徐二郎等"名单②，估计这里提及的艺人，不会对上列题材类型有较大差异的所有名目都通晓擅长，各有所长的可能性更大。此外，《西湖老人繁胜录》"瓦市"条记载，有一位说书艺人小张四郎，"一世只在北瓦，占一座勾栏说话，不曾去别瓦作场，人叫做小张四郎勾栏。"③可以想见，这位小张四郎，是特别有专长的说书家，因而才会有长久的号召力。另据《武林旧事》卷六所载，当时的"小说"艺人中有一位"张小四郎"④ 疑即上述之"小张四郎"；若是，则可知"占一座勾栏说话"的小张四郎就是艺有专攻的"小说"家。总之，说书这一行当的分工起码到南宋时已经比较细致，这细致的分工，催化出"故事分类学"，具有"类书"性质的故事书《绿窗新话》和《醉翁谈录》正是在这样的文艺环境中应运而生的。

故事类型化，其最大的好处是便于记忆，易于领会，尤其是对于文化水平不高的民间艺人而言，这无疑帮了他们的大忙。他

---

① 《东京梦华录（外四种）》，《东京梦华录》，32页，北京，中国商业出版社，1982。
② 《东京梦华录（外四种）》，《梦粱录》，181页，北京，中国商业出版社，1982。
③ 《东京梦华录（外四种）》，《西湖老人繁胜录》，16页，北京，中国商业出版社，1982。
④ 《东京梦华录（外四种）》，《武林旧事》，131页，北京，中国商业出版社，1982。

们可以依据一定的故事程式,借助他们自身的人生阅历和道听途说的事件,将故事丰富起来,说得绘声绘形,有枝有叶,不需死记硬背,不必一成不变,临场发挥,挥洒自如,这自然就能赢得听众的赞赏,而艺人的说书技艺也就在这样的说书语境中锻炼出来了。有了故事框架,怎么说都不会走样,而在故事框架之中随意点染增益,说书艺人的艺术个性会比较容易地显露出来。这也就是为何同一个故事,在《绿窗新话》和《醉翁谈录》之中会有不同说法的原因。① 这也就是《醉翁谈录》甲集卷一"小说引子"所说的"如有小说者,但随意据事演说"一语的内涵。

再从欣赏说书的听众这一方来看,他们往往是带着消遣的目的进入勾栏瓦舍。他们多为一般的市井百姓,文化水平也不高,没有文学创作的观念,他们关心的是故事是否有趣,是否动听,而不会留意这个故事有没有独创性。而且,有如后世人们欣赏折子戏,故事早就熟悉了,还要去看,是要观赏演员的演技一样,在勾栏瓦舍听说书的听众,他们同样要欣赏艺人的说书技艺,这

---

① 如《绿窗新话》上卷的《华春娘通徐君亮》与《醉翁谈录》壬集卷二的《华春娘题诗遇君亮成亲》,二者是同一故事,但颇有出入。又如,《绿窗新话》上卷的《沙吒利夺韩翃妻》与《醉翁谈录》癸集卷二的《韩翃柳氏远离再会》,也是同一故事,但亦有明显差异。故事框架是相同的,框架之内的细节处理不尽一致,反映出不同的人对同一故事有不同的着眼点,也有不同的改动。以上两书的编者颇有文化水平,他们尚且如此,不同的民间艺人对同一故事有不同的处理手法,也就可想而知了。又,(明)张岱《陶庵梦忆》卷五记著名艺人柳敬亭说《武松打虎》的情形:"余听其说《景阳冈武松打虎》白文,与本传大异,其描写刻画,微入毫发。"(《柳敬亭说书》,《陶庵梦忆·西湖梦寻》,45页,上海,上海古籍出版社,1982)所谓"与本传大异",当指细节描写因"微入毫发",多有增益之处,与小说原著有明显出入,而艺人正是在这些地方显示自身的艺术个性。清石玉昆说唱本《龙图耳录》第94回称说书艺术:"叙事难,斗榫尤难,必须将通身缕清,那里掭着那里,是丝毫错不得的,稍一疏神,便说得驴唇不对马嘴,那还有什么趣味呢?"(《龙图耳录》,1015~1016页,上海,上海古籍出版社,1981)这也道出说书艺人为何讲究"微入毫发"的原因。

本身就是一种艺术享受。况且，不同的人对故事题材会有不同的偏好，有人喜听"公案故事"，有人爱听"男女艳情"，犹如当今的人们，有的喜欢看武侠题材的小说或电视剧，有的喜欢看"言情"的小说或电视剧一样，古代进勾栏瓦舍的听众对于他们所喜好的题材，会出现百听不厌的情形，这也是说书艺人会有所专攻的原因；没有听众的支持，艺人们早就改行了。正是不同的听众群，培育了专长不同的说书艺人。

在"说书"语境中产生的白话小说，自不免受到说书艺术的种种规定性的制约，程式化叙事就是这众多规定性中的一种。这些规定性，不仅培育了艺人或故事的写作者，也培育了"受众"（或是面对说书艺人的听众，或是面对白话小说文本的读者），形成一定的欣赏习惯。他们喜欢"品味"特定程式的故事，并在故事的多次重复中加以"寻味"。这种习惯一经形成，其"辐射力"与"顽固性"是不可低估的。它还会影响到其他文体如戏曲、说唱等。以《绿窗新话》收录的"郭华买脂慕粉郎"故事为例，它具有很强的"辐射力"，宋元戏文有《王月英月下留鞋》，金院本有《憨国郎》，元杂剧有曾瑞的《王月英元夜留鞋记》，明传奇则有童养中的《胭脂记》（凡41出）与无名氏的《胭脂记》（凡28出）。这一系列的作品内含着一个"套子"，共用一个故事框架；其中，两本《胭脂记》都将本来发生在六朝的故事下移至宋代，与包公故事合流，套上了包公故事的办案程式。无名氏《胭脂记》第一出"开场"的【满庭芳】介绍剧本的结局是："龙图老，回升判合，万古永留名。"故而剧本第26出"勘问"、第27出"判合"，均有包公出场。[①] 可以说，程式化叙事自滥觞以来，戏曲、小说乃至于说唱都往往离不

---

① （明）无名氏《胭脂记》传奇，吴书荫主编：《绥中吴氏藏抄本稿本戏曲丛刊》，第三册，北京，学苑出版社，2004。

开它。

　　中国人向来是喜欢"故事"的,"故"与"新"互相对待,"故"者,旧也。喜欢"故事"的中国人,在对叙事文学的欣赏方面,有喜"旧"而不厌"新"的文化心理,而"喜旧"更为普遍。对于"旧"故事的程式,特别有所偏爱,不厌重复。郑振铎先生曾对明丘璇《投笔记》传奇做过如下评论:"(此剧)叙的是班超投笔从戎的事。其中也免不了英雄失志,义士赠金,奸人诬陷,封赠团圆的'传奇套子'。好像明人的传奇,除了这样的写法以外,便不易得到读者、演者的同情似的。其布局的'烂调',有似于'才子书'的《平山冷燕》、《玉娇梨》诸小说。"① 其中,"好像明人的传奇,除了这样的写法以外,便不易得到读者、演者的同情似的",此语可圈可点,这揭示出中国人对故事结构的程式化有一种心理上的默认。日本学者金文京先生曾经指出,广东的木鱼书有一批以"太子走国"为题材的故事,其一般情节结构是:"某一朝代宫廷中发生政治斗争,后妃外戚或皇帝的兄弟篡位,太子被迫出外逃走,生母后妃被打进冷宫或与太子一起逃外,在逃走过程中,太子往往隐姓没名,甚至沦为仆夫乞丐,屡经艰险,却遇到美女娶为后妃,最后得到妻子和忠臣的协助,终于打倒伪皇和奸臣,回归宫廷,自登宝位。"② 这也是程式化叙事的显例。人们不在乎程式化,只要"故事曲折,生动感人"就行了,这与南宋时人们喜爱听类型化、程式化故事的文化心理是一脉相承的。

---

① 《投笔记》一文,见郑振铎:《中国文学研究》,上册,662页,北京,人民文学出版社,2000。
② 《有关木鱼书的几个问题》,载(日)金文京等编:《木鱼书目录》,24页,东京,好文出版社,1995。

第五节　叙事程式的世代承传

　　一个故事的叙事程式，可以产生相当持久的影响。"乙故事"的故事情节、人物关系、矛盾冲突与"甲故事"并不相同，可是，"乙故事"的叙事方式明显地受到"甲故事"的启迪和熏染。我们看到，某种典范的叙事程式具有世代承传的穿透力。

　　著名的"真假美猴王"故事，代表着一种叙事程式。这个故事见于《西游记》第57~58回。当时，孙悟空"神狂诛草寇"，而唐僧是"道昧放心猿"；孙悟空被唐僧"踢"出了取经队伍，满肚子委屈，跑到洛伽山对着观音菩萨大吐苦水，说自己"上天无路，入地无门"，"止不住泪如泉涌，放声大哭"。① 而唐僧那一头，"忽听得一声响亮，唬得长老欠身看处，原来是孙行者跪在路旁，……"师徒俩又免不了一番口角，那"孙行者"变了脸，一棒将唐僧打晕在地，把唐僧师徒的包袱拿走，驾起云头，"不知去向"②。唐僧醒过来后，派沙僧前往花果山讨还行李。在花果山，沙僧不仅见到了"孙行者"，而且见到了一个"唐三藏"，一个"猪八戒"，一个"沙僧"，俨然是取经队伍的"原班人马"，一个也不少。原来，这是六耳猕猴以及其他妖猴变化而成的。沙僧不明所以，于是也跑到洛伽山去，向观音菩萨告状，与孙悟空、观音一起赶往花果山，真假孙行者面对面，"二行者在一处，果是不分真假"③。这样一来，可真是难倒了观

---

　　① （明）吴承恩：《西游记》，第57回，732页，北京，人民文学出版社，1992。
　　② （明）吴承恩：《西游记》，第57回，734页，北京，人民文学出版社，1992。
　　③ （明）吴承恩：《西游记》，第58回，742页，北京，人民文学出版社，1992。

音菩萨,难倒了玉皇大帝,也难倒了唐三藏,连阎罗王也分辨不了。真假美猴王模样一样,说话一样,身上的特征也一样,唐僧一念起"紧箍咒",双方一起"害疼",正是"形容如一,神通无二",最后,不得不来到佛祖面前,请求裁断。佛祖这才当众揭开了假行者乃是六耳猕猴所变的谜底。

该故事的叙事程式是:某一人物形象被某个妖怪"克隆"了,二者虽然是一真一假,可是真假莫辨,真的力辩自己是真的,假的也力辩自己是真的,不少权威人物也分辨不出,一而再、再而三地分辨,仍然是一筹莫展,一塌糊涂。最后,一种既权威又神秘的力量出现,破解了谜底,人们方明白这是一场介乎"有意味"与"无厘头"之间的恶作剧。

说是"无厘头",不仅指故事往往荒诞无稽,而且作假的一方也往往缺乏行为的动机,比如,假的"孙行者"是为了过一下做孙悟空的"瘾"呢还是想故意捉弄一下孙悟空?是为了加入取经队伍呢还是想破坏这支队伍?从故事的文本中,我们都找不出以上的任何一个缘由。就是谜底被揭开了,佛祖为何对搞了这么大恶作剧的六耳猕猴也不予以追究呢?当孙悟空要求严惩六耳猕猴时,佛祖答非所问地说:"你自快去保护唐僧来此求经吧。"此言一出,六耳猕猴就没有了下文。这不是一段"无厘头"的故事吗?

可是,这"无厘头"并非毫无意义,可以说是别有意味。人们总是生活在一个真假并存的世界里,有真钞,也就会有伪钞;有真药,也就会有假药;有真的孙悟空,也就会有假的孙行者。真真假假,真假难分,连观音、玉帝、阎王也徒叹奈何,这样一种人生的感慨是何等的深刻!人们在编这样的故事时,又是何等的幽默!凡是洞明世事的人,怎能不报之以会心的而又带点苦涩的微笑呢?

这样一种讲述故事的"路数",是有意味的"形式",内含着某种超越时空的人生情景和况味。正因为是超越时空的,从叙事艺术的角度看,这种"路数"本身内含着可以适用于不同时空的"叙事句法"。简言之,某乙变化成某甲,变化之后的某乙,连最熟悉某甲的人也分辨不出某乙是真的还是某甲是真的;某甲说一句话,某乙也说一句同样的话;某甲身上的特征,某乙身上同样出现。这就是该讲述方式的基本"句法"。所以,发生在唐朝的取经故事与发生在宋朝的包公故事,其叙事的"句法"可以是大致相同的。

我们且看《包公案》卷六的"玉面猫"故事①:话说在包公远赴边庭的时候,朝中出现了两个"王丞相",两个"仁宗皇帝",两个"国母",闹得人心惶惶,不得安宁。包公接旨回朝,着手处理这宗奇案。不料,正当包公升堂审案之时,开封府的公堂之上,竟然出现了两个包公,平时对包公十分熟悉的众衙役,也莫辨真伪,无所适从。可以说,"玉面猫"故事反复使用六耳猕猴故事中的基本"句法",一再出现某乙变化成某甲的情形,依次写了从西天而来的五个鼠精分别变化成清河县的秀士施俊、朝中的王丞相、仁宗皇帝、国母、包公。每一次的变化,都依循着相似的"句法",如"鼠一"变化成施俊,施俊的妻子认不出来;"鼠二"变化成王丞相,真假王丞相的右臂上都有一颗黑痣,丞相夫人无法辨认;"鼠三"变化成仁宗皇帝,满朝文武同样难辨真假;"鼠四"变化成国母,朝中的文武官员也不知"哪个是真国母";最后,是"鼠五"变化成了包公。故事的五个层次、五次变化,大致上是同一叙事"句法"的重复使用。当然,编故事的人也有几分机智,他在重复使用同一"句法"时,也会来一点变化,不至于完全是机械的重复。比如,仁宗皇帝左边手掌有"山河之纹",右边手掌有"社稷之纹",那变化成仁宗

---

① (明)无名氏:《包公案》,186~192页,北京,宝文堂书店,1985。

的鼠三就无法变出来,他可以瞒过文武官员,却瞒不过国母的眼睛。故事因而避免了呆板和僵化。

同时,"玉面猫"故事的编者以"鼠一"变化成施俊、占取施俊之妻为故事的"由头",当真施俊和假施俊同时出现的时候,真施俊的岳父将案情"状告于王丞相府衙",于是,接连牵引出王丞相、仁宗皇帝、国母、包公来了。五个鼠精变出连环戏法,即同一叙事句法的连环使用,显然受到民间童话思维的影响。尤其是故事的结局,包公借用了佛祖的玉面猫来捉拿鼠精,奇趣横生。所以,我们在考察一个叙事程式的历代承传的时候,不要以为这样的"承传"是一种简单的重复,要充分评估民间艺人的叙事智慧。他们不像文人那样在虚构故事时有自己的独创性;他们习惯了师徒授受的方式,习惯了程式化叙事,也习惯了民间大众的审美好尚,所以对于他们来说,运用某些叙事程式是一门技能。可是,他们的叙事智慧往往就体现在灵活的运用上,他们不是简单地依样画葫芦,他们掌握了民间叙事常用的"句法",也熟悉民间的童话、笑话、传说等艺术形态,融会贯通,别出心裁,在一些人们熟悉的"套子"里面花样翻新。这也构成了中国古代的一个民间叙事传统。

我们可以说,六耳猕猴故事的叙事程式对"玉面猫"故事有显然的影响,可是,后者不是对前者的简单沿袭。就算是直接继承了"玉面猫"叙事程式的京剧《双包案》[①],其叙事的"句法"与《玉面猫》一脉相承,可是,出于戏剧化的考虑,减去了小说中的好些"头绪",没有出现两个王丞相、两个皇帝、两个国母;至于两个施俊也是用暗线一笔带过,只是突出了两个包公,而且,真包公出场的背景也与小说不一样,他不是去了边庭,而是去了"辰州放粮",显然与元代杂剧《陈州粜米》有关

---

① 钝根编辑:《戏考大全》,第一册,944~947页,上海,上海书店,1990。

联。剧中的"黑鼠大仙"自报家门时说:"我乃黑鼠大仙是也。今有包拯辰州放粮而回,打此经过,不免变作假包模样,搅乱一回。众小妖,命你等变作王超马汉、三班衙役模样,速速变来。"在这里,剧作者淡化了小说原有的公案色彩,以真包公与假包公唇枪舌剑般的斗嘴为"卖点",营造出一种既热闹又谐趣的剧场气氛。最后,也没有出现"玉面猫",而是天神天将上场,"开打",还是以热闹收场。由此可以看到,一种叙事程式的承传,是同时受到大众文化和特定文体的制约的,《双包案》是戏剧,它既受到戏剧文体的限制,也受到剧场文化的熏染,故而,就算有相同的叙事"句法",也会有不同的叙事趣味。这也是中国民间叙事的魅力所在。

一种叙事程式,一旦受到民众的特别喜爱,它就会以这样或那样的形态反复出现。这种反复出现的故事,会与民众某一种共同的心理需求相对应。比如说,流传甚广的伍子胥故事[①],内含着磨难与复仇的双重母题。家族发生巨大的灾变,在严酷的情势之下,仅存性命的主人公遇到了无法避免、不得不面对的人生磨难,残酷的考验摆在面前,主人公如何应对,如何逃出生天,这是一个充满张力的悬念;同时,对于读故事或听故事的人来说,这又是一个可以激发生存意志的经典情景。一般的人,不一定会遇到像伍子胥那样的厄运,可伍子胥的遭遇在一定程度上体现出"厄运"的极限,其经典意义正在于此。而一个故事具有经典意义之后,它很容易进入一个民族的集体记忆之中,在书本里,在舞台上,"伍子胥过昭关"已经成为逃离厄运的隐喻。法国涂尔干学派的骨干成员莫里斯·哈布瓦赫在《论集体记忆》一书中说:"当谈到我们生活中最暗淡的方面时,似乎它们半遮半掩地

---

① 除《史记》卷六十六《伍子胥列传》外,伍子胥故事见于《吴越春秋》、《东周列国志》等书,以及杂剧《伍员吹箫》、京剧《伍子胥》等。

笼罩在阴霾之中。在遥远的世界里，我们遭受了令我们无法忘怀的苦难，然而，对某些人来说，这个遥远的世界却仍然散发着一种不可思议的魅力，这些人历经磨难，幸存了下来，他们似乎认为，他们自己最美好岁月都驻留在了那个艰难时世里，他们希望重温这段逝去的时光。"①"苦难的历程"经过岁月的淘洗之后，借助"文学化"的处理，的确会散发出一种"不可思议的魅力"，它使人们在已经"文学化"的苦难之中体味人生的艰难困苦、光怪陆离、波澜壮阔，在一定意义上，具有"悲剧之美"；或者说，在文学的氛围下感受苦难，可以增强人们对苦难的心理承受能力。这或许可以解释千百年来人们对"苦难"故事之所以偏爱的原因。更为有趣的是，中国民间对若干故事类型的偏爱，有时会以某种较为极端的方式表现出来，且不说像《伍子胥过昭关》这一类的剧目在多个剧种里都有演出②，而《说唐前传》中的伍云召故事，好像"借胎生子"一样，让伍子胥的故事借伍云召故事之"胎"来一次"转世"，重新在隋唐的历史舞台上"表演"一番。郑振铎先生曾经指出，伍云召的前半生故事，与戏曲、小说中的伍子胥的前半生故事"几乎是可惊异的相似"："并不仅仅姓伍是雷同的，即故事之结构，也差不多。伍云召的故事，在《隋唐演义》里是没有的，只有《说唐前传》里写着，很显然的，这完全是《说唐传》编者的臆造，是根据了伍子胥的故事，略加以变化而臆造的。"③他还进一步说："伍

---

① （法）莫里斯·哈布瓦赫：《论集体记忆》，毕然、郭金华译，85~86页，上海，上海人民出版社，2002。

② 如京剧的《文昭关》，又名《一夜须白》；汉剧、川剧、豫剧、河北梆子、秦腔都有同样的剧目。参见陶君起编著：《京剧剧目初探》，26页，北京，中国戏剧出版社，1983。

③ 《伍子胥与伍云召》，载郑振铎：《中国文学研究》，上册，293页，北京，人民文学出版社，2000。

云召故事与伍子胥故事之相同处,大都为民间传说里的伍子胥故事。可见《说唐传》作者所受的伍子胥故事的影响,乃非由于《史记》、《吴越春秋》以及《新列国志》,而为旧《列国志》、元曲以及一般流传于民间的口头传说了。这可知真实的历史人物及历史事实,在民间是如何的变迁;这可知旧小说及传说中的人物及情节常常的互相抄袭,互相受影响;虽或情节有略略的变更,人物有合二为一,或分一为二者,我们如果追究其来源,却总有线索可得到的。"① 这里有一个问题需要辨析,《说唐前传》的作者选择伍子胥的故事作为蓝本,而没有选择其他,正说明他认为伍子胥的故事具有特别的意味。从心理层面来看,他是认同了伍子胥故事中的人生场景所具有的经典意义的,于是,好像诗词写作中的"用典"一样,他有所偏爱地将伍子胥的故事"用"在伍云召的故事之中了。

叙事的程式化导致了不同故事中主人公的遭遇与经历都似乎按照一定的程序与式样进行。著名的故事流播人口,反复出现,其叙事过程自然而然就演变为某种人所熟知的故事框架。民间艺人喜欢各种各样的故事框架,他们文化程度较低,比较欠缺独自构建故事框架的能力。然而,他们可以在大家熟悉的故事框架之中有所选择地加以运用和变通,巧妙地在故事的熟悉度与陌生感之间取得某种平衡,使人对自己所演述的故事既有几分熟悉,又有几分陌生,这样,可以满足同样是文化程度不高的听众或观众的"消遣"的需要。既然是"消遣",故事太陌生了,听起来或者观看起来比较费力;故事太熟悉了,又觉得缺少一点新鲜感。民间艺人十分懂得民众的"消遣"心理,于是,好像是一个出色的厨师一样,运用手中材料,变通各种"套路","烹调"出

---

① 《伍子胥与伍云召》,载郑振铎:《中国文学研究》,上册,295页,北京,人民文学出版社,2000。

既合乎大众口味又不失一点新鲜感的故事"大餐"。一般的民众只是需要在故事中找"乐子",或寻求心灵上的慰藉,不在乎这个故事是独创的还是"炒冷饭",而且,会"炒冷饭"的人,可以搭配上一些"佐料",将"冷饭""炒"得"色、香、味"俱全,照样大受欢迎,"生意兴隆"。在说书与演戏商业化的背景下,民间艺人为了迎合大众、为了赢得号召力,是不能不讲究"生意经"的,况且,其文化程度也往往限制了他们,只好在程式化叙事中编故事、讨生活。如上所述,伍云召故事从伍子胥故事中化出,不过,前者不是后者的简单翻版,如果是简单的翻版,就会显出编故事的人没有能耐,大众也不会买他的账。他总要在"套路"上玩出一些花样来。《说唐全传》第17、18回写到,伍云召被隋朝将领宇文成都等围困在南阳,内无粮草,外无救兵,一时不知所措。夫人对他说:"相公,妾闻司马超之言,战国伍子胥报亲之仇,鞭平王于墓间;报君之恩,囚勾践于石室。一生忠孝,万古留名。今相公虽不及古人,还要学大丈夫胸襟。相公请自思之。"① 在这里,编故事的人并不隐瞒伍子胥故事对他的"示范"意义。他的脑海中,正是有了伍子胥故事的影子,所以,在编伍云召的故事时就有了一个"谱"。不过,有了一个"谱"不等于完全照抄,这是民间艺人能够遵守的一条"艺德"的底线。他要做出努力,使伍云召的故事有一点别开生面,起码不能让人看出只是伍子胥故事的翻版;他于是运用自己的联想,在编伍云召突围而出的情节时,要凸显伍夫人的坚贞,于是"伸手"往《三国演义》里"偷"套路,写伍夫人背地里投井自尽,伍云召发现时,"只见井中水面上,有一双小脚一蹬,一连几个小泡,不见了。"伍云召情急之下,"只得将井边一堵花墙推倒,掩了那井。反身往外边,将战袍解开了,将公子

---

① (清)无名氏:《说唐全传》,160页,郑州,中州古籍出版社,1990。

放在怀中，把束袍带收紧了"，然后带领人马往西城而去。① 这自然使我们想到《三国演义》第41回"赵子龙单骑救主"的情节，民间艺人只是将它变通了一下，调整了人物关系，就可以编出一个既使人觉得似曾相识又好像不是原来那么一回事的故事了，伍夫人既像糜夫人，又不是糜夫人；伍云召既像赵子龙，又不是赵子龙，把一个大家熟悉的故事略为"陌生化"之后，顺手牵羊，化为己有，情节还算精彩，"版权"不必追究。这就是古代民间艺人的"程式化叙事"的奥妙所在。

我们从南宋盛行的勾栏瓦舍的文化语境入手考察叙事结构程式化的出现及其成因。程式化叙事适应着文化层次较低的广大民众的接受能力，培养着他们的审美习惯，久而久之，它成为我们民族的一个根深蒂固的叙事传统。叙事中的程式，积淀着人们千百年来的生存方式、人生遭遇，蕴含着人们一代又一代类似的生命体认。各种叙事程式的反复呈现，不断地构建着一幅聚合着本民族的各种生存经验的文学"图谱"。进入这幅"图谱"的各种叙事程式总是"有意味"地昭示着后人：我们这个民族是这样或那样地带着历史的烟尘、踏着有时欢快有时沉重的步伐走过来的。

---

① （清）无名氏：《说唐全传》，161页，郑州，中州古籍出版社，1990。

第十二章 叙事单元的"嫁接"与"重组"

在古代的叙事文学中,具有相对独立性的情节,可以构成一个叙事单元。叙事单元与叙事单元之间可以"嫁接"与"重组",构成一个新的故事格局。

第一节 神话传说已开先河

中国古代的神话传说已经出现叙事单元的"嫁接"与"重组"现象。比如,"女娲补天"是一个救世神话,而"共工与颛顼争为帝"是关于两个不同政治集团相互争斗的传说,二者性质不同,本不相关,可是,事实上,在一些典籍里,它们却奇妙地嫁接在一起,且有两种不同的方式。《列子·汤问》曰:"天地亦物也。物有不足,故昔者女娲氏炼五色石以补其阙;断鳌之足以立四极。其后,共工氏与颛顼争为帝,怒而触不周之山,折天柱,绝地维,故天倾西北,日月星辰就焉;地不满东南,故百川水潦归焉。"[①] 此言女娲补天在前,共工破坏在后。而《论衡·谈天》则曰:"共工与颛顼争为天子,不胜,怒而触不周之山,使天柱折,地维绝。女娲销炼五色石以补苍天,断鳌足以立

[①] 《诸子集成》,第3册,《列子》,52页,上海,上海书店,1990。

第十二章 叙事单元的"嫁接"与"重组"

四极。天不足西北,故日月移焉;地不足东南,故百川注焉。"①此言共工破坏在前,女娲补天在后。两相比较,它们的嫁接方式截然相反,各有侧重。前者强调共工的破坏作用及其严重后果;后者突出女娲收拾残局、拯救宇宙的功绩。为什么会出现这种复杂的现象,学术界尚无定论,陶阳、钟秀在其《中国创世神话》中写道:"共工折柱与女娲补天的关系,在原始神话中究竟如何,还是一个有待进一步探讨的问题。"② 我们认为,这种现象,可能与不同地域的神话传说的相互融合有关。女娲补天神话,据《淮南子·览冥篇》记载,当与洪水的肆虐相关,因而这个神话当产生于黄河流域,或长江、淮河流域,所谓"止淫水"是它的起因。而共工活动其间的不周山,据《楚辞》王逸注,在昆仑西北;袁珂先生说:"此山原为天柱,经共工触坏,始有'不周'之名。"③ 故共工的传说当产生于昆仑地区。不同地区的神话传说在其流传过程中,会发生碰撞与交融,其结果是出现神话传说的多种嫁接形态,而嫁接的原因,可能是为了说明某一种现象,如上述书证,尽管它们所反映的因果关系截然不同,但都是为了说明中土地貌何以是西北高、东南低的原因。这个原因便是它们在嫁接时的"契合点"。

此外,还有一种情况,同一个伟大的事件,可以嫁接到不同的人物头上,出现不同的"版本",比如,"射十日"的神话,本来应该出现在神射手的身上,这位射手一般认为是后羿,可是,有的神话传说就把这个事件嫁接到尧的故事之中,如《论衡·感虚》说:"尧上射十日,九日去,一日常出。"④ 有的又

---

① 《诸子集成》,第7册,《论衡》,105页,上海,上海书店,1990。
② 陶阳、钟秀:《中国创世神话》,176页,上海,上海人民出版社,1989。
③ 袁珂编著:《中国神话传说词典》,53页,上海,上海辞书出版社,1985。
④ 《诸子集成》,第7册,《论衡》,47页,上海,上海书店,1990。

嫁接到女娲的功劳簿上，如《尹子·盘古》说："女娲补天，射十日。"① 而有趣的是，这样的记载都是纲要式的，没有具体的情节和细节，并不交代事件发生的背景和过程，呈现出一定的随意性，似乎喜欢谁就可以将某种丰功伟绩记在谁的头上。除上述尧、女娲的例子外，又如黄帝，据《管子·轻重戊》、《太平御览》卷八百四十七引《古史考》等的记载，他有"钻燧生火"、发明"火食之道"的功绩，而一般认为，此项功绩应是燧人氏的（如《韩非子·五蠹》、《太平御览》卷七十八引《礼含文嘉》等均持此说）②，而人们在黄帝诸多功绩之上再加"钻燧生火"，显然是对黄帝格外尊崇的结果。这些现象反映出上古时代人们的偶像崇拜是多元化的。而多元化的偶像也许与偶像崇拜的地域性很有关系，某个地域的人崇拜谁，就把多方面的"神迹"附会到他的身上，似乎这个偶像无所不能，无所不晓，而实际上，很可能是某个地域的人将其他地域的神话传说嫁接到本地域的神话传说之中，于是就出现了同一事件的多种版本。而从另一个角度看，同时也就出现了一些"箭垛"式的人物，如女娲、黄帝，在人们对他们进行"偶像化"的过程中，女娲、黄帝本身则成了可以接纳不同的神话传说故事的"箭垛"，多种来源的神话传说可以嫁接到他们的名下，形成"新"的故事形态。后世的"包公故事"、"济公故事"等，也有类似的形态，包公、济公同样是"箭垛式的人物"。

神话传说的嫁接与重组，反映出中国的神话传说具有一种再生的能力。这种再生能力的形成，与中国神话传说缺乏严密的神

---

① 《路史·发挥一》罗苹注引《尹子·盘古篇》，参见袁珂等编：《中国神话资料萃编》，14页，成都，四川省社会科学院出版社，1985。

② 袁珂等编：《中国神话资料萃编》，66、29页，成都，四川省社会科学院出版社，1985。

界体系（神谱）有关，也与上古时代各种地域性文化的相互竞争、相互融合有关。不同地域（民族）的文化具有不同的价值准则和价值判断，故而对于同一个人物，不同地域的人就有不同的评价，比如关于羿，夷民族与夏民族的评价就截然相反，前者认为羿是本民族伟大的英雄，如《淮南子·氾论训》："羿除天下之害，死而为宗布。"[1] 后者认为羿是荒淫的恶神，如《天问》："帝降夷羿，革孽夏民；胡射夫河伯，而妻彼雒嫔？"[2] 这里反映出夷、夏两个民族的冲突，他们对羿的不同评价，是建立在不同的民族利益的基础之上的，因而也是两种不同的民族文化的客观反映。战争是民族冲突的表现形式，也是民族融合的重要途径，这一曲折、复杂的过程为神话传说的嫁接与重组提供了契机。而嫁接与重组的叙事方式对后世的叙事文学有着深远的影响。

第二节　叙事单元的"嫁接"

上承着神话传说的"嫁接"与"重组"，古代叙事文学同样出现了叙事单元的"嫁接"与"重组"的格局。叙事单元之间的"搭配"，是构建新的故事的一条途径、一种方式。就外在形态来看，某一个叙事单元，可以与甲"故事体"嫁接，也可以与乙"故事体"嫁接起来，没有"规矩"，却有着很大的灵活性。而这样的"嫁接"未必是水乳交融的，更多的情况下只是一种"组合"。若有需要，某个故事又可以另派他用，"改嫁"到别的故事形态之中，"孳乳"出另一个叙事格局。中国的叙事文学尤其是民间故事中的"叙事单元"有拆分、组合的功能，

---

[1]《诸子集成》，第7册，《淮南子》，233页，上海，上海书店，1990。
[2]（清）蒋骥撰：《山带阁注楚辞》，87页，上海，上海古籍出版社，1984。

某些特别有意味的故事,具有较强的"黏着力",可以与别的故事"黏合"在一起。

比如,民间流传甚广的唐太宗游地府故事,是相对独立的叙事单元。它可以与唐僧西天取经故事"嫁接"在一起,也可以与李隆基、杨玉环故事发生勾连。

以《西游记》为例,唐僧西天取经,唐太宗游地府,二者本不相干。唐太宗游地府,原是一个完整的故事。唐张文成的《朝野佥载》卷六载有其事,应该是当时流传朝野的一个传说。其中最关键的一个细节是唐太宗入见冥官,"冥官问六月四日事,即令还"①。所谓"六月四日事"即发生于唐武德九年六月四日的"玄武门之变",当时的李世民杀害了其兄建成、其弟元吉,手上沾满了兄弟的血。张文成的记载相当简单,冥官是以什么态度问唐太宗的,唐太宗有没有回答,都不清楚。而敦煌变文《唐太宗入冥记》就较为详细,写唐太宗面对阎王,态度傲慢,以大唐天子自居,呵斥阎王是"鬼团头",不愿下拜;地府崔判官给唐太宗开出的"问头"是:"问大唐天子太宗皇帝去武德七年(按:疑为'武德九年'之误),为甚杀兄弟于前殿,囚慈父于后宫?仰答!"当时,唐太宗"闷闷不已,如杵中心"②。可见,权力斗争的胜利者也有心虚、难堪的时候。变文的叙事已有揶揄的味道,写崔判官与唐太宗有"台底交易",崔判官私下替唐太宗"勾改命禄",让太宗"再归阳道";而太宗则答允封崔判官为"蒲州刺史兼河北廿四州采访使,官至御史大夫"。一代英主唐太宗的形象显然被"矮化"和"丑角化"了。这样的故

---

① (唐)张文成等撰:《隋唐嘉话·朝野佥载》,149页,北京,中华书局,1997。

② 据王庆菽校录本:《敦煌变文集》,上册,209~215页,北京,人民文学出版社,1984。

事说不定是某些与唐太宗对立的利益集团编造出来的，他们心中有着解不开的"玄武门情结"，借用佛教的"地府想象"，给唐太宗一个"咒语"式的谴责。

上述故事本来与唐三藏的西天取经毫不搭界。从史实来看，玄奘"以贞观三年四月，冒越宪章，私往天竺"①。这是当事人的"自供"，其前往天竺，乃是"偷越国境"的行为，与唐太宗没有关系，更加与唐太宗游地府的故事风马牛不相及。二者为何可以嫁接在一起呢？可能的原因是，唐太宗游地府故事包含着建成、元吉等"冤魂"意象，在流传过程中，被赋予越来越浓的佛教色彩，对唐太宗的"咒语"逐渐被"置换"成一种宣扬"超度冥府孤魂"②的说教，于是，故事添加了"修建水陆大会"、甄选高僧主持佛事的情节，引出一个佛教"大德"玄奘来了。唐太宗游地府与唐三藏西天取经，这两个故事的嫁接源于一个具有佛教色彩的"机缘"，而嫁接之后，"唐太宗游地府"成了"唐三藏西天取经"故事的"话头"，无形中对唐僧西天取经的缘起作了不符合历史事实的改动。不同的"叙事单元"之间的嫁接会在某种程度上牺牲某些历史的真实性，而为了达到某种叙事策略，编故事的人对这样的"牺牲"是在所不惜的。这样的权宜之计成为通例之后，就会形成"关公战秦琼"式的叙事风格。人们关注叙事的趣味多于关注叙事的真实，这或许是中国民间的一种别具一格又顽强不息的审美风尚。

同样是唐太宗游地府的故事，题为"竟陵钟惺伯敬编次"的《混唐后传》又加以运用，稍作改动，翻新花样，却是另一番面貌。该书第一回"长孙后遣放宫女，唐太宗魂游地府"，其

---

① 玄奘：《还至于阗国进表》，见朱一玄等编：《西游记资料汇编》，13页，郑州，中州书画社，1983。

② （明）吴承恩：《西游记》，第11回，北京，人民文学出版社，1992。

中叙及贞观十年长孙皇后"崩于仁静宫",唐太宗心中悲伤,"为之毁观";贞观十三年,太宗得病,病势甚危,渺渺茫茫之间,魂游地府,遇见崔判官,由崔判官带领,见识地府的特殊情状,这与《西游记》所写的大致相同。此时,阎王尚未审结"隋炀帝一案";崔判官告诉唐太宗,刚才在"碧承楼台"见到的一个"后生皇帝",原是隋炀帝的宫女朱贵儿,她曾与隋炀帝马上定盟,"愿生生世世为夫妇",如今要被送到玉霄宫去"修真一纪,然后降生王家";唐太宗又得知隋炀帝将"改形不改姓",投胎转世为杨家女,当朱贵儿投胎转世做了皇帝之后,二人做夫妇,将会"完马上之盟,受用二十余年"①。这样的叙事,是为后来写到的李隆基与杨玉环的情缘"张本"。换言之,唐太宗魂游地府的情节成了书中的李杨故事的"话头",二者以一种"无中生有"的方式勾连起来了,这也是一种特殊的"嫁接"方式。

于是,我们可以看到,"唐太宗游地府"作为一个可以独立流传的"叙事单元",具有较强的"黏着力",可以与不同的故事"黏合"在一起。郑振铎先生在研究《西游记》时有一个颇为生动、形象的说法:"《西游记》的组织实是像一条蚯蚓似的,每节皆可独立,即斫去其一节一环,仍可以生存。"②的确,一部篇幅较长的作品中的叙事单元,它好像是"蚯蚓"的一节,就算去掉与之"黏合"的其他东西,其自身"仍可以生存"。不论是《西游记》中的唐太宗,还是《混唐后传》中的唐太宗,其魂游地府的情节总少不了与建成、元吉等"冤魂"相遇,大

---

① (明)钟惺等编:《混唐后传·五代残唐》,2~5页,北京,华夏出版社,1995。
② 《西游记的演化》,郑振铎:《中国文学研究》,上册,268页,北京,人民文学出版社,2000。

体还是敦煌变文《唐太宗入冥记》中的固有框架。只是在不同的"嫁接方案"中,这个框架之内被"塞进"一些不同的内容而已。署"竟陵钟惺伯敬题"的《混唐后传序》宣称:"昔有友人曾示余所藏逸史,载隋炀帝、朱贵儿为唐明皇、杨玉环再世因缘,事殊新异可喜,因与商酌,编入本传,以为一部之始终关目。"① 可见,编"混唐"故事的人是故意将李、杨的"再世因缘"与唐太宗游地府的故事拉扯上关系的。

从故事与故事的"嫁接"与"组合"中可以看到,一节一节的"蚯蚓"可以"拼接"在一起,这一条"蚯蚓"的一节可以与那一条"蚯蚓"的一节"对接",只要"新异可喜",就可以不管故事"真"还是"不真";在人们的心目中,"新异"大于"真实",甚至是只求"新异",不求"真实"。像"郭华买脂慕粉郎"故事,最早见于南朝宋刘义庆撰写的《幽明录》,只因故事中有"诉官"的情节,后世重新编写这个故事的人就可以将宋代的包公"嫁接"到六朝的故事之中,或者也可以倒过来说,将六朝的故事"嫁接"到宋代的包公故事系列之中。② 可以说,人们追求的是"意象"的真实,而不是"历史"的真实。这里所说的"意象",包含着普通大众对某种类型的人物的崇敬心理,或者是拿"历史"来"调侃"、来"消遣"的心理,等等。故而,这样的"意象"往往带有"戏说"的意味。研究中国古代戏曲、小说,以及古代的民间心态,不能不正视"戏说"的意味,"戏说"的背后有着不可忽视的民间欲求和心声。如果一本正经地以历史学家的学识修养去看待民间系统的故事里面的

---

① (明)钟惺编:《混唐后传》,卷首,北京,华夏出版社,1995。
② (明)童养中的《胭脂记》及无名氏的《胭脂记》两部传奇。前者收录于《古本戏曲丛刊》初集,1954年北京,商务印书馆影印;后者收录于吴书荫主编:《绥中吴氏藏抄本稿本戏曲丛刊》,第三册,北京,学苑出版社,2004。

"历史意象",那就只会看到一堆一堆"戏说"的"垃圾",而领会不了"戏说"背后的民间文化的意趣。

第三节　叙事单元"重组"后的"内部更新"

若干个叙事单元"嫁接"、"重组"在一起,构成了一个新的故事。从编造故事的角度考虑,原有的叙事单元各有来历,各有不尽一致的风格,如何才能"整合"起来呢?这是对作者人生阅历与艺术才华的一种考验。

事实上,同一类型而来历不同的故事,各自本来处于零散的状态。这些有点散乱的故事需要一个比较著名的人物将它们连缀起来,而在连缀、重组的过程中原有的故事形态也会因应着作者创作的需要而有所调整和更新。

例如,明汪廷讷的《狮吼记》传奇①,是民间流传的"怕老婆"故事的一次"大杂烩",作者将多种"怕老婆"的故事"嫁接"到一个"名人"的头上。该剧就是以宋代苏轼之友陈季常为主人公的。至于陈季常"惧内"的本事,见《宋人小说类编》卷三之一"河东狮子"条:"陈慥,字季常,公弼之子。居于黄州之岐亭。自称龙邱先生,又曰方山子。好宾客,喜蓄声妓。然其妻柳氏绝凶妒,故东坡有诗云:'龙邱居士亦可怜,谈空说有夜不眠。忽闻河东狮子吼,拄杖落手心茫然。'河东狮子指柳氏也。"②这段逸闻,基本上没有故事;而苏轼为陈季常所写的《方山子传》③,并无传主"惧内"的蛛丝马迹,苏轼笔下

---

① (明)毛晋编:《六十种曲》,第十册,北京,中华书局,1982。
② (清)馀叟辑:《宋人小说类编》,卷三之一,7页,北京,中国书店,1987。
③ (宋)苏轼:《苏轼文集》,第二册,420页,北京,中华书局,1992。

的陈季常还是一个"精悍之色,犹见于眉间"的大丈夫。可以想见,仅仅靠这些材料来写陈季常的怕老婆故事,简直如"无米之炊",不借助于其他的同类故事,是下不了笔的。剧作者的本事在于,一方面,他熟悉陈季常与苏东坡、佛印等人的交游往事,这一类的记载见于多种笔记小说;另一方面,他又熟知历代的怕老婆故事,两方面结合,就可以构思出《狮吼记》的故事情节来了。

赵景深先生曾经梳理过《狮吼记》的故事情节与历代的"嫉妒"和"惧内"故事的关系,详见《〈狮吼记〉杂采诸小说》一文①,此不赘述。我们感兴趣的是,所谓"杂采诸小说",不一定只是将已有的故事"搬来"照用,有能耐的作者对过去的故事文本会采取"为我所用,任我改动"的做法,倒不是为了改头换面、掩人耳目,而是出于"你有我有,你无我有"的考虑,用我的"有",即自身的某种人生体验,去填补你的"无",即原有的叙事单元所欠缺的东西。用我的人生体验去充实原有的叙事单元,这不失为一种比较聪明的叙事策略。于是,你原来的"有"固然精彩,而我所添加的"有"会使故事更加出彩,更能揭示生活的底蕴。这是古代叙事文学的一种创作方式。

中国民间历来重视历代累积的故事,似乎没有历代的累积,那个故事就显得不够分量似的。而所谓"累积",往往是一方面"守旧",一方面"出新","旧"与"新"的叠加、融合,构成了一个积累丰厚的故事的内蕴。对苏州评弹素有研究的革命家陈云先生曾经指出过"新书"与"传统书"的区别:"新书的艺术加工不够。传统书是艺人积几十年以至数代的经验不断加工而成的。新书加工的遍数还少,说的日子还短,积累的东西还不够丰

---

① 赵景深:《中国戏曲初考》,181~185页,郑州,中州书画社,1983。

富。"还说:"新书和老书,是一次和一千次、一万次的比较。"①古代很多著名的故事正是在不止"一次"的被加工的过程中逐渐丰满、逐渐"精彩"起来的。应该承认,这样的"加工"本身具有某种"创作"的品格。

我们且以《狮吼记》第17、18、19出为例。这三出是一个相对独立的段落,故事来源于《艺文类聚》卷三十五"妒"类所引《妒记》中的一段逸闻:"京邑有士人妇,大妒忌,于夫小则骂詈,大必捶打。常以绳系夫脚,且唤便牵绳。士人密与巫妪为计:因妇眠,士人入厕,以绳系羊,士人缘墙走避。妇觉,牵绳而羊至,大惊怪,召问巫。巫曰:'娘积恶,先人怪责,故郎君变成羊。若能改悔,乃可祈请。'妇因悲号,抱羊恸哭,自咎悔誓。师妪乃令七日斋,举家大小悉避于室中;祭鬼神,师祝羊还复本形;婿徐徐还。妇见婿,啼问曰:'多日作羊,不乃辛苦耶?'婿曰:'犹忆咳草不美,腹中痛尔。'妇愈悲哀。后复妒忌,婿因伏地作羊鸣。妇惊起徒跣,呼先人为誓:不复敢尔。于此不复妒忌。"② 剧作者将这个故事"嫁接"到宋代的陈季常故事之中。在这段逸闻里,某士人为什么引起其妻那么大的妒忌?我们不得而知。他只是一个倒霉而且可怜的丈夫。可是,在《狮吼记》的上述三出戏中,我们看到的情节比某士人的故事更加生动、更加典型、更加有趣。这是叙事单元在"重组"后进行内部"更新"的例子。

剧中的男主角陈季常,尽管家里有一头"河东狮",但是,他奉行一个原则:"拘管由他拘管,偷行我自偷行"(第17出)。在看管甚严的情景下,陈季常依然要"瞒着娘子,往新妇处取乐片时"。不过,他又不能无所顾忌,于是,在"偷腥"之前,

---

① 廖奔:《陈云同志与评弹艺术》,载《求是》,2005年第12期。
② (唐)欧阳询撰:《艺文类聚》,615页,上海,上海古籍出版社,1982。

先到妻子面前"报到",以为报到过了,就可以在妻子跟前"装乖",不会引起"河东狮"的怀疑。其妻柳氏却奉行另一个原则:"莫信直中直,须防人不仁。"这样一来,夫妻之间的冲突就在所难免。柳氏早已准备好"长绳",不由分说,将丈夫的脚绑住,还说得很好听:"我时刻不忍离你,将此绳系于床脚上,你在斋中,我扯此绳,你便即至……你可往斋中看书去,我且睡一会儿。"本来要"装乖"的陈季常,这一回不得不"乖乖"地就范。一方面,内心涌动着"偷腥"的欲望,另一方面,又慑于妻子的淫威之下,出又出不去,动又动不得,其酸楚苦涩可想而知。剧作者对现实人生中的惧内心态相当熟悉,写来妙趣横生:一会儿,柳氏将长绳扯一扯,说:"偶然翻身落枕,快递与我。"陈季常应命而进,不敢说半个"不"字。一会儿,柳氏又扯绳子了,还没等到命令,陈季常主动献殷勤地说:"来了,娘子又有何差委?"这次柳氏要的是茶,陈季常二话不说,如命递上。一会儿,陈季常不知怎的,似乎感到绳子又动了一下,神经兮兮地跑进房里去,正要听令,妻子没好气地说:"我却不曾扯绳儿。"陈季常回头一看,原来是一只鸡将绳子绊了一下。可以想见,读者读到此处,真要喷饭;观众看到此处,也当会忍俊不禁。如惊弓之鸟的陈季常,其怕老婆的心态写得活灵活现,入木三分。要知道,在《妒记》里的某士人故事,与上述情节相对应的只有一句话:"常以长绳系夫脚,且唤便牵绳。"如果不了解现实中的"惧内",不了解惧内者的心态,剧作者怎能写得出如此精彩的关目?同时,从性格刻画来看,陈季常也不是某士人的简单翻版。某士人的形象相当单薄,只是一个倒霉的可怜虫;而陈季常却不然,他不是一个没有"贼心"的人,哪怕被其妻用绳子扯来扯去,也没有放弃他的"贼心";他与巫师合谋作弄了其妻之后,一路小跑,屁颠屁颠地溜进了爱妾的房里。第18出写"生跑上喜抱小旦",陈季常满怀高兴地对爱妾说:"我想今宵之乐,非人世所有。"活画出惧内之人那种"偷腥"的侥幸心态与讨好异性的惯用伎俩,不深谙世道风情,焉能写得如此活脱?到了第19出,写陈季常从"羊"变"人",柳氏心有所亏,答应丈夫以后不再用"拄杖"打他;陈季常得陇望蜀,马上提出"可容我娶妾么?"柳氏也不敢马上否定,想要一下"太极拳",说:"这个再计较。"没想到,"生跌倒做羊叫",陈季常的这一举动吓得柳氏当场答应。这个怕老婆的风流汉,倒还有几分无赖相。

因此,某士人与陈季常,论艺术形象,二者的差距甚大。这是叙事单元在"重组"后进行了内部"更新"的结果。另外,还要看到,《狮吼记》中的陈季常和柳氏,与宋代的陈慥夫妇是不能对应的,戏剧中的陈氏夫妇已经是符号化了,"陈季常"成为惧内者的"共名","柳氏"或"河东狮"成为悍妇的"共名"。所以,《狮吼记》"杂采诸小说"而成,实际上是"惧内"故事与"妒妇"故事的一次戏剧化的"类编",其间,作者的艺术构思或许受到了古代类书如《艺文类聚》等的影响。

将原有的叙事单元与经过内部"更新"后的叙事形态做对比,意在说明"杂采诸小说"的《狮吼记》,不见得没有创造性。古代叙事文学,有不少叙事单元的"嫁接"与"重组"的情况,只要细心阅读,还是会发现其中的故事不完全是"炒冷饭"。赵景深先生对《狮吼记》有不低的评价,他认为"作者把这一对夫妇形容得淋漓尽致,真是一幅绝好的浮世绘"[1]。不要以为这个作品是在东拉西扯、东拼西凑,其实,这一类型的比较成功的作品,同样是需要作者以入世的体验为前提的,切不可以看到某个作品"杂采"以前的文本,就认为是不过尔尔,还是需要我们做具体的分析和鉴别的。

---

[1] 赵景深:《中国戏曲初考》,181页,郑州,中州书画社,1983。

第十二章 叙事单元的"嫁接"与"重组"

中国古代的叙事文学创作,从终极的意义上说,大体是"源于生活"的,没有生活,就没有文学作品。不过,不少作品却不是直接、简单地"源于生活",作者有可能是以自己的生活体验、人生感悟为向导,杂采前代已然流传的故事,编写成颇有意味的作品。因此,说到文学创作的源泉,生活固然是第一源泉,可不能否认还有第二源泉,那就是那些基于前人的生活阅历而写就的各种各样的故事文本。若以严谨的眼光来看,有的作品显得东拼西凑,关公战秦琼似的,有如和尚的百衲衣,补补贴贴,似乎离"创作"的意义很远。不错,这样的写作方式,很难算是第一流的,可是,它作为一种现象,在古代的叙事作品中经常出现,已经成为我们民族的一种"叙事惯性"。其中是非长短都是值得深思的。

第十三章　叙事格调的雅俗兼容

戏曲、小说是通俗的叙事文学,主要流行于非主流社会,这是毫无疑义的。可是,在中国古代的整个文化语境中,"俗"的东西,并非全是赤裸裸的"俗不可耐",如果真是如此,戏曲、小说就难以获得社会各阶层人士的广泛认可(尤其在明清时代,戏曲、小说也已经进入到士大夫的阅读、观赏的视野),也难以到现在还能"登堂入室",堂堂正正地在中国古代文学史上占有不可小觑的地位。戏曲、小说叙事形态的常见格调是雅俗兼容的,其成因涉及文化人类学所说的"可观察的文化"与"不可观察的文化"的关系。

雅俗兼容的戏曲、小说的背后存在着"可观察的文化"与"不可观察的文化"之间的相互纠缠。我们从文词的运用、作品的寓意来看,戏曲、小说不乏"雅"的因素,那么,何以历代的统治者以及"正人君子"要不断地提出禁毁戏曲、小说的"呼吁"呢?① 尽管提出这种"呼吁"的人还不知道使用"不可观察的文化"这个概念,可是,他们敏锐地感觉到戏曲、小说内含着不利于"风化"的东西。而这种不利于"风化"的东西,正是属于后世的文化人类学家所说的"不可观察的文化"的

---

① 参见王利器辑录:《元明清三代禁毁小说戏曲史料》,上海,上海古籍出版社,1981。

范畴。

所谓"可观察的文化"(observable culture),那是可以摆在"台面"上的东西,就文学来说,正统的诗文即属于这一类型的文化。所谓"不可观察的文化"(unobservable culture),李亦园先生解释说:它是一种潜在的东西,是一种"法则":"这种不可观察的文化法则或逻辑就像语言的文法一样,构成一个有系统的体系,但经常是存在于下意识之中,所以是不可观察,或不易观察的。"① 我们在这里想稍作修订的是:与可以摆在"台面"上的"可观察的文化"相对比,属于"下意识"的"不可观察的文化"是不能摆在"台面"上用明确的语言来表述的,但是,可以用具体的情节构拟出特定的时空,在具体的人物关系中以"隐喻"的方式发送出某种属于内心建构的、或属于"亚文化"(subculture)的信息。在某种意义上说,戏曲、小说雅俗兼容的叙事格调,正是"可观察的文化"与"不可观察的文化"互动互补的反映。

在这一章里,我们主要选取《游仙窟》这一文本以及相关的一些故事,做一次类似于"解剖麻雀"式的试验。

第一节 "俗"与"亚文化"形态

唐代张文成的《游仙窟》,是一部内容涉"俗"的作品。它在中国和日本有两种不同的命运。

《游仙窟》大概在明末以后失传于中国,而当它于近代重返中国之后,人们对这一篇唐代小说往往见仁见智,除了少数学者略为肯定之外,一般的情形是不算太重视。举例说,在中国学术界、读书界甚有影响的《唐人小说》,其编者汪辟疆先生对《游

---

① 李亦园:《人类的视野》,102~103页,上海,上海文艺出版社,1996。

仙窟》的评价是："其书辞旨浅鄙，文气卑下，了无足取。"①普通的唐人小说选本也往往不选它。

而在日本，《游仙窟》得到的"礼遇"非比寻常，日本学者为它做了十分详细的注解和词语索引，并对多种抄本做了周密的校订，其功夫之细致，可称"无微不至"②。这种待遇，一般是文学经典才会有的。

《游仙窟》中的"游仙"，向来是一个引起议论的话题。这里的"仙"，有的学者看作是"神女"，如周绍良先生的《唐传奇笺证》说："故事叙述奉使河源，途中投宿仙窟，与神女邂逅的经过。"不过，周先生同时指出，《游仙窟》"实际是体现了封建文人纵酒狎妓的生活"③。有的学者认为故事中的女子不是"仙女"，而是妓女，如叶庆炳先生的《中国文学史》说："唐人惯称妓为仙"，张文成"笔下之神仙窟亦宛如妓院。"并认为：张氏"借异地背景以安插其自身狎游经验，且故神其说，以避免社会之攻击"④。又如，陈文新先生的《中国传奇小说史话》也说："神仙窟"就是妓院，女主人公十娘即妓女，另一位女性

---

① 汪辟疆校录：《唐人小说》，42~43页，上海，上海古籍出版社，1988。
② 笔者见到日本出版的《游仙窟》的多种版本，如筑岛裕等合编的《醍醐寺藏本游仙窟总索引》（东京，古典研究会，1995），内有原抄本的影印本、排印本，以及十分详细的索引。又如东野治之的《金刚寺本游仙窟》（东京，墙书房，2000），编撰方式与前者相近。另外一种有代表性的版本是八木泽元的《游仙窟全讲》（东京，明治书院，1967年10月初版，1975年1月增订版），内分本文与索引两大部分，本文部分含有原文、日语译文，以及"要旨"、"校异"、"语释"、"通释"、"余说"诸项，用心极细。而带汉文注释的版本，有藤井利八的《头书图画游仙窟钞》（上下册，线装，松山堂书铺版）、巴利三郎编的《游仙窟》（同劳社印刷，明治二十六年五月版）。上举醍醐寺藏本正文上方有汉文小字注；而金刚寺抄本亦有汉文夹行注释，惜此本残缺太多。兹仅举其要者，不及罗列。
③ 周绍良：《唐传奇笺证》，13页，北京，人民文学出版社，2000。
④ 叶庆炳：《中国文学史》，上册，403页，台北，学生书局，1984。

人物五嫂的身份则近于鸨母。① 不过，说张氏嫖妓，只是人们的一种想象，并无实据，可聊备一说，却不宜视为"定论"。因为，作品中称十娘、五嫂均为寡妇，又焉知她们真的不是寡妇？寡妇未必就是操贱业的妓女，张氏与之相逢，发生一段风流故事，也并非不可能。② 当然，不管如何，张氏所遇非"仙人"，则是可以肯定的。

大致可以说，所谓"游仙"，即指以男性为中心的艳遇，其所遇之人可能是人们想象的世外女子，可能是美艳的妓女，也可能是妓女以外的漂亮女性，我们姑且沿用张氏"游仙"一词，称那种在较为"虚化"、远离人烟、带有"世外"色彩的地域发生的男女遇合故事为艳遇型"游仙"故事。③

研究《游仙窟》，一个突出的问题是：它为什么在不能进入主流文化的同时却能引起世人的关注？

《游仙窟》虽然未能进入主流文化，但至迟在明代末年尚未

---

① 陈文新：《中国传奇小说史话》，95页，台北，正中书局，1995。
② 我们认为，《游仙窟》中的女子，可能是妓女，也可能不是妓女，后者的可能性是存在的，理由如下：一、一般认为，张文成放荡不羁，风流成性，以他这样张扬放达的性格，未必就怕别人的非议；二、故事中张文成与崔十娘邂逅相遇，共度一夜"良宵"，作品明确称十娘是寡妇，那么，勾引寡妇与"嫖妓"，以唐代的社会风气与道德标准来衡量，二者孰轻孰重？三、如果张文成有意遮掩，害怕受人攻击，他就不会将自己的名字写进作品中，并以第一人称叙述故事；四、唐代文人狎妓成风，狎妓并不是一件难以启齿的事情，李白曾以《携妓登梁王栖霞山孟氏桃园中》为题作诗，白居易《杨柳枝二十韵》写自己花甲之年仍与妓女为伴，在社会上享有盛誉的大诗人尚且如此，薄有文名的张文成又何需忌讳？甚至，在唐代之前，六朝时候的梁元帝还做过《春夜看妓诗》，著名诗人何逊也写过《咏妓》诗。因此，笔者认为崔十娘如果是妓女的话，张文成似乎没有必要为其掩饰，她不是妓女的可能性还是比较大的。
③ 我们认为，"游仙故事"有两种类型，一种是本文所称的"艳遇型"，另一种是"延寿型"，即某人遇到真正的"仙人"，得以益寿延年，甚至成仙，如（唐）李玫《纂异记》中的《嵩岳嫁女》、《陈季卿》等。

在中国失传①，一个重要的证据是：署名"沃焦山人"的《春梦琐言序》写于"崇祯丁丑春二月"（即崇祯十年，1637），其中有一段文字："郑、卫桑间之诗，圣人不删；谐谑秘戏，王者容之，以贵和贱固也。盖世有张文成者，所著《游仙窟》，其书极淫亵之事，亦往往有诗。其词尤陋寝不足见。至写媾合之态，不过于脉张气怒、顷刻数接之数字，顿觉无余味。虽谓古书，然笔力不称甲也。"② 从这里的叙述可知，沃焦山人肯定读过《游仙窟》，而且他读的版本也是如我们今天所见到的那样作者署名为"张文成"。这就向我们提供了一条重要线索：尽管自唐代以来，公私书目均没有著录《游仙窟》，但其书一直流传至明代末年。它似乎有着一定的生命力，"潜行"于读书界，人们大概也像沃焦山人那样，既好奇于其中的艳情描写，又对它"不过于脉张气怒、顷刻数接之数字"深表不满，这种不满，不是站在正统的立场上表示鄙视，而是嫌它过于吝啬笔墨，只写了那么一点文字，太少了，不"过瘾"，沃焦山人在上述的序文里用欲扬先抑的笔法，先贬抑《游仙窟》"无余味"，再赞扬《春梦琐言》的艳情描写"变化无穷"，换言之，后者比前者更为"过瘾"。因此，我们可以推断，在明代艳情小说大为泛滥的环境下，略带色情描写的《游仙窟》显得"小巫见大巫"，它处于一种相当尴尬的处境：喜欢大肆渲染艳情的读者嫌它不够"味

---

① 在中国学术界，有人认为"《游仙窟》不传于中国"，见汪辟疆校录：《唐人小说》，42页，上海，上海古籍出版社，1988；有人认为《游仙窟》"在出世后不久即在中国失传"，见何满子：《中国爱情与两性关系》，61页，香港，商务印书馆，1994；有人认为《游仙窟》"在唐时中国已经失传"，见俞汝捷：《仙鬼人妖——志怪传奇新论》，123页，北京，中国工人出版社，1992。显然，这些说法都是不准确的。

② （荷）高罗佩（吟月庵主）自印本：《春梦琐言》，1950，编号第31部，藏日本九州大学文学部书库。

道",正统的读书人却觉得它太不"正经"。在艳情小说不断"生产"的明清时代,《游仙窟》大概处于一种逐渐退隐的状态,它后来在中国的失传,可能与此有很大的关系。

《游仙窟》一直没有进入中国古代社会的主流文化,而且,以它有"色"的身份,不可能取得进入主流文化的"通行证"。它实际上一直以"亚文化"的形态存在着,哪怕是在相对开放的日本,有的学者和出版商还要考虑其社会影响,出版了删节本。① 这也是它具有"亚文化"形态的一个旁证。

《游仙窟》有着惊人的生命力,这在中国古代的亚文化生态中有着相当特殊的意义。

从文化人类学的角度看,一个社会的亚文化总是与当时的主流文化保持一定的距离。亚文化属于"小传统"范畴,主流文化属于"大传统"范畴,二者尽管各有分野,但并非"井水不犯河水",相互间时有彼此渗透的情形。《游仙窟》以优雅的类似赋体的文学形式写趣味比较"低俗"的男女遇合,雅中含俗,俗中带雅,读者可以从雅丽的文辞中欣赏文才,也可以从狡黠的言辞里领略男女风情,甚至如鲁迅所说,读这个作品,还可以了解唐代的习俗、语言,"可资博识",而且,它"始以骈俪之语作传奇,前于陈球之《燕山外史》者千载,亦为治文学史者不能废矣。"② 由此可见,尽管《游仙窟》一直游离于主流文化之外,但它具有比较独特的"雅俗兼容"的品格,这大概是它能够引起人们关注的原因。

---

① 如明治二十六年(1893)五月出版的巴利三郎编注本《游仙窟》就删去了其中的"媾合"描写,代之以圆圈。又如,明治三十三年(1900)出版的岩井正次郎的《游仙窟评释》更有多处删削。
② 川岛校点:《游仙窟》,卷首,北京,书目文献出版社,据1929年北新书局版重新排印本,1989。

第二节 "雅"与多种叙事因素的交汇

雅俗兼容的《游仙窟》,其艳遇型"游仙"故事的"一男双美"的叙事格局更值得我们注意。

《游仙窟》的叙事格局,并非始于张文成,但张氏对这一叙事格局的发展与完善有重要的贡献。在这里,我们看到一个叙事格局跨文体流变的例子,看到多种叙事因素的交汇所形成的能够与"俗"兼容的"雅"的格调。

李宗为先生曾经指出:"类似《游仙窟》的内容,在杂赋里早就出现过,如蔡邕《青衣赋》就曾描写作者与一'青衣'邂逅相遇并欢会一宵的故事,及次晨后作者对她的思念。六朝时又有《庞郎赋》那样的俗赋,既有故事情节,又是骈文和五言诗杂糅的。而后,又演变为与《游仙窟》极其相似的敦煌《下女夫词》那样的故事赋。《游仙窟》所描写的内容和骈丽浮艳的文字及其杂用五言诗的结构,都显示了它与杂赋、俗赋的承接关系。"[①] 程毅中先生早在1961年撰写的《关于变文的几点探索》一文中也提及《游仙窟》与《下女夫词》的关系,认为后者的描写与《游仙窟》的情节"非常吻合","也是姑嫂二人在家里接待了一位远方来客,互相问答酬应。"并且判断,张文成"很可能就是根据这个情节加以改造的"[②]。

程、李二位先生的研究很有启发意义。他们重视《游仙窟》故事情节的渊源,说明张文成所写的故事,并不能单纯看成是他

[①] 章培恒等主编:《中国文学史》,中册,211~212页,上海,复旦大学出版社,1996。

[②] 周绍良等编:《敦煌变文论文集》,上册,382页,上海,上海古籍出版社,1982。

个人的艳遇经历。如果我们仅仅将《游仙窟》视为张氏本人的一次艳遇，很难解释它何以有顽强的生命力。我们认为，一个叙事格局的出现与流传，其背后一定有着深层的文化心理。

《游仙窟》的叙事格局，追溯起来，似乎受到几个方面的影响：

首先，从文体的角度看，它与中国古代的"美人赋"传统有密切关系。

上文曾引述李宗为先生的意见，认为《游仙窟》的内容与汉蔡邕的《青衣赋》相关。我们同意这个判断。《青衣赋》写一个男子喜欢一位"产于卑微"的妙龄女子，内心对她充满了欣赏与爱慕："察其所履，世之鲜希。宜作夫人，为众女师"；于是，在一个大雪纷飞之夜，两人有了亲密的接触："寒雪缤纷，充阶盈庭。兼裳累镇，展转倒颓。"可是，在"鸡鸣相催"之下，两人不得不面对忍痛分离的窘境："饬驾趣严，将舍尔乖……我思远逝，尔思来追"[1]。这种一日一夜、相恋相离的人生经历，唐代的张文成与崔十娘也重演了一次。《青衣赋》属于"美人赋"的范畴。汉赋里，写美人的作品不在少数，如陈琳的《神女赋》、王粲的《神女赋》、杨修的《神女赋》、张衡的《定情赋》、司马相如的《美人赋》等，其中，对美人的写法有两种截然不同的态度，大多数作品是以欣赏女性美为旨趣的，但司马相如的《美人赋》却出人意料地写出一个"柳下惠"式的男子，恰恰是这篇奇特的作品更值得我们重视。

《美人赋》中的男子，身临"神居"，"有女独处"，并且此女子热情款待："设旨酒，进鸣琴"，进而"皓体呈露，弱骨丰肌"，但男子不为所动，"气服于内，心正于怀；信誓旦旦，秉

---

[1] 费振刚等辑校：《全汉赋》，573 页，北京，北京大学出版社，1993。

志不回。翻然高举,与彼长辞"①。司马相如似乎"一本正经"地塑造一个"柳下惠第二"的人物。他以"臣不好色"为整篇赋的宗旨,以相当夸张的手法营造了一个艳光四射的"温柔之乡",以此反衬身入"温柔之乡"却能"洁身"而出的"正人君子",是何等的有"定力",何等的拒美色于千里之外。姑且不论司马相如是否真的"不好色",但他这篇赋有两点非常值得注意:其一,是第一人称的运用。通篇以"臣"的口吻向"梁王"叙述自己的"艳遇"经历:"臣之东邻,有一女子,云发丰艳,蛾眉皓齿,颜盛色茂,景曜光起。恒翘翘而西顾,欲留臣而共止。登垣而望臣,三年于兹矣。臣弃而不许……"这样的写法开启了后世某些"艳情"故事以第一人称叙事的先河。反观蔡邕的《青衣赋》,尽管有简单的故事,但它不以叙事取胜,而以抒情见长;其中虽有"我思远逝,尔思来追"这样的句子,但它基本上沿用了《楚辞》的抒情写法,并非具有以第一人称叙事的自觉的文体意识。而司马相如在《美人赋》中是十分自觉地以第一人称叙事的。他先后编出两段故事来说明自己"美色当前,气定神闲"的君子风范,因而,其叙事过程凸显了"臣"的"主体"意识。其二,是司马相如充分发挥赋体善于铺排的写法,写"温柔之乡"的陈设和氛围,写妙龄女子的言语和神态,这些都是《青衣赋》相形见绌的,其辞曰:"(臣)命驾东来,途出郑卫,道由桑中;朝发溱洧,暮宿上宫。上宫闲馆,寂寞云虚,门阁昼掩,暖若神居。臣排其户而造其堂,芳香芬烈,黼帐高张。有女独处,婉然在床。奇葩逸丽,淑质艳光。睹臣迁延,微笑而言曰:'上客何国之公子?所从来无乃远乎?'遂设旨酒,进鸣琴。臣遂抚弦,为幽兰白雪之曲。女乃歌曰:'独处室兮廓无依,思佳人兮情伤悲。有美人兮来何迟,日既暮

---

① 费振刚等辑校:《全汉赋》,97~98页,北京,北京大学出版社,1993。

兮华色衰。敢托身兮长自私。'玉钗挂臣冠，罗袖拂臣衣。……"《美人赋》的这些描述暗合着后世的"小说笔法"。我们留意到，《青衣赋》写男女交往是"单向度"的，即只写男子眼中的女子，几乎没有写女方的活动，而《美人赋》写男女交往是"双向"的，同时，歌、酒交错，场面描写富于立体感，甚至还有细节的刻画："玉钗挂臣冠"，这令人不禁联想到《游仙窟》的描写："五嫂遂抽金钗送张郎，即报咏曰：'儿今赠君别，情知后会难；莫言钗意小，可以挂渠冠。'"① 同样，《游仙窟》用大量篇幅写男女双方"人生相见，且论杯酒"的情景，还对十娘的卧处有精细的刻画，这些与司马相如的《美人赋》极为相似。

汉代的一系列"美人赋"显然受到宋玉《神女赋》的启发。但汉代的赋家不满足于宋玉那种写"梦与神女遇"的虚拟情景，他们更喜欢写"非梦境"的相遇，也许他们对宋玉《神女赋》所谓"欢情未接，将辞而去"的情形感到"心痒难耐"，于是，干脆写得"彻底"一点，像杨修的《神女赋》就出现如下场景："嘉今夜之幸遇，获帷裳乎期同；情沸踊而思进，彼严厉而静恭。微讽说而宣谕，色欢怿而我从。"② 即便是没有写"欢情相接"的司马相如的《美人赋》，那种"勾魂摄魄"的描写，那种"女乃弛其上服，表其亵衣"的举动，也远远超越了宋玉的《神女赋》。

可以说，张文成的《游仙窟》正是中国古代"美人赋"传统下的产物。

其次，《游仙窟》的叙事格局中有"远游"的叙事因素，此与中国古代的"远游"文学传统密切相关。

---

① 川岛校点：《游仙窟》，24页，北京，书目文献出版社，1989。
② 费振刚等辑校：《全汉赋》，650页，北京，北京大学出版社，1993。

《游仙窟》以"奉使河源"、"叹乡关之渺邈"为发端展开叙事。在一片异地风情之中，但见："深谷带地，凿穿崖岸之形；高岭横天，刀削冈峦之势。烟霞子细，泉石分明。实天上之灵奇，乃人间之妙绝。"总之，这是一个远离人烟、超凡脱俗的地方，作者要赋予即将发生的男女相会一种超越世俗的意义。

叙事艺术讲究叙事空间的营造，一个故事，如果没有与之相配的独特的叙事空间，其叙事效果肯定大打折扣。中国古代早期的叙事文学有一种超越市井的倾向，喜欢营造一个远离市井的奇异空间，在这样的空间中叙述色彩斑斓的故事。① 在这方面，战国时代的《穆天子传》可谓开其先河。《穆天子传》最为人们津津乐道的是"周穆王见西王母"一段，杨宽先生认为该书中的这类故事是从西周流传到战国的神话传说，在战国初期被魏国史官采访所得，写进《穆天子传》。② 论年代，应是相当久远的故事了。周穆王长途西游，于"吉日甲子"来到昆仑山瑶池与西王母相会。正如西王母在为周天子所唱的歌谣里说的："白云在天，山陵自出。道里悠远，山川间之。"③ 这是与中原风貌大异其趣的空间，西王母与周穆王在这里相会，都流露出难遇、难逢的感慨，也表露出难舍、难离的情感，所谓"将子无死，尚能复来"（西王母），所谓"万民平安，吾顾见汝"（周穆王），都表达出依依惜别的深情。试想，在广阔辽远的天宇中，彼此的"这一次"相逢显得千般可贵，而日后的重逢却显然是万般艰难，唯有"这一次"是如此来之不易，唯有"这一次"是如此刻骨铭心，因而，为了十分珍贵的"这一次"，周穆王于山上刻

---

① 当代武侠小说家金庸在营造叙事空间时，往往以大漠、名山、异域等为背景，似是继承了中国古代早期叙事文学的传统。
② 杨宽：《穆天子传真实来历的探讨》，《中华文史论丛》，第五十五辑，184页，上海，上海古籍出版社，1996。
③ （晋）郭璞注：《山海经·穆天子传》，223页，长沙，岳麓书社，1992。

石,并种上槐树,"眉曰西王母之山"。这是中国古代"远游"文学中将"这一次"诗意化的最早的例子。

诗意化的"这一次",同样是《游仙窟》的母题。用作品男主人公的话说,就是:"予与夫人娘子,本不相识,暂缘公使,邂逅相遇";"忽遇深恩,一生有杏(幸)";或如女主人公诗中的感叹:"天涯地角知何处,玉体红颜难再遇!"① 奇异的空间、短暂的时间,这样的时、空交错在一起,再加上男女双方的缠绵悱恻,演绎出一段转眼即逝的美丽人生。这是交织着瑰丽与哀伤的故事,叙事的速度较快,正如日本的樱花一样,从"第一乐章"越过了"第二乐章",一下子进入"第三乐章"②,美丽是如此迅疾,而迅疾的美丽又是如此使人迷恋和感伤,令人内心为之震颤。樱花之国的读者也许更能品味《游仙窟》之凄美,这大概是它更容易在日本流传的原因吧。

再次,《游仙窟》的"游仙",尽管是一种隐喻,但它与中国古代的"遇仙"故事多有关涉,并对传统的"遇仙"故事进行了较大的改造。

传统的"遇仙"故事以《幽明录》中的《刘晨阮肇》较能代表"艳遇"型故事的母题。这个故事不强调时间的短暂,反而渲染时间的悠长,刘、阮二人入天台山,遇到溪边的两位女子,他们在毫无心理准备的情形下、相当被动地在山里生活了十日,他们已经嫌在此地逗留太久,"欲求还去",但没有得到女子的答应,于是,"遂停半年"。看来,刘、阮没有"乐不思蜀"的心境,他们一心一意地要求回家,在"求归甚苦"的哀求下,

---

① 川岛校点:《游仙窟》,14页、25页,北京,书目文献出版社,1989。
② 日本散文家薄田泣堇(1877—1945)在形容樱花从花蕾到一夜之间骤然开放时写道:"这是没有第二乐章、直接进入第三乐章的跃进。"(《樱花》,见《日本名家随笔选》,陈德文译,51页,天津,百花文艺出版社,2001)

两位女子终于"放行"。刘、阮回到故里,"亲旧零落,邑屋改易,无复相识。问讯得七世孙。"① 从叙事时间来看,《刘晨阮肇》与《游仙窟》不属于同一类型,但前者的一些叙事因素似对后者有所影响:

第一,两位女子的同时出现,奠定了后世艳遇型故事中较为常见的"双美"模式,《游仙窟》中的十娘与五嫂,就是一种"双美"的配置。

第二,强调了女子的"求爱"心态,此与司马相如《美人赋》中的女子似有一脉相承的联系,在以男性为中心的中国古代社会里,这是值得关注的"女性心态",它改变了过去"美人赋"传统中经常出现的男子"单向度"欣赏女子的写法,甚至有"矫枉过正"的倾向,弱化了男子对女子的欣赏,强化了女子对男子的渴求,这种"渴求"发展至《游仙窟》,就变为女子对男性的欣赏,像五嫂说的:"新妇细见人多矣,无如少府公者;少府公乃是仙才,本非凡俗。"而十娘说得更是俏皮:"向见诗篇,谓言凡俗,今逢玉貌,更胜文章。此是文章窟也!"② 须知,十娘与五嫂均为"寡妇",以"寡妇"的身份,欣赏男子,无论此"寡妇"真假如何,其象征意义也是不容忽视的。

第三,男女相会的"排场",《刘晨阮肇》写得雍容有致,举凡食物的陈列、侍女的照应与言笑、屋内家具的摆设,以及"酒酣作乐"的情境,等等,都叙述得颇有条理,我们在《游仙窟》中同样看到类似的描写。重视"排场"的描写,并非汉魏六朝小说的主流,从《刘晨阮肇》到《游仙窟》,细致的"排场"描写对古代叙事文学的发展有相当积极的意义。

当然,《游仙窟》强调了男女双方的互相欣赏,男主人公绝

---

① 鲁迅校录:《古小说钩沉》,149~150页,济南,齐鲁书社,1997。
② 川岛校点:《游仙窟》,5页、9页,北京,书目文献出版社,1989。

无刘晨、阮肇那一脸的"苦相"。对于刘、阮而言,他们入天台山"遇仙",仙女"言声清婉,令人忘忧",他们大概也曾经快乐过,但这毕竟是一种"被动"的快乐。就"艳遇"型故事来说,《刘晨阮肇》的故事可以说是"遇"而欠"艳",刘、阮的愁眉苦脸早就把这个"艳"字冲淡了。而《游仙窟》男女主人公的相互欣赏,才称得上一个"艳"字。可以说,《游仙窟》最后奠定了艳遇型"游仙"故事的基本格局。

综上所述,《游仙窟》的叙事格局,交汇了多种叙事因素,这些叙事因素来自不同的文体,有赋体、杂史体、笔记小说体等,文辞往往以优雅见长,意蕴也不乏独特的诗情。经过历史的积淀,叙事的格调呈现出不无优雅的风姿。

第三节 不俗不雅与亦俗亦雅

《游仙窟》含有雅文学的因素,但不能忽视的是,它更有"俗"的一面。它不是纯"雅",也不是纯"俗"。可以说,是不俗不雅,亦俗亦雅。

"雅"之外,作品中的"俗",说白了,涉及性心理,而性心理一向被认为是"形而下"的东西,它的表述方式一般不能进入主流文化。

张文成有意尝试着寻找表述性心理的写作空间。他的笔调是既不太"雅",也不太"俗"。如果太"雅",那就不容易与"俗"的东西和谐并存;如果太"俗",那就缺乏笔墨情趣。他力图在"雅"与"俗"之间寻求一个平衡点。于是,他在描述男女主人公的交往过程时,将着重点放在交往的"排场"上,为男女主人公提供一个充分表演自己的"平台"。

既然是让男女主人公充分表演,作者的叙述节奏尽量与生活节奏合拍,他经常使用"须臾之间"、"少时"、"当时"、"于时"、"其时"等词语提示时间的短暂推移，这在唐代以前的小说中颇为罕见。张文成对叙事时间的处理可谓细腻周密，他以较为舒缓的节奏再现特定的人生场景，于是，我们看到，作品呈现出若干段落：男女主人公从互通消息到诗歌唱和，再到对面相逢，是作品的第一部分。接着，引出了五嫂，场面上增加了一个人物，气氛转趋热闹，尤其是五嫂，说起话来，时而调侃，时而"煽风"，时而"点火"，衬托着男女主人公微妙的心理变化，正是三个人构成一场"戏"，妙趣横生，情趣盎然。这又是一部分。接着，进入"游戏"环节，行酒令、赌"双六"、指物题咏、以双关词语联句、下围棋，以及五嫂、十娘相继起舞，男主人公射"长垛"，这一部分占了相当大的篇幅，可以说是整篇作品的主要"关目"。在这个段落里，有不少"半咸不淡"的表述，如男主人公说："下官为性贪多，欲两花俱采。"① 又如五嫂说："张郎太贪生，一箭射两垛。"在戏笑之中，流露出较为低俗的趣味。其实，在民间社会，这一类的笑谈是普遍存在的，《游仙窟》中有这类东西，也许是作者收集到当时民间的一些"黄段子"而写进作品中来的。张文成是著名笔记《朝野佥载》的作者，他对民间文化相当熟识，如《朝野佥载》卷一有一则文字记载民间的儿歌，称"词皆是邪曲"②，可见他平时留心民间的"亚文化"现象。指出这一点，是想说明，我们不宜简单地将《游仙窟》看作是张文成的一次"狎邪"记录，《游仙窟》的产生有较为深厚的民间文化土壤，它适应着某种不易表达又力图寻找表达方式的民间心理，它的"俗"，可作如是观。

---

① 川岛校点：《游仙窟》，13页，北京，书目文献出版社，1989。"两花"原作"两华"，据八木泽元《游仙窟全讲》本改。
② （唐）张文成等撰：《隋唐嘉话·朝野佥载》，9页，北京，中华书局，1997。

在"游戏"环节之后,《游仙窟》的故事进入"合欢"阶段,这一段的篇幅不算多,当然最引人注目的是其中有一段经常被删去的文字。其实,作者写作的兴奋点是在"游戏"阶段,反而,在"合欢"的段落里,他相当有节制地写男女主人公的"鱼水之欢",基本上是点到即止,没有过于铺张的描写。作者意识到,他还要经营好最后一段,就是"分别"。所以,写"分别"的篇幅比"合欢"多得多,也写得相当有情致,那种泪下千行忽而破涕为笑、复又泪眼"不忍相看"的描写,曲折婉约,含不尽之情,言不尽之意,把人生际会的"这一次"作诗意化的处理,并将全文的情绪推至高潮。

《游仙窟》中的"俗",与民间社会有密切关系,是民间"俗文学"的土壤"催生"出来的结果。而其文体又交汇了雅文学的诗歌、赋体等形式。于是,其叙事格调难分雅俗,只能说是"雅俗兼容"了。

第四节 偏于更"俗"与偏于更"雅"

叙事格调的"雅俗兼容",情形是比较复杂的。有的作品是亦俗亦雅,而有的作品偏向于更"俗",有的作品则偏向于更"雅",不可一概而论。

我们先看偏向于更"俗"的例子,如受到《游仙窟》叙事格局影响的明代小说《春梦琐言》。

《游仙窟》在唐代以后的中国社会起码一直流传至明末。明末的沃焦山人就指出:《游仙窟》所写的内容,属于中国古代的"阴礼"传统。他在《春梦琐言序》中说:"古礼曰:男女之交,谓之阴礼。以其寝席之间,有阴私之事也。"就中国古代社会而言,尽管如沃焦山人所说"郑卫桑间之诗,圣人不删;谐谑秘戏,王者容之",但事实上,写男女"阴礼"的作品往往在被禁之列。于是，这些作品能够流传的空间相当有限，或者说，它们往往寻找比较"阴"的、不大引人注目的"生存空间"，《游仙窟》之所以"溜"出目录学家的视野之外，盖源于此。

然而，《游仙窟》毕竟在流传。它的艳遇型的"游仙"母题，在流传过程中影响着后世的一些作家，其叙事格局在不同的作品中产生不同的变异，其中的一种情形是，继承《游仙窟》"一男双美"的人物配置，改变《游仙窟》"一箭"不能"射两垛"的情节安排，对男女"阴礼"的描写更为着意和夸张。这可以《春梦琐言》为代表。

据沃焦山人《春梦琐言序》称，这个作品的作者或以为是"内监胡永禧"，但"未知果然乎否"。故其作者尚不能确定。

作品男主人公是韩器，字仲琏，会稽富春人，长得"白皙秀目，姿貌姣丽"，"赋诗善书，及他歌啸琴棋百技之流，莫不晓通"；"吴越之名胜，山水秀丽，多出佳人。此里之女子，以姿色称者，罔不悉寄情于仲琏。然仲琏无一所勾引也。及岁二十五，未践烟花之衢，性唯乐山水、爱花草，春林之畔、秋月之下，随意适处，忘旦夕，或信宿而返。"作品的主体部分以"一日，春气新霁，烟景和融，仲琏怡之，曳杖出游"为开端，描述仲琏抵青岩下，穿过一个洞穴，然后"傍水绕山而行里余"，来到"一个林花红白相间，云蒸霞起"的所在，再穿行于林下，但见面前有一院落，清香袭人，院中有人弹筝歌唱。内有丫鬟，窥见仲琏，遂出门相问，仲琏以"失路到此，顾日已倾"为由，意欲借住一宿。丫鬟入内禀报，得主人同意，即请仲琏内进。屋内，"房栊窗户，极悉华丽，壁上多古帖书画，或有如蝌蚪鸟迹文，殆不可读者"，堂上有二女，一个"岁可二十二三"，称"李姐"；一个"二十而弱，十五而强"，称"棠娘"。仲琏以为她们是"贵戚子女，好居别墅者"。双方一番寒暄之后，李姐即命侍女设宴款待。这一部分的描述不如《游仙窟》之曲折婉转，缺乏错落有致的意态。

在宴席之间，玉壶金杯、醇香美酒、珍馐百味，无不华贵异常。更有侍女吹笛弹筝，或歌或舞，好不热闹。与《游仙窟》不同的是，席间的歌咏，没有谐谑风趣，没有打情骂俏，男主人公规规矩矩，作了一首《行路难》也毫无情趣，说什么"弈棋雌雄不可量，欲量雌雄观在旁；吏人黑白不可辨，欲辨黑白视在氓"，只惹得李姐大为不满，说："妾初以为君自是翩翩佳公子，闻此曲则识堂堂好丈夫！"于是，即作了一首诗来教训他："好勇必好色，有德必有邻。请见拔山力，泣别虞美人。"而棠娘在歌曲中也不无感慨："昨日花枝带雨重，今日花枝依风轻。花枝虽同风雨异，何人解道此中情？"这倒是有几分风尘女子的口吻。总之，男主人公的表现，有点像司马相如《美人赋》中的"臣"，在两位美女面前，没有"色心"，晚上睡觉前，还作诗"自励"："洛水赋成悲宓妃，白头吟歇惜文君。陈王犯礼相如薄，空有辞章势未分。"他显然有点鄙薄司马相如和曹植，并在内心抗衡着两位女子的诱惑。

谁知道，正是这位抗拒着美色引诱的男主人公，在李姐、棠娘的主动"进攻"中"溃不成军"，只能成为她们的手下败将，并且享尽"齐人之福"，做了《游仙窟》男主人公想做而没有做成的事。《春梦琐言》的这个部分，有大量宜删的文字，其趣味比《游仙窟》更为低俗，从文学的角度看，是一种倒退。

值得思考的现象之一是，明末的人似乎喜欢《春梦琐言》多于喜欢《游仙窟》，沃焦山人就是其中的一个。他在《春梦琐言序》中对后者多有贬抑，而对前者的评价颇高："叙事次第，亦曲折抑扬；光景行止言语之际、饮食嬉乐之状，一一写出得焉。其诗风调，乃是有唐朝诸家余韵，华而不靡，艳而不淫。"这是溢美之辞，言过其实。我们以为这种对《春梦琐言》的"欣赏"是当时的风气使然。世所共知，明末是色情小说颇为泛滥的时代，那些色情描写冲击着不少人的神经，他们的艺术感觉被令人目眩的色情描写"磨钝"了，欣欣然于作品的内容"宛然如房栊间窥观者"（沃焦山人），这种"偷窥"癖导致有的人只满足于色情描写，小说的艺术被置诸脑后。

另一个现象是，《春梦琐言》的叙事格局是对司马相如《美人赋》的"颠覆"，塑造出一个本来以"不好色"自励、却终于被女色迷惑、不能自拔的男主人公形象；它又是对《游仙窟》中的低俗趣味的进一步张扬，其"俗"的含量，比《游仙窟》有过之而无不及。作品没有爱情描写，有的只是情欲，相比之下，它连《游仙窟》中的那一点诗意也没有了。欠缺诗意的《春梦琐言》，或许只是作者的一种精神"自慰"，沃焦山人似乎也看到这一点，他说："抑韩仲琁者，实有其人乎？又或所假设者欤？"他在《春梦琐言序》中提及有人说作者是"内监胡永禧"，换言之，是出自一个太监的手笔，从作品的内容和精神倾向看，倒是有几分可能性。

还有一个现象是，《春梦琐言》的结尾相当特别，写得十分虚幻，它不像《游仙窟》那样描述男女主人公的痛苦分离，而是写韩仲琁与女主人公"狂欢"之际，"时有山鹃叫过屋上，仲琁于是愕然惊觉，已失二女之所在，帐屏几床之类，无一所见，身上衣服如故，在两树间，凭石而坐。仲琁恍惚如被掠夺者，乃定目四瞻，月落鸦啼，天色渐曙。仰见两树，一是素李，花如积雪；一是海红，英如升霞。只知其芳华者李树之精，锦英者海棠之精也。"最后以仲琁的一首诗作结："梦逢仙女宿瑶台，觉处烟霞望不回。万事人间总如此，天台那用悔归来。"在这里，作者似乎慨叹男女之遇合如梦似烟，"有"即是"无"，"无"即为"有"，这种心理体验，似可借用《红楼梦》中的一个词语，雪比五嫂、棠娘要崇高得多，作者对绛雪人格的刻画改变了一男双美模式中庸俗不堪的人物关系，这是重大的"变异"。

同时，作者揭示绛雪的内心世界很有分寸，她对黄生颇有好感，言行中亦有"狡黠"的举动；有时，虽非情人，胜似情人，但她又一直在守护着自己定下的"底线"，保持与黄生纯洁的关系。难怪黄生说："香玉吾爱妻，绛雪吾良友也。"这种写法，使带有道德意味的绛雪形象没有流于概念化，而是生动传神、富有个性。

男主人公形象的塑造也有特色。黄生与《游仙窟》中的张文成不同①，他固然喜欢美丽的异性，但不大像张文成那样"色迷迷"的；言语也相当文雅，不像张文成时有粗俗的言谈。他比较尊重女性，尤其是对绛雪，不做勉强对方的事情。更难得的是，当绛雪也有难时，他义无反顾地出力相救；当香玉以"花之鬼"出现在他面前时，他对香玉的感情毫无改变，仍然一往情深。

我们看到，由于故事中时空关系的调整和改变，《香玉》的叙事时间已经不是《游仙窟》、《春梦琐言》那样以"一日一夜"为限，它不是"礼赞"男女遇合的"这一次"，而是揭示在较长的时间中男女之间发展不同性质的关系的可能性，并且赞美男女之间令人为之神往的超越生死之爱情与超越性别之友谊。在《香玉》的叙事时间中，作者注意让男主人公于时间的推移中呈现其健康而完美的人格，最后，黄生化为一株无以名之的植物，生长在牡丹之下，与牡丹、耐冬长相厮守。作品所表现的这种"至情"，与明汤显祖《牡丹亭》传奇中的杜丽娘与柳梦梅之恋有异曲同工之妙。

---

① 相较之下，《春梦琐言》中的韩仲琏缺乏个性，不值一提。

纵观古代的戏曲、小说，其叙事格调总是在"雅"、"俗"之间，文笔雅洁的作品如《牡丹亭》、《红楼梦》等，也免不了"幽媾"的情节（《牡丹亭》第28出），免不了"初试云雨情"的描述（《红楼梦》第6回）；至于思想、艺术水平中等或较低的大量的戏曲、小说，有偏于"俗"的，也有偏于"雅"的。要之，总是雅俗兼容。可以说，戏曲、小说内含着许多"不可观察的文化"，或者说，内含着潜在的"亚文化"。这些"亚文化"依托着某些可以流行于社会的叙事文体而以独特的方式传达着内在的、属于人类挥之不去的隐性心理。人类要认识自身，何尝能绝对避而不顾、熟视无睹呢？要建构健康的民族心理，恐怕要对我们的文学作品中的"亚文化"做一番"盘点"，区别对待"俗"与"恶俗"，扬弃"恶俗"，而对"俗"做仔细的研究。这是我们在探讨戏曲、小说的叙事格调时所得到的启示。

结　语

一、叙事层面与心理层面

戏曲、小说的故事形态，大而言之，内含着两个层面：外在的是叙事层面，内在的是心理层面。或者说，叙事层面是"表层结构"，心理层面是"深层结构"。在研究戏曲、小说的故事形态时，我们深感"层"的概念很重要。

研究古代戏曲、小说的叙事问题，在某种意义上说，是一次"精神考古"。考古学家很重视考古遗迹的"土层特点"、"层位关系"，注意辨析哪些遗物是年代久远的，哪些遗物是年代较近的，分析遗物与遗物之间所存在的"共存关系"或"新旧关系"，并且不放过遗物所带有的"胎土"，"胎土"的成分对考古判断大有帮助。① 其实，在中国，每一个流传久远的故事，都是一个可供"考古发掘"的"遗迹"。像柳永的故事，从宋代到清代一直流传，不同时代的柳永故事会带上不同时代的"胎土"：元代的"柳永"追求的是朝廷的"硬评价"，因为在科举制度一度废止的元代，无"路"可以"晋身"，士子们哪怕是"望梅止渴"，也可以在"咽口水"的时候抚慰一下"久旱"的"咽喉"；而明清时代的"柳永"，进入八股取士的社会，"路"是有

---

① （日）藤本强：《考古学方法》，73～163页，东京，东京大学出版会，2000。

的，却只有一条，而且是一条"独木桥"，要"独占鳌头"又谈何容易！故而，知难而退，不一定都往"体制内"钻，不一定都追求朝廷的"硬评价"，反倒在"温柔乡"里享受知己红颜的"软评价"，也是一种自我实现的方式，也是一种精神上的"胜利"。我们从不同时代的柳永故事中可以发现它们之间的位于不同"土层"的"新旧关系"。又像司马相如故事，我们以明代为限，考察这个故事的不同文本的"共存关系"，原来，不同作者的心目中，有不同的司马相如和卓文君：有的"司马相如"风流倜傥，春风得意；有的"司马相如"路途曲折，时时倒霉；有的"卓文君""色胆包天"、敢作敢为；有的"卓文君"胆小如鼠、畏畏缩缩。故事都是那个故事，框架还是那个框架，可眼光和心境却不完全都是那么一回事。于是，叙事的层面和心理的层面就清晰可辨，哪怕是出现在某一个历史时段的故事都有这么丰富的"堆积"，而一个故事在时间的长河中不断地流变，又该是多么丰厚的"堆积"！

事实上，古代戏曲、小说的写作题材，"独创的"少，"世代承传的"多；世代承传，必然形成故事素材的"层位关系"，也必然形成多种"主体意识"错杂在一起的"层位关系"。我们从柳永故事、司马相如故事、梅妃故事等个案中可以看出，特定故事的历时性演化，呈现出不同时代的人在同一个故事中所寄寓的不尽相同或相当不同的"主体意识"；而特定故事演化至某一个历史时段，其不同的文本也呈现出不尽相同或相当不同的"主体意识"。至于人们熟知的包公故事、孟姜女故事、董永故事、牛郎织女故事、梁山伯祝英台故事、白蛇传故事等等，无不如此。

有一点可以肯定：透过叙事层面，去研究古代普通民众或下层文士的心理，尤其是集体心理，是可行的。我们过去往往偏重于研究中国古代的思想史，这固然无可非议，但是，研究思想史，人们的目光是"向上"的，专注于那些高高在上的"圣人"或"贤哲"，习惯于"向上"，就会忽略某些东西，就会放弃了目光"向下"。自"五四"以来，领风气之先的学者学会了"向下"看，看到了古代非主流文化的价值，这为我们今天的研究开了先路。事实上，我们不仅要研究思想史，而且应该研究普通民众的精神史、心态史。理解一个历史悠久的民族，不仅要看"上面"的"思想"，也要看"下面"的"心态"。而体现着"下面"的"心态"的戏曲、小说，是很重要的"信息载体"。研究古代戏曲、小说中的叙事问题，我们会看到很多活生生的、"原生态"的精神演变的轨迹。这些精神活动，有"形而上"的，如自我价值的实现、面对困境的自我超越等，也有"形而下"的，如很多人羞于启齿的饮食男女等。论"精神质量"，当然不一定高，甚至还是比较低的，可是，在漫长的历史时空中，它们却一直是我们这个民族的精神"冰山"的巨大"底盘"。它们潜伏于下层社会，生生不已，经久不息，在某种程度上，它们一直在"铸造"着我们的民族性格的某些方面；在古代社会，文化不高甚至是文盲的广大民众往往接受了这些"精神活动"的启蒙，他们的历史观、命运观、人生观、性爱观、知识论等等，无不受其影响。所以，从叙事层面进入心理层面，是我们的戏曲、小说叙事研究的一个路向。

从叙事层面看，一个故事，可以历代流变；一种叙事程式，也可以世代承传；某种叙事单元可以"嫁接"在不同时代的叙事文本之中；还有，人们习惯于"流动性"叙事，喜欢对某些历史事件或历史人物作"另类想象"，并不厌烦同一故事的多种文本所构成的"互文性"，等等，这一系列的叙事现象，形成我国古代的叙事传统。传统，是"历史地"形成的，又是历代的人"共同地"选择的。传统具有"积存"与"沿袭"的特性①，传统的"背后"，是起着支配作用的心理，通常情况下还是"集体心理"。面对传统，我们似乎不宜先做价值判断；比较理性的做法是，先做事实判断，有什么是什么，有多少算多少；进而追问这样的事实何以产生、有何种心理力量在支配着？然后再做出判断：这样的心理力量有多少正面的因素、有多少负面的成分？表面看来，古代的叙事传统中充满着"雷同"的故事、"程式化"的叙述；我们接受过各种各样文学理论的"洗礼"，文学理论的核心命题是"文学的价值在乎作家的创造"，可是，用这样的"标尺"去衡量中国古代戏曲、小说，很多作品可能是不入"格"的。本书所论述的一系列作品，表面上看，往往是缺乏"创造性"的；即便是已经成为经典的明汤显祖的《牡丹亭》，故事可也不全是汤氏的"创造"，那种"生而死、死而生"的故事，早在汉魏六朝所流行的"更生故事"类型中就已经具备了②；在《牡丹亭》问世之前，更有《杜丽娘慕色还魂》话本③，故事情节已较完备，《牡丹亭》传奇的叙事形态与之相同。可是，我们不停留在叙事层面，从叙事层面进入心理层面，却会发现，历代与《牡丹亭》相关的"更生故事"与剧本《牡丹亭》一起构成了"互文"关系，透过其间的"互文性"，我们就会在文本的差异中感受到汤显祖在旧有的叙事形态掩盖下出色的精神创造。同样的，在大量貌似"雷同"的文本中，只要细心

---

① （美）E. 希尔斯著：《论传统》，傅铿等译，33~35页，上海，上海人民出版社，1991。

② （晋）干宝：《搜神记》，卷十六"汉谈生"，202页，北京，中华书局，1980；（晋）陶潜：《搜神后记》，卷四"徐玄方女"、"李仲文女"，24页、27页，北京，中华书局，1988。

③ （明）何大抡：《燕居笔记》，卷九，参见胡士莹：《话本小说概论》，下册，532~537页，北京，中华书局，1980。

"对读"、耐心寻索，就会发现其中有精神的"脉动"。这些处于"脉动"状态的精神，不论是高雅的，还是低俗的，是高明的，还是平庸的，都能相当真实地呈现出下层民众或下层文士的心态及其演变。于是，我们可以捕捉到不少真实的"心态"的"样本"，并对这些"样本"做出仔细的分析，比如，不尽一致的司马相如故事与复杂多样的士人心态密切相关，不尽一致的柳永故事与失意文人的"精神胜利法"暗中对应，等等，都是可以细加辨析的。而多种多样的心态及其演变，有的属于健康的，有的属于"亚健康"的，有的属于不太健康的，有的属于很不健康的，这对于比较全面地、准确地研究民族心态、研究我们的民族性格，都是有意义的。

二、叙事程式与人生的"典型情境"

戏曲、小说的故事形态与叙事程式，往往与人生的"典型情境"有着不可忽视的对应关系。何以历代的人们都钟情于那些长期流传而又是"老掉牙"的故事呢？何以人们对那些已经熟悉的故事或者情节一直以来津津乐道、百听不厌、百看不烦呢？何以作家们每每喜欢在故纸堆里、在人们耳熟能详的民间传说中寻寻觅觅，剪裁、嫁接、重组成一个又一个的故事，而这些故事照样能够赢得广大读者或观众的欢迎呢？道理就在于，那些故事或情节内含着某种人生的"典型情境"，这样的"典型情境"比较容易适应人们长期以来经过了历史的"积淀"而形成的"文化—心理结构"。

在人生的历程中，有不少"情境"是具有共通性的。不管是在哪一个时代，都会有夫妻生离死别，孟姜女故事已经包含着这类情境的"核心信息"；不管是在哪一个时代，都会有负心的丈夫，王魁或陈世美的故事已经包含着这类情境的"核心信息";不管是在哪一个时代,都会有冤假错案,包公故事已经包含着这类情境的"核心信息"。又比如,人都会遭遇到青春的苦闷,在"苦闷"的青春期间,在大致相同的社会环境下,所会发生的故事往往也具有类同性,于是,借用杜丽娘的话说,就是:"天呵,春色恼人,信有之乎?常观诗词乐府,古之女子,因春感情,遇秋成恨,诚不谬矣。……昔日韩夫人得遇于郎,张生偶逢崔氏,曾有《题红记》、《崔徽传》二书:此佳人才子,前以密约偷期,后皆成秦晋。"① 那种"密约偷期,皆成秦晋"的叙事程式,世代流传,深入人心,久而久之,已经"内化"成人们的"文化—心理"结构的组成部分,以至于连完全生活在爱情的"真空"状态之中的杜丽娘,没有接触过任何年轻的异性,甚至也没有"鸳鸯"、"蝴蝶"的刺激,竟然可以在牡丹亭与梦中的情郎"温存一晌眠"。事实上,"密约偷期,皆成秦晋"这样的"程式",已经成为类似于荣格心理学所说的"原型"了。同样的,孟姜女故事等等,也是一个个内含着人生某种典型情境的"原型"。瑞士心理学家荣格认为:"人生中有多少典型情境就有多少原型,这些经验由于不断重复而被深深地镂刻在我们的心理结构之中。"② 这些"原型"穿越着时空,适应着一代代人的变动不大的"文化—心理"结构。我们在考察戏曲、小说的叙事形态时,一方面,可以看到千百年来人们都钟情于那些代代相传的故事,历代人的"文化—心理"结构是比较稳定的,这与古代中国比较稳定的社会组织结构、比较稳定的生活方式基本上是对应的;另一方面,也可以看到,比较稳定的

---

① (明)汤显祖:《牡丹亭》,第10出"惊梦",46页,上海,古典文学出版社,1958。
② (美)霍尔等著:《荣格心理学入门》,冯川译,44页,北京,生活·读书·新知三联书店,1987。

"文化—心理"结构,却不是"铁板"一块,那么多文本的"互文性"揭示着在保持稳定的"文化—心理"结构的"基本面"的同时,人们的"活的思想"在潜伏着、流动着、演变着。

比较稳定的"文化—心理"结构,对人们的欣赏习惯有着不可忽视的支配作用。从消极的方面看,我国古代的戏曲、小说存在着叙事上的"惯性"与"惰性",或者可以说,古代的中国,是叙事"惯性"和"惰性"比较突出的国度。可是,从事实的层面看,老百姓对此并没有产生反感,比如,包公故事,离不开案情、诉状、判词、结局等要素,故事一个模样地编出来,流行民间的《龙图公案》多达一百则①;又如,已经有了《琵琶记》、《荆钗记》,还可以继续出现情节多有相近的《高文举珍珠记》。诸如此类,不胜枚举。可以说,反反复复出现的那些"原型",数量不是无限扩展的。而"有限"的"原型"可以滋生出与这些"原型"相关的无限的作品。于是,不断重复的"原型",呈现为叙事题材的一种"有限状态",正是这种"有限状态",暗藏着古代人们共同的"叙事选择",这是集体性的"选择",正好可供我们研究下层社会的集体心理与审美好尚。

三、叙事格调与生存欲望的调控

戏曲、小说作品,不少出于民间艺人之手,也有不少出于下层文士的手笔。下层文士的作品,文笔较好,更易流传。就传世文本看,后一种情形所占的比例是比较大的。

下层文士,介乎民间文化与士大夫文化之间,对于两种文化都会有较多的接触,也都会各有采纳,于是,他们的作品的叙事格调,不全"俗",也不全"雅";离不开民间的种种"亚文

---

① (明)无名氏:《龙图公案》,又名《包公案》,北京,宝文堂书店,1985。

化",也与当时社会的主流文化有着不易割断的联系。就现存文本的故事形态而言,其中的民间叙事会渗透进某些主流文化的因素,像关汉卿的《谢天香》,故事是属于民间系统的,其中的价值观念与当时元代的汉族士大夫文化却有所关联,所以,故事中的"柳永"在钱大尹的训导、督促之下,明白了"德胜才为君子,才胜德为小人"的道理,离开红颜,考取功名,在"体制内"占得一席之地,回过头来对钱大尹感恩戴德,与谢天香一起拜谢钱氏。又如梅妃故事,本在民间流传,颇写"俗"事,而篇中的《楼东赋》,哀怨缠绵,与"诗可以怨"的儒家诗教不无相通之处;原因是,这个故事经过了下层文士的增饰,"添加"了一些失意文人的气息。

不管是追求功名,还是夺爱邀宠,都是人生欲望的体现。人的欲望是很容易膨胀的,戏曲、小说离不开描述人的种种欲望,所谓"饮食男女",所谓"功名利禄"等等,都是生存欲望的具体形态。欲望,是一把"双刃剑",既可以推动社会的变迁,也可以在纵欲的情形之下毁灭"自我"。我们看到,戏曲、小说的"雅"、"俗"因素,在不同的作品中呈现出不同的比例,二者之间的比例关系,难以一概而论,要而言之,"俗"的居多;在不"俗"不"雅"的背后,其实存在着生存欲望的调控问题。

一个社会,总会有主流的文化形态,也总会有非主流的文化形态甚至是"亚文化"形态。前者,文化人类学家用"大传统"(great tradition)的概念来表述;后者,用"小传统"(little tradition)的概念来表述。李亦园先生引述美国人类学家芮斐德(Robert Redfield)的见解说:"所谓大传统是指一个社会里上层的士绅、知识分子所代表的精英文化;而相对的,小传统则是指一般社会大众,特别是乡民或俗民所代表的生活文化。这两个不同层次的传统虽各有不同,但却是共同存在而相互影响,相为互动的。"① 面对古代的戏曲、小说，我们不可忽视那种不雅不俗、亦雅亦俗的故事形态"背后"所隐藏着的两种层次的文化，它们在相互"叠压"着，不一定"交融"，却往往可以"交汇"，呈现出颇为"驳杂"的状态。从中可以看到，"大传统"的"辐射力"是强大的，它以种种方式"辐射"到社会的各个层次，以"雅正"的姿态对民间的欲望有所调控，民间文化不可能"躲开"它的"辐射"。同时，"小传统"在自身的文化"基盘"上形成独特的以"生活文化"为本色的话语体系，那么多的戏曲、小说，其题旨往往是关注"饮食男女"，关注生财有道，关注生存状况，关注"生、老、病、死"，也关注其他"形而上"或"形而下"的各种欲望。这种种以生存欲望为本位的"生活文化"，有的与"大传统"格格不入，也有的与"大传统"不一定发生根本性的冲突。在雅俗兼容的故事形态中，我们看到的是欲望的不同表述：欲望或者得到一定程度的调控，"雅"的成分有所增加；或者得不到调控，近乎放纵，"俗"的因素更为泛滥。比如，司马相如，有的作品写他虽有"贼心"，但最终还是维护了与卓文君的一夫一妻的婚姻状态；有的作品却写司马相如最终享有"齐人之福"。这就是欲望的不同表述。又如，男女关系，《春梦琐言》与《聊斋志异》中的《香玉》也有不同的表述，呈现为"放纵"与"调控"的区别。"雅"、"俗"问题，具体到不同的作品，情形不一，程度有别，但是，"欲望"这个关键词是雅俗兼容的故事形态不可或缺的心理动力。在"调控"与"失控"的不同状态中，"大传统"与"小传统"形成了"此消彼长"的动态关系。研究戏曲、小说的故事形态，如果就叙事论叙事，看不到叙事"背后"的种种"心灵风景"，那就会失去很多有价值的文化史、心态史的"个案"和资料。

---

① 李亦园：《人类的视野》，143页，上海，上海文艺出版社，1996。

参考文献

一、作品类

[1]（荷）高罗佩（吟月庵主）自印本：《春梦琐言》，编号第31部，藏日本九州大学文学部书库，1950。

[2] 傅惜华编：《西厢记说唱集》，上海：上海出版公司，1955。

[3]（清）邹式金编：《杂剧三集》，北京：中国戏剧出版社，1958。

[4] 王季烈编选：《孤本元明杂剧》，北京：中国戏剧出版社，1958。

[5] 徐朔方等校注：《牡丹亭》，上海：古典文学出版社，1958。

[6] 钱南扬校注：《琵琶记》，北京：中华书局，1961。

[7] 顾肇仓、周汝昌选注：《白居易诗选》，北京：人民文学出版社，1963。

[8]（日）八木泽元著：《游仙窟全讲》，东京：明治书院，1967。

[9]（明）韩上桂撰：《明孤本传奇凌云记》，香港：香港书业公司，罗忼烈1974年序本（影印抄本）。

[10]（唐）李白著：《李太白全集》，北京：中华书局，1977。

[11] 萧涤非选注：《杜甫诗选注》，北京：人民文学出版社，1979。

[12]（宋）郭茂倩编：《乐府诗集》，北京：中华书局，1979。

[13] 徐沁君校点：《新校元刊杂剧三十种》，北京：中华书局，1980。

[14]（晋）干宝著：《搜神记》，北京：中华书局，1980。

[15]（明）瞿佑等著，周楞伽校注：《剪灯新话（外二种）》，上海：上海古籍出版社，1981。

[16]（清）石玉昆撰：《龙图耳录》，上海：上海古籍出版社，1981。

[17] 中国社会科学院文学研究所编：《唐诗选》，北京：人民文学出版社，1981。

[18]（明）毛晋编:《六十种曲》,北京:中华书局,1982。
[19]（明）董说著:《西游补》,上海:上海古籍出版社,1983。
[20] 邓魁英等选注:《杜甫选集》,上海:上海古籍出版社,1983。
[21]（唐）裴铏著,周楞伽辑注:《裴铏传奇》,上海:上海古籍出版社,1984。
[22]（明）冯梦龙编:《古今小说》,北京:人民文学出版社,1984。
[23]（明）冯梦龙编:《警世通言》,北京:人民文学出版社,1984。
[24]（南朝梁）殷芸编纂,周楞伽辑注:《殷芸小说》,上海:上海古籍出版社,1984。
[25] 黄天骥、欧阳光选注:《李笠翁喜剧选》,长沙:岳麓书社,1984。
[26]《古本戏曲丛刊》第五集,上海:上海古籍出版社,1984年影印。
[27] 关德栋、周中明编:《子弟书丛钞》（上、下）,上海:上海古籍出版社,1984。
[28] 杜颖陶、俞芸编:《岳飞故事戏曲说唱集》,上海:上海古籍出版社,1985。
[29] 卢文晖辑注:《师旷》,上海:上海古籍出版社,1985。
[30]（明）无名氏著:《包公案》,北京:宝文堂书店,1985。
[31] 穆克宏校点:《玉台新咏笺注》,北京:中华书局,1985。
[32] 滕云选译:《汉魏六朝小说选译》,上册,上海:上海古籍出版社,1986。
[33]（明）余象斗等著:《四游记》,上海:上海古籍出版社,1986。
[34]（清）俞樾著,梁侉点校:《右台仙馆笔记》,济南:齐鲁书社,1986。
[35] 傅惜华编:《白蛇传集》,上海:上海古籍出版社,1987。
[36] 李格非、吴志达主编:《文言小说》,郑州:中州古籍出版社,1987。
[37]（清）馀叟辑:《宋人小说类编》,北京:中国书店,1987。
[38] 谭正璧校点:《清平山堂话本》,上海:上海古籍出版社,1987。
[39]（清）唐英撰,周育德点校:《古柏堂戏曲集》,上海:上海古籍出版社,1987。

［40］（晋）陶潜撰，汪绍楹校注：《搜神后记》，北京：中华书局，1988。

［41］（明）徐复祚撰：《红梨记》，北京：中华书局，1988。

［42］汪辟疆校录：《唐人小说》，上海：上海古籍出版社，1988。

［43］俞为民校注：《宋元四大戏文》，南京：江苏古籍出版社，1988。

［44］（明）姚茂良、无名氏撰：《双忠记·高文举珍珠记》，北京：中华书局，1988。

［45］（清）李渔著：《连城璧》，杭州：浙江古籍出版社，1988。

［46］李继芬等选译：《汉魏六朝小说选译》，下册，上海：上海古籍出版社，1988。

［47］齐守成等校点：《百大妖精斗法》，沈阳：辽沈书社，1989。

［48］欧阳叔等校点：《义妖白蛇全传》，沈阳：辽沈书社，1989。

［49］川岛校点：《游仙窟》，北京：书目文献出版社，1989。

［50］尹赛夫等编：《中国历代赋选》，太原：山西人民出版社，1989。

［51］钟兆华校注：《元刊全相平话五种校注》，成都：巴蜀书社，1990。

［52］丁锡根点校：《宋元平话集》，上、下册，上海：上海古籍出版社，1990。

［53］钝根编辑：《戏考大全》，上海：上海书店，1990。

［54］王季思主编：《全元戏曲》，第一卷，北京：人民文学出版社，1990。

［55］（清）无名氏著：《说唐全传》，郑州：中州古籍出版社，1990。

［56］姜东赋、许桂亭选译：《清代小说选译》，上海：上海古籍出版社，1990。

［57］李华年选译：《宋代小说选译》，上海：上海古籍出版社，1990。

［58］（唐）李枚、袁郊撰，李宗为校点：《纂异记·甘泽谣》，上海：上海古籍出版社，1991。

［59］姚学贤等选注：《柳永词详注及集评》，郑州：中州古籍出版社，1991。

［60］（宋）皇都风月主人编，周楞伽笺注：《绿窗新话》，上海：上海古籍出版社，1991。

[61] 韩锡铎等校点:《天女地魅》,沈阳:辽沈书社,1992。

[62] (明) 吴承恩著:《西游记》,北京:人民文学出版社,1992。

[63] 费振刚等辑校:《全汉赋》,北京:北京大学出版社,1993。

[64] (明) 冯梦龙著:《冯梦龙全集》,第12卷,南京:江苏古籍出版社,1993。

[65] 陈曦钟校注:《喻世明言新注全本》,北京:北京十月文艺出版社,1994。

[66] 王学奇主编:《元曲选校注》,石家庄:河北教育出版社,1994。

[67] 薛瑞生校注:《乐章集校注》,北京:中华书局,1994。

[68] (明) 钟惺等编次:《混唐后传·五代残唐》,北京:华夏出版社,1995。

[69] (清) 何梦梅:《游龙戏凤》,上海:上海古籍出版社,1996。

[70] 李时人、蔡镜浩校注:《大唐三藏取经诗话校注》,北京:中华书局,1997。

[71] 鲁迅校录:《唐宋传奇集》,济南:齐鲁书社,1997。

[72] 袁闾琨、薛洪勣主编:《唐宋传奇总集》[南北宋(上、下)],郑州:河南人民出版社,2002。

[73] 袁闾琨、薛洪勣主编:《唐宋传奇总集》[唐五代(上、下)],郑州:河南人民出版社,2002。

[74] (清) 曹雪芹、高鹗:《红楼梦》,北京:人民文学出版社,2002。

[75] (清) 翁山柱砥编:《白牡丹》,长沙:岳麓书社,2004。

[76] 康保成校点:《惊鸿记·盐梅记》,北京:中华书局,2004。

[77] 李天华校笺:《世说新语新校》,长沙:岳麓书社,2004。

二、论著类

[1] 作家出版社编辑部编:《西游记研究论文集》,北京:作家出版社,1957。

[2] 作家出版社编辑部编:《水浒研究论文集》,北京:作家出版社,1957。

[3] 别列金娜选辑,梁真译:《别林斯基论文学》,上海:新文艺出版

社，1958。

[4] 浦江清著:《浦江清文录》,北京:人民文学出版社,1958。

[5] 罗锦堂著:《元杂剧本事考》,台北:顺先出版公司,1976。

[6] (元) 钟嗣成等著:《录鬼簿 (外四种)》,上海:上海古籍出版社,1978。

[7] 胡适著:《中国章回小说考证》,上海:上海书店,1980。

[8] 赵景深著:《中国小说丛考》,济南:齐鲁书社,1980。

[9] 胡士莹著:《话本小说概论》,北京:中华书局,1980。

[10] 王秋桂编:《中国民间传说论集》,台北:联经出版事业公司,1980。

[11] 陈多注释:《李笠翁曲话》,长沙:湖南人民出版社,1981。

[12] 周绍良等编:《敦煌变文论文集》,上海:上海古籍出版社,1982。

[13] 王昆仑著:《红楼梦人物论》,北京:生活·读书·新知三联书店,1983。

[14] 赵景深著:《中国戏曲初考》,郑州:中州书画社,1983。

[15] (英) 威廉·阿契尔著,吴钧燮等译:《剧作法》,北京:中国戏剧出版社,1983。

[16] 路工著:《访书见闻录》,上海:上海古籍出版社,1985。

[17] 谭正璧著:《话本与古剧》,上海:上海古籍出版社,1985。

[18] 杨振良著:《孟姜女研究》,台北:台湾学生书局,1985。

[19] 孙楷第著:《沧州后集》,北京:中华书局,1985。

[20] 王利器著:《耐雪堂集》,北京:中国社会科学出版社,1986。

[21] 刘起釪著:《顾颉刚先生学述》,北京:中华书局,1986。

[22] 霍尔等著,冯川译:《荣格心理学入门》,北京:生活·读书·新知三联书店,1987。

[23] 赖伯疆、黄镜明著:《粤剧史》,北京:中国戏剧出版社,1988。

[24] 刘城淮著:《中国上古神话》,上海:上海文艺出版社,1988。

[25] 袁珂著:《中国神话史》,上海:上海文艺出版社,1988。

[26] 杨成志著:《杨成志民俗学译述与研究》,北京:高等教育出版社,1988。

[27] 洪淑苓著:《牛郎织女研究》,台北:学生书局,1988。

[28] 薛若邻著：《尤侗论稿》，北京：中国戏剧出版社，1989。
[29] 龚维英著：《原始崇拜纲要》，北京：中国民间文艺出版社，1989。
[30] 李殿魁著：《双渐苏卿故事考》，台北：文史哲出版社，1989。
[31] 陶阳、钟秀著：《中国创世神话》，上海：上海人民出版社，1989。
[32] 中国社会科学院外国文学研究所、外国文学研究资料丛书编辑委员会编，珀·卢伯克、爱·福斯特、爱·缪尔著：《小说美学经典三种》，方土人、罗婉华译，上海：上海文艺出版社，1990。
[33] 顾颉刚撰：《顾颉刚读书笔记》，台北：联经出版事业公司，1990。
[34] 许道勋等著：《唐明皇与杨贵妃》，北京：人民出版社，1990。
[35] 陈翔华著：《诸葛亮形象史研究》，杭州：浙江古籍出版社，1990。
[36] 孙楷第著：《戏曲小说书录解题》，北京：人民文学出版社，1990。
[37] （美）E. 希尔斯著：《论传统》，傅铿等译，上海：上海人民出版社，1991。
[38] 张振犁著：《中原古典神话流变论考》，上海：上海文艺出版社，1991。
[39] （元）钟嗣成著，王钢校订：《校订录鬼簿三种》，郑州：中州古籍出版社，1991。
[40] 杨健民编著：《中州戏曲历史文物考》，北京：文物出版社，1992。
[41] 朱万曙著：《沈璟评传》，北京：中国戏剧出版社，1992。
[42] （美）浦安迪著：《明代小说四大奇书》，沈亨寿译，北京：中国和平出版社，1993。
[43] 张庚、郭汉城主编：《中国戏曲通论》，上海：上海文艺出版社，1993。
[44] 彭飞、朱建明编辑：《戏文叙录》，台北：财团法人施合郑民俗文化基金会，1993。
[45] 蔡尚思主编：《十家论易》，长沙：岳麓书社，1993。
[46] 顾潮编著：《顾颉刚年谱》，北京：中国社会科学出版社，1993。
[47] 颜慧琪著：《志怪小说故事研究六朝异类姻缘》，台北：文津出版社，1994。
[48] 胡适著：《胡适作品集》，台北：远流出版公司，1994。
[49] 柏拉图著：《理想国》，郭斌和等译，北京：商务印书馆，1994。

[50] 朱万曙著：《包公故事源流考述》，合肥：安徽文艺出版社，1995。
[51] 袁珂著：《袁珂神话论集》，成都：四川大学出版社，1996。
[52] 李亦园著：《人类的视野》，上海：上海文艺出版社，1996。
[53] 亚里士多德著：《诗学》，陈中梅译，北京：商务印书馆，1996。
[54] 陈益源著：《民俗文化与民间文学》，台北：里仁书局，1997。
[55] 李丰楙著：《六朝隋唐仙道类小说研究》，台北：学生书局，1997。
[56] 张锦池著：《西游记考论》，哈尔滨：黑龙江教育出版社，1997。
[57]（日）小野四平著：《中国近代白话短篇小说研究》，施小炜、邵毅平、吴天锡等译，上海：上海古籍出版社，1997。
[58] 鲁迅著：《中国小说史略》，济南：齐鲁书社，1997。
[59]（宋）孟元老著：《东京梦华录全译》，姜汉椿译注，贵阳：贵州人民出版社，1998。
[60]（日）宇野直人著：《柳永论稿》，张海鸥等译，上海：上海古籍出版社，1998。
[61]《西游记文化学刊》编委会编：《西游记文化学刊》（1），北京：东方出版社，1998。
[62] 顾颉刚著：《顾颉刚民俗学论集》，上海：上海文艺出版社，1998。
[63]（德）恩斯特·卡西尔著：《人论》，甘阳译，上海：上海译文出版社，1998。
[64] 叶舒宪著：《文学人类学探索》，桂林：广西师范大学出版社，1998。
[65]（宋）孟元老著，邓之诚注：《东京梦华录注》，台北：世界书局，1999。
[66] 游宗蓉著：《元明杂剧之比较研究——以题材为核心之探讨》，台北：学海出版社，1999。
[67] 朱自清著：《经典常谈》，上海：上海文艺出版社，1999。
[68] 王日根编著：《明清小说中的社会史》，北京：中国财政经济出版社，2000。
[69] 周绍良著：《唐传奇笺证》，北京：人民文学出版社，2000。
[70] 王汉民著：《八仙与中国文化》，北京：中国社会科学出版社，2000。

[71] 宋常立著：《中国古代小说文体论》，天津：天津社会科学出版社，2000。

[72] 郑振铎著：《郑振铎说俗文化》，上海：上海古籍出版社，2000。

[73] 阿英著：《阿英说小说》，上海：上海古籍出版社，2000。

[74] 郑振铎著：《中国文学研究》，北京：人民文学出版社，2000。

[75] 班友书著：《黄梅戏古今纵横》，合肥：安徽文艺出版社，2000。

[76] 丁肇琴著：《俗文学中的包公》，台北：文津出版社，2000。

[77] 孙楷第著：《小说旁证》，北京：人民文学出版社，2000。

[78] 李泽厚著：《探寻语碎》，上海：上海文艺出版社，2000。

[79] （日）藤本强著：《考古学方法》，东京：东京大学出版会，2000。

[80] 卞孝萱著：《唐传奇新探》，南京：江苏教育出版社，2001。

[81] 顾颉刚著：《我与古史辨》，上海：上海文化出版社，2001。

[82] 王平著：《中国古代小说叙事研究》，石家庄：河北人民出版社，2001。

[83] 陈益源著：《王翠翘故事研究》，台北：里仁书局，2001。

[84] 关四平著：《三国演义源流研究》，哈尔滨：黑龙江教育出版社，2001。

[85] 宋文坤等选编：《民俗选粹》，沈阳：辽宁大学出版社，2001。

[86] 李修生等主编：《辽金元文学研究》，北京：北京出版社，2001。

[87] 韩云波著：《唐代小说观念与小说兴起研究》，成都：四川民族出版社，2002。

[88] 汪曾祺：《晚翠文谈新编》，北京：生活·读书·新知三联书店，2002。

[89] 段启明编著：《中国古代小说戏曲述评辑略》，北京：华文出版社，2002。

[90] 李剑国著：《中国狐文化》，北京：人民文学出版社，2002。

[91] 刘宛如著：《身体·性别·阶级——六朝志怪的常异论述与小说美学》，台北："中央研究院"中国文哲研究所，2002。

[92] 陈文新著：《文言小说审美发展史》，武汉：武汉大学出版社，2002。

[93] 王昕著：《话本小说的历史与叙事》，北京：中华书局，2002。

［94］程国赋著：《唐五代小说的文化阐释》，北京：人民文学出版社，2002。

［95］格非著：《小说叙事研究》，北京：清华大学出版社，2002。

［96］黄霖等著：《中国小说研究史》，杭州：浙江古籍出版社，2002。

［97］王连儒著：《志怪小说与人文宗教》，济南：山东大学出版社，2002。

［98］鲁德才著：《古代白话小说形态发展史论》，天津：南开大学出版社，2002。

［99］吴光正著：《中国古代小说的原型与母题》，北京：社会科学文献出版社，2002。

［100］刘守华主编：《中国民间故事类型研究》，武汉：华中师范大学出版社，2002。

［101］许并生著：《中国古代小说戏曲关系论》，北京：文化艺术出版社，2002。

［102］林庚著：《西游记漫话》，北京：人民文学出版社，2002。

［103］（日）中野美代子著：《西游记的秘密（外二种）》，王秀文等译，北京：中华书局，2002。

［104］辜美高、黄霖主编：《明代小说面面观》，上海：学林出版社，2002。

［105］叶舒宪著：《原型与跨文化阐释》，广州：暨南大学出版社，2002。

［106］宛利主编：《二十世纪中国民俗学经典·传说故事卷》，北京：社会科学文献出版社，2002。

［107］侯会著：《〈水浒〉源流新证》，北京：华文出版社，2002。

［108］（法）莫里斯·哈布瓦赫著：《论集体记忆》，毕然等译，上海：上海人民出版社，2002。

［109］陈平原著：《千古文人侠客梦》，北京：新世界出版社，2003。

［110］徐雁苹著：《胡适与整理国故考论》，合肥：安徽教育出版社，2003。

［111］（法）蒂费纳·萨莫娃约著：《互文性研究》，邵炜译，天津：天津人民出版社，2003。

［112］谢明勋著：《六朝小说本事考索》，台北：里仁书局，2003。

［113］赖庆芳著：《南宋咏梅词研究》，台北：学生书局，2003。

［114］占晓勇著：《清代志怪传奇小说集研究》，武汉：华中科技大学出版社，2003。

［115］李建业、董金艳主编：《董永与孝文化》，济南：齐鲁书社，2003。

［116］吴国钦、李静、张筱梅编：《元杂剧研究》，武汉：湖北教育出版社，2003。

［117］卞孝萱著：《唐人小说与政治》，厦门：鹭江出版社，2003。

［118］万晴川：《巫文化视野中的中国古代小说》，北京：中国社会科学出版社，2003。

［119］范金兰著：《〈白蛇传故事〉型变研究》，台北：万卷楼图书股份有限公司，2003。

［120］高玉海著：《明清小说续书研究》，北京：中国社会科学出版社，2004。

［121］黄大宏著：《唐代小说重写研究》，重庆：重庆出版社，2004。

［122］朱崇志著：《中国古代戏曲选本研究》，上海：上海古籍出版社，2004。

［123］俞为民著：《宋元南戏考论续编》，北京：中华书局，2004。

［124］周贻白著：《中国戏剧史长编》，上海：上海书店出版社，2004。

［125］李道和著：《岁时民俗与古小说研究》，天津：天津古籍出版社，2004。

［126］宋莉华著：《明清时期的小说传播》，北京：中国社会科学出版社，2004。

［127］詹丹著：《〈红楼梦〉与中国古代小说研究》，上海：东华大学出版社，2004。

［128］傅修延著：《文本学——文本主义文论系统研究》，北京：北京大学出版社，2004。

［129］熊明著：《汉魏六朝杂传研究》，沈阳：辽海出版社，2004。

［130］王政尧著：《清代戏剧文化史论》，北京：北京大学出版社，2005。

[131] 谭坤著：《晚明越中曲家群体研究》，上海：上海三联书店，2005。

[132] 田根胜著：《近代戏剧的传承与开拓》，上海：上海三联书店，2005。

[133] 邱江宁著：《清初才子佳人小说叙事模式研究》，上海：上海三联书店，2005。

[134] 杨绪容著：《百家公案研究》，上海：上海古籍出版社，2005。

[135] 白化文著：《三生石上旧精魂——中国古代小说与宗教》，北京：北京出版社，2005。

三、工具书类

[1] 北婴编著：《曲海总目提要补编》，北京：人民文学出版社，1959。

[2] 南京大学历史系《中国历代名人辞典》编写组：《中国历代名人辞典》，南昌：江西人民出版社，1982。

[3] （唐）欧阳询撰：《艺文类聚》，上海：上海古籍出版社，1982。

[4] 《中国大百科全书·中国文学》，北京：中国大百科全书出版社，1986。

[5] 《中国大百科全书·戏剧》，北京：中国大百科全书出版社，1989。

[6] 江苏省社会科学院明清小说研究中心等编：《中国通俗小说总目提要》，北京：中国文联出版公司，1990。

[7] 《汉语大词典》，第1册，上海：汉语大词典出版社，1991。

[8] 《曲海总目提要》，（上、下册），天津：天津古籍书店，1992。

[9] 《中国古代小说百科全书》，北京：中国大百科全书出版社，1993。

[10] 李修生主编：《古本戏曲剧目提要》，北京：文化艺术出版社，1997。

[11] 王森然遗稿：《中国剧目辞典》，石家庄：河北教育出版社，1997。

[12] 齐森华等主编：《中国曲学大辞典》，杭州：浙江教育出版社，1997。

[13] 邓绍基主编：《中国古代戏曲文学辞典》，北京：人民文学出版

社，2004。

四、史料类

[1]（明）晁瑮撰：《晁氏宝文堂书目》，上海：古典文学出版社，1957。

[2]（明）宋濂等撰：《元史》，北京：中华书局，1976。

[3]（唐）白居易著：《白居易集》，北京：中华书局，1979。

[4] 马蹄疾编：《水浒资料汇编》，北京：中华书局，1980。

[5] 谭正璧编：《三言两拍资料》，上海：上海古籍出版社，1980。

[6] 王利器辑录：《元明清三代禁毁小说戏曲史料》，上海：上海古籍出版社，1981。

[7]《东京梦华录（外四种）》，北京：中国商业出版社，1982。

[8] 庄一拂著：《古典戏曲存目汇考》，上海：上海古籍出版社，1982。

[9] 朱一玄等编：《西游记资料汇编》，郑州：中州书画社，1983。

[10]（清）张廷玉等撰：《明史》，北京：中华书局，1984。

[11]《笔记小说大观丛刊》，台北：新兴书局有限公司，1984。

[12] 袁珂等编：《中国神话资料萃编》，成都：四川省社会科学院出版社，1985。

[13]（五代）王仁裕等撰：《开元天宝遗事十种》，上海：上海古籍出版社，1985。

[14]（元）脱脱等撰：《宋史》，北京：中华书局，1986。

[15]（后晋）刘昫等撰：《旧唐书》，北京：中华书局，1987。

[16]《左传》，长沙：岳麓书社，1988。

[17]（清）吴乘权等辑：《纲鉴易知录》，北京：中华书局，1988。

[18]（清）吴炽昌著：《客窗闲话·续客窗闲话》，北京：文化艺术出版社，1988。

[19]（明）徐渭著，李复波、熊澄宇注释：《南词叙录注释》，北京：中国戏剧出版社，1989。

[20] 陈金淦编：《胡适研究资料》，北京：北京十月文艺出版社，1989。

[21] 董康著：《书舶庸谭》，沈阳：辽宁教育出版社，1989。

[22]（明）陶宗仪等编：《说郛三种》，上海：上海古籍出版社，1989。

[23] 吴毓华编著：《中国古典戏曲序跋集》，北京：中国戏剧出版社，1990。

[24] 严仲义校点：《马嵬志》，南京：江苏古籍出版社，1990。

[25] 向新阳等校注：《西京杂记校注》，上海：上海古籍出版社，1991。

[26] （宋）苏轼著：《苏轼文集》，北京：中华书局，1992。

[27] （汉）司马迁著：《史记》，北京：中华书局，1992。

[28] （清）阮元等校刻：《十三经注疏》上册，北京：中华书局，1992。

[29] 任乃强校注：《华阳国志校补图注》，上海：上海古籍出版社，1994。

[30] （日）金文京等编：《木鱼书目录》，东京：好文出版社，1995。

[31] （元）钟嗣成、贾仲明著，浦汉明校：《新校录鬼簿正续编》，成都：巴蜀书社，1996。

[32] 黄寿祺、张善文译注：《周易译注》，上海：上海古籍出版社，1996。

[33] （唐）刘悚、张鷟著：《隋唐嘉话·朝野佥载》，北京：中华书局，1997。

[34] （明）沈德符著：《万历野获编》，北京：中华书局，1997。

[35] 鲁迅辑录：《古小说钩沉》，济南：齐鲁书社，1997。

[36] 郭英德编著：《明清传奇综录》，石家庄：河北教育出版社，1997。

[37] （宋）罗烨撰：《新编醉翁谈录》，沈阳：辽宁教育出版社，1998。

[38] 施蛰存等辑录：《宋元词话》，上海：上海书店出版社，1999。

[39] 王清原、牟仁隆、韩锡铎编纂：《小说书坊录》，北京：北京图书馆出版社，2002。

[40] 丁傅靖辑：《宋人轶事汇编》，上、下册，北京：中华书局，2003。

称之为"意淫"①。正所谓"美女如花",这样的意象推导出花有精灵的幻想,《春梦琐言》女主人公的"花魅化",可以理解为男性在"移情"的作用下产生的一种"形象思维"。在中国古代大量出现的色情作品里,这类"形象思维"尽管描述方式不一,但其背后均蕴含着文化人类学意义上的"亚文化"体验,是某种"隐秘"心理的宣泄。

我们再看偏向于更"雅"的例子,如同样受到《游仙窟》叙事格局影响的清代小说《聊斋志异》中的《香玉》。

从《香玉》可以看出,艳遇型"游仙"故事母题的承传与变异的另外一种情形是:仍然套用一男双美的人物配置,分别描写一男与双美的爱情与友情,摆脱《游仙窟》尤其是《春梦琐言》式的"滥俗"写法,恢复这一叙事格局的诗意表现,而且在更高的层次上刻画人性之美。

蒲松龄笔下的《香玉》,其故事的男主人公是黄生,在远离人烟的劳山下清宫"筑舍其中而读焉"。一日,从窗中遥见一素衣女郎,出外寻找,却无踪影。此后,女郎出现多次,皆是如此。黄生干脆"隐身丛树中,以伺其至。未几,女郎又携一红裳者来,遥望之,艳丽双绝"②。黄生想接近她们,二女忽然间又杳无行踪。面对如此"艳遇",可望而不可即,黄生在心生爱慕之余,也陷入苦恋之中。可巧,天遂人愿,素衣女郎不期而至,自称"香玉",那位红裳女郎是其"义姊",名唤"绛雪"。香玉向黄生解释前此不能马上相识的缘由:"君汹汹似强寇,使人恐怖;不知君乃骚雅士,无妨相见。"原来,女郎在对黄生仔

---

① "意淫"一词,见(清)曹雪芹:《红楼梦》,第五回,59页,北京,人民文学出版社,2000。

② 本文引用《香玉》原文,据铸雪斋抄本《聊斋志异》,674~677页,上海,上海古籍出版社,1979。

细观察之后，才消除了"恐怖"感，主动前来，表现出黄生意想不到的热情。作者的笔致相当细腻委婉，男女主人公的相见、相识可谓别开生面。

作者着眼于写"情"，而不是"欲"，故而对黄生、香玉的"遇合"仅一笔带过。接下来的情节，则在浓厚的悲剧气氛中展开。

有道是："患难见真情。"原来，香玉是下清宫中的一株牡丹，是一位幻化的花妖，不料有一个游客蓝氏，"入宫游瞩，见白牡丹，悦之，掘移迳去。"于是，悲剧降临，香玉被蓝氏带走了，黄生得知"蓝氏移花至家，日就萎悴"，心中十分悲伤，作《哭花诗》五十首，每天都到牡丹被移后留下的土坑哭泣。其真情打动了绛雪。为了安抚哀伤而孤单的黄生，绛雪主动陪伴，并对黄生说："妾以年少书生，什九薄幸；不知君固至情人也。然妾与君交，以情不以淫。若昼夜狎昵，则妾所不能矣。"她是一位头脑清醒、富于理性而又外冷内热的人物，她很清晰地将自己"定位"为黄生的朋友。

在艳遇型"游仙"故事中，绛雪的形象是十分值得称道的艺术创造。她是植物耐冬的精灵，玉洁冰清，艳丽而矜持，世故而多情。她与香玉有"金兰"之谊，香玉有难，虽无法搭救，却对自己的"金兰"姊妹之爱人多有关心；本来，在香玉"出事"前，黄生对绛雪颇有"意思"，屡次托香玉邀请，绛雪拒不赴约，也许她比香玉大一点，人情世故懂得多一些，深知"年少书生，什九薄幸"，故而对香玉与黄生之恋冷眼观之。在香玉"出事"后，她留意黄生的表现，确认黄生是"至情人"之后，才以香玉"义姊"的身份，主动关心黄生，但这是男女之间一种真诚的友谊，她不想夺"义妹"之爱。相较而言，《游仙窟》中的五嫂风骚而谐谑，《春梦琐言》中的棠娘略有害羞之态而终为放浪之女，同为"艳遇型游仙故事"中的第二号"女角"，绛

附　录

论《醉翁谈录》的性质与旨趣

南宋罗烨编撰的《醉翁谈录》二十卷本,是小说史、戏曲史研究者必读的典籍。此书在我国久已不见著录,1941年日本影印观澜阁所藏旧刻孤本,并公之于世。自被发现以来,《醉翁谈录》中的"小说引子"、"小说开辟"两段文字,最为人们所熟悉,研究者每每称引,是十分重要的小说史料。

学术界对《醉翁谈录》的研究,是随着其书重现人间而展开的。赵景深先生于1941年撰写《因〈醉翁谈录〉的发现重估话本的时代》一文①,着眼于"小说开辟"中所收录的107种话本目录,从小说史、戏曲史的角度肯定这个话本目录的特殊意义。谭正璧先生于1945年撰写《绿窗新话与醉翁谈录》一文②,其中对《醉翁谈录》其书做了介绍,并列出书中传奇文部分的目录,认为这部书是"传奇集兼杂纂集"。到20世纪八九十年代,人们对《醉翁谈录》的认识、判断尚不大一致,如《中国大百科全书·中国文学》"醉翁谈录"词条称此书为"宋代笔记",并指出"它转述了《太平广记》和唐宋其他传奇小说书籍

---

① 赵景深:《中国小说丛考》,济南,齐鲁书社,1980;收入该书时改题为《重估话本的时代》。
② 谭正璧:《话本与古剧》,上海,上海古籍出版社,1985。

里面的故事，另外还采录了一些诗词杂俎之类"①。而《中国古代小说百科全书》"醉翁谈录"词条却认为此书是"笔记传奇话本小说集"②。看来，《醉翁谈录》其书的性质和旨趣，仍然是一个可以讨论的话题。

一

二十卷本《醉翁谈录》到底是一部什么样的书？

说它是"宋代笔记"，似乎只就其书名而言，并未符合书中的实际。

在笔记类的著作中，南宋金盈之的八卷本《醉翁谈录》，或记"名公佳制"，或录"京城风俗"，或作"禅林丛录"，等等，与一般笔记一样，涉及面广，既拾掇旧书，又记录见闻，其中最引人注目的"京城风俗记"，大体反映出北宋汴京的风俗人情，其开首的小序，用的是北宋遗老的口吻："予世居京城，自南渡以来，每思风物繁盛，则气拂吾膺。暇日因命儿侄辈抄录一年景致及风俗好尚，无不备载。行将恢复，再见太平，当知予言历历可验也。"③尽管是"抄录"而成，但"抄录"本身就体现出一定的主体意识。与之相似的是，《东京梦华录》、《都城纪胜》、《西湖老人繁胜录》、《梦粱录》、《武林旧事》等，都有记"当时之盛"并"缅怀旧事"的主体意识。反观罗烨的《醉翁谈录》，它既没有记载"当时之盛"，也不"缅怀旧事"，只着眼于民间的叙事现象，缺乏一般笔记所具有的个人风格；它向读者提

---

① 《中国大百科全书·中国文学》，1316页，北京，中国大百科全书出版社，1986。
② 《中国古代小说百科全书》，779页，北京，中国大百科全书出版社，1993。
③ （宋）金盈之：《新编醉翁谈录》，10页，沈阳，辽宁教育出版社，1998。

供故事的材料，却不以记录见闻取胜。

可以与之比较的还有宋楼璹的《醉翁呓语》、宋李宗谔的《先公谈录》和伪唐张洎的《贾氏谈录》。《醉翁呓语》是一部记录见闻的笔记，尤其以发表著者的零星见解为特色，如书中说"医者，意也。古人有不因切脉知病源者，正意之所通也。"另一条说："文士轻薄，不顾道理，有甚害义者；今诸家杂说，往往有之。"① 其以"醉翁"自居，似乎受到号"醉翁"的北宋文豪欧阳修的影响；其以"呓语"自谦，实则标榜自己颇有见解。而《先公谈录》是作者记录其父亲言谈的书；《贾氏谈录》是作者记录"好古博雅"的贾黄中言谈的书，其中有"余问贾君"字样，是问答体。② 反观罗烨的《醉翁谈录》，既不像《醉翁呓语》那样倚老卖老，也不像《先公谈录》、《贾氏谈录》那样记录言谈，它用的是貌似笔记的书名，实际上不是笔记类著作。

说罗烨的《醉翁谈录》是"笔记传奇话本小说集"，似乎很"全面"地概括了此书的内容，但又不能不令人产生疑问。如上所述，它不是"笔记"；至于说它是"传奇话本小说集"，其中的"传奇"，也是需要辨析的。认为它含有"传奇"，可能是一种误解。固然，书中的不少故事有其来历，往往是删改前代的传奇作品而成，如辛集卷一的《柳毅传书遇洞庭水仙女》、癸集卷一的《李亚仙不负郑元和》，分别删改自唐代传奇《柳毅传》和《李娃传》。但是，从文本的角度看，前者与后者不是一码事，经过删改之后，前者从后者脱胎而出，前者与后者的文本属性是不一样的。相比之下，可以看出，删改之后的故事更加便于记

---

① （明）陶宗仪等编：《说郛三种》，第四册，1557页，上海，上海古籍出版社，1989。

② 《先公谈录》、《贾氏谈录》，均见（明）陶宗仪：《说郛三种》，第一册，上海，上海古籍出版社，1989。

诵，而所删去的往往是一些与故事主干关系不大的枝节，如《李亚仙不负郑元和》，介绍郑元和时，只是说"有荥阳郑生，字元和者，应举之长安"①。而删去了《李娃传》中"天宝中，有常州刺史荥阳公者，略其名氏，不书。时望甚崇，家徒甚殷。知命之年，有一子，始弱冠矣；隽朗有词藻，迥然不群，深为时辈推伏……"一段文字；更值得注意的是，《李亚仙不负郑元和》改动了故事中的一个重要情节，即它不像《李娃传》那样，在"荥阳生"囊中羞涩时，李娃亲自以"尚无孕嗣"为托词，哄骗"荥阳生"去拜"竹林神"；它改为让李亚仙置身事外，直接出面哄骗郑元和的是妓院的鸨母，她对郑说："女与郎相知一年矣，而无孕嗣。此间有竹林神，报应如响，宜诣彼祠下，祭奠求子，可乎？"这显然是经过通盘考虑后作出的改动，它关乎女主人公性格的前后统一问题，突出了李亚仙在整个哄骗事件中处于被动的地位，使得李亚仙的形象更为纯洁了。这已经超出一般意义的删改，而是对原有的故事"动手术"。进而言之，《李亚仙不负郑元和》的文本属性已经不是"传奇"，而是经过重要变动后的、便于识记的小说话本。说它是小说话本，还有明显的"本证"，它一开始就写道："李娃，长安娼女也，字亚仙，旧名一枝花。"这显然与唐代流传的《一枝花话》有联系，而"一枝花"的称谓，在《李娃传》中是没有的。可以说，《李亚仙不负郑元和》不完全是《李娃传》的删改本，它还参考过口传的《一枝花话》。而《柳毅传书遇洞庭水仙女》，同样对唐传奇《柳毅传》多有删改，如龙女初遇柳毅时，只是说："妾，洞庭龙君小女也，嫁与泾川次子……"而删去传奇中的"贱妾不幸，今日见辱于长者。然而恨贯肌骨，亦何能愧避，幸一闻焉"一段

---

① 本文引书中原文，均据（宋）罗烨：《新编醉翁谈录》，沈阳，辽宁教育出版社，1998。下文不再出注。

文字。相对而言，前者的叙述较为直截了当，而后者则有所铺张；前者易于识记，后者难于背诵。从易于识记的角度看，《醉翁谈录》中的故事文本具有不同于"传奇"的功能。

还有一个问题，所谓"笔记传奇话本小说集"的说法，忽略了书中的一部分内容，即乙集卷二的"妇人题咏"、戊集卷一的"烟花品藻"、戊集卷二的"烟花诗集"、庚集卷二的"花判公案"等，它们不以叙事为主，而以吟咏诗词见长；它们各为一类，是有意的编撰，并非一般杂乱无章的"笔记"可比。

其实，不仅以上诸卷各为一类，书中的所有故事文本都是分类的，如甲集卷二是"私情公案"类，乙集卷一是"烟粉欢合"类，等等。就其性质而言，《醉翁谈录》是一部小型的类书。

二

然而，《醉翁谈录》究竟是一部什么样的类书呢？

日本学者大塚秀高、宇野直人都认为《醉翁谈录》是一部"通俗类书"[①]。笔者赞同这个判断，但认为它尚嫌笼统。

类书的编撰，在宋代有进一步的发展。仅据《四库全书总目提要》子部"类书类一"的著录，宋代所编的类书比唐代要多，唐代7种，而宋代有29种。可见，宋代编撰类书的风气较盛。著录于《四库提要》子部"小说家类"的《太平广记》，按题材分为92个大类，尽管四库馆臣没有把它列为类书，但其编撰方式与类书无异，它的分类编次的做法，便于使用者按类检索，具有类书的功能；其参与编撰的人中，就有编类书的专家，如吴淑，曾参加编撰《太平御览》，其本人也编出《事类赋》三

[①] （日）宇野直人：《柳永论稿》，130页、142页，上海，上海古籍出版社，1998。

十卷。而在宋代编类书成风的社会文化土壤中，在《太平广记》等分类编排的小说集的影响下，出现《醉翁谈录》这样的"通俗类书"，是自然而然的事情。

不过，《醉翁谈录》作为"通俗类书"，有其特殊的用途。

这部书在卷首"小说开辟"中曾列出当时"说话"的几个大类：灵怪、烟粉、传奇、公案、朴刀、捍棒、神仙、妖术等。按说，位于卷首的"小说开辟"具有"总序"的性质，而书中的故事当据以分类才是，可在实际上，并非如此，其所收录的故事并无灵怪、朴刀、捍棒、妖术等类，其所分出的类别，如"私情公案"、"烟粉欢合"、"宝窗妙语"、"花衢实录"、"遇仙奇会"、"神仙嘉会"、"负心"、"夤缘奇遇"、"重圆故事"等，尽管名目各异，但其内容，一言以蔽之，不出"男女风情"四字。显然，描写男女风情的故事，在当时是最受欢迎的"小说"内容。故而《醉翁谈录》以收录这一类故事为主。

如果《醉翁谈录》仅仅是收录这类适用于"小说"的故事，那么，其书的性质就显得较为单纯，无非就是便于"小说"艺人参考的、专讲男女风情的"故事类编"。可是，书中的一部分内容，不一定适用于"小说"，如"烟花品藻"、"烟花诗集"，占了两卷的篇幅，毫无故事性，全部是品评妓女的七言绝句。又如"嘲戏绮语"，凡9条，篇幅短小，都是笑话体，都以女性为中心话题。又如"妇人题咏"，凡7条，都是诗话体，都以表现女性的诗才为主。这些部分，虽然与"小说"不一定有密切关系，但总与"说话"相关，笔者认为，它们是为"说话"家数之一的"合生"提供参考资料的。宋洪迈《夷坚志·支乙志》卷六记载："江浙间路歧伶女，有慧黠，知文墨，能于席上指物题咏应命辄成者，谓之'合生'。"[①] 可见，"合生"不以故事性

---

① （宋）洪迈：《夷坚志》，第二册，841页，北京，中华书局，1981。

取胜，而以演员的敏捷、诗才见长。据《夷坚志》的上述说法，"合生"的演员似以女性为主。她们作为"路歧人"，地位低下，冲州撞府，没有安定的生活，而能"知文墨"，实在不易；为了适应她们演出的需要，于是，有人编出参考书，供她们借鉴使用，《醉翁谈录》的上述内容，似乎与此有关。在酒席之间，众人的话题有"荤"亦有"素"，笑话、妓女，固然可以成为有助"酒兴"的话题，而表现女性诗才的逸闻，也不失风雅，故而，"荤""素"兼有，就能适应不同场合的需求。据《醉翁谈录》卷首"小说引子"的说法，"合生"与"演史"等"说话"家数一样，都要求"皆有所据，不敢谬言"。显然，"合生"演员不仅要有急才，而且她们所"题咏"的内容要有依据。《醉翁谈录》含有适用于"合生"的材料，正是为此而备的。

此外，书中还有两方面的内容：一为"闺房贤淑"，凡6条，都是贤妇淑女的小故事，刚好与书中的妓女故事形成鲜明对比；一为"花判公案"，凡15条，都是以官员审理男女风流案时的判词为主，而风流事件本身，则往往数语带过，相当简略，故事性不强；而判词有散文，也有韵文，且以韵文居多。就这两方面的文本形态而言，它们似乎不宜单独用来"演出"，可能的用途是，"闺房贤淑"的小故事用于话本头回的参考，而"花判公案"则用于男女风流故事结尾的参考。比如，宋元话本《宿香亭张浩遇莺莺》的结尾，就有"花判"："花下相逢，已有终身之约；中道而止，竟乖偕老之心。在人情既出至诚，论律文亦有所禁。宜从先约，可断后婚。"[1] 其写法是概括出风流故事的重要"关目"，然后再下判语，与《醉翁谈录》之"花判公案"

---

[1] 欧阳健等编订：《宋元话本集》，上册，302页，郑州，中州古籍出版社，1987。

的写法是相近的。① 此外,《古今小说》第三十三卷《张古老种瓜娶文女》的头回、《醒世恒言》第十一卷《苏小妹三难新郎》的头回,都提及谢道韫"咏雪"的故事,这个故事也收在《醉翁谈录》的"闺房贤淑"类中,题为《道韫才辨》。而"闺房贤淑"中各故事的女主人公都是古代知名度较高的贤妇淑女,除谢道韫外,还有陈尧咨的母亲、程颐(伊川)的母亲等,其事迹常被引用。

综上所述,《醉翁谈录》不是一般的"通俗类书",它是一部适应着民间的说书等演出的需要而产生的、专供"小说"与"合生"艺人参考使用的、以男女风情为旨趣的故事与资料的类编。②

三

《醉翁谈录》以男女风情为旨趣,具体而言,有几个方面的内容:

一是描写文人的风流韵事。

---

① 《醉翁谈录》中的"花判",试举一例如下:

《判和尚相打》:一日,光华院僧为奸情相妒,已行和议;又因酒座上,和尚复行言气,遂成闹唤。后投于郡衙,奉判云:"和尚永圆、妙圆,二人出家经年,吃酒结袈趺坐,相打偏袒右肩。造恶恒河沙数,犯罪无量无边,各决黄檀十二,押出三千大千。"

而《醒世恒言》第三十九卷《汪大尹火焚宝莲寺》也是写和尚"贪淫奸恶"的故事,其结尾有一段审案官员的判词,写法与《判和尚相打》相似(文较长,不录)。《醒世恒言》第八卷《乔太守乱点鸳鸯谱》的结尾也有一段"花判"。可见,"花判"是话本小说中的一种体式,《醉翁谈录》中专门列出"花判公案"一类,是这种体式的一些"范例",供说话艺人或编写话本的人参考。

② 《醉翁谈录》中,其编次体例大体以类相从。间有同一类而分散在各集者,如乙集卷一为"烟粉欢合"类,而己集卷一又是"烟粉欢合",似是一部尚未最后编定的书。

书中最为突出的一个现象，是以柳永为主角的故事构成一类，题为"花衢实录"，凡4则。在这部书里，再也没有第二个人能享此"殊荣"了。

柳永是宋代大有成就的词人，也以风流著称。词体本身与音乐有密切关系，作词称为"倚声"、"依声"，而司演唱之职的往往是歌伎，所以，词人与歌伎交往，在宋代是一种常见的社会现象。柳永的故事，就是这种现象的典型形态。其实，在宋元的词话里，柳永是出现频率相当高的名字，像吴师道的《吴礼部诗话》、吴曾的《能改斋漫录》、胡仔的《苕溪渔隐丛话》、陈师道的《后山诗话》、徐度的《却扫编》、曾慥的《高斋漫录》、庄绰的《鸡肋编》等书，都有关于柳永的词话。从有关的记载看，词的创作故事，在宋代是颇受重视的，这些故事的编述，是适应着当时人们的口味的，尤其是柳永，风雅与风流得而兼之，像"花衢实录"中的《三妓挟耆卿作词》，应是人们津津乐道的故事，以至于它在后世的话本小说中被敷衍为《柳耆卿诗酒玩江楼》（《清平山堂话本》）、《众名姬春风吊柳七》（《古今小说》）等情节更为复杂的作品。就趣味而言，这类作品流露出"艳羡"的倾向：柳永落拓的经历，自然引起人们的同情；柳永风流的故事，又使人在同情之余平添几分"羡慕"，令广大落魄失意的人从中得到少许慰藉。值得注意的是，今人施蛰存、陈如江辑录的《宋元词话》①，也辑入《醉翁谈录》中的若干条，其中，"花衢实录"各条，悉数收入。过去，"说话"中的词人故事，如今被看作是"词话"，连该书编者之一的施蛰存先生也不禁惊叹："宋人论词，散见于小说者，如此之多，亦始料所不及也。"② 从

---

① 施蛰存、陈如江辑录：《宋元词话》，上海，上海书店，1999。
② 《宋元词话·序引》，上海，上海书店，1999。

《醉翁谈录》所收录的词人故事看，它们固然是文人的风流韵事①，同时，也内含着词的创作与"小说"创作的互动关系。关于这一点，笔者拟另文讨论。

一是描写男女恋爱的"越轨"故事。

这一方面的作品，有《张氏夜奔吕星哥》、《静女私通陈彦臣》、《因兄姊得成夫妇》、《梁意娘与李生诗曲》、《郭翰感织女为妻》等。其中，《郭翰感织女为妻》最为奇特。它描述的是天上的织女下凡另觅夫婿的故事，略谓：太原书生郭翰，于月夜遇见一"明艳绝代"的少女，自称"天之织女"。二人"携手升堂，解衣共寝"。次日拂晓，织女辞别，凌空而上。此后，每夜皆来，与郭翰"情好转切"。郭翰戏问她何以不顾牛郎而独往独来，织女答曰："阴阳变化，关渠何事？且河汉隔绝，无可复知；纵复知之，不足为虑。"郭再问她与牛郎相会是否快乐，答曰："天上那似人间，正以期运当尔，非有他故也。又况一年一度相会，争如今日夜夜相逢，君无猜忌。"然而，这个故事仍以悲剧结束：织女不得不奉天帝之命，与郭翰诀别。郭翰从此不再结婚。从其叙事模式看，它有点像是对民间传说中的牛女故事的"戏仿"，男女主人公同样具有挑战"天条"的勇气，同样最终被"天条"所惩罚，故事因而带有悲壮的色彩。不过，《郭翰》中的织女，从其言谈看，比牛郎织女故事中的织女更为大胆，她在故事中以有夫之妇的角色到人间追求有情人，将"贞节"观念置诸脑后，其对封建礼教的冲击力度是相当大的。值得注意的是，这个故事原载《太平广记》卷六十八，文末注："出《灵怪

---

① 附带提一下，《醉翁谈录》中的"花衢记录"，凡7则，都是关于妓院生活的一些记录，似是给未能熟悉妓院生活者提供参考的。这7则，亦见于金盈之《新编醉翁谈录》卷七、卷八，文字略有出入；而其最早的出处是唐孙棨的《北里志》。这若干则文字，屡被转载，可见它们已经成为描述妓院生活者的必读材料。这也从一个侧面反映出当时以妓院为背景的风流故事是相当盛行的。

集》"。而它被收录在《醉翁谈录》时,其文本是改动过的,最显著的地方是,男女主人公初次相遇时,织女对郭翰说:"吾天之织女也,久居清阙,旷阻佳期,幽态盈怀,上帝赐命自游人间,寻择佳侣,仰慕清风,愿托慈契。"而"寻择佳侣"一语,为原文所无,显然是后加的,揣度其用意,似为织女的下凡觅偶提供强有力的"支持",似乎是"奉旨"行事。尽管这一笔与下文的天帝命织女永诀人间相互矛盾,但就叙事效果看,已经构成对天帝意志的一种反讽。此外,结局也有明显变动,原文说,郭翰与织女分别后,"复以继嗣,大义须婚,强娶程氏女;所不称意,复以无嗣,遂成反目"①。在这里,郭翰的形象没有多少光彩,他与程氏反目的原因是妻子"不称意",且无所出,使郭家"断后"。显然,这个郭翰受儒家正统的观念影响甚深。而在《醉翁谈录》中,上面的引文被删去了;郭翰自与织女分离后,心中只有织女,不复以"人间女色"为念,认为人间没有一个女子能与织女相比,其形象因而显得多情、纯洁。他不再结婚的举动,一方面反映出他对织女的深情;另一方面也表明,他是把"无后为大"的观念置诸脑后的。总之,在这类"越轨"故事中,作品流露出对敢于挑战封建礼法的男女主人公的同情与赞赏。

一是描写有失人格的负心故事与心志坚定的重圆故事。

这方面的作品有《王魁负心桂英死报》、《红绡密约张生负李氏娘》。这两篇故事都是广为流传的,《张生负李氏娘》的故事被编进话本《张舜美元宵得丽女》(《古今小说》卷二十三)中的头回;《王魁负心》的故事在"说话"中、在舞台上都是"热门节目"(现存话本有《王魁》,见路工等编《古本平话小

---

① (宋)李昉等编:《太平广记》,卷六十八,第二册,421页,北京,中华书局,1994。

说集》;剧目中有《王俊民休书记》等)。故事中的王魁与张生,都在落魄时得到情人的无私帮助,但他们都背弃盟约,另觅新欢,反映出他们心志不坚、人格低下。作品对这一类人作出了严厉的谴责。

与此相对照的是,《醉翁谈录》中有不负心的故事,即《李亚仙不负郑元和》;还有夫妇心志坚定、重圆复合的故事,如《乐昌公主破镜重圆》、《无双王仙客终偕》、《张时与福娘再会》等。其实,就故事形态而言,《李亚仙》写男女主人公的先离后合,也可以纳入"重圆故事"一类。

还有一篇作品相当特别,即乙集卷一的《林叔茂私挈楚娘》。这是一篇赞赏一夫多妻的作品。略谓:林叔茂与妓女楚娘相好,其后,林应试高中,携楚娘归里。回到家里,楚娘不能见容于林妻李氏,屡受冤屈。后来,李氏良心发现,与楚娘冰释前嫌,一夫二妻和睦相处。篇末有一段"醉翁曰"的文字,先说"忌克者,妇人之本性也",然后赞扬李氏能悔过,最后称:"若李氏,可谓贤乎哉!"这是全书唯一一篇有"醉翁曰"文字的作品,而此醉翁是赞赏一夫多妻的。

总括来看,《醉翁谈录》的旨趣,内含比较复杂,在男女风情的问题上,编撰者既歌颂坚贞的爱情,谴责负心的行径,又流露出对"齐人之福"的向往,对花衢柳巷的依恋。在民间俗文学的土壤中孕育生长的"说话"与"合生",作为当时社会的非主流文化的一个组成部分,交织着多种思想因素,有进步的,也有落后的,这与后世的同类作品如"三言二拍"的情形几乎一样,它们是一脉相承的。

(原载《学术研究》,2001年第3期)

后 记

　　学习之路，怎么走也没有尽头。多年来，游走于古人的字里行间，时觉纷纷然，茫茫然，懵懵然，实在是愚拙所致。正因如此，倍加感念老师。在跌跌撞撞的"游走"中，幸得老师不嫌鲁钝，谈笑间指点迷津。自然，过河总得靠自己，找不到"一跨而过"的"桥"，也借不来顺风航行的"船"，河水时浅时深，只好趟着水或游着水过河，一身汗，一身水，汗与水浑然难分，却依稀认出对岸的方向，一步步前行。而老师，总是站在高处，殷切地指着远方的某一处村落。

　　在康乐园，经常有师生两人，踏着落日的余晖，穿过弯弯曲曲的林荫小道，步履或慢或紧，路面或高或低，走着走着，谈着谈着，其乐融融。那个学生就是我。一度，我远赴东瀛，每当傍晚，漫步博多湾，听着大海的涛声，望着缓缓变幻的晚霞，忆念着宁静而翠绿的康乐园，不禁心驰神往。

　　博士论文，做了好些时日。不敏浅学，所得不多。若有些许可取，那可取之处凝聚着黄天骥老师的心血。康保成、黄仕忠二位先生，对论文的修改提出恳切的意见和建议，铭感于心。徐燕琳、张澜二君，热心帮助，应该说声"谢谢"！

董上德
2005年10月22日

后　　序

　　我的博士论文已有一篇后记，现在修订、增补成书，想为它加一个"尾注"，是为"后序"。

　　书中经常使用"故事"一词，我对"故事"有着不可磨灭的童年记忆。犹忆儿时听邻居大婶讲《三国演义》，当她说到"我是常山赵子龙"时，那眉飞色舞的神态和高亢的语调实在激动人心。大婶喜欢看"大戏"，是个老"戏迷"；她的儿子还是一位粤剧演员，我在她的家里曾经见过她儿子的化装照和演出照。现在回想起来，当年她讲的"三国"故事，很可能还是戏曲里头的。我知道，大婶的文化水平并不高。

　　我的祖父也喜欢"故事"。他讲故事，是一边看着书一边讲的，当然不如说书艺人那么活灵活现，却也讲得原原本本、有条不紊。祖父生前酷爱《聊斋志异》，珍藏着一套光绪十四年知不足斋印行的石印本《详注聊斋志异图咏》，常说这套书文笔好、图画美、纸质精良；他兴致来时，会叫我坐在他的身旁，听他讲一两篇"聊斋"。有时候，祖父也会讲一两段戏曲故事；他算不上是"戏迷"，但对粤剧著名的剧目和演员还是熟悉的。

　　我在接触戏曲、小说作品时，凭着直觉，总是感到故事的意味最值得关注。故事，比较容易进入人的心灵，有一定文化水平的也好，文化水平不高的也好，都能理解故事的意味。随着研究和思考的逐步深入，渐渐地将直觉转化为知性。我认为，就人类的经验史而言，那些妇孺皆知、老少咸宜的故事，那些历代流传不衰的故事，那些改来改去总是有人欣赏的故事，是我们打开一个民族的心灵的钥匙。说到底，故事的意味，蕴含着一个民族在其漫长的生存历程中所经受过的艰辛、所体认到的智慧，还有那一种又一种令人久久难以释怀的无奈。

前些年，在日本九州大学任教，我怀着对"故事"的好奇，着意收集彼邦与"故事"相关的书，如《日本昔话事典》、《歌舞伎名作事典》、《能百十番》、《御伽草子事典》等；还多次到剧场观看能、狂言、歌舞伎的演出，感受异邦的"故事"。我所居住的福冈市博多区，每年7月份都有"山笠"汇演。"山笠"是一种有两三米高的人物造型，往往依据老百姓喜闻乐见的传统故事中的某个经典场面来设计的，人们一见，就知道是哪一个故事里的人物了。我深深感受到故事对一个民族的"文学喻示"的力量。

九州大学的竹村则行先生是研究"杨贵妃故事"的专家，著有《杨贵妃文学史研究》。在与竹村先生共事期间，我们就故事研究交换看法。我的博士论文里的一些章节，写出之后，得到竹村先生的肯定，承蒙他的推荐，发表在日本的多种学术刊物上。有的章节，曾经提交在日本举行的学术会议，并在会上宣读，及时听取了日本同行的意见。我在九州大学的另一位同事静永健先生，颇能理解我的研究思路，就某些具体的问题，我们也有过很好的交流。

在本书的修订、增补工作中，我参考了栾栋、傅谨、康保成、黄仕忠、刘晓明五位先生的宝贵意见。成书时，得到王亚芳编辑的大力帮助。而黄天骥老师，则一如既往地给予鼓励和指点，师生俩依然踏着落日的余晖，漫步在康乐园中，我在徐徐的晚风里聆听着老师的教示。

这一本书，写得很不轻松，不少问题多年来萦绕在脑海里，并没有得到很好的解决。不过，能写出现有的文字，也是对自己多年辛劳的一点安慰。师长的关爱、亲友的支持，使我深为庆幸。我默默地念想着、感谢着。

董上德

2006 年 7 月 15 日于中山大学

修订版后记

本书研究的是古代戏曲、小说的叙事问题。

叙事文本，是一个民族千百年来种种历史碎片的非物质呈现。它们承载着这个民族深沉的苦难或卑微的欢乐，也闪耀着足以代代相传而又不可缺少的生命意志与生存智慧。

在"叙事"的框架内，史家叙事之外的民间叙事色彩丰富，不那么"正经"，却意味悠长。在中国古代，民间叙事处于"边缘"地带，甚至处于"地下"状态，官方一纸又一纸的"禁毁令"无情地挤压其生存空间，而民间的叙事行为及叙事文本却十分顽强地活着，"野火烧不尽，春风吹又生"。说到底，民间要寻找郁闷情感的宣泄出口、内心欲望的表达方式，戏曲、小说等叙事文本应运而生。在"正统"的压抑下，那种超越"正统"的野性思维，突围而出的冒险精神，随意编造的"话语"权利，都可以成为戏曲、小说等叙事文本在其生存底线上随灭随起、生生不已的动力。这一现象背后，民间心态在起着支配作用。民间心态与各个时代体现"正统"观念的主流意识形态互相对待，有时还相互对立，这是不可回避、也不容忽视的客观事实。要研究一个民族的心态史，民间叙事是很重要的史料。解读这些史料，对"国民性"的理解当可更进一步。民间叙事与史家叙事，适足互补，不可偏废。

全书由若干个叙事问题串联而成。对于叙事问题，我没有

"一网打尽"的野心,只想挑出一些与民间心态相关联的话题,借"叙事研究"来认识我们这个民族的心态方面的特点,其优点也好,其缺陷也罢,都在思考范围之内;顺带反思戏曲、小说文体的一些共同特性,揭示其某些长处和短处。是否算作一家之言,尚不可知,敬请方家教正。

本书初版于 2007 年,今对全书略做修订补充,重新付梓。修订时,得到王亚芳编辑的大力相助,其细致的功夫令人感动。

值此改版之际,聊赘数语,略述己见;自知浅陋,献芹而已。

董上德
2011 年 3 月 5 日于中山大学